JN319134

庫 SF
》

ソラリス

スタニスワフ・レム
沼野充義訳

早川書房
7529

日本語版翻訳権独占
早　川　書　房

© 2022 Hayakawa Publishing, Inc.

SOLARIS

by

Stanisław Lem

Copyright © 1961 by
Stanisław Lem

Translated by
Mitsuyoshi Numano
Published 2022 in Japan by
HAYAKAWA PUBLISHING, INC.
This book is published in Japan by
direct arrangement with
TOMASZ LEM.

目次

ソラリス

やって来た男

Przybysz

宇宙船時間の十九時、私は竪穴《シャフト》の周りに立っている人たちの前を通りすぎ、金属製の梯子を降りてカプセルの中に入った。内部はちょうど肘《ひじ》を持ち上げるだけの空間しかなかった。壁から突き出ている管にホースの先端をねじ込むと、宇宙服が膨れあがり、もう身動きがまったくできなくなった。私はこうしてエアー・ベッドの中で立ち――いや、宙ぶらりんになって――金属製の殻と一体化していた。

目を上げると、凸面ガラスの窓ごしにシャフトの壁が見え、さらにその上にはシャフトを覗き込むモッダードの顔があった。その顔もすぐに消え、あたりは暗闇に包まれた。上から円錐形の重い防御ハッチが下ろされたのだ。ネジを締めつけるモーターのひゅうっという音が八回繰り返されるのが聞こえた。それから、緩衝装置の中に入れられる空気のしゅうっという音。目が闇に慣れてきた。一つしかないインディケーターの淡い緑色の輪郭が、もう見えるようになった。

「準備はいいか、ケルヴィン？」ヘッドフォンの中で声が響いた。

「準備完了だ、モッダード」と、私は答えた。

「何も心配することはない。ステーションのほうがきみを捕まえてくれるから」と、彼が言った。「道中の無事を祈る！」

答える暇もなく、上のほうで何かの軋《きし》む音がし、カプセルがぶるっと震えた。私は反射的に筋肉を張りつめさせたが、それ以上は何も起こらなかった。

「発射はいつだ？」と私がたずねると、とても細かい砂の粒が薄い膜の上にこぼれ落ちるような、さらさらという音が聞こえた。

「もう飛んでいるよ、ケルヴィン。それじゃ、気をつけて！」モッダードが返事する声が、すぐ耳元で響いた。とても信じられない思いだったが、目の前に広い裂け目が開き、その向こうに星々が見えた。プロメテウス号が目指して飛び立った水瓶座のアルファ星を探してみたが、むだだった。銀河系のその方面の空はまったくなじみのないもので、一つの星座もわからなかった。狭い窓の中では埃《ほこり》のような星々が火花をあげ続けている。そのうちに星のどれかが煙を出してくすぶり始めるのではないかと思ったが、そんなことはなかった。星々はただ輝きを弱め、赤茶色を帯びた背景の中に溶け込んで消えていくだけだった。すでに大気圏の上層部に突入していることがわかった。エアー・クッションにくるまれて身動きもできず、ただ前方しか見ることができなかった。地平線はいまだに見えてこない。私はひたすら飛び続けながらも、自分では飛んでいるということを感じもしなかった。ただ、体が次第に熱にねっとりと覆われるようになっただけだ。外側ではまるで濡れたガラスの上に金属を擦《こす》りつけたときのような、甲高い音が微《かす》かにし始めた。もしもインディケーターの開口部に飛び出してくる数字がなかったら、自分がどれほど激しい勢いで落ちていくところか、わからなかったことだろう。星はもう見えなくなっていた。覗き窓は赤みがかった光に満たされている。自分の脈が重々しく打つ音が聞こえ、顔が火照《ほて》り、首筋にはエアー・コンディショナーの冷たい風を感じた。プロメテウス号を見ることができなくて残念だった。自動装置の働きによって覗き窓が開いたときには、プロメテウス号はもう視界の彼方に去っていたに違いない。

カプセルはぶる、ぶるっと二度ほど揺さぶられ、耐え難いほどの勢いで振動を始めた。この震えは絶縁膜のすべてを通り抜け、エアー・クッションを通って、私の体の奥まで侵入してきた。インディケーターの淡い緑色の輪郭がぼやけて滲《にじ》んだ。ただし、そんな様子を目にしても恐ろしくはなかった。はるか彼方からわざわざ飛んできたというのに、目的地を前にして死ぬわけにはいかない。

「ソラリス・ステーション」と、私は声を上げた。「ソラリス・ステーション、ソラリス・ステーション！　何とかしてください！　安定を失いそうです。ソラリス・ステーション、到着します、応答願います」

そして私はまたもや重要な瞬間を見逃してしまった。惑星が現れた瞬間だ。気づいたとき惑星はもう巨大で平たい姿を広げていた。その表面の縞《しま》の太さから、まだ自分が遠くにいると見当をつけることができた。いや、遠くではなく、高いところにいるというべきだろう。というのも、天体からの距離が高さに変わる、あの捉えがたい境界をすでに過ぎていたからだ。私は落ちていった。相変わらず落ち続けた。いまでは眼を閉じても、それを感じることができた。しかし、眼はすぐに開けた。できるだけ多くのものを見たかったからだ。

沈黙したまま数十秒待って、それからまた呼び出しを試みた。今回もまた応答はなかった。ヘッドフォンの中では、大気の放電のはぜる音がまるで一斉射撃のように繰り返されている。その背景には深く低い音がうなっていて、まるで惑星そのものの声のようだ。覗き窓から見えるオレンジ色の空が、白い膜のようなものに覆われた。そして窓ガラスが暗くなった。私は反射的に、体を覆うエアー・コルセットが許す限り縮こまったが、次の瞬間にはそれが雲だということがわかった。吹き飛ばされるかのように、雲の大群が上空に舞い上がっていく。私は陽の光を受けたり、陰に入ったりしながら、さらに滑空を続けた。カプセルは垂直軸の周りを回転し、膨れ上がった巨大な太陽の円盤が左側から現れ、悠然と目の前を通り過ぎ、右側に消えていった。突然、ぱちぱちはぜる音や低くうなる音を通り抜けて、遠い人の声が耳の中に飛び込んできた。

「こちらソラリス・ステーション、ソラリス・ステーション、到着船聞こえますか。すべて順調。到着船はステーションの管制下に入りました。ソラリス・ステーションより、到着船へ。着陸準備せよ。着陸時点ゼロ。繰り返します、着陸準備せよ。着陸時点をゼロとし、カウントダウン開始。二五〇、二四九、二四八……」

単語の一つ一つが、鋭く短い猫の鳴き声のような音で区切られていた。つまり、話しているのは人間ではない、ということだろう。控え目に言っても、奇妙なことだ。誰か新しい訪問者が到着した、しかもほかならぬ地球から来たのだ、とあれば、生きている者は誰でも発着場に駆けつけるのが普通ではないか。しかし、それ以上考え込んでいる暇はなかった。私の周りに巨大な円を描いていた太陽が、飛行するカプセルの先に見えていた平原もろともに、突然、垂直にそそり立ったのだ。この急傾斜の後に、もう一度――今度は逆の方向の――急傾斜に見舞われた。私は巨大な振り子のおもりのように揺れ、眩暈《めまい》と闘いながら、壁のように立ちはだかった惑星の広大な空間を見つめた。そして、茶色がかった藤色と黒っぽい色の縞が走るその空間の中に、白と緑の斑点からなるちっぽけなチェス盤のようなものを認めた。ステーションの標識だ。ばしっという音とともに、何かがカプセルの天辺からはずれた。パラシュートの長い環索だ。そしてパラシュートはリング状に広がり、猛烈な唸りをあげた。この音の響きの中には、なんだかいわく言いがたく地球的なものがあった。それは何か月かぶりに初めて聞いた、本物の風の音だったのだ。

それから、すべては非常に迅速に進み始めた。それまでは自分が落ちているということが、頭でわかっているだけだった。いまではそれが目に見えるようになっていた。白と緑のチェス盤が恐ろしい勢いで大きくなり、そのチェス盤がじつは銀色に輝く細長い、鯨のようなステーションの本体の上に描かれたものだ、ということももうわかった。その本体では、脇からレーダーのセンサーが針のように突き出し、黒々とした窓が二列に並んでいる。そして、この金属製の巨大な鯨が惑星の表面に横たわっているのではなく、その上空に浮いていて、インクのように黒い背景に長い影を——背景よりもいっそう黒い染みのように——投げかけている、ということも見てとれた。同時に、微かな動きを見せている海にスミレ色に染まった溝のようなものがあることにも私は気づいた。突然、目の覚めるような緋色に縁どられた雲がすべて上空高くに消え去り、雲間の空が遠くに扁平に、ネズミ色がかったオレンジ色に見えた。それから、すべてがぼやけてかすんでしまった。錐《きり》もみ降下の状態に陥ったのだ。しかし、あっと言う間もなく、一瞬衝撃が走ったかと思うと、カプセルは垂直の態勢を取り戻し、覗き窓からは波立った海が煙のようにぼうっとした水平線にいたるまで、水銀のようなきらめきを見せていた。うなり声をあげる繋索《ロープ》とパラシュートの環が不意にカプセルから離れ、風に運ばれるままに波の上を飛んでいった。一方、カプセルはおだやかに揺れ始めた。それは、普通、人工的な力場で見られるような、独特のゆったりとした動き方だ。そして、降下していった。最後に目にすることができたものは、格子状の宇宙船射出台《カタパルト》と、おそらく五、六階建てのビルほどの高さにそびえ立つ二台の電波望遠鏡の網目状に透けて見えるパラボラ鏡である。何かがカプセルを静止させ、鋼鉄と鋼鉄がびしびしぶつかっているような、耳をつんざく音がした。そして何かが私の下で開き、私が体をまっすぐ伸ばして突き刺さるように入っていた金属製の莢《さや》は、長々しくあえぐようなため息をついて、一八〇キロメートルの旅を終えた。

「こちらソラリス・ステーション。ゼロ・ゼロ。着陸は完了しました。通信終了」という、管制装置の生気のない声が聞こえた。私は両手で自分の正面にあるハンドルをつかみ（胸にはぼんやりした圧迫感があり、内臓がまるで不快な重荷のように感じられた）、通信を切断した。「着陸」という緑のサインが輝き、カプセルの壁が開いた。エアー・ベッドに軽く後ろから押されて、私は倒れないように一歩前に足を踏み出さなければならなかった。

諦めのため息のようなしゅうという音がして、空気が宇宙服のコイル状の胴体から抜けていった。私は自由の身になった。

私は教会の天井のように高い、銀色の漏斗状の屋根の下に立っていた。色あざやかなパイプの束が壁を伝って下りてきて、丸い穴の中に消えていった。換気口がうなりを上げ、着陸の際に中に入り込んだ惑星の有毒な大気の残りを吸いこんでいる。はじけた繭《まゆ》のように空っぽなカプセルの葉巻型の胴体は、鋼鉄製の台座の中に設けられたくぼみに鎮座していた。その外側を覆う金属板は、焼け焦げて暗い赤茶色になっている。私は小さな斜面を下に降りた。その先では、金属板がざらざらのプラスチックの層に覆われていた。ただしそのプラスチックも、ロケットを運ぶための起重機が通る場所では剝《は》げ落ちて、鋼鉄がむきだしになっていた。突然、換気装置のエアー・コンプレッサーが沈黙し、あたりは静まりかえった。ちょっと途方に暮れて、私はあたりを見回し、誰かが現れるのを待ったが、相変わらず誰もやって来なかった。ただ輝くネオンの矢印が、音もなく進んでいくベルト・コンベアーを指しているだけだ。私は平らなベルトの上に乗った。ホールの天井が美しい放物線を描いて流れ落ち、円筒状の廊下へと、移行していく。廊下の壁のくぼみには圧縮ガスのボンベや、様々な容器や、パラシュート、箱などがうずたかく積み上げられ、何もかもが乱雑にいいかげんに放り出されたままになっていた。これには私も驚いた。ベルト・コンベアーは廊下が円形に広がっているところで、終点になった。ここの乱雑さはさらにひどいものだった。ブリキ缶の山の下からは、油性の液体が流れ出して池のようになっている。そして、鼻につんとくる悪臭が充満している。その粘着性の液体にはっきりと刻まれた足跡の向きは、四方八方に散らばっていた。ブリキ缶の間には、まるで船室から掃き出されたかのように、白い電報用テープのロールや、引きちぎられた書類や、ゴミなどが散乱している。それから再び緑色の標識が輝き、私を真ん中のドアへと導いた。その向こうにはまた廊下が続いていたが、この廊下は非常に狭く、二人の人間が擦れ違うのがやっとだった。明かりは上のほうの窓から取られている。これらの窓は空に向けられ、レンズのようなガラスがはまっていた。その先にもう一つ、チェス盤のように白と緑で塗りわけられたドア。そのドアは開いたままになっていた。私は中に入った。その中は半球状の部屋になっていて、大きな展望窓が一つついていた。窓の中では霧に包まれた空が燃えるように輝いている。下の方では黒っぽい波が丘のように盛り上がり、音もなく動いていた。壁にはいたるところ戸棚があって、どの扉もだらしなく開けられたままだ。戸棚の中は、器械や本、底に乾いた澱《おり》がこびりついたコップ、埃だらけの魔法瓶などで一杯だった。汚れた床の上には機械仕掛けの移動式テーブルが五つか六つ立っていて、その間には肘掛け椅子がいくつか置かれ、だらりとした姿を見せていた。空気が抜かれていたのだ。空気が入って膨らんでいる椅子は一つだけで、背もたれが後ろに倒されていた。その椅子に座っていたのは、小柄で日に焼けた顔をしたやせぎすの男だ。鼻や頬からは日に焼けた皮膚が何か所も剝がれ落ちている。誰だかわかった。スナウトといって、ギバリャンの補佐役をつとめているサイバネティクス学者だ。かつて彼はソラリス年報にいくつか、きわめて独創的な論文を発表したことがある。ただし、これまで一度も会ったことはなかった。彼はメッシュのシャツを着ていて、平らな胸のもう灰色になった毛が、その網の目から何本か突き出していた。そして、ポケットがたくさんついていて修理工を思わせる麻布のズボンは、かつては白かったはずだが、いまでは膝のあたりが染みだらけで、あちこちが試薬のせいで焦げている。手には梨型のプラスチックの容器を持っていた。人工重力がない宇宙船の中で水を飲むのに使うような容器だ。彼は目の眩《くら》む光を浴びて呆然となったように、私を見た。緩《ゆる》んだ指から梨型の容器が抜け落ち、まるで風船のように何度か跳ねた。容器からは透明な液体が少し流れ出した。次第に彼の顔から血の気が引いていった。私は驚きのあまり、何も言うことができず、そのまま沈黙の場面がしばらく続いていたが、やがてどうにも不可解なことに、彼の恐怖が私にも伝わってきた。私は一歩踏み出した。彼は椅子の中で身を縮めた。

「スナウト……」私はささやいた。彼はまるで殴られたように、たじろいだ。そして何とも表現しがたい嫌悪をあらわにして私を見つめながら、しわがれ声を絞り出した。

「知らない、おまえなんか知らない、いったい何が欲しいんだ……」

こぼれた液体はすぐに蒸発した。アルコールのにおいがした。酒を飲んでいたのか？ つまり酔っ払っていた？ でも、どうしてそんなに怖がることがある？ 私は相変わらず部屋の真ん中に立っていた。膝はがくがくし、耳は真綿で塞《ふさ》がれたようだった。足元の床の感触も、なんだか完全には確かではないように感じられた。湾曲した窓ガラスの向こうで、海が悠然と規則正しく動いている。スナウトは充血した目を私からそらそうとしなかった。恐怖の色は彼の顔から引いていった。しかし、言い表しがたいほどの嫌悪の表情は消えなかったのだ。

「どうしたんだ……？」私は声をひそめてたずねた。「病気なのか？」

「心配してくれるのか……」と、彼はうつろな声で言った。「なるほど。心配してくれるってわけだ。でも、どうしておれのことを？　おれはおまえなんか知らないぞ」

「ギバリャンはどこだ？」と、私は聞いた。一瞬、彼は息を止め、その目はまたしてもガラスのようになり、目の中で何かが燃え上がって消えた。

「ギ……ギバ……」と、彼は口ごもった。「ま、まさか！　そんな!!!」

彼は声も立てずに、ばかのようなくすくす笑いをし、そのせいで体を揺するほどだったが、突然、笑いはおさまった。

「ギバリャンに会いに来たのか……？」というその声は、もうほとんど平静に戻っていた。「ギバリャンに？　彼に何をしようっていうんだ？」

私を見つめる彼の様子は、まるで私が突然恐ろしいものではなくなったかのようだった。彼の言葉には、そしてそれ以上にその口調には、相手を憎み、侮辱しようとする意図が感じられた。

「何を言っているんだ？……」私は唖然とし、口ごもりながら言った。「彼はどこにいる？」

彼は茫然と突っ立ったまま、答えた。

「知らないのかね……？」

酔っ払ってるんだな、と私は思った。意識が朦朧《もうろう》とするほど酔っ払っているんだろう。激しい怒りがこみ上げてきた。本当はそのまま部屋から出て行くべきだったのだろう。しかし、そこで私の堪忍袋の緒が切れてしまった。

「正気に返れ！」と、私は怒鳴った。「たったいま飛んできたばかりだっていうのに、彼がどこにいるかなんて、どうしてわかるものか！　いったいどうしたんだ、スナウト!!!」

彼の顎がだらりと下がった。それから彼はまたもや、一瞬息を呑んだ。ただし今度は先ほどとは様子がなんだか違っていて、目にきらめきが不意に現れた。震える手で彼は椅子の肘掛けをつかみ、やっとのことで起き上がり、関節がぽきぽき音を立てるほどだった。

「何だって？」と言う彼は、ほとんど素面《しらふ》に戻っていた。「飛んできたって？　どこから飛んできたんだ？」

「地球からだ」と、私はひどく腹を立てて答えた。「地球のこと、聞いたことあるかい？　どうもないみたいだな！」

「ち、ちきゅ……なんてことだ……。ということは、きみはケルヴィンなのか?!」

「そうさ。どうしてそんなにぼくの顔を見つめるんだ？　何か変なことでもあるのかい？」

「いや」彼はぱちぱち瞬きしながら言った。「べつに」

それから、彼は額を拭いた。

「ケルヴィン、失礼した。何でもないんだ。ただ、その、びっくりしただけさ。予期していなかったものだから」

「予期していなかったとは、どういうことだ？　何か月も前に知らせを受け取っていただろう？　そのうえ、モッダードが今日、プロメテウス号からも電信を打ったし……」

「そう、そう……確かにね。ただここじゃ、ある種の……混乱が生じているもんだから。見ればわかると思うけれども」

「もちろん」と、私はそっけなく答えた。「それが目にはいらないわけがない」

スナウトはまるで私の宇宙服の外観を点検しようとでもいうように、私の周りをぐるっと回った。実際には、私の宇宙服は胸に導線やケーブルが取り付けられた、世界で一番ありふれたタイプのものだったのだが。彼は何度か咳をし、骨ばった鼻に触った。

「一風呂浴びたらどうだい……？　気分がよくなるよ。反対側の青いドアだ」

「ありがとう。でもステーションの構造は知っているよ」

「腹がへってやしないかい……？」

「いや。ギバリャンはどこだ？」

彼はまるで私の質問が聞こえなかったかのように、窓際に寄った。背をこちらに向けたその姿は、ずいぶんと老けて見えた。短く刈った髪は白髪まじりで、日に焼けた首筋は切り傷のように深い皺《しわ》に刻まれていた。窓の外では、盛り上がっては落ちてゆく波頭がきらめいている。その波の動きはあまりにもゆったりとしているので、海がまるで凝固しつつあるかのようだった。それを眺めていると、ステーションが目に見えない土台の上から滑り落ちるようにして、微かに横に移動しているようにも感じられた。それから平衡状態にもどり、同じように緩やかな傾斜で逆の方向に動いていく。しかし、それはどうやら錯覚のようだ。血のような色のねばねばした泡が、波間のあちこちのくぼみに集まっていた。一瞬、私はみぞおちのあたりに不快な虚脱感を覚えた。プロメテウス号艦内の無味乾燥な秩序が、なにやら貴重で、もはや失われて取り戻せないもののように思えた。

「じつは……」スナウトが不意に口を開いた。「ほんの一瞬、おれは、その……」そこで、彼は背を向け、神経質に両手を擦り合わせた。「きみはおれ一人で満足しなきゃいかんだろうな。まあ、当分の間は。おれのことはネズミって呼んでくれ。きみはおれのことは写真でしか知らないわけだが、かまわない、みんなそう呼んでるんだから。まあ、しかたないんじゃないかな。結局のところ、世の親たちがみんなおれみたいに、宇宙を目指せなんて言うご時世になると、かえってネズミなんて名前が悪くないと思えるようになるものさ……」

「ギバリャンはどこだ?」私は執拗にもう一度たずねた。彼は目配せをした。

「きみをこんなふうに出迎えることになって、申し訳ないと思っているよ。とは言っても……おれだけの責任ではないいんだ。いや、すっかり忘れていたよ、ここではいろいろあってねえ……」

「いや、かまわない」と、私は答えた。「そんなことはどうでもいいさ。それより、ギバリャンはどうなったんだ？　彼はステーションにはいないのかい？　どこかに飛んで行ってしまったとでも？」

「まさか」と彼は答え、ケーブルを巻きつけたリールがいくつも押し込まれた部屋の一隅を見つめた。「どこにも飛んで行かなかったし、これからも飛んで行くことはない。だからこそ……特に、その……」

「何だって？」と、私は聞き返した。相変わらず耳は真綿に塞がれたようで、聞こえはいっそう悪くなっているようだった。「それはいったい、どういう意味なんだ？　彼はどこにいる？」

「その答はもう自分でもわかっているだろう」と、彼はまるで別人のような声色で言った。そして冷ややかににらんだので、私はぞっとして鳥肌が立つほどだった。彼はやはり酔っ払っていたのかもしれない。しかし、自分が何を言っているかは、わかっていた。

「何か起こったというわけでは……？」

「起こったのさ」

「事故か？」

彼はうなずいた。彼はそうして私の推測が正しいことを認めただけでなく、同時に私の反応も是認するというふうだった。

「いつ？」

「今日、明け方のことだ」

奇妙なことに、私はショックを感じなかった。あまりにも簡潔な言葉による問いと答の短いやりとりには即物的な客観性があって、私はむしろほっとしたのだった。これまで理解できなかった彼の振る舞いも、それなら納得できる。そんなふうに思えた。

「どんな事故だった？」

「まず着替えて、荷物を整理して、それからもう一度ここに来てくれ……そうだな……一時間くらい後にでも」

私は一瞬ためらった。

「いいだろう」

「待ってくれ」私がドアのほうに向いたとき、彼が言った。なんだか変な目つきで私を見ている。言いたいことがなかなか口に出せない、という様子だった。

「おれたちは三人だった。そしていま、きみをいれて、また三人になった。サルトリウスを知っているだろう？」

「きみと同様、写真で知っているだけだけれど」

「彼の実験室は上にあって、夜中になるまではそこから出てこないと思うけれどね……いずれにせよ、見かけたら彼だとわかるだろう。もしも別の誰かを見かけたら、つまりおれでもなく、サルトリウスでもない誰かということだが、そのときは……」

「そのときは？」

夢でも見ているのではないか、と思った。低い太陽の光を浴びて血のように輝く黒い波を背景にして、スナウトは肘掛け椅子に腰を下ろし、先ほどと同じようにうなだれた様子で、脇のケーブルを巻きつけたリールのほうを見た。

「そのときは……何もするな」

「いったい誰を見かけるっていうんだ？　幽霊か?!」私は感情を抑え切れなくなった。

「わかるよ。気でも狂ったんじゃないか、とでも思ってるんだろう。そうじゃない。おれは気なんか狂ってはいない。これ以外の言い方はうまくできないんだが……まあ、今のところは。なにしろ、ひょっとしたら……何も起こらないかもしれないし。いずれにせよ、覚えておいてくれ。おれは警告したからな」

「何に対する警告だ!?　いったい何のことを言っているんだ？」

「冷静さを保つことだ」と、彼は頑固に自分の言いたいことを続けた。「行動に際しては、なんというかな……どんなことがあっても取り乱すな。そんなことできるわけがないとは、わかっている。でも、試みるんだ。これが唯一の助言だよ。これ以外には何も言えない」

「でも、**何を**見かけるっていうんだ!!!」私はほとんどどなり声になっていた。彼は椅子に腰を下ろしながら、部屋の隅をじっと見つめ、日に焼けた顔に消耗しきった表情を浮かべ、見るからに大儀そうに言葉を一つ一つ搾《しぼ》り出そうとしていたのだ。そんな様子を見ていると、私は彼の肩をつかんで思い切りゆすぶってやりたいという気持ちに駆られたが、辛うじて抑えた。

「わからない。ある意味では、それはきみ次第だとも言える」

「幻覚か？」

「いや、そうじゃない。実体のあるリアルなものなんだ。いいか、それを……攻撃しようなんて気は起こすなよ。覚えておいてくれ」

「何を言っているんだ?!」と言う私の声は、もはや自分のものとは思えなかった。

「おれたちは地球にいるわけじゃないんだ」

「ポリテリアのことか？　でも、それは人間には似ても似つかないものじゃないか！」と、私は叫んだ。彼は何かをじっと見詰め続け、そこに血を凍らせる恐ろしいナンセンスを読み取っているようだった。どうしたら彼をこの状態から引っ張り出せるものか、見当もつかなかった。

「だからこそ恐ろしいんだよ」と、彼が低い声で言った。「覚えておいてくれ。くれぐれも用心するように！」

「ギバリャンはどうなったんだ？」

彼は答えなかった。

「サルトリウスは何をしているんだ？」

「一時間後にまた来てくれ」

私は彼に背を向けて、部屋の外に出ることにした。ドアを開けたとき、もう一度彼の姿を見た。彼は両手に顔を埋めて座っていた——小柄な体をいっそう縮こまらせ染みだらけのズボンをはいて。いまごろになって私はようやく、彼の両手の指の関節に凝固した血がこびりついていることに気づいた。

ソラリス学者たち　Solaryści

円筒状の廊下は空っぽだった。私は閉ざされた扉の前にしばらく立って、聞き耳を立てた。壁は薄いようだった。外からむせび泣くような風の音が聞こえてきたからだ。ドアの板にはちょっと斜めに、無造作に長方形の絆創膏《ばんそうこう》が一枚貼り付けられていて、そこに鉛筆で「人間」と書いてあるのが見えた。私は不明瞭に殴り書きされたその文字を見つめていて、一瞬、スナウトのところに戻りたくなった。しかし、それは不可能だと悟った。

狂気の警告が耳の中でまだ響いていた。歩き始めると、宇宙服の耐え難い重みのせいで背が曲がった。目に見えない観察者から無意識のうちに身を隠そうとでもするかのように、そっと私はドアが五つついた円形のホールに戻った。それぞれのドアには表札がかかっていた。ギバリャン博士、スナウト博士、サルトリウス博士。四つめのドアには何もない。私は躊躇《ちゅうちょ》してから、取っ手をそっと押し、ドアをゆっくりと開けた。扉が開いたとき、その向こうには誰かがいるという、確信にも近い感覚を私は抱いた。そして中に入った。

誰もいなかった。サイズがより小さいだけで、同じような凸レンズ状の窓が海に向けられており、海はここでは——太陽を背景にして——ぎらぎらと輝き、波からはまるで赤味を帯びたオリーヴ・オイルが流れ落ちてくるかのようだった。船室にも似た部屋全体が、緋色の照り返しに包まれている。部屋の一方には本棚がいくつも立っていて、その間にはベッドがあった。ベッドは垂直に壁にくくりつけられ、自在継ぎ手《カルダン・ジョイント》で固定されている。もう一方には戸棚がたくさんあり、その間には、帯状につなぎ合わされた航空写真がニッケル製の額縁に入れられて掛かっていた。金属製のホルダーには、綿で口を塞《ふさ》がれたフラスコと試験管が載っている。そして窓際には白いエナメル塗りの箱が二列に並べられていたが、列と列の間はとても狭く、通り抜けるのも難しいくらいだ。いくつかの箱の蓋《ふた》は開いていて、その中には大量の工具やプラスチックのチューブなどが詰まっていた。両方の隅には、それぞれ、水道の蛇口と換気装置、冷蔵庫があって、顕微鏡が床に置かれていた。窓際の大きなテーブルには、顕微鏡のための場所がなかったのだ。振り返って見ると、入り口のドアのすぐ脇に、天井まで届く洋服簞笥があり、その扉が閉まっていないのが目に入った。簞笥の中は吊り下げられた作業服《コンビネーション》や作業用・保護用の前掛けでいっぱいになっていて、棚板の上には下着が置かれ、放射線を通さない長いブーツの胴体と胴体の間では酸素携帯装置に使うアルミ製のボンベが輝いている。酸素携帯装置はそれとは別に二組、垂直に立てられたベッドの手すりにマスクとともに吊るされていた。部屋中がステーションの他の場所と同様に、混沌としていた。ただ、大慌《あわ》てでざっといい加減に整頓をした、という感じがここにはあった。私は精細に吟味するように空気を吸い込み、化学試薬の臭いと鼻につんとくる異臭の痕跡を感じた。ひょっとして塩素だろうか？　私は反射的に目で、天井のすぐ下の四隅に設置された通気孔の格子を探した。その枠に貼り付けられている紙テープが穏やかに揺れていて、エアー・コンプレッサーが作動し、正常な空気の循環が行われていることを示していた。私は二つの椅子の上に載っていた本や工具や器械を部屋の隅に移し、できるだけそこに押し込んだので、ベッドの周り、つまり洋服箪笥と本棚の間に、比較的自由に使えるスペースができた。宇宙服を掛けようと思って洋服掛けを引き寄せ、ファスナーのつまみを指でつかんだが、すぐに離してしまった。どういうものか宇宙服を脱ぎ捨てる決心がつかなかったのだ。そんなことをしたら、無防備になってしまう。もう一度部屋全体を見回し、ドアがきちんと閉まっているか確かめた。しかし、ドアには鍵がなかったので、ちょっとためらってから、とりわけ重そうな箱を二つ、そこに押し付けた。こんなふうに臨時のバリケードを築いてから、私は三度ほどぐいっと体を動かしただけで、がちゃがちゃ音を立てる重い覆いから身を振りほどいた。洋服箪笥の内側につけられた細い鏡が、部屋の一部を映し出している。そこに何か動くものがあることを目の片隅で捉え、私は跳び上がるほど驚いたが、自分の姿が鏡に映っていただけだった。宇宙服の下に着ていたトリコットは、汗でびしょびしょになっていた。それも脱ぎ捨てて、洋服箪笥を押した。箪笥がすっと押しのけられると、その後ろに隠れるように設置されたミニ・サイズのバスルームの壁が輝いた。シャワーの下の床には、かなり大きな平たい箱が鎮座している。私はそれをかなり苦労して、部屋の中に運び出した。それを部屋の床に置くと、蓋がバネ仕掛けのように跳ね開き、中が整理棚のようにいくつにも区切られ、奇妙な陳列品が詰め込まれているのが見えた。そこにあふれていたのは、グロテスクに歪められたか、あるいは粗雑に製図されたようにしか見えない、黒っぽい金属製の工具で、それは部分的には戸棚に置かれた工具に似ていた。どれもこれも使いものにならない、不完全なしろもので、丸まっていたり、周りがちょっと溶けていたりで、まるで火事場から運び出されたもののように見える。一番奇妙だったのは、陶合金《セラマイト》でできた——つまり、事実上、溶けることがあり得ない取っ手にさえも、同じような破壊と変形の跡が見られたということだ。実験室の加熱炉の中にも、この取っ手を溶かすだけの高温に達するものは一つもない。これを溶かせるのは、おそらく、原子炉だけだろう。洋服掛けに吊るした宇宙服のポケットから私は小さな放射能カウンターを取り出したが、それを工具の残骸に近づけても、先端の黒いセンサーは沈黙したままだった。

私はブリーフとメッシュのシャツしか身に着けていなかった。そのどちらもぼろくずのように脱ぎ捨て、裸でシャワーの下に飛び込んだ。水に打たれるのが心地よく感じられ、ほっとした。熱く固い水流が激しく降り注ぐ中、私は身をよじらせ、体をマッサージし、鼻息も荒く息を吐いた。言わば、そうやってなんだかこれ見よがしなくらいにすべてを振り払い、ステーションに充満している、疑心暗鬼の気持ちを伝染させる漠然とした不安をことごとくわが身から振り捨てようとしたのだ。

洋服箪笥の中に、薄手の体操服が見つかった。これなら身につけたまま、その上に宇宙服を装着することもできる。私は自分のわずかな所持品をそのポケットに移した。そのときメモ帳のページの間に、何か固いものがあることが感じられた。どのようにして紛《まぎ》れ込んだのかわからないが、地球の私のアパートの鍵だった。どうしたものかわからず、しばらく指でくるくる回していたが、結局はテーブルの上に置いた。ひょっとしたら何か武器が必要になるのではないか、という考えがふと頭に浮かんだ。万能ナイフ一つでは確かに武器にならないだろう、しかしそれ以外には何も持っていなかったし、レーザー銃やその種のものを探し回らなければならない精神状態にはまだなかった。私はすべてのものから距離をとって、空いたスペースの真ん中の金属製の小さな椅子に腰を下ろした。一人でいたかった。まだ三十分以上あることを確認して、喜んだ。しかたない、どんな約束でも——重要なものであれ、取るに足らないものであれ——几帳面に守るのが、私の性格なのだ。二四時間制の時計の針は、七時を指している。日は沈もうとしていた。ローカル時間で七時ということは、プロメテウス号の船内時間では二十時だ。モッダードが見ているスクリーンの上でソラリスはもう火花のように小さくなって、他の星とまったく区別がつかないに違いない。でも、プロメテウス号のことなど、もう知ったことではなかった。私は目を閉じた。静かだ。規則的な間隔をおいて聞こえてくるパイプのごぼごぼという響きをのぞけば、あたりは完全に静まりかえっている。バスルームでは水がタイルの上に滴り落ちて、ぴちゃぴちゃと微かな音を立てている。

ギバリャンはもう生きていない。スナウトの言ったことをきちんと理解したのだとすれば、彼の死からはまだせいぜい十数時間しか経っていないはずだ。死体はどうしたのだろう？　埋葬したのか？　いや、この惑星で埋葬などできるわけがない。私はその点について、じっくりとかなり長いこと——まるで、死体の運命が一番の関心事であるかのように——考え込んだ。しかし、結局は、そんなことについて考え込むのは馬鹿げていると悟り、立ち上がって部屋の対角線に沿って行ったり来たりし、乱雑に散らばった本をつま先で蹴飛ばした。それから何も入っていない野外活動用のバッグも蹴飛ばしたことに気づき、身をかがめて拾い上げた。じつはそれは空《から》ではなかった。そこに入っていたのは暗い色のガラスでできた瓶で、紙ではないかと思われるほど軽かった。私はそのガラス瓶を透かして、窓の外を眺めた。そこに見えたのは、沈む太陽の最後の光、陰気な赤色に染まり、薄汚い霧のせいでぼうっとかすんだ光だ。おれはいったい、どうしたんだ？　馬鹿げたことを考え込んだり、たまたま手にした取るに足らない品物をもてあそんだりして。

私はびくっとした。照明がついたからだ。もちろん、日が沈んで訪れた黄昏に光電池が反応したのだろう。私は何かを待ち受ける気持ちに満たされ、緊張があまりに高まったので、終《しま》いには自分の後ろに空っぽな空間があることに我慢できなくなったほどだ。私はそんな気持ちと戦おうと心に決めた。まず椅子を本棚に近寄せた。そして、私にはあまりにも馴染みの深い、あのヒューズとユーグル共著による研究書『ソラリスの歴史』の第二巻を棚から取り、そのごわごわとしてぶ厚い背表紙を膝の上で支えて、頁を繰り始めた。

ソラリスが発見されたのは、私が生まれるほとんど百年も前のことだ。この惑星は赤色と青色の二つの太陽のまわりを回っている。四〇年以上の間、一隻の宇宙船もこの惑星に近づかなかった。当時、二重星の惑星で生命が発生するのは不可能だとするガモフ＝シャプリーの理論は、確実な公理として通用していたのだ。そういった惑星の軌道は、二つの太陽の相互回転の際に生ずる重力の戯れの結果、絶えず変化する。

そのために生ずる摂動（惑星の軌道が他の星の引力の影響のせいで乱れること）の働きで、惑星の軌道は縮んだり、引き伸ばされたりの交代を繰り返し、たとえ生命の萌芽が発生したとしても、灼熱の暑さか、あるいは凍《い》てつく冷気によって破壊されてしまう。この変化は数百万年の周期で起こるのだが、これは――天文学ないし生物学上の尺度によれば――非常に短い時間だということになる（進化は十億年とは言わないまでも、数億年の時間を必要とするからだ）。

ソラリスは最初の試算によれば、五〇〇万年の間に〇・五天文単位（地球と太陽の間の平均距離）だけ、赤い太陽に近づき、さらに百万年後にはその太陽の灼熱の奈落の底に呑み込まれてしまうはずだった。

しかし、ほんの十数年後に人々が確信したのは、その軌道が予期されたような変化をまったく示さず、まったく一定のものであるかのようだ、ということだった。ソラリスの軌道は、太陽系の惑星の軌道と同じように、一定なのではないか、というのである。

それから観察と計算が——今度は最高度の厳密さを期して——繰り返されたが、その結果、確認されたのは、すでにわかっていることに過ぎなかった。つまり、ソラリスの軌道は不安定だということである。

毎年新たに発見される惑星は数百を数えるので、その星の一つ一つについて巨大な天文学の統計集に記載されるのは、せいぜい運行の基本的データを示す数行のメモ程度に過ぎない。最初はそんな星の一つだったソラリスは、そのとき特別な注目に値する天体の位に昇格したのだった。

その結果、この発見の四年後にはオッテンスキョルドの探検隊が、ソラリスのまわりを一周することに成功した。オッテンスキョルドはラオコーン号とそれに同行する二隻の副艦から惑星を調査したのだが、この探検はいわば臨時の、その場しのぎの偵察といった性格のものだった。なにしろ、着陸するための装備も整えていなかったのである。探検隊は、赤道上を回る軌道と両極点の上を通る軌道に相当多くの観測用無人人工衛星を乗せた。それらの人工衛星の基本的な任務は、重力ポテンシャルの測定だった。それに加えて、ほぼ全面的に大洋に覆われている惑星の表面と、その上に盛り上がったわずかな台地の調査も行われた。ソラリスの直径は地球よりも二十パーセント大きいのだが、その台地の表面積は全部合わせてもヨーロッパの広さに及ばない。これら切れ切れの、岩だらけで荒れ果てた陸地は不規則にあちこちに散らばってはいるが、主に南半球に集まっている。大気の成分も調査した結果、酸素がないことがわかった。また惑星の密度や、アルベド（太陽の入射光に対する反射光の強さの比）や、その他の天文学的な基礎データの非常に精密な測定も行われた。予想されていた通り、生命の痕跡は陸地にも発見されなかったし、大洋の中にも認められなかった。

　いまや宇宙のその地域のすべての観測者の注目の的になっていたソラリスは、その後十年の間、驚嘆すべき傾向を示した。ソラリスの軌道が重力的に不安定なことは疑いの余地がまったくないにもかかわらず、それでもソラリスは軌道を維持したのである。一時期、この問題はスキャンダルのにおいさえ漂わせることになった。というのも、そういう信じがたい観測結果が出たことの責任を（科学のためによかれと配慮して）ある特定の人たちに負わせようとするとか、あるいは彼らの使ったコンピュータのせいにしようとする、といった試みがなされたからである。

　資金の不足のせいで、しかるべきソラリス探検隊の派遣は、それから三年遅れ、最後にはようやくシャナハンが乗組員を集め、研究所からCトン級、宇宙空港クラスの船を三隻調達した。この探検隊は水瓶座のアルファ星域から飛び立ったのだが、それがソラリスに到着する一年半前に、別の探検船団が研究所のために、ソラリスをまわる軌道に自動〈人工衛星ルナ二四七〉を乗せた。この人工衛星はその後、数十年おきに三度にわたって次々に改造され、今日にいたるまで働き続けている。それによって集められたデータは、大洋の動きに能動的な性格が見られるというオッテンスキョルド探検隊による観察を、最終的に裏付けるものになった。

シャナハンの船団のうち、一隻は高い軌道にとどまり、他の二隻はしかるべき準備作業の後、岩だらけの陸地の一つに着陸した。その陸地はソラリスの南極のそばにあって、面積はおよそ六〇〇平方マイルだった。探検隊の作業は十八か月後には完了し、一度だけ、装置の誤作動のせいで起こった事故をのぞけば順調に行われた。しかし、乗り組んだ研究者チームは、二つの対立する陣営に分裂してしまった。論争の対象となったのは、海である。分析の結果に基づいて、それが有機的な形成物であることは認められていた（それを生物と呼ぶことは、当時はまだあえて誰もしなかったのだが）。しかし、生物学者たちはそれを何か巨大な癒合体のような、原始的な形成物であると考えた――つまり、それはおそろしく巨大に成長した、流動性を持った一つの細胞のようなもので（ただし、生物学者たちはそれを「前生物的形成」と呼んだ）、それが場所によっては百マイルもの深さに達するゼリー状の覆いで惑星全体を取り囲んでいるのだ、というわけである。それに対して、天文学者と物理学者たちは、この海は惑星の軌道形成に積極的に影響を及ぼすことができる以上、並外れて高度に組織された構造物に違いない、ひょっとしたら組成の複雑さにおいては地球の有機体を凌駕するものではないか、と主張した。というのも、ソラリスの振る舞いを説明できる、海以外のいかなる理由も発見されなかったからである。そればかりか惑星物理学者たちは、原形質《プラズマ》状の海で生ずるある種の一連の変化と、局地的に計測された重力ポテンシャルとの間に関係があることを発見した。重力ポテンシャルは実際、海の「物質代謝」に応じて変化していたのである。

そんなわけで、「原形質《プラズマ》状機械」という逆説的な表現を打ち出したのは、生物学者ではなく、物理学者だった。その意味するところは、われわれの概念では無生物にあたるのかもしれないけれども、目的を持った活動を企てることができる形成物、ということだ。しかも、急いで付け加えておけば、その活動たるや、天文学的な規模のものである。

この論争は一週間のうちにそれこそ旋風のように学界最高の権威をすべて巻き込み、ガモフ＝シャプリーの説は八〇年経って初めて揺るがされた。

しばらくの間は、ソラリスの海は生命とは何の関係もないと主張して、ガモフ＝シャプリーの説を擁護しようと努力する者もいた。つまり、これは「準《パラ》生物」とも「前《プレ》生物」とも呼べるようなものではなく、むしろ地質学的に形成されたものである。確かに、並外れた稀有の形成物ではあるけれども、それにできるのは、重力の変化を通じてソラリスの軌道を安定させることだけだ、というわけである。その際、引き合いに出されたのはル・シャトリエの法則*だった。

こういった保守派に対抗する様々な仮説もまた盛んに提出されるようになった。その中でも、例えば、比較的よく練り上げられたものの一つ、チヴィタ＝ヴィッティの仮説の主張するところによれば、ソラリスの海は弁証法的な発展の結果なのだという。すなわち、この海は、原大洋《プロト》という原始的な姿、化学物質に対して緩慢にしか反応しない溶液の状態から、厳しい条件（つまり、海の存在を脅かす、軌道の変化）の下に、地球で見られるような発展段階を一切経ずに、つまり単細胞・多細胞生物の発生も、動物や植物の進化も迂回して、神経組織も脳も誕生させずに、ただちに「恒常性《ホメオスタシス》＊＊をそなえた海」の段階に飛躍することができた。換言すれば、この海は、地球の生命体のように数億年をかけて環境に適応し、気の遠くなるような歳月の後に初めて理性を持った生物を誕生させる、といったことをせずに、いきなり自分の環境を支配するようになった、というのである。

まったく独創的な見解ではあった。ただし、その後もずっと、このシロップを思わせるゼリー状の海がどのようにして天体の軌道を安定させることができるのか、誰にもわからなかった。ほとんど一世紀も前から、重力発生装置、つまり、人工的な力の場や重力場を

＊　平衡状態にある系に、それを乱す影響を与えると、その効果を弱める方向に系の状態が変化するという法則。
＊＊　外部環境の変化などに応じて、生物体が内部環境をある一定の状態に保つこと。

作り出す装置は知られていた。しかし、重力発生装置の中で複雑な核反応と超高温の産物として得られる結果を、形も持たないどろどろの物質が達成できるなどとは、誰も夢にも思わなかったのだ。当時はあれこれの新聞が、読者の期待に応えると同時に学者の顰蹙《ひんしゅく》を買いながら、「ソラリスの謎」という主題をめぐって粗雑きわまりない思いつきに酔いしれた。中には、惑星の海は、なんと、地球の電気ウナギの遠い親戚だ、というような主張さえあったほどである。

この問題を解決することに少なくともある程度成功したとき、結局のところ、その説明は――その後ソラリスに関してはたびたび起こった事態だが――一つの謎のかわりにもう一つの、おそらくもっと驚くべき謎を突きつけたのだった。

調査によって判明したのは、海は少なくともわれわれの重力発生装置の原理にはよらずに活動しており(それ自体がそもそも不可能なことだったが)、時空間の特性を直接シミュレートすることができる、ということだった。そのため、たとえば、ソラリスの同一の子午線上でも時間の計測に偏差が生じる、ということが起こった。つまり、海はアインシュタイン＝ボエヴィの理論の帰結を知っているだけでなく、利用することさえできるのだ。

このことが公表されたとき、科学の世界では今世紀で最も激しい論争の嵐が巻き起こった。広く一般に真実と認められていた尊重すべき理論が瓦解し、科学文献の中にはこの上なく異端的な論文が登場する一方で、「天才的な海」か、「重力ゼリー」か、という議論に皆、興奮した。

これはすべて、私の生まれるゆうに十数年前起こったことだ。私が学校に通っていたころは、ソラリスはすでに――その後に判明した事実のおかげで――生命に恵まれた惑星であると一般に認められていた。ただし、そこに住んでいるのは、たった一つの個体なのだが……

私がほとんど機械的にページを繰っていたヒューズとユーグルの著書の第二巻は系統的分類から始まっていたが、それは独創的に考案されたものであると同時に、滑稽なものでもあった。表が順を追って示していたのは、こんな分類である――「種――ポリテリア、目――シンキティアリア、綱――メタモルファ」

まるで数え切れないくらい、この種に属する生物の実例を知っているかのようだが、実際にはいつも一つしかいなかったのだ。一つとは言っても、重さが十七兆トンもあるしろものだが。

指の下を、カラーの図表や、色とりどりのグラフや、スペクトルの写真と分析結果などが次々に飛ぶように過ぎてゆく。そこには基本的な変化の種類と速度、ならびに化学反応などが示されているのだ。分厚い本の先へ行けば行くほど、真っ白なページに乗って飛びすぎる数式がますます多くなっていく。四時間続く夜の闇に覆われて、ステーションの鋼鉄の底の下、数百メートルのところに横たわっているメタモルファ綱を代表する生物に関するわれわれの知識は、どうやら完璧だと考えてもよさそうだ。

しかし、実際には、この海が「生き物」であるのかどうかについては、まだ皆が一致しているわけではなかったし、それが理性を持っていると言えるかどうかについては、なおさらあやふやだったのだ。私はがたんと音を立てて大きな本を棚に置き、次の巻を取り出した。それは二部に分かれていた。第一部は、海とコンタクトをとることを目的とした当時の無数の実験の企てのすべての記録の要約になっていた。このコンタクトの試みは——いまでもあまりにもよく覚えているが——私の学生時代、際限のない一口話や、嘲笑や、ジョークの種になったものだ。中世のスコラ哲学でさえも、この問題が生み出したごたごたに比べれば、澄み切って、輝かしいほど明晰な論理体系のように見えた。この本の第二部はほとんど千三百ページもあるが、それは全部文献目録にあてられている。元の文献を全部集めたら、私が座っているこの部屋にはきっと入りきらないだろう。

コンタクトをとるための初期の試みは、刺激を双方向に変形して送る特別な電子装置を介して行われた。その際、海はその電子装置の形成に積極的に参加した。しかし、そのすべてがいったいどのように行われたのかは、完全な闇の中だ。そもそも「参加した」とは、どういう意味だろうか？　海は自分の中に浸された装置のいくつかの要素を変更し、その結果、あらかじめ決められていた放電のリズムが変化し、記録装置は大量のシグナルを書きとめた。それらのシグナルは、まるで高度に複雑な分析に取り組む巨大な活動の断片のようだった。しかし、このすべては何を意味するのだろうか？　ひょっとしたら、刺激を受けた海の瞬間的な状態を示すデータだったのだろうか？　あるいは、研究者たちから数千マイルも離れたどこかで巨大な形成物を発生させるインパルスだったのだろうか？　それとも、この海の太古からの真実が、不可解な論理構成体《コンストラクト》の電子的言語に翻訳されたものだろうか？　いや、ひょっとしたら、海の芸術作品？　いったい誰にそんなことがわかるだろう、なにしろ、一つの刺激に対して二度と同じ反応を得ることができなかったのだから。装置をほとんど破裂させかねないような爆発的なインパルスが返ってきたかと思うと、今度は、完全な沈黙、といった具合だった。結局、いかなる実験も二度繰り返すことはできなかったのだ。記録は絶えず増大し巨大な量になっていったが、その解読まではあと一歩、という感じがいつもしていた。なにしろ、記録解読の目的で特別に、これまでどんな問題のためにも必要とされなかったような情報加工能力を持った電子頭脳が作られたほどなのだ。実際のところ、いくつかの結果は得られた。海は、電気的、磁気的、重力的インパルスの発生源であり、いわば数学の言語を話していた。その放電のいくつかの系列《シークエンス》は、地球の分析的方法である集合理論の中でも最も抽象的な部門の知を利用して、分類することができた。そして、エネルギーと物質、有限と無限、素粒子と場などの相互関係の考察に取り組んでいる物理学の分野で知られる構造の相同物が現れた。このすべてを考え合わせて、学者たちは自分が相手にしているのは思考する怪物だ、という確信に次第に傾いていった。つまりこの海は、信じがたいほどの規模に肥大し、惑星全体を取り巻く原形質の脳のようなもので、宇宙の本質について異様なほど幅広く理論的な考察を行いながら時を過ごしている。この海は、われわれの理解のいかなる可能性も超えた巨大なモノローグを深淵で永遠に続けているのであって、われわれの装置が捉えるものはすべて、そのモノローグからたまたま盗み聞きした取るに足らない断片に過ぎない、というのである。

数学者たちの考えについては、そんなところだ。こういった仮説は人間の可能性を軽視する態度の現れだとか、まだ理解できていないとはいえ、これから理解することが可能なものに対して、卑屈にひれ伏すことになるとか、古ぼけた"ignoramus et ignorabimus"［我々は知らないし、知ることもないだろう］という教義を墓から掘り出してくるようなものだ、などと言って批判する人たちもいた。その一方で、これは有害で不毛なたわごとだ、数学者たちのこういった仮説に現れているのは、巨大な脳——それが電子的な脳であれ、原形質の脳であれ——の中に、生きることの最高の目的、存在の総決算を見ようとする現代の神話学だ、と考える人たちもいた。

さらに他の人たちは……いや、研究者も、様々な見解も、数え切れないほどだった。そもそも、「コンタクトをとる」試みの領域全体をひっくるめても、ソラリス学の他の部門と比べると結局はたいしたものではなかった。なにしろ、その他にも研究の専門化が——特に最近の四半世紀に——進んだ分野はいくつもあり、たとえば、ソラリス・サイバネティクス学者とソラリス・シンメトリー研究者の間では、ほとんど話が通じなくなっていた。「自分たちの間でさえ理解しあうことができないときに、どうして海を相手にそれができるんだね？」と、私の学生時代、研究所の所長だったヴェウベケが冗談めかして尋ねたことがある。この冗談には多くの真実が含まれていた。

なにしろ、この海がメタモルファ（変形体）綱に分類されたのも、偶然ではなかったのである。その波立つ表面は、互いにまったく異なった、そして地球のどんなものにも似ていない様々な形を作り出すことができたのだが、どうしてこのような原形質の「創造」がしばしば激しい勢いで吹き出てくるのか、その目的はいったい何なのか――適応なのか、認知のためなのか、それとも何か他のことなのか――は完全な謎だった。

本を棚に戻し――その本はとても重くて、両手でなければ支えられないほどだった――私は考えた。ソラリスに関するわれわれの知識は、いくつもの図書館を一杯にするほどたくさんあるけれども、役に立たない場所ふさぎ、ただ事実をごたごた集めただけの泥沼のようなものだ。われわれは、七八年前に知識をたくわえ始めたときと、同じ場所にとどまっているのではないだろうか。いや、じつはずっと悪くなっているのかもしれない、これだけの歳月の苦労が結局水の泡になってしまったのだから。

私たちが正確に知っていたのは、否定の領域のことばかりだった。海は機械を使わないし、それを作ることもしない――ある状況のもとではそうする能力があるように見えるのだが。というのも、海は自分の中に沈められたいくつかの装置の部品の複製を作ったことがあるからだ。ただし、それは調査作業が始まって最初の一、二年のことだけで、その後はベネディクト会修道士のような忍耐をもって繰り返された試みを海は一切無視し、まるでわれわれの装置にも製品にも（ということはつまり、われわれ人間に対しても）まったく興味を失ってしまったかのようだった。さらに、「否定的な知識」の列挙を続けるならば、海はいかなる神経組織も、細胞も、タンパク質に似た構造の物質も持っていない。いつも刺激に反応するわけではない——たとえ、どんなに強烈なものであっても（例えば、ギーゼの第二次探検隊の補助ロケットが起こした事故も、海は完全に「無視」した。この補助ロケットは三百キロメートルの高度から惑星の表面に墜落し、原子炉の核爆発を起こして半径一キロ半にわたって周囲の原形質の海を破壊したのだった）。

次第に科学者たちの間では「ソラリス問題」と言えば、「徒労に終わった問題」の意味を帯びるようになってきた。特に、今後の研究に対する助成金の打ち切りを求める声が近年上がっている研究所の執行部あたりでは、そうだった。ステーションを完全に閉鎖せよ、とまでは、いまのところまだ誰もあえて口には出さなかった。それでは、敗北をあまりにもはっきりと認めてしまうことになる。いずれにせよ、ある者たちは私的な会話で、われわれに必要なのは「ソラリス問題」からのできるだけ「栄誉ある」撤退だ、と言っていた。

しかし、多くの人たちにとって、特に若手にとって、この「問題」は次第に、自分自身の価値の試金石のようなものになっていった。「本質的には、ここで賭けられているのは、ソラリス文明の究明以上のことだ。われわれ自身のこと、人間の認識の限界が問題になっているのだから」と、彼らは言った。

しばらくの間、人気があった（新聞が毎日熱心に書きたてて広めた）のは、ソラリス全体を覆って漂う海は巨大な脳で、人類の文明よりも数百万年も発展した段階にある、という見方だった。つまり、この海は「宇宙のヨガ行者」とでも呼ぶべき賢者、全知の化身であって、もうとうの昔にあらゆる活動の空しさを悟り、それゆえ人間に対しても完全な沈黙を保っているというのである。しかし、これはまったくの誤りだった。というのも、生きている海は活動していたからだ――しかも、その活動たるや、はんぱなものではなかった。ただし、それは人間とは異なった観念や認識による活動で、町や橋を建設するわけでもなければ、空を飛ぶ機械を作るわけでもなく、空間を克服しようとも、超えていこうとするわけでもなかった（人間のほうが高度だという説を守ろうとする人たちは、何が何でもその点に人間にとって貴重な切り札を見ようとした）。そのかわり海は幾千もの変形、つまり「存在論的自己変容《メタモルフォーゼ》」を行っているだけなのだ。いやはや、それにしても、ソラリス学の著作のページは、この種の学術用語にはこと欠かなかった！　他方、ありとあらゆるソラリス関係文献《ソラリアナ》に食い入るように読みふけっているうちに、人はこんな印象を禁じえなかった――自分が相手にしているのは、確かに知的な、ひょっとしたら天才的な構築物の断片なのかもしれないが、そこには狂気すれすれの、手のつけられない愚かさの産物が支離滅裂に混ざっている。そのため、「ヨガ行者の海」という概念に対するアンチテーゼとして、「白痴の海」という考えが生まれたのだった。

　こういった仮説は、最古の哲学的問題の一つを墓から引っ張り出し、蘇らせた。物質と精神、意識との関係の問題である。最初に――デュ・ハアートのように――海に意識があると認めるためには、少なからぬ勇気を必要とした。この問題は方法論学者たちに形而上的なものと性急に宣告されたが、ほとんどすべての議論や論争の底でくすぶり続けることとなった。意識なしに思考することは可能だろうか？　しかし、海で生じているプロセスを思考と呼んでいいものだろうか？　そんなことを言うのなら、そもそも、山は非常に大きな石だということになるのか？　惑星は巨大な山と言えるだろうか？　こういった名称を使うことはできるだろう。しかし、規模が巨大になれば、新しい法則性と新しい現象が登場するものだ。

　この問題は、解答不可能な現代の円積問題になった。自分なりの考えを持つ思想家は誰でも、ソラリス学の宝庫に自分の貢献を付け加えようと努力した。今度は、われわれが相手にしているのは、「知的栄光」の時期が過ぎ去った後に訪れた退化と遅滞の産物なのだ、と主張する理論が続々と現れ増えていった。そういった理論によれば、なんと、海は神経膠腫《グリオーマ》のようなもの、つまり生体中に新たに生成した癌のようなもので、以前惑星に住んでいた生物の体内に生まれ、すべての宿主の体をむさぼり食って呑み込み、その残骸を溶かし合わせて、ひとりでに若返って永遠に続く超細胞的な生命力を持つ姿を作った、というのである。

地上の光に似た、蛍光灯の白色光の中で、私はテーブルの上に載っていた様々な装置や書籍を取りのけ、プラスチック製の上板《ボード》にソラリスの地図を広げ、金属の縁取りに両手をついて体を支えながら眺めてみた。生きている海には、浅瀬もあれば深みもある。そして、風化しつつある鉱石の薄い層に覆われた島々は、かつては海の底だったことを示している。海は自分の中に浸っている岩石の層の隆起や沈下もコントロールしていたのだろうか？　まったくわからない。地図の上で様々な色調の紫色や空色で塗られた二つの半球を眺めながら、私は――生まれてから、これでもう何度目だろうか――驚嘆の念を覚えていた。それは最初に、子供のころ学校でソラリスの存在を知ったときに味わったものと同様に強烈な感覚だった。

どうしてそんな気分になったのかわからないが、周囲のことも、その中に漂っているギバリャンの死の謎も、不意にどうでもいいもののように思われた。そして、私はどんな人間をも茫然とさせずにはおかないこの地図を見つめることに没頭するだけで、他のことを何も考えなかった。

この生命体の個々の区画は、それぞれの調査のために献身した研究者の名前を冠している。赤道付近の群島を取り囲むテクサル膠状隆起《グリオマツシーフ》をじっと見つめているとき、私は誰かの視線を感じた。

それでもまた地図の上に身をかがめていたが、もう地図は目に入らなかった。まるで全身が麻痺したようだったのだ。ドアは私の真向かいにあるが、重い箱と、さらにそこに押し当てられた戸棚で塞がれている。ロボットか何かだろう、と私は考えてみた。しかし、先ほどまで部屋にはロボットなど一つもなかったし、私に気づかれずに部屋に入ってくることも考えられない。首筋と背中の肌がひりひり焼けつくように感じられ、重々しく、じっと動かない視線に見られているという感覚が耐えがたくなっていった。私ははっきり自覚しないまま、首を肩の間に埋めるようにして、ますます強くテーブルにもたれかかった。するとテーブルはゆっくりと床を滑り始めたのだ。この動きが私を解放してくれたかのようだった。ぐいと激しい勢いで私は振り向いた。

部屋は空っぽだった。私の前に大きな半円形の窓が真っ黒な口をあけているだけだ。しかし、誰かに見られているという感覚は消えなかった。形も境界もなく、目を持たない巨大な暗闇が、私を見つめていた。ガラスの向こうの闇を照らし出すような星もまったくない。私は遮光ブラインドを引いた。ステーションに来てからまだ一時間も経っていないのに、どうしてここで迫害妄想の症例が出たのか、もううすうす見当がついてきた。私は反射的に、そのことをギバリャンの死と結びつけた。彼の人となりを知っていたので、それまでずっと、彼の心を乱せるものなど何もない、と思っていたのだが、いまでは確信が持てなくなった。

私は部屋の真ん中のテーブルの脇に立っていた。呼吸は落ち着き、額に吹き出ていた汗が冷えていくのを感じた。さっき考えたのは何だったかな？　そう、ロボットのことだ。廊下でも部屋の中でも、一体のロボットにも出くわさなかったのだが、これはとても奇妙なことだ。そろいもそろって、いったいどこに消えてしまったのだろう。ただ一つ、遠くから見かけたのは、ロケット発着場のメカニカル・サーヴィス部門のものだった。それ以外のロボットはどうしたのか？

時計を見た。そうだ、もうスナウトのところに行かなければならない。

部屋を出た。廊下は、天井を走る蛍光灯によってぼんやりと照らし出されていた。二つのドアの前を通り過ぎ、ギバリャンという名前の見えるドアまでやってきた。その前で私は長いこと立ったままだった。ステーション全体が静まり返っている。ドアのノブをつかんだ。その部屋に入ろうなどとは、じつはまったく思っていなかったのだ。ノブが回り、ドアがほんの少しだけ開き、隙間ができた。その中は一瞬の間真っ暗だったが、すぐに照明が点った。これでは、誰が廊下を通りかかっても、姿を見られてしまう。私は急いで敷居を越えて中に入り、ドアを——音のしないように、しかし、しっかりと——閉めた。それから振り返った。

　私は背中がほとんどドアに触れるくらいのところに立っていた。その部屋は私のよりは大きく、やはり展望窓がついていた。その窓のおよそ四分の三を覆う、水色と薔薇《ばら》色の細かい花柄のカーテンは、ステーション本来の備品ではなく、地球から持ち込まれたものに違いない。壁に沿って書棚と戸棚がいくつも並んでいたが、それらはいずれも銀色の光沢を帯びたとても明るい緑色に塗られていた。棚の中身は床に投げ出され、テーブルや椅子の間でうずたかい山のようになっている。私の目の前では、二台の移動式ワゴンが倒れ、割れたファイルから飛び出た雑誌の山に半ば埋もれて、行く手をふさいでいた。本という本が扇のように開かれた状態で転がり、様々な液体に浸っていた。それらの液体は、磨り減ったコルク栓のはまったフラスコやガラス瓶が割れて流れ出たものだが、そもそもフラスコや瓶の大部分は厚手のもので、たとえ相当な高さからでも床に落ちたくらいでは、普通は割れそうにもない。窓際ではデスクがひっくり返っていて、そこに付けられた回転アーム式のランプも壊れていた。さらに椅子がその前に転がっていたが、その脚のうちの二本は、床の上に引きずりだされた引き出しの中に突き刺さっていた。そして、手書きの文字に覆われたあれこれのカードや、紙や文書が洪水のように、床全体を埋め尽くしていた。私はギバリャンの筆跡を認めて、床に散らばった紙切れの上に身をかがめた。そして、ばらばらになった紙片を拾い集めているとき、ふと気づいた——自分の手がそれまでのように一つではなく、二つの影を投げかけているということに。

私は振り返った。薔薇色のカーテンが、まるで上の方から火をつけられて燃えているようで、激しい青色の炎が鋭い線のように見える。そして、その炎の線は刻一刻、広がっていくのだ。カーテンの布地をぐいと脇に引くと、恐ろしい火事のような光景が目を眩ませた。それは地平線の三分の一を覆っていた。長く、亡霊のように引き伸ばされた影の束が、波の合間のくぼみをつたってステーションのほうに向かって走っていた。それは東側だった。ステーションがある地域では、一時間だけの夜の後、惑星が持つもう一つの青い太陽が空に上るのだった。投げ散らかされた書類に私が戻ったとき、自動スイッチが天井の照明を消した。私が行き当たったのは、三週間ほど前に立案されたある実験の簡潔な記述だった。ギバリャンは、非常に強固なX線の作用に海の原形質をさらすことを計画したのだ。文面から判断して、それはどうも実際に実験を行うサルトリウスのために書かれたもののようだった。私が手に持っていたのはその文書のコピーなのだろう。紙の白さが目を眩ませるほどになってきた。新たに始まった日は、その前の日とはまったく違っていた。前の日には、冷えゆく太陽のオレンジ色の空の下、インクを流したように黒い海が、ところどころ血のような照り返しに光っていた。そしてこの海をほとんどいつも濁った薔薇色をした霧が覆い、あらゆるものを——雲も、波も——一つの丸屋根の中に溶け合わせていたのだ。ところが、いまや、そのすべてが消えうせてしまった。薔薇色のカーテンの布地を透過してきた光でさえも、強力な石英ランプのバーナーのように燃えていた。日に焼けた私の手は、その光の下ではほとんど灰色になった。部屋全体が様変わりしてしまった。それまで薔薇色がかった色調を帯びていたものはすべて鮮明さを失って、褐色がかり、なんだか肝臓のような色に見えた。そのかわり、もともと白色や、緑色、黄色だったものは、色調が鋭くなり、なんだか輝きを放射しているようだった。目を細めて、私はカーテンの隙間から外を見た。空は白い炎の海と化し、その下でまるで液体金属が震え、揺れているようだ。視界に赤い輪がいくつも現れ、どんどん広がっていくので、私はまぶたをぎゅっと閉じた。洗面台（その縁は砕けていた）の上に私は顔のほとんど半分を覆うような、暗い色ガラスのはいった眼鏡を見つけ、それを掛けた。そうすると、窓を覆うカーテンの輝きは、ナトリウムの炎程度のものになった。紙片を床から拾い上げ、ひっくり返っていないテーブルの一つにそれを置いて、私は読み進めた。テキストは一部が欠けていた。

すでに実施された実験の報告書だった。それを読んでわかったのは、現在地から南東に千四百マイルの地点で、海へのX線照射が行われたということだ。よくもまあ、こんなことをしたものだ、と私は驚いた。そもそも、X線を使用することは、その有害な作用のせいで、国連によって禁止されているのだ。そして、誰も地球にこの実験の許可を求めなかったに違いない、と思った。ふと首をあげると、簞笥のちょっと開いた扉の鏡に自分の姿が映っているのが見えた。黒い色眼鏡をかけた、死人を思わせるような真っ白な顔。白色と青色に燃える部屋も気味悪く見えた。しかし、数分後には長く引き伸ばされた軋む音が聞こえ、外側からよろい戸が下りてきて、窓を密閉した。部屋の中は暗くなり、それから人工照明が点った——今度は奇妙に青白い照明だ。次第に暖かくなっていき、空調設備のパイプからもれてくる規則正しい音は張りつめた悲鳴のようになった。ステーションの冷房装置は全力で回転していた。それにもかかわらず、ひどい暑さが耐えがたくなる一方だった。

足音が聞こえてきた。誰かが廊下を歩いているのだ。音も立てずに、二歩で私はドアの前まで身を運んだ。廊下の足音はゆるまり、そしてぴたりと止まった。歩いていた人物は、いまドアの向こうに立っているのだ。ドアの取っ手がゆっくりと回り始めた。私は何も考えず、反射的に自分の側から取っ手をつかみ、握り締めた。圧力はそれ以上強まることもなかったが、弱まりもしなかった。扉の向こう側にいる誰かもまた、同じように振る舞うだけで、驚愕に襲われて声も上げられないようだった。私たちはそうやってかなり長いこと、取っ手をつかみ合っていた。それから取っ手は突然、私の手の中で跳ね返った——扉の向こうで、手を離したのだろう。そしてさらさらという衣ずれの微かな音が聞こえ、扉の向こうにいた人物が立ち去っていくことがわかった。私はまだしばらくそこにじっと立ち、耳を澄ませたが、あたりは静けさに包まれていた。

客　Goście

ギバリャンのメモを慌てて四つ折りにして、ポケットにしまった。そして、ゆっくりと箪笥に近づき、中を覗いた——作業《コンビネーション》服やその他の衣類はひとかたまりになって、片隅に押し込められていた。まるで誰かが箪笥の中に立っていたかのようだ。床の上の書類の山からは、一枚の封筒の角が突き出ていた。その封筒を取ってみると、私宛のものだった。喉元《のどもと》が突然締め付けられたように感じながら、破って封を開けた。そして、はやる気持ちを無理に抑えながら、その中に入っている一枚の小さな紙切れを広げた。

ギバリャンは持ち前の几帳面な、並外れて小さな、しかし読みやすい字で書きとめていた。

ソラリス学年報第一巻、付録。また、F事件におけるメッセンジャーの特別見解、およびラヴィンツェルの『小アポクリファ』も参照。

　それで全部だ。それ以上は一言もない。大慌てで書いたことがわかる筆跡だった。これは本当に重要な情報なのだろうか。彼はこれをいつ書いたのか。できるだけ早く、図書室に行かなければならない、と私は思った。ソラリス学年報第一巻の付録のことなら知っていた――つまり、そういうものがあるということなら知っていたが、すでに純粋に歴史的な意味しか持たないものなので、手に取ったことは一度もなかった。一方、ラヴィンツェルなる人物だとか、彼の『小アポクリファ』のこととなると、聞いたことすらなかった。

　どうするべきか？

　もう十五分遅れていた。もう一度、ドアのところから、部屋全体を見回してみた。いまになって初めて、壁に垂直に固定された折り畳みベッドがあることに気づいた。広げられたソラリスの地図にさえぎられて、わからなかったのだ。地図の後ろに、何かが掛かっていた。ケースにはいった携帯用テープレコーダーだった。器械だけ取り出して、ケースは元の場所に戻した。そしてそのテープレコーダーをポケットに突っ込んだ。メーターを見ると、テープはほとんど録音済みになっていた。

　再びほんの一瞬の間、ドアの前に立ち、目を閉じて、静まり返った外の様子に聞き入った。何も聞こえない。ドアを開けた。廊下は黒い深淵のように見えた。このときようやく私は色眼鏡をはずし、天井から降り注ぐ弱々しい光を見た。そして、部屋を出てドアを閉め、無線室のある左のほうに向かった。

私は車の輻《や》のようにいくつもの廊下が放射状に出ている円形のホールのそばまでやってきた。そして、側面の狭い通路の前を通ったとき――その通路は、どうやら、バスルームに通じているようだったが――大きくははっきりしない、ほとんど薄闇と溶け合うような姿が見えたのだ。

足に根が生えたように、私は立ち止まった。その分岐路の奥から、巨体の黒人女がゆったりとしたアヒルのような足取りでやってきたのだ。彼女の白目のきらめきが見えた。そしてほとんど同時に、柔らかい裸足のぺたぺたいう音が聞こえた。彼女が身につけているものと言ったら、まるで藁《わら》を編んで作ったような、黄色っぽく輝く短いスカートだけだった。その胸には巨大な乳房がだらんと垂れ下がっている。黒い腕は普通の人間の太ももに匹敵するくらい太い。彼女は私のほうには見向きもしないで、私の前を――ほんの一メートルくらいしか離れていないところを――通り過ぎ、象のような尻を揺らしながら、立ち去っていった。旧石器時代の彫像には、脂肪がたまって尻がふくらんだ女性のものがあって、時に人類学博物館などで見ることができるが、彼女の姿もまさにそういった彫像を思わせた。廊下が曲がり角になっているところで、彼女は脇を向き、ギバリャンの部屋の中に姿を消した。ドアを開けているとき、彼女は一瞬、部屋の中を照らしていた、廊下よりも強い光を浴びて立った。しかし、ドアは静かに閉まり、私は一人取り残された。右手で左の手首をつかみ、全力で握り締めていたので、骨がぽきぽき音を立てるほどだった。放心状態のまま、私は周囲を見回した。何が起こったのか？　あれは何なのだ？　突然、誰かにいきなり殴られたかのように、私はスナウトの警告を思い出した。あれはいったい、どういう意味だったのだろう。あの醜怪なアフロディテは何者なのだ？　どこから現れたのか？　私は一歩だけ、ほんの一歩だけギバリャンの部屋のほうに足を踏み出して、立ち止まった。あの部屋に自分が入りはしないということは、自分でもあまりにもよくわかっていた。鼻腔を膨らませて、空気を吸ってみた。なんだかおかしい、どうも変なところがある——そうか！　私は無意識のうちに、彼女の汗の強烈で嫌な臭いを予期していたのだ。ところが、彼女が私のほんの目と鼻の先を通り過ぎたときでさえも、何の臭いも感じなかったのである。

壁の冷たい金属にもたれたまま、どのくらいそうやって立っていたのか、自分でもわからない。ステーションは静寂に包まれ、耳に聞こえる唯一の音は、遠くでエアー・コンプレッサーが立てる単調な響きだった。

平手で軽く顔を叩き、ゆっくりと無線室に向かった。ドアの取っ手を押したとき、鋭い声が聞こえた。

「誰だ？」

「ケルヴィンだ」

彼はアルミニウム製の箱の山と送信機の操作デスクの間の小テーブルに向かって座り、

缶詰から直接、濃縮肉《コンセントレート》を食べていた。彼がどうしてこの無線室を自分の住まいに選んだのか、わからない。私はドアのそばに茫然と突っ立ち、規則正しく咀嚼《そしやく》するあごを見つめた。そして突然、ひどい空腹を感じた。そこで戸棚の前に行って、山と積まれた皿の中から一番埃《ほこり》をかぶっていないものを選び、スナウトと向かい合わせに腰を下ろした。しばらくの間、私たちは黙々と食べていたが、それからスナウトが立ち上がり、壁にはめ込まれた棚から魔法瓶を取り出し、熱いブイヨンをそれぞれのコップに注いだ。そして、テーブルの上にはもう場所がなかったので、魔法瓶を床に置き、尋ねた。

「サルトリウスに会ったかね?」

「いや。彼はどこにいる?」

「上だ」

上の階には実験室があった。私たちは黙ったまま食べ続け、しまいには空になった缶詰のブリキがきいきい音を立て始めた。無線室はすっかり夜に包まれていた。窓は外からぴったりと閉ざされ、天井では四本の円形の蛍光灯が輝いている。その照り返しが、送信機のプラスチック製のカバーでちらちら震えていた。スナウトの頬骨の上の張りつめた肌には、赤い血管が浮き出していた。いま彼は、ゆったりとした黒いぼろぼろのセーターを着ていた。

「どうかしたかね?」とスナウトは聞いた。

「べつに。どうしてそんなことを聞く?」

「すごい汗じゃないか」

私は手のひらで額を拭った。実際、汗がぽたぽた滴り落ちていた。これは先ほどのショックに対する反応に違いない。彼は探るように私を見つめた。話してしまったものだろうか? しかし、彼のほうこそ私をもっと信用して、話してくれてもよさそうなものだ。ここではいったい、誰が誰を相手にゲームをしているのか。その不可解なルールとは、どんなものなのか。

「暑くてね」と、私は言った。「ここの空調設備はもっときちんと働くのかと思ったよ」

「一時間もすれば、正常な気温にもどるさ。で、本当に、暑さのせいだけかな?」彼は視線を上げて、私のほうを見た。私はそれが目に入らなかったかのように、几帳面に食べ物を嚙み続けた。

「これからどうするつもりだ?」私たちが食事を終えたとき、とうとう彼がたずねた。彼はすべての食器と空になった缶を壁ぎわの流しに放り込み、自分の肘掛け椅子にもどった。

「きみたちに合わせるよ」と、私は冷静を装って答えた。「研究計画が何かあるんだろう? 何らかの新しい刺激とか、なんでもX線か何かを使うという話じゃないか」

「X線だって?」彼は眉を上げた。「そんなこと、どこで聞いたんだ?」

「さあ、どこだったかな。誰かがそんなことを言っていた。プロメテウス号だったかもしれない。で、どうなんだ。もう、やっているのかい？」

「詳しいことは知らない。それはギバリャンのアイデアだった。そして、サルトリウスといっしょに始めた。でも、いったいどうしてそんなことを知っているんだ？」

私は肩をすくめた。

「詳しいことは知らないだって？　実験には当然立ち会うはずだろう、だってきみの分野の仕事でもあるんだから……」私は最後まで言い終えなかった。彼は黙ったままだ。空調装置から聞こえてくる悲鳴のような音が静まり、室温はなんとか我慢できるレベルに保たれた。空中にはただ、死にかけたハエの羽音のような、途切れることのない甲高い音が漂っている。スナウトは立ち上がり、制御盤の前に行き、スイッチをいじってぱちぱち音を立てたが、それには何の意味もなかった。主電源のスイッチが切られたままの状態だったからだ。そんなふうにしばらく戯れてから、彼は首をこちらには向けないまま、こう言った。

「それに関しては……そう……所定の手続きを補わなければならないだろうな」

「というと？」

彼は振り返り、まるで怒り狂ったような表情で私を見つめた。私はわざとスナウトの心をかき乱そうとしていたわけではない。しかし、いま行われているゲームのことがまったくわからない以上は、自分を抑え、言葉数も控えめにしたほうがいいと思ったのだ。骨ばった喉ぼとけが、首を包む黒いセーターの襟の上で、ぴくぴく震えていた。

「ギバリャンのところに行ったな」と、突然彼は言った。それは質問ではなかった。私は眉を上げ、彼の顔を穏やかに見つめた。

「彼の部屋に行っただろう」と、彼は繰り返した。

私は「そうだとしたら？」とでも言いたげに、首をちょっと動かした。彼にその先を言わせたかったのだ。

「部屋の中に誰がいた？」と、彼はたずねた。

彼はあの女のことを知っているのだ!!!

「誰も。誰かがいるなんて、ありえないじゃないか？」

「それなら、どうしておれを入れなかったんだ？」

私は微笑んだ。

「ぎょっとしたんだ。きみからあんな警告を受けていたから、ドアの取っ手が動き始めたとき、思わず押さえてしまった。でも、どうしてきみだって言わなかったんだい？　きみだとわかっていたら、入れていたのに」

「サルトリウスだと思ってね」と、彼は覚束《おぼつか》ない様子で言った。

「そうだとすると？」

「どう思うかね、その……あそこで起こったことについて？」と、彼は質問に対して質問で答えた。私はためらった。

「それについては、ぼくよりもよく知っているはずだろう。彼はどこにいる？」

「冷凍室だ」と、彼は即座に答えた。「すぐに運び込んだんだ、朝早く……なにしろ、この暑さだから」

「どこで彼を見つけた？」

「簞笥の中だ」

「簞笥の中？　ということは、もう死んでいた？」

「心臓はまだ打っていたけれども、呼吸はしていなかった。断末魔だった」

「応急措置はしたのかい？」

「いや」

「どうして？」

彼は答をためらった。

「間に合わなかったんだ。彼を横に寝かせる前に、死んでしまった」

「つまり、簞笥の中に立っていたということ？　作業服《コンビネーション》の間に？」

「そうだ」

彼は部屋の隅の小さなデスクのところに行って、その上に載っていた紙切れを持ってきた。そして、それを私の前に置いた。

「こんな仮の報告書を書いておいた」と、彼は言った。「きみが部屋をよく見てきたのは、かえってよかったくらいだ。死因は……ペルノスタールの致死量の注射だ。ほら、そこに書いてあるように……」

私は短い文面に目を走らせた。

「自殺……」と、私は小声で読み上げた。「で、理由は……？」

「神経衰弱……鬱《うつ》病……なんと言ったものかな。そういうことなら、おれよりもよくわかるだろう」

「よくわかるのは、自分の目で見たものだけだ」と私は答え、彼の目を下から見上げた——彼は私の前に立っていたのだ。

「それで、いったい何を言いたいんだ？」と、穏やかに彼が聞いた。

「ペルノスタールを自分に注射して、簞笥に隠れたって？　もしもそうならば、鬱病でも神経衰弱でもないいね。強度の精神異常だ。妄想《パラノイア》だな……。きっと、何かが見えると思ったんだろう……」彼の目を見つめながら話す私の口調は、ますます遅くなっていった。

彼は無線の制御盤のところにいって、またもやスイッチをかちゃかちゃいじり始めた。

「ここにはきみの署名があるけれども」と、私はちょっと口をつぐんでから、言った。

「サルトリウスは？」

「実験室にいる。さっき言っただろう。姿を現さないのさ。思うに、きっと……」

「きっと?」

「きっと、閉じこもってしまったんだな」

「閉じこもった? なるほど、閉じこもったというわけか。いやはや。バリケード封鎖でもしたのかな?」

「まあ、そんなところだろう」

「スナウト……」と、私は言った。「ステーションには、そのほかにも誰かいるね」

「見たのか?!」

彼は身をかがめて、私を見つめた。

「警告してくれたじゃないか。誰かのことが念頭にあったのかい? それとも幻覚なのか?」

「何を見たんだ?」

「あれは人間だね?」

彼は黙っていた。顔を見られたくないとでも言わんばかりに、壁のほうを向いてしまった。そして、金属製の仕切り板を指でとんとん叩いた。私は彼の手を見た。指の関節の血の跡はもうなくなっている。ほんの一瞬、頭に火花のようにひらめくものがあった。

「あれは実体のある人間だ」と、私はほとんど囁くような小声で、盗み聞きされてはこまる秘密を明かすような調子で言った。「そうだろう? 触《さわ》ることもできるし……傷つけることができる。きみが最後に見かけたのは、今日のことだった」

「どうして知っているんだ⁉」

彼は振り向かなかった。壁の間際に立って、まるで私の言葉に射抜かれたかのように胸を壁につけていた。

「ぼくの到着の直前のことだった……ほんの少し前に……？」

彼はまるで殴られたかのように、身を縮めた。その目は狂気をたたえていた。

「おまえは⁈!!!」彼は言葉を吐き出すように言った。「**おまえ**はいったい、何者だ？」

彼はいまにも私に飛び掛かってきそうな様子だった。私は、こんなことになるとは予期していなかった。これでは逆さまではないか。私が自分で名乗っている通りの人間だということを、彼は信じていないのだ。これはいったい、どういうことだろうか。スナウトはおびえきった様子で、私を見つめていた。もう狂気に侵されているのだろうか。何かの中毒なのか。いまや、どんなことでも考えられた。しかし、私はあれを――あの怪物を――見たのだ。だとすると、私自身も……同様に……？

「あれは何者なんだ？」と、私は聞いた。この言葉が彼を落ち着かせたようだ。まだ信用できないといった様子で、彼は一瞬私を探るように見つめた。自分の打った手が間違いだった、と私にはもうわかっていた。だから、彼が口を開くまえから、まともな答は返ってこないだろう、ということも知っていた。

彼はのろのろと肘掛け椅子に腰を下ろし、両手で頭を締め付けた。

「ここで起こっているのは……」と、彼は小声で言った。「熱病みたいなものかな……」

「あれは何者なんだ？」と、私はもう一度聞いた。

「もし知らないのなら……」と、彼はもぐもぐと言った。

「知らないのなら？」

「いや、何でもない」

「スナウト、ぼくたちは地球からかなり離れたところにいる。手の内をすべて見せ合おうじゃないか。何もかもがすっかりもつれてしまった」

「何がお望みなんだ？」

「きみが会ったのが誰なのか、言ってほしい」

「じゃあ、きみが会ったのは……？」と、彼は疑い深そうにぽつりと言った。

「堂々巡りはやめよう。ぼくも言うから、きみも言ってくれ。何を言っても、狂人扱いはしないから、安心していい。ぼくも知って……」

「狂人だって！　いやはや！」彼は笑い飛ばそうとした。「いやあ、きみは何にもわかっていないね、まったく何にも……そうだったら、救われるくらいだ。ほんの一瞬でも、これがすべて狂気のせいだと信じられれば、彼もあんなことはせずに、生きていただろうよ……」

「つまり、報告書に神経衰弱と書いたのは、嘘だったのか？」

「もちろんさ！」

「どうして本当のことを書かない？」

「どうして……？」と、彼は繰り返した。

沈黙が訪れた。またしても私は完全な闇の中に取り残され、何もわからなくなった。彼をうまく説得し、力を合わせて謎に取り組めるのではないかと、ほんの一瞬、思えたのだが。どうして、いったいどうして、彼は言おうとしないのか?!

「ロボットたちはどこだ？」と、私は言った。

「倉庫だ。発着場のサーヴィス部門以外のものは、全部しまってある」

「どうして？」

またしても答はなかった。

「言わない気か？」

「言えないんだ」

ここにはどうやら、私には把握できない要因があるようだった。階上のサルトリウスのところに行ってみようか？　突然、紙切れに書き留められたメモのことを思い出し、それがこの瞬間には一番重要なものに思えた。

「こんな条件のもとで、今後の仕事がどうなるか、想像できるかい？」と、私はたずねた。

彼は軽蔑したように、肩をすくめた。

「それはどういう意味だ？」

「へえ、そうかい？　それなら、きみは何をするつもりなんだね？」

彼は黙った。静けさの中で、裸足のぺたぺたという音が遠くから聞こえてきた。ニッケル製やプラスチック製の器械、電子装置を収納した高い棚、ガラス製品、精密機器などが立ち並ぶ中をだらしなく、足をひきずって歩くその音は、頭のおかしい者の道化じみたいたずらのように響いた。足音は近づいてくる。私は神経を張りつめてスナウトの様子をうかがいながら、立ち上がった。彼は目を細めて線のようにして、聞き耳を立てていた。しかし、おびえた様子はまったくなかった。ということは、彼が恐れているのは、あれではないのだろうか？

「あれはどこから現れたんだ？」と私はたずねた。そして、彼が答えないでぐずぐずしているうちに、こう言い足した。「言いたくないのか？」

「知らないんだ」

「そうか」

ぺたぺたという足音は遠ざかり、聞こえなくなった。

「おれの言うことが信じられないかな？」と、彼が言った。「誓って言うが、本当に知らないんだ」

私は無言のうちに、宇宙服を入れた戸棚を開けた。そして、中身が入っていなくても重い宇宙服をかきわけた。予想していた通り、その奥のフックにはガス銃がかかっていた。無重力空間で動くときに使うためのものだ。たいして役に立つものとは言えないが、それでも武器の一種にはなるだろう。そんな武器でも、まったくないよりはましだった。私は充電器をチェックし、ケースのベルトを肩に掛けた。スナウトは私の様子を用心深く見守っていた。私がベルトの長さの調整をしているとき、彼はあざけるように笑って、黄色い歯を見せた。

「獲物がたくさんあることを祈るよ！」と、彼は言った。

「いろいろとありがとう」と、私はドアのほうに向かいながら答えた。彼は突然、肘掛け椅子から跳ね起きた。

「ケルヴィン！」

私は彼を見た。その顔はもはや笑ってはいなかった。これほど疲れ切った顔を、これまで見たことがあっただろうか。

「ケルヴィン、違うんだ……おれは……本当に言えないんだ」彼は口ごもった。もっと何かを言うかと私は待ったが、彼は唇を動かしただけだった。その様子は、口から何かを吐き出そうとしているようにも見えた。

私は彼に背を向け、無言のうちに部屋の外に出た。

サルトリウス　　　Sartorius

廊下は空っぽで、まずまっすぐ伸び、その先で右に曲がっていた。私はステーションには一度も来たことがなかったけれども、予備訓練の一環として、地球の研究所にある寸分違わぬ複製の中で六週間暮らしていた。だから、アルミニウム製の階段がどこに通じているかも、わかっていたのだ。図書室には照明が点っていなかった。手探りでスイッチを見つけた。図書目録でソラリス学年報第一巻とその付録を探しだして、キーを押すと、赤い小さなランプが点った。貸し出しの記録を調べると、年報も、もう一冊の例の『小アポクリファ』も、ギバリャンの部屋にあることがわかった。私は照明を消して、階下に戻った。さきほど立ち去っていく足音を聞いたとはいえ、彼の部屋に入るのは怖かった。あれはもどってきているかもしれない。しばらくの間、私はドアの前に立っていたが、口をぎゅっと噛みしめ、意を決して中に入った。

部屋は照明に照らし出されていたが、誰もいなかった。手始めに、窓際の床に転がっているたくさんの本を調べた。しばらくして、ふと思いたって洋服箪笥のところに行き、扉を閉めた。作業服《コンビネーション》の間にできた空っぽな空間を見ていられなかったのだ。窓際の本の中には付録はなかった。私は一冊ももらすことなく本を次々と手にとっては移しているうちに、ベッドと箪笥の間に積まれた最後の本の山までたどりつき、そこで探していた巻を見つけた。

何かの手掛かりがあるのではないかと期待していたのだが、実際、人名索引にしおりがはさまれていた。そこを開けると、ある苗字に赤鉛筆で線が引かれていた。アンドレ・ベルトン――まったく見知らぬ名前だ。その名前は本の中で二か所に登場する。まず最初に登場するページを覗いてみてわかったのは、ベルトンがシャナハンの宇宙船の予備パイロットだったということだ。彼についての言及が次に現れるのは、百ページ以上も先だった。シャナハンの探検隊は、着陸直後は非常に慎重に行動していた。しかし十六日たって判明したのは、原形質の海がいかなる攻撃の兆候も示さないだけでなく、その表面に何を近づけても退くばかりで、器械とも人間とも直接の接触《コンタクト》をできるだけ避けようとしている、ということだった。そこで隊長のシャナハンと副隊長のティモリスは、用心のために設けられていた厳しい行動の規制を一部廃止してしまった。そのような規制を守っていると、作業の遂行がおそろしく困難になるだけでなく、何の成果ももたらさないと思われたからだ。

そのとき探検隊は二、三人の小グループに分けられ、数百マイルにも及ぶ海上の飛行を何度も行った。作業区域を遮蔽する防御シールドを作るために以前使われていたレーザーは、基地にしまわれた。このように方法を変えてからも、最初の四日間は特に事故らしい事故は起きなかった。ただ、宇宙服の酸素ボンベがときおり損傷しただけだ。どうやら、有毒な大気の腐食作用に排気バルブが耐えられないようだった。そのため、ほとんど毎日バルブを新しいものに替えなければならなかった。

五日目、つまり着陸の瞬間から数えて二一日目に、カルッチとフェヒネルという二人の研究者が（前者は放射線学者、後者は物理学者だった）、小型の二人乗りアエロモビールで海上の探検飛行を行った。アエロモビールというのは飛行機ではなく、圧縮空気のクッションに乗って動く一種のホヴァークラフトである。

しかし、二人は六時間経ってももどって来なかった。そのときシャナハンが不在のため基地を預かっていたティモリスは非常事態を宣言し、動員できる隊員をすべて捜索に向かわせた。

しかし、偶然は重なるもので、致命的なことに、その日は、探検隊の捜索グループが出発してからおよそ一時間後に無線通信が途絶えてしまった。原因は赤い太陽の大きな斑点だった。その斑点は、大気の上層にまで届くような強力な微粒子放射線を発していたのである。使えたのは超短波による通信装置だけだったが、これは二十数マイルくらいまでの連絡にしか役に立たなかった。さらに悪いことに、日没前に霧が濃くなり、捜索は中断せざるを得なくなった。

救援に向かったグループがすでに次々と基地にもどり始めていたとき、救援班の一つが岸からわずか八〇マイルほどのところでアエロモビールを見つけた。エンジンは動いていて機体に損傷はなく、アエロモビールは波立つ海面の上空に浮かんでいた。透明な操縦室《キャビン》には一人しかいなかった。半ば気を失ったカルッチである。

アエロモビールは基地まで運ばれ、カルッチは医師の手当てを受けた。そして、その日の晩のうちに、意識を完全にとりもどした。しかし、フェヒネルの運命については何も言うことができなかった。覚えていたのはただ、二人がすでに基地に戻ろうとしていたとき、息苦しさを感じたということだった。彼の酸素供給装置の排気バルブが故障して、彼が息を吸い込むたびに宇宙服の中に有毒なガスが少量ずつ入ってきたのだろう。

フェヒネルはカルッチの酸素ボンベを修理しようと骨を折るうちに、ベルトをはずして立ち上がらなければならなくなった。それがカルッチの覚えている最後のことだった。専門家たちの推定によれば、事件の経緯はおそらく次のようなものだった。カルッチの酸素供給装置を修理しようとするうちに、フェヒネルは操縦室《キャビン》の屋根を空けた——たぶん、操《キャ》縦室《ビン》の丸天井が低いため、そのままだと自由に身動きができなかったためだろう。確かにそれは許されることではあった。こういったアエロモビールの操縦室《キャビン》は気密室にはなっておらず、大気の影響や風から防御する役割しか果たしていなかったからだ。こうして作業をしているうちに、フェヒネルの酸素供給装置が故障したに違いない。そのため、彼は意識がもうろうとして上のほうによじ登ってしまい、丸天井の開口部からアエロモビールの背面に抜け出して、海に墜落した。

海の最初の犠牲者の一件は、このようなものだった。遺体の捜索は——宇宙服を着ていたため、波間に浮かんでいるはずだったが——何の成果ももたらさなかった。しかし、結局のところ、遺体はいまだにどこかを漂っているのかもしれなかった。なにしろ、ほとんどいつも霧の覆いに包まれ、波立っている数千、数万平方マイルにもわたる荒れ野のような海をくまなく探索することなど、探検隊の能力の限界を超えていたからだ。

話を前の出来事に戻すと、たそがれ時までには救助におもむいたすべての航空機が戻ってきたが、一機だけ例外があった。ベルトンが乗って出かけた大型の貨物用ヘリコプターである。

ヘリコプターが基地の上空に姿を現したのは、日が暮れて一時間近く経ち、皆がベルトンの安否を深刻に気づかい始めたときのことだった。彼は神経にショックを受けた状態にあり、自力でなんとかヘリコプターから這い出してきたが、それもひとえに皆から一目散に逃げ出すためだった。そして捕まえられると、泣きわめいた。十七年もの——しばしば最悪の条件の下での——宇宙飛行の経験を持つ男にしては、これは驚くべきことだった。

医師たちはベルトンもまた有毒ガスに侵されたのではないか、と考えた。ベルトンは見かけの上で平静を取り戻してからも、探検隊の母艦の内部からはほんの一瞬たりとも外に出ようとはせず、海の眺めが開ける窓のそばに寄ることさえもしなかったのだが、二日後には自分の飛行について報告をしたいと申し出た。非常に重要なことだから報告をぜひともしなければならないと言い張ったのである。その報告は、探検隊の評議会によって、大気中の有毒ガスに侵された頭脳による病的な産物と認められ、当然、探検の記録には含められず、ベルトンの病気のカルテに添えられ、それで一件落着となったのだった。

付録に書かれていたのは、それだけだ。問題の核心、つまり広い宇宙を股にかけてきたこのパイロットを神経衰弱にまで追い込んだものは、もちろんベルトンの報告そのものに含まれている、と私は推測した。そこでもう一度、本の山を引っ掻き回してみたが、『小アポクリファ』を見つけることはできなかった。疲れがひどくなってきたので、それ以上捜すのは明日にして、部屋を出た。アルミニウム製の階段の前を通ったとき、階上からの光が細い束のように段の上に落ちているのが目に入った。つまりサルトリウスはまだ仕事をしているということだ。こんな時間に！　彼に会わなければならない、と思った。

階上は少し暖かかった。幅が広く、天井の低い廊下のいたるところを、微かな風がふきめぐっていた。紙テープが換気装置の通風孔の上で、激しくぱたぱたと震えている。主実験室のドアは、金属に縁どられた厚くざらざらしたガラス板だった。そのガラスは内側から何か黒っぽいものに覆われていた。そのため、光は天井間際の狭い窓からしかもれてこなかった。ドアについた横棒状の取っ手を押してみた。案の定、ドアはびくともしなかった。部屋の中は静まりかえっていて、ときおり、まるでガス・バーナーが立てるようなかん高いしゅうしゅうという音が響いてくる。ノックをしてみたが、返事はなかった。「サルトリウス！」私は呼びかけた。「サルトリウス博士！　新しく来たケルヴィンです！　お会いしなければならないんです、お願いですから開けてください！」

まるでもみくちゃになった紙の上を誰かが歩いているような、微かなざわめきが聞こえ、それからまた静まりかえった。

「ケルヴィンです！　私のことは聞いているでしょう！　プロメテウス号で何時間か前に飛んで来たばかりです！」ドアの枠が金属のくぼみと接しているあたりに口を寄せて、叫んだ。「サルトリウス博士！　ここには誰もいません、私だけです！　どうか開けてください」

沈黙。それから微かなざわめき。何度かがちゃがちゃという音――とてもはっきりした音で、まるで誰かが金属製の盆の上に金属製の工具を並べているかのようだ。それから私は突然、ぎょっとして立ちすくんだ。まるで子供が駆け足をしているような、小刻みな一連の足音が聞こえたのだ。小さな足がひっきりなしに、ちょこちょこと動き回っているようだ。あれはきっと……きっと、誰かがよく音の反響する空の箱か何かをとても器用に指で叩いて、そういった足音の真似をしているのだろう。

「サルトリウス博士!!!」と、がなりたてた。「ドアを開けてくれるんですか、どうなんです?!」

答はない。またしても、子供の駆け足の音がしただけだ。ただ、今度は、同時にもっと力強く速い足音が何回か微かに聞こえてきた。まるで爪先立ちで歩いているような音だ。しかし、もしも爪先立ちで歩いているのだとすると、同じ人間が同時に子供の足音の真似をすることなど、できないのではないか。「いやはや、おれの知ったことか！」と私は思い、こみ上げてきた憤激をもう抑えることもせずに、怒鳴り声をはりあげた。

「サルトリウス博士!!! 十六か月もかけてここまでわざわざ飛んできたのは、あんたの茶番につきあうためじゃないんだ!!! これから十数える。それからドアを吹き飛ばすぞ!!!」

そううまく吹き飛ばせるものかどうか、わからなかった。

ガス銃の反動なんてたいして強いものではない。しかし、断固としてこの脅しを何らかの方法で実行に移すつもりだった。なんだったら、爆薬を捜しに行ってもいい。爆薬くらい、倉庫にはきっとあるだろう。私は譲ってはならない、と自分に言い聞かせた。つまり、この状況が私の手の内に押し込んできた、狂気の印のついたカードでゲームをすることなどできないのだ。

誰かが誰かと格闘しているか、あるいは何かを押しているような音が響いた。そして扉の内側のカーテンが五〇センチほど引き開けられ、ほっそりとした影が、霜に覆われたように曇ったドアのガラス板に映った。そして微かにしゃがれた甲高い声がこう言った。

「いま開ける。ただ中には入らないと約束してもらわないといかん」

「それなら、何のために開けようっていうんです⁉」

「私が出ていくから」

「いいでしょう、約束しますよ」

鍵穴の中で鍵が回るかちゃっという微かな音がして、それからドアの半分を覆っていた黒い人影がまたカーテンを元通りに閉めた。なにやら込み入った作業が行われているようだ――木のテーブルを動かしているようなぎしぎしという音が聞こえ、最後にようやく明るいガラス板がほんの少しだけ開き、その隙間をすり抜けるようにしてサルトリウスが廊下に出てきた。並外れて背の高い、やせぎすの男で、クリーム色のトリコットを身につけた体は骨しかないように見えた。首には黒いスカーフが巻かれている。肩には試薬であちこち焦げた防護用の作業着が、二つ折りになって掛かっていた。異様に細長い頭は、脇を向いていた。顔のほとんど半分が湾曲した黒い色眼鏡に覆われていて、彼の目を見分けることはできなかった。下顎は長く、巨大な唇は青ざめ、まるで凍傷にかかったかのようだ。耳も同様に青ざめている。ひげは剃っていない。両手首からは、放射線を通さない赤いゴム手袋が紐にぶらさがっていた。私たちは一瞬そうして立ったまま、嫌悪感も隠さずに互いを見つめた。頭に残った髪の毛は（まるで自分でバリカンを使っていがぐり頭に刈り上げたようだ）鉛色だったが、ひげは完全に白くなっていた。額はスナウトと同じように日焼けしていたが、日焼けは額のおよそ真ん中くらいの高さのところで水平線を描いて終わっていた。きっと日なたではいつも、頭にぴったりあう縁なし帽《スカルキャップ》か何かをかぶっていたのだろう。

「話をうかがいましょう」と、彼がとうとう口を開いた。私が何を言うか待っているというよりは、むしろ、神経を張りつめて自分の背後の空間に聞き耳を立てているといった様子で、背中でまだガラス戸に寄りかかったままだ。私はなんと答えたものか、しばらくの間、わからなかった。うっかり間の抜けたことを言ってはならない。

「ケルヴィンといいます……私のことは聞いているはずですが」と、私は切り出した。「ギバリャンといっしょに仕事をしている……いや、つまり、していた者です……」

全面的に垂直の線に刻まれた彼の痩せこけた顔は――ドン・キホーテもこんな顔をしていたに違いない――何の表情も示さなかった。湾曲した黒い色眼鏡が私のほうに狙いを定めているせいで、何かものを言うことがひどく難しかった。

「ギバリャンは、その……もう生きていない、と聞きましたが」と言い出して、私は話を中断した。

「その通り。それで？……」

その言葉には苛立ったような響きがあった。

「自殺したんでしょうか？……死体を見つけたのは博士ですか、それともスナウト？」

「どうしてそんなことを私に聞くんです？　スナウト博士から聞かなかったのかね……？」

「この件について、サルトリウス博士ご自身が何を言うか、聞きたいんです……」

「ケルヴィン博士、あなたは心理学者ですね？」

「そうです。だから？」

「つまり、学者ですね？」

「まあ、そうですが。でも、そんなこと、何の関係があるんです……」

「いや、犯罪を捜査する刑事か警官かと思いましたよ。いまは二時四〇分です。ところが、ステーションで行われている作業の流れになじもうと努力するならまだしも、あなたはそうしようともせず、実験室に乱暴に押し入ろうとしたばかりではなく、この私がまるで容疑者であるかのように、しつこく質問をしているじゃありませんか」

　私は一生懸命に自分を抑えた。そのせいで額に汗が吹き出したほどだ。

「サルトリウス博士、あなたは実際、容疑者扱いされてもおかしくありませんよ！」と、私は声を押し殺して言った。

　何としてでも彼の感情を害してやりたくなって、私はしつこく言葉を投げ足した。

「自分でもよくわかっているでしょう！」

「ケルヴィン君、その言葉を取り消して、謝罪しなさい。さもないと、無線の報告で苦情を申し立てますよ！」

「なんだって、謝罪しなきゃいけないんです？　あなたは私を迎え入れようともせず、ここで何が起こっているのか正直に説明もせず、実験室に閉じこもってバリケード封鎖をしている。それでいて、ぼくに謝罪をしろとはね?!　頭が完全にいかれたんじゃないんですか?!　実際、あなたは何者なんです——学者なんですか、それともみじめな臆病者なんですか?!　え？　答えてもらおうじゃないか?!」私は自分でも何をどなったのか、わからないほどだ。しかし、彼は身じろぎもしなかった。青白く、ぶつぶつと毛穴の目立つ彼の肌を大粒の汗が流れ落ちていく。突然、私は悟った——彼は私の言うことなど、聞いていなかったのだ！　彼は両手を背後に隠し、全力をふりしぼってその両手でドアを抑えようとしていた。ドアはまるで誰かが向こう側から押しているかのように、かちゃかちゃと震え始めていたのだ。

「どうか……もう……行ってくれ……」不意に彼は、奇妙な甲高い声で途切れ途切れに言った。「どうか……後生だから！　お願いだから行ってくれ、下に行ってくれ。私も後で行くから、行って、きみの望みどおり何でもするから。でも今はどうか、行ってくれ!!!」

その声にはたいへんな苦しみが感じられたので、私は茫然自失しながらも反射的に片手を上げ、ドアを抑えるのに加勢しようとした。なにしろ、彼がドアを抑えるために悪戦苦闘しているのは、火を見るよりも明らかだったからだ。ところが彼は、ナイフでも振り上げられたと思ったのだろうか、恐ろしい悲鳴をあげた。そのため私は後ずさりせざるを得なくなった。彼のほうはあいかわらず甲高い裏声で「あっちへ行け！　あっちへ行け！」と叫んだかと思うと、今度は「もう戻るから！　戻るよ！　戻るよ!!!　だめだ！　だめだ!!!」などと口走っていた。

　彼はドアをわずかに開け、中に飛び込んだ。彼の胸の高さあたりのところで何か金色がかったものがちらりと光ったような気がした。輝く円盤のようなものだろうか。そして今度は鈍く轟く音が実験室から聞こえてきて、ドアのカーテンが脇にさっと引かれ、大きく背の高い影がガラスのスクリーンをさっと横切ったかと思うと、カーテンはまたもとの場所に戻り、もう何も見えなくなった。部屋の中ではいったい何が起こっているのだろうか?!　足を踏み鳴らす音が響いた。猛烈な追いかけっこのようだ。しかし、それは耳をつんざくようなガラスの割れる音によって中断された。そして聞こえたのは、子供の高笑いの声だった……

　足ががくがく震えた。あたり一面を見回してみた。しーんと静まり返っている。プラスチック製の、窓の低い下枠に腰を下ろした。そのまま十五分ほども座っていただろうか、何を待っていたのか自分でもわからない。極限状態まで追い込まれたため、立ち上がる気力がなくなっていただけのことかもしれない。頭が割れるように痛んだ。どこか高いところから、長く続く軋む音が聞こえ、同時に周囲が明るくなった。

私の場所からは、実験室を取り巻いている円形廊下の一部しか見えなかった。この実験室はステーションの天辺に位置していて、装甲された上部外壁の真下にあたる。そのため廊下の外側の壁は傾斜した凹面になっており、数メートルおきにまるで銃眼のように窓がはめこまれている。外側から窓を覆っている跳ね上げ蓋《ハッチ》が、ちょうど上にあがっていくところだった。青い昼が終わろうとしていた。分厚いガラスを通して目も眩むような光が飛び込んできた。ニッケル板の一枚一枚が、ドアの取っ手の一つ一つが、まるで小さな太陽のように燃え出した。実験室のドアは――例のざらざらしたガラスの大きな板だが――暖炉の焚き口のように赤々と輝きだした。膝の上で組んだ両手をながめた。この不気味な光を浴びて手は灰色に見える。右手に握られていたのはガス銃。しかし、いつどんなふうにしてケースから引き抜いたものか、自分でもまったくわからない。私はその銃をケースの中にもどした。原子砲でさえも役に立たない、ということがもうわかっていた。原子砲を持ち出したところで、いったい何ができただろう？　ドアを吹きとばすのか？　実験室に押し入るのか？

私は立ち上がった。海の中に沈もうとする太陽の円盤は、まるで爆発した水素爆弾のようだった。そして、私の背後に水平の光の束を並べた。その光は手で触れそうなほど物質感のあるもので、頬に当たったとき（私はすでに階段を下りるところだった）、熱した焼印を押し当てられたように感じた。

階段の中ほどまで下りたところで私は考え直し、上にもどった。実験室の周囲を回ってみた。すでに述べたように、実験室はぐるっと廊下に取り巻かれている。百歩ほど歩くと、反対側の、まったく同じようなガラス製のドアの前に出た。それを開けようとは試みなかった。どうせ鍵がかかっているとわかっていたからだ。

プラスチックの壁に小窓か、せめて割れ目のようなものでもないか、と探してみた。サルトリウスの様子を覗き見しようとするのが卑劣なこととは、まったく思えなかった。あれこれの憶測にけりをつけて、真相を知りたかったのだ。ただし、真相を知ったとしても、それをどうしたら理解できるかについては、見当もつかなかったけれども。

ふと思い当たった。実験室は天井の窓、つまり、装甲された上部外壁にはめこまれた窓から採光している。だから、もしも外側に出られれば、その窓から中を覗きこむことができるかもしれない。そのためには、宇宙服と酸素ボンベを取りに下に行かなければならない。私は階段の前で立ち止まり、無駄骨にならないだろうか、と思案した。天井の窓にも曇りガラスがはまっている可能性は、大いにあるだろう。しかし、他にどうしようもなかった。私は中層に下りた。無線室の前を通らなければならなかった。ドアは開け放たれたままだ。スナウトは私がさきほど立ち去ったときのままの姿で、肘掛け椅子に座っていた。眠っている。彼は私の足音にぶるっと身震いし、眼を開けた。

「やあ、ケルヴィン！」しゃがれ声で彼は言った。私は黙っていた。

「どうだね、何かわかったかね？」

「わかった」と、私はゆっくり答えた。「彼はひとりじゃない」

スナウトは口を歪めた。

「なるほど。それはなかなかの発見だね。つまり、お客さんが来ている、というわけだ？」

「その正体が何なのか、教えたがらないんだ。なぜなのか、理解できないね」と私は、まるで何気なくといったふうに言ってみた。「ここにいれば、遅かれ早かれわかることじゃないか。それなら、どうして秘密にする必要がある？」

「自分のところにもお客さんが来たら、わかるさ」と、彼は答えた。彼は何かを待ち受けていて、あまり話をしたくない様子だった。

「どこに行くんだ？」と、私が背を向けたとき、彼が声をかけた。私は答えなかった。ロケット発着場は、さきほど私が立ち去ったときと同じ状態のままだった。台座には、胴体の周囲が焼け焦げた私のカプセルが乗っている。入り口は開け放たれたままだ。宇宙服を掛けたスタンドの前まで行ったところで、急にステーションの天辺に出て行くという冒険をする気が失せてしまった。私はその場で向きを変え、螺旋階段を下り、倉庫に向かった。狭い廊下は瓶や積み重ねられた箱であふれていた。壁はむきだしの金属で、照明を浴びて青っぽく輝いている。さらに数十歩進むと、天井の下に白い霜に覆われた冷却装置の導管が現れた。それに沿ってさらに進んだ。導管は分厚いプラスチック製の環に囲まれた継ぎ手を経て、密閉された部屋の中へと通じていた。ドアは重く、手のひら二つ分もの厚みがあり、縁がゴムに覆われていた。それを開けると、体の芯まで染みとおるような冷気が吹き寄せて私を包んだ。私はぶるっと震えた。ごちゃごちゃと絡みあったリールは雪に包まれ、そこからつららが垂れ下がっている。そこにはまた、雪の薄い層に覆われた箱や容器が置かれ、壁際の棚には缶や、透明なプラスチックに包まれた脂肪か何かの黄色がかった塊がところ狭しと並んでいる。樽の内部を思わせる天井は、奥のほうで低くなり、針のように凍りついた氷のせいできらきら光る厚いカーテンがかかっていた。その端をめくってみた。アルミニウム製の格子でできた寝台のうえに、灰色の布に包まれた大きく、細長い姿のものが横たわっていた。私は布のへりをつまみ上げ、凍りついたギバリャンの顔を覗き込んだ。灰色の束のまじった黒髪が額から頭蓋に、ぴったりと滑らかにはりついていた。のどぼとけのあたりが高く突き出て、まるで首がそこで折られているように見える。干からびた眼は垂直に天井を見上げ、まぶたの隅には氷が濁った滴のように固まりついていた。私は冷気に身を貫かれ、歯ががちがち鳴るのをやっとのことで抑えていた。そして、死体を覆う布をつかんだまま放さず、もう片方の手で彼の頬に触ってみた。まるで凍りついた材木のような感触だった。点々と黒いひげが生えているせいで、肌はざらざらしていた。さげすむような限りない忍耐の表情が、ぎゅっと結ばれた唇に凝固している。布の端を下ろそうとしたとき、遺体の向こう側で布のひだの下から、大小さまざまな数珠玉か豆粒のようなものが突き出ていることに私は気づいた。そしてぎょっとして、突然、体が凍りついたようになった。

それは足裏の側から見た、むき出しの足の指だったのだ。指の卵形のふくらみは互いから少し離れていた。そして、死体を覆う布のしわくちゃになった端の下に体を平らにして寝ていたのは、黒人の女だった。

彼女はまるで深い眠りに落ちているかのように、うつぶせに横たわっていた。私はそろそろと少しずつ厚い布を引いた。頭を覆う髪の毛はいくつもの房に編まれて、それぞれが青みを帯びた小さな塊のようになっている。髪と同様に真っ黒でどっしりとした腕が二つに折られ、その中に頭が置かれていた。背中の黒光りする肌は、隆起した背骨のせいで張りつめていた。その巨大な体には、生気を感じさせる動きはまったく認められなかった。もう一度、私は彼女のむき出しの足裏を眺め、はっと不思議なことに気づいた。その足裏はふだん支えなければならない体の重みにもかかわらず、傷つきもせず、扁平にもなっていなかったのだ。裸足で歩き回っているというのに角質化もしておらず、表面の皮膚は背中や腕と同様に薄かった。

その印象を確かめるために――死体に触るよりもはるかに難しいことだったが――私は彼女の足裏に触ってみた。すると、その時、信じがたいことが起こった。零下二十度の寒気にさらされていた体が生気を取り戻し、身動きをしたのだ。まるで眠っている犬が足をつかまれたときのように、彼女は足を引いた。

このままだと彼女は凍え死んでしまう、と私は思った。しかし、その体は安らかで、さほど冷たくもなく、指先には柔らかな感触がまだ残っていた。私はカーテンの後ろに退き、カーテンを下ろして廊下にもどった。廊下は異様なほど暑く感じられた。階段をつたって、ロケット発着場のホールの前に出た。そして筒状に巻かれたパラシュートの上に腰を下ろし、頭を抱えた。打ちのめされたような気分だ。いったい自分の身に何が起こっているのか、わからなかった。私は粉砕され、思考が断崖にそって下に沈み込み始め、いまにも墜落しそうだった。意識を失ってしまったら、いっそこの身が滅ぼされてしまったら、それこそこの上ない、筆舌に尽くしがたい恵みだろうと思われた。

スナウトやサルトリウスのところに行くべき理由はなかった。そもそも、これまでに私が経験したこと、見たこと、自分のこの手で触ったことをまとめて全体像を組み立てられるような人間がいるとは思えなかった。唯一の救い、いや、逃げ道となるような説明は、すべて狂気のせいだったという診断だろう。そう、私は気が狂ったに違いない、それもステーションに到着した直後に。ソラリスの海が脳に作用した結果、私は幻覚を次々に経験することになった。そうである以上、現実には存在していない謎を解き明かそうなどという無駄な試みに力を浪費することはない。必要なのは医師の助けを求め、無線室からプロメテウス号か何か他の宇宙船を呼び出し、ＳＯＳを送ることだ。

そのとき、自分でもあまり予期していなかったことが起こった。自分の気が狂ったと思うことによって、気分が落ち着いたのだ。

いまではスナウトの言葉の意味が、あまりにもよくわかった——もっとも、そもそもスナウトなる人物が存在し、彼と私が実際に会話した、と仮定しての話だが。なにしろ、幻覚はもっと前に始まっていたのかもしれないのだから。ひょっとしたら、私は精神病の発作に襲われたまま、いまだにずっとプロメテウス号の艦内にいるのではないだろうか。そして、これまで経験したことはすべて、刺激を受けた脳の生み出したものなのかもしれない。しかし、もしも病気であるのならば、快復する可能性もあるわけで、それは少なくとも救いの望みがあることを意味する。そして、まさにこの救いの望みというものを、まだほんの数時間にしかならないソラリスにおける経験の錯綜した悪夢の中に、私はどうしても認めることができなかったのだ。

そうだとすればまず第一に、論理的に考案された何らかの実験を——つまりexperimentum crucis［決定的な実験］を——自分自身に対して行う必要があるだろう。頭が本当に狂ってしまって、私は自分自身の想像力の作り出した幻の犠牲となったのか。それとも、いかに不条理で信じがたいとしても、私の経験はやはり現実にあったものなのか。それをはっきり示してくれるような実験である。

そんなふうに思案しながら、私はロケット発着場の運搬装置を支える金属製の梁をじっと見つめていた。それは壁から突き出た鋼鉄製の支柱で、凸状に盛り上がった鉄板でさらに補強され、淡い緑色に塗られていた。一メートルくらいの高さのところで何か所か塗装がはげているのは、きっと、ここを通るロケット運搬車にこすりとられたためだろう。私は鋼鉄に触り、それをしばらく手のひらで暖め、圧延された保護用鉄板の端を叩いてみた。はたして幻覚がこれほどの現実感を獲得するなんてことが、ありえるだろうか？　ありえる、と私は自分で自分に答えた。結局のところ、これは私の専門分野であり、そんなことはよくわかっていた。

それならば、いま考えたような決定的な実験は可能なのだろうか。最初はそんなことは不可能だと思われた。というのも、私の病んだ脳が（実際にそれが病んでいるとして）私の求める幻覚を何でも作り出してしまうだろうからだ。実際のところ、病気のときだけでなく、ごく普通の夢の中でさえも、自分が現実には知らない人たちと会話し、そういった夢の中の登場人物たちに質問をし、彼らの口から答を聞く、ということが起こる。しかも——こういった人物たちは本質的には私たち自身の精神の産物、言わば一時的に分離して、独立しているように見せかけている自分の精神の一部に過ぎないのにもかかわらず——どんな言葉が彼らの口から出てくるかは、彼らが実際に（つまり、その夢の中で）話しかけてくるまでは、私たちにもわからない。それにもかかわらず、彼らの言葉は本当に私たち自身の心から分離した一部によって準備されたものなのだ。したがって、私たちは架空の人物の口から言わせるための言葉を自分で考え出しているわけで、考え出した瞬間にはもうその言葉を知っているはずである。それゆえ、私が自分で何を計画して実現させようとも、ちょうど夢の中で人が行動するように自分もまた行動した、と説明することはいつでも可能だった。スナウトも、サルトリウスも、少なくとも現実に存在しなくともよかったのであって、彼らにどんな質問をしても無駄だったのだ。

薬か何かを服用してみたらどうだろう、とも考えてみた。強烈な作用を持つ薬剤、たとえばペヨトルとか、それ以外の薬でもいいが、幻覚や色彩を持つ幻影を呼び起こすようなものがいい。もしもそういった現象を経験できれば、自分の服用したものが実際に存在し、自分を取り巻く物質的な現実の一部であることが証明されるだろう。しかし、それもまた――と私は考えを進めた――待望の決定的な実験にはならないのではないか。なにしろ、薬は自分自身で選ぶしかないわけだし、その薬がどんなふうに作用するはずか、私は知っているからだ。それゆえ、薬の服用も、それによってもたらされる効果も、同様に私の想像力の産物だということにもなりかねない。

狂気の環の中に閉じ込められてしまって、そこから脱出できないのではないか――もう、そんな気もした。結局のところ、自分の脳と違ったふうに考えることは不可能なわけだし、自分自身の外側に出て、体の中で生起しているプロセスが正常であるかどうか検証するなどというのもできない相談だ。しかし、そのとき、突然あるアイデアが閃いたのだ。それは単純だが、それだけにうまい考えだった。

丸く畳まれたパラシュートの山から私は飛び起き、一目散に無線室へと駆け出した。無線室には誰もいなかった。壁に掛かった電気時計に何気なくちらりと目をやった。夜の四時になろうとしていた。夜とは言っても、それはステーション内での約束事であって、外ではもう夜明けの光が真っ赤に燃えていた。私はすばやく遠距離無線装置を始動させ、電子管が温まるのを待つ間に、実験の一つ一つの手順をもう一度頭の中で確認した。

ソラリスの周りを回っている小型人工衛星《サテロイド》の無人ステーションを呼び出すための信号を、私は覚えていなかった。しかし、それはメイン操作盤の上に掛かった表の中に見つかった。モールス符号で呼び出しのメッセージを送ると、八秒後に答がかえってきた。サテロイドが――というか、その電子頭脳が――リズミカルに繰り返される信号によって応答してきたのだ。

そのとき私は、その小型人工衛星《サテロイド》がソラリスの周りを回りながら二二秒ごとに通過する子午線――つまり、サテロイドがソラリスの両極とともに銀河の天空に描く大円――の位置を、小数点以下五桁まで正確に報告するように要求した。

それから腰をおろして、答を待った。答は十分後に来た。結果の印刷された紙テープを破り取って引き出しにしまい（紙テープのほうには視線さえ向けないように注意した）、図書室から大きな宇宙地図と対数表、人工衛星の通年運行表、そして何冊かの参考書を持ってきて、同じ問題に対する答を自分でも求めることに取りかかった。方程式を組み立てているうちに、一時間近く経ってしまった。こんなに疲れるほど一生懸命計算したのは何年ぶりのことだろうか、自分でも覚えていない。学生時代に天文学実習の試験を受けたとき以来ではないか。

計算はステーションの大型計算機で行った。私の推論は以下のようなものだった。私が宇宙地図から得る数字は、サテロイドから届けられたデータとは完全には一致しないはずだ。完全には一致しないというのは、サテロイドがソラリスと、互いの周りを回る二つの太陽の引力の影響を受け、さらにはソラリスの海によって引き起こされる引力の変化の作用も受けて、非常に複雑な摂動を起こしているからである。二つの数列が——つまり、サテロイドが送ってきたものと、宇宙地図にもとづいて理論的に計算されたものとが——そろったら、私は自分の計算に修正を加えよう。そうすれば、二種類の計算結果は小数点以下四桁まで一致するはずだ。偏差は小数点以下五桁目だけに残るだろう。それは、ソラリスの海の計算不可能な活動に由来するものである。

かりにサテロイドから送られてきた一連の数字が現実のものではなく、私の狂った頭の産物だとしても、それが他の一連の数字データと一致することはあり得ないだろう。なぜならば、私の脳がいかに病的な状態にあるといっても、ステーションの大型計算機によって遂行されたような計算を行うことは――どんな状況のもとでも――不可能だからだ。その計算には何か月もの時間が必要だろう。それゆえ、もしも数字が一致するならば、ステーションの大型計算機は実際に存在し、私は現実にそれを使ったのであって、その存在は幻影ではなかった、ということになる。

私は震える手で引き出しから電信用の紙テープを引っ張り出し、それをもう一つの、もっと幅が広い計算機の紙テープと並べて広げた。二つの数列は予期したように、小数点以下四桁まで一致していた。偏差が現れたのは、五桁目からだ。

紙を全部引き出しにしまった。つまり、計算機は私から独立して存在しているということだ。それはつまり、ステーションの存在も、その中にあるものすべての存在も現実であることを意味する。

引き出しを閉じようとしたとき、せっかちな筆跡の計算に埋め尽くされた紙の束があることに気がついた。取り出すと、一目見ただけで、誰かがすでに私がやったのと同じような実験を行ったのだということがわかった。ただし違いは、その誰かが銀河の天空に関するデータではなく、四〇秒ごとのソラリスのアルベドの測定をサテロイドに要求したということだ。

私は狂ってはいなかった。希望の最後の微光は消えた。送信機のスイッチを切って、魔法瓶のブイヨンの残りを飲み、自分の部屋にもどって寝ることにした。

ハリー　Harey

私は黙々と計算に没頭していた。倒れずにいられたのも、ひとえにそのおかげだろう。疲れきって朦朧《もうろう》としてしまい、部屋のベッドをうまく広げることもできず、上部の取っ手をはずすかわりに、手すりを引っ張ってしまった。そのため、ベッド全体が私の上に崩れ落ちてきた。それをやっとのことでうまく引き降ろすと、服も下着も床に脱ぎ捨て、半ば意識を失ったような状態でクッションの上に倒れこんだ。クッションをきちんと膨らませることもせずに。そして照明も消さないまま、いつの間にか眠ってしまった。目を開けたときは、ほんの数分しか寝ていないという感じがした。部屋は陰気な赤い光に包まれている。涼しくて、気分がいい。一糸まとわぬ裸のまま寝ていたのだ。ベッドの向かいでは、半ばカーテンが開いた窓のそばに、赤い太陽の光を浴びて誰かが椅子に座っていた。ハリーだった。白いビーチ・ドレスを着、素足で、足を組んでいる。後ろに撫《な》でつけられた黒っぽい髪、ドレスの薄い生地が張りつめた胸もと。彼女は肘まで日に焼けた腕を下におろし、身動きもしないで黒いまつげの奥から私を見つめていた。私はまったく心安らかに、彼女をじっと見つめていた。最初に思ったのは、こんなことだ――「すばらしいことだ、自分が夢を見ていると自分でもわかる夢だとは」。それにもかかわらず、彼女には消えて欲しかった。そこで目を閉じ、どうか彼女が消えますようにと一心に願った。しかし、目を開けると、前と同じように座っている彼女の姿があった。まるで口笛を吹こうとしているかのように、独特の形に唇を結んでいるが、目には微笑みはまったく感じられない。私は前の晩に眠りに就く前、夢について考えたことをすべて思い出した。彼女の姿は私が最後に見たときとまったく同じようだった。あのとき彼女は十九歳だったのだから、いまは二九歳になっているはずだ。しかし、当然のことながら、彼女はまったくどこも変わっていなかった。死者たちはいつまでも若いままなのだ。彼女は以前と同じように何を見てもただ驚いたような目をして、私を見つめていた。何かものをぶつけてやろうか、と私はふと思った。しかし、夢に過ぎないとはいっても、死んでいる女性に物を投げつけるなどということは――たとえ夢の中であれ――どうしてもできなかった。

「かわいそうに」と、私は言った。「ぼくに会いに来てくれたのかい？」

私はちょっとぞっとした。自分の声がそれほど生々しく響き、部屋全体もハリーもどう考えても現実のものにしか見えなかったからだ。

なんという迫真の夢だろう、色がついているだけでなく、床の上には昨晩ベッドに入ったときに気がつかなかったようなものまで、あれこれと見えている。目が覚めたら確かめてみよう、と私は考えた。そういった物は本当にここに転がっているのか、それとも夢の産物なのか、このハリーと同様に……

「そんなふうにずっと座っている気かい……？」と聞いてみて、私は自分が声をひそめていることに気づいた。これではまるで、誰かに聞かれるのを恐れているみたいだ。いやはや、夢の中で起こっていることを、誰かに盗み聞きされるなんて！

その間にも太陽が少し昇っていた。そうか、これもけっこう、と私は考えた。赤い日のうちに私は寝た。その後青い日があったはずで、それから新たな赤い日になるわけだ。十五時間もぶっ通しに寝られるわけがないのだから、これはきっと夢なのだ！

ほっとして、ハリーの姿をじっくりと見た。彼女は背後から光を浴びていた。カーテンの隙間から差し込んでくる光が、左の頰のビロードのようなうぶ毛を金色に染め、まつ毛が顔に長い影を投げかけている。美しい。やれやれ、現実ではないというのに、おれはなんて几帳面なんだろう、と私は考えた。太陽の運行にも注意を払っているし、彼女のあのえくぼがきちんと、びっくりしたように合わさった唇の端の下にあるようにも気を配っている。他の誰も、そんなところにえくぼなどできないだろう。しかし、そうはいっても、こんなことはもう終わってほしかった。仕事に取り掛からなければいけないのだから。そこで私はまぶたをぎゅっと閉じ、自分の目を覚まそうとしたのだが、そのとき突然、何かが軋むような音が聞こえた。とっさに目を開けた。すると、彼女が私のすぐそばでベッドに腰をかけ、真剣な顔で私を見つめていたのだ。彼女に微笑みかけると、向こうも微笑み返し、私の上に身をかがめてきた。最初の口づけは軽やかなものだった——まるで二人の子供のように。私は彼女に長いことキスをし続けた。こんなふうに夢を利用してもいいものだろうか、と私は考えた。でも、結局のところ、これは彼女の思い出に対する裏切りにさえもならないだろう。これは夢に現れた彼女、つまり彼女自身だからだ。こんなことはまだ一度もなかったけれども……。私たちはずっと何も話さなかった。私はあお向けに寝ていた。彼女が顔を持ち上げたとき、窓の側から陽に照らし出された小さな鼻孔の中を覗くことができた。鼻孔はいつでも彼女の気分を示すバロメーターだった。私は指先で彼女の耳を取り囲むようにした。耳たぶは口づけのせいで薔薇《ばら》色に染まっていた。そのせいだろうか、私はなんだかとても不安になった。始終自分に言い聞かせた、これは夢なんだ、と。それでも心臓が締めつけられるようだった。

私は意を決して、ベッドから跳び起きようと思った。しかし、内心、そうしようと思ってもうまくいかないのではないか、と覚悟していた。夢の中ではよく、自分の体が麻痺したか、存在しないかのようになって、自由に動かせないことがあるからだ。むしろ私が当てにしていたのは、そうしようと思って目が覚めることだった。しかし、目は覚めなかった。身を起こし、両足を床に下ろしただけだ。しかたない、この夢は最後まで見通すしかないんだろう、と私は考えた。だが、いい気分は跡形もなく消えうせていた。恐ろしかった。

「何が欲しいんだ?」と、私は聞いた。声はしわがれていて、咳払いをしなければならなかった。

私はむきだしの足で無意識のうちにスリッパを探り、ここにはスリッパなどなかったということを思い出す前に足の指を打ちつけてしまい、いまいましさのあまりちぇっと声を上げた。「さあ、これでやっと終わりだ!」と考えて満足した。

しかし、その先も何も起こらなかった。私が身を起こしてベッドに腰を下ろしたとき、ハリーは後ずさりし、ベッドの手すりに背中をもたせかけた。ドレスが左胸の乳首の真下あたりで、心臓の鼓動に合わせて微かに震えている。彼女は落ち着いた好奇のまなざしで、私を見つめていた。シャワーを浴びるのが一番いいのではないか、とも思ったが、よくよく考えてみれば、夢の中のシャワーでは目を覚ますこともできないだろうと思い当たった。

「きみはどこから現れたんだい?」と、私はたずねた。

彼女は私の片方の手を持ち上げ、それを昔のままの仕草で投げ上げ始めた。つまり、私の指先を下からぽんと跳ね上げては、それをつかまえたのだ。

「わからない。それで悪いの?」と、彼女は言った。

声も昔と同じように低かったし、ぼんやりと放心したような調子も変わっていない。彼女はいつも、自分で言う言葉など気にかけないような調子で、まるで何か別のことに気を取られているような話し方をした。そのため時には思慮の足りない人間のような、時には羞恥心《しゅうち》を欠いた人間のような印象を与えた。どんなものでもじっと見つめながら驚きの表情は押し殺し、目だけにしかそれを現さなかったからだ。

「誰かに……見られなかったかい？」

「さあ。いつも通り来ただけよ。そんなことが大事なの、クリス？」

彼女はあいかわらず私の手をもてあそんでいたが、その顔はもうそんな遊びには参加していなかった。彼女は顔をしかめた。

「ハリー……？」

「なあに、あなた？」

「ぼくのいる場所がどうしてわかったんだい？」

彼女は考え込んだ。そして、微笑んで——彼女の唇は暗い色をしていて、桜ん坊を食べてもそれとわからないほどだった——歯の先端をのぞかせた。

「わからない。可笑しいわね。わたしが入ってきたとき、あなたは眠っていたけれども、起こさなかった。起こしたくなかったの、あなたはすぐ怒るんですもの。怒りんぼの、嫌な人」彼女はその言葉に拍子を合わせて、私の手を勢いよく投げ上げた。

「きみは下にいたの？」

「いたわ。下から逃げ出してきたの。あそこは寒いんですもの」

彼女は私の手を放した。そして横に身を倒しながら、髪の毛が全部片側に垂れるように頭を後ろに一振りし、うっすらと笑いを浮かべて私を見た。そういえば、このうっすらとした笑いに私は最初のうち苛々させられたものだ。彼女を愛するようになって、ようやく苛々させられなくなったのだった。

「でも……ハリー……やっぱり……」私は口ごもった。

彼女の上に身をかがめ、ドレスの短い袖をまくってみた。小さな花に似た種痘の印のすぐ上に、針を刺した小さな跡が赤く見えていた。私はそれを予期していたとはいえ（というのも、あり得ないことの内にも何らかの論理のかけらがないものかとずっと探していたからだ）、それを見て吐き気を感じた。私は指でその注射の跡の小さな傷に触った。その注射のことはあの事件の後何年も夢に現れ、しわくちゃになったシーツの上で私はうめき声を上げながら目覚めたものだった。目覚めるときはいつも同じ格好で、ほとんど二つ折りになったように身を縮めていたのだが、それはすでにほとんど冷たくなった彼女の体を私が見つけたとき、彼女の寝ていた格好と同じだった。私は夢の中でも、彼女と同じことをしようと努力していたのだろう。まるでそうすることによって彼女の記憶に許しを乞おうとするかのように、あるいは彼女が注射の作用をすでに感じ、怖い思いをしていたに違いない最後の瞬間を彼女とともに過ごそうとするかのように。なにしろ、彼女はごく普通の怪我や傷でさえも怖がり、痛いことはもちろん、血を見ることさえも絶対に耐えられなかったのだ。その彼女が突然、私宛のカードに五つの単語を残して、あんなに恐ろしいことをするなんて。私はそのカードを書類の間にはさんで、いつも持ち歩いていた。カードはぼろぼろに擦《す》り切れ、折り目に沿って破れかけていたけれども、それと別れる勇気がなかったのだ。私は何千回も、彼女がそれを書いていた瞬間に、そしてそのとき彼女が感じていたはずのことに立ち返った。彼女はあんなことをすると見せかけて、私をびっくりさせたかっただけだ、ただ注射する薬の量が——うっかり間違えて——多すぎただけのことだ。私は自分にそう言い聞かせた。他の皆も、きっと間違いだったのだろう、そうでなければ、鬱《うつ》状態、それも突然襲ってきた鬱状態によって引き起こされた瞬間的な決断だったに違いない、と私に信じ込ませようとした。しかし、皆は知らないのだ——私がその五日前に彼女に何を言ったのかを。しかも、私は彼女をできるだけ手ひどく傷つけようと、荷物まで持って出たのだった。私が荷物をまとめているとき、彼女はこの上なく落ち着いた様子で「それがどういうことだか、わかっているのね？……」と言った。私はわかり過ぎるくらいわかっていたけれども、とぼけてわからない振りをした。それどころか、彼女を臆病者だと見なして、そのことも面と向かって言ってしまったのだ。ところが、その彼女がいま、ベッドを横切るように体を横たえ、注意深く私を見つめているのだ——まるで、私に殺されたことを知らないかのように。

「それだけなの、あなたにできるのは？」と、彼女は尋ねた。部屋は陽の光のせいで赤くなり、彼女の髪の毛の中にも微かな光がくすぶって見えた。彼女は自分の腕に目をやった。私があまりに長いことじろじろ見ているものだから、その腕が突然、なんだか重要なものに思えたのだろうか。私が手を離すと、彼女はその上に冷たく滑らかな頬を載せた。

「ハリー、まさかこんなことが……」と言う私の声は、しわがれていた。

「止めて！」

彼女は目を閉じていたが、張りつめたまぶたの下でその目が震えるのが、私には見えた。黒いまつげが頬に触れそうなほどだった。

「ここはどこだろう、ハリー？」

「うちよ」

「うちって言うと？」

彼女の目の片方が一瞬開いたが、またすぐに閉ざされた。まつげが私の手に触れてくすぐったかった。

「クリス！」

「何？」

「いい気持ちよ」

私は彼女を見下ろすように座って、身じろぎもしなかった。ふと首をあげると、洗面台の上の鏡にベッドの一部と、ハリーの乱れた髪と、私のむきだしの膝が見えた。床に転がっている、半ば融《と》けてしまった道具の一つを足で引き寄せ、自由なほうの手でそれを拾い上げた。その道具の先端は尖《とが》っていた。私はそれを自分の太もの、半円の対称形の傷跡が薔薇色に見えている場所の真上に当て、突き刺した。激痛が走った。私は流れ出した血を見つめた。血は大きな滴となって太ももの内側の表面を伝い、静かに床にぽたぽたしたたり落ちた。

無駄な試みだった。脳裏にうごめく恐ろしい考えがますますはっきりと形を取るようになり、私は自分に「これは夢なんだ」と言い聞かせることをすでに止めていた。だいぶ前から、夢だとは信じられなくなっていたのだ。そして、いまや、「自分の身を守らなければいけない」と考えていた。私は白い生地に覆われた彼女の背中から膨らんだ腰へと目を走らせた。彼女は素足を床の上にだらんと垂らしていた。その足に私は手を伸ばし、薔薇色のかかとを軽くつかみ、足裏を指でなでてみた。

生まれたばかりの赤ん坊のように柔らかかった。

いまや火を見るよりも明らかだった――これはハリーではない。そして、もう一つ、ほとんど確信できたのは、彼女自身がそれを知らないでいる、ということだった。

むき出しの足が私の手の中で動き、ハリーの暗い色の唇が声も立てずに笑いで膨らんだ。

「止めて……」と彼女はささやいた。

私は優しく手を離し、立ち上がった。私はまだ相変わらず裸のままだった。慌てて服を着ていると、彼女がベッドの上に身を起こすのが見えた。彼女は私を見つめていた。

「きみの荷物はどこ?」と私は聞いて、すぐに後悔した。

「わたしの荷物って?」

「だって、そのドレスしか持っていないのかい?」

これはもう演技だった。私はわざと無頓着に、普通の態度を取ろうとした。まるで昨日別れたばかりのように、いや、全然別れたことなどなかったかのように。彼女は立ち上がり、私にはおなじみの軽やかな、それでいて力強い動作でスカートをはたいて、しわを伸ばした。私の言葉に彼女は好奇心をかきたてられたようだったが、何も言わなかった。そして初めて周囲を冷静に探るような目で見回し、それから私のほうに向き直った。その顔にははっきりと驚きの色が現れている。

「わからない……」彼女は途方に暮れていた。「簞笥の中かしら?」彼女はそう付け加えて、扉を少し開けた。

「いや、そこに入っているのは作業服《コンビネーション》だけだ」と、私は答えた。そして洗面台の脇に電気かみそりが見つかったので、ひげを剃りはじめた。しかし、ひげを剃りながらも、この若い女に——それがいったい誰であるにせよ——背を向けないようにした。

彼女は部屋中を歩き回り、隅々を覗き込み、窓から外を眺め、最後に私の前にやってきて言った。

「クリス、何か起こったんじゃない？　なんだか、そんな気がする」

彼女はそこで急に口をつぐんだ。私はスイッチを切った電気かみそりを手に持ったまま、待った。

「何かを忘れてしまったみたいな……たくさんのことを忘れてしまったみたいな。知っているのは……覚えているのは、あなたのことだけ……それから……その他には……何にも」

私は顔色を変えないよう努力しながら、聞いていた。

「ひょっとして……病気だったのかしら？」

「そうだね……そう言ってもいいかもしれない。確かに、しばらくの間、きみはちょっと病気だった」

「やっぱり。きっとそのせいね」

それだけで彼女の顔はすぐに晴れた。そのとき自分が感じたことを、私は言い表すことができない。彼女が口をつぐみ、歩き回り、腰を下ろし、微笑んでいるとき、目の前にいるのがハリーだという確信は、私のおぞましい不安を打ち負かすほど強いものになるのだが、まさにそう感じた瞬間にまたしても、これはなんだか単純化され、いくつかの特徴的なものの言い方や、身振りや、動作に限定されたハリーではないのか、とも思えるのだった。彼女は私のすぐ目の前まで近寄って、握り締めた両のこぶしを私の首のすぐ下の胸もとに押し付け、こう聞いた。

「わたしたち、どうなのかしら。うまくいっているの？　そうじゃないの？」

「最高だよ」と、私は答えた。

彼女は微かに微笑んだ。

「あなたがそう言うときは、たいてい、悪いってことね」

「とんでもない。それはそうと、ハリー、ちょっと行かなきゃならないんだ」と、私は慌てて言った。「待っていてくれるね？　でも、ひょっとしたら……おなかが空いているのかな？」と、私は付け足した。私自身も突然、空腹感がつのってくることを感じたのだ。

「おなか？　空いていないわ」

彼女は首を振り、髪の毛が波のように揺れた。

「あなたを待っていなければいけないの？　長いこと？」

「ほんの一時間くらいさ」と私が言いかけると、彼女はそれをさえぎった。

「わたしもいっしょに行く」

「いっしょには行けないんだ、仕事なんだから」

「でもいっしょに行く」

これはまったく別のハリーだった。昔のハリーならば、しつこくつきまとうことはなかった。絶対に。

「それはだめなんだ、ハリー、いい子だから……」

彼女は上目づかいに私を見つめていたが、突然、私の手をつかんだ。私は自分の手のひらを、彼女の腕の手首のあたりから上に向かって這わせた。二の腕はふっくらとしていて、温かかった。そんなことをしたいとはまったく思わなかったのだが、それはもう、ほとんど愛撫だった。私の体のほうがその欲望を認め、そうしたがり、理性を超え、理屈や恐怖を度外視して、私にそうさせたのだった。

何が何でも冷静さは保とうとつとめながら、私は繰り返した。

「だめなんだ、ハリー、きみはここに残っていなければいけない」

「いやよ」

彼女の一言が、強烈に響き渡った。

「どうして?」

「どうしてって……わからないわ」

彼女はあたりを見回し、もう一度、私のほうに視線を上げた。

「できないの……」と、彼女はとても微かな声で言った。

「でも、どうして!?」

「わからない。どうしてもできないの。なんだか……なんだか……」

彼女は明らかに自分の内に答を捜し求めているようだった。そして、答が見つかったとき、それは彼女自身にとっても発見だった。

「なんだか、いつもあなたの姿を見ていなければいけないような……気がするの」

即物的でさめた抑揚のせいで、その言葉には感情の告白といった感じがしなかった。それは何かまったく別のものだった。そんな印象を受けたせいだろうか、彼女をつかみ、抱きしめようとする私の動作の意味が、突然、変わってしまったのだ。いや、外見上変わったことは何もなかった——彼女は私に抱きしめられて立っている。その目を見つめながら、私は彼女の両手を後ろに折り曲げようとした。その動作は最初のうちはまだ完全には断固としたものではなかったが、やがてある方向を取り、目的を探り出した。そうして私は、彼女を縛るのに使えるものが何かないかと、視線をあたりに走らせて探したのだった。

後ろにねじ曲げられた彼女の肘と肘は、互いに軽くぶつかると同時に張りつめておそろしい力を発揮したため、彼女を押さえつけようとする私の試みは無駄なものになってしまった。私が抵抗できたのは、たぶん、ほんの一秒くらいだろう。屈強な運動選手でさえも、いまのハリーのように後ろにのけぞらされ、つま先がかろうじて床についているような姿勢にされたら、身を振りほどくことはできないだろう。ところが彼女は平然と顔色一つ変えず、弱々しく頼りなげに微笑を浮かべたまま、自分をつかむ私の腕を払いのけ、身をまっすぐに戻して両腕を下ろしたのだった。

彼女の目は、一番最初、私が目覚めたときと同じように、穏やかな好奇の色を浮かべて私を見守っていた。まるで、たったいま、私が恐怖に襲われて死に物狂いでやってしまった試みのことなど、何もわからないといった風だ。いまや彼女は呆然と立ち尽くし、何かを待っているかのようだった。その姿は投げやりなようであると同時に、何かに意識を集中しているようでもあり、すべてにちょっとびっくりしているようでもあった。

私の両手はひとりでにだらりと垂れてしまった。私は彼女を部屋の真ん中に残し、洗面台の脇の棚のほうに向かった。自分が想像もできないような罠《わな》に捕えられたように感じた。そして出口を捜しながら、あれこれの方法を頭の中でじっくり検討してみたが、思いつく方法はますます残酷なものになっていった。いったい私の身に何が起こっているのか、このすべてはいったい何を意味するのか。もしも誰かにそう尋ねられても、私は一言も発することができないだろう。しかし、ステーションで私たち全員の身に起こっていることは、恐ろしくも不可解な、何らかの全体像を形作るべきものだと、私はすでに自覚していた。とは言うものの、この瞬間に考えていたのはそのことではない。私は逃げ出すことを可能にするような、何らかのトリック、何らかの手を見つけようとしていたのだ。ハリーのほうを見ないでも、彼女の視線が自分に向けられていることを感じた。棚の上の壁の中には、小さな携帯用救急箱がはいっていた。さっとその中に入っているものに目を走らせた。睡眠薬の入った小瓶を見つけ、最大の服用量にあたる四錠をコップの中に放り込んだ。私は自分のこういった策略を、ハリーからあまり隠そうとさえしなかった。どうしてかは説明しがたい。ともかく、そんなことについてはろくに考えもしなかったのだ。コップに湯を注ぎ、薬が溶けるまで待ち、ずっと部屋の真ん中に突っ立ったままのハリーに近寄った。

「怒っているの？」と、彼女は小声で聞いた。

「いや。これを飲んでみて」

どうして彼女が私の言うことを聞くと思い込んでいたのか、自分でもわからない。いずれにせよ、彼女は一言も言わずに私の手からコップを取り、その中身を一息に飲みほした。私は空になったコップを脇のテーブルに置き、箪笥と本棚の間の隅に腰を下ろした。ハリーは私のほうにゆっくりと近寄ってきて、肘掛け椅子の前の床に腰をおろし、かつてたびたびそうしていたように足を折ってあぐらをかいた。そして、やはり私には見慣れた動作で髪を後ろに振りはらった。私はもはやそれがハリーだとはまったく信じてはいなかったけれども、そういったちょっとした癖に彼女の面影を認めるたびに、息が詰まるような思いを味わった。不可解で、恐ろしいことだった。しかし、何よりも恐ろしいのは、私自身が狡猾に振る舞わざるを得ず、彼女がハリーだと思っている振りをしているということだ。ところが、彼女のほうは自分をハリーだと思い込んでいるわけで、そう考えて行動している彼女自身はずるく立ち回っているわけではなかったのである。事態はまさにそういうことなのだ、という考えにどうしてたどり着いたのか、自分でもわからない。しかし、それは私にとって確実なことだった——そもそもまだ何か確実なものが存在し得るとして！

私は座っていた。この若い女は私の膝に背中をもたせかけ、彼女の髪が私のじっと動かない腕に触れてくすぐったかった。私たちはほとんど身じろぎもせずに、そのままの姿勢でいた。私は二、三度、こっそり時計に目をやった。三〇分は過ぎている。睡眠薬がもう効いてくるはずだ。ハリーは何やら小声でつぶやいた。

「何て言ったの？」と私は聞いたが、答はなかった。私はそれを眠気が強まってきたことの兆候と取った。しかし、実を言うと、心の底では薬が効くかどうか、疑っていたのだ。どうしてか？　私はその問いに対しても、答を見つけられない。おそらく、こんな策略では単純過ぎたということなのだろう。

彼女の頭がゆっくりと私の膝の上にくずれ落ちてきて、黒髪が顔をすっかり覆い隠した。彼女は眠っている人間のように、規則正しく息をしていた。私は彼女をベッドに移そうと思って、身をかがめた。と、突然、彼女は目を開けないまま片手で私の髪をつかみ、激しい勢いで笑い出した。

私は全身をこわばらせた。しかし、彼女のほうは、なんと、楽しい気分を抑えきれずに笑い出したのだ。線のように細めた目で私を見つめる彼女の表情は、無邪気であると同時に、ずる賢そうでもあった。私は不自然に体をこわばらせ、茫然と、途方に暮れて座っていた。一方、ハリーはもう一度くすくす笑うと、顔を私の手に押し付け、それから黙った。

「どうして笑うんだい？」と、私はうつろな声で聞いた。少し不安げに考え込んだような、先ほどと同じ表情が彼女の顔に表れた。彼女は誠実に答えようとしているようだ。そして、指で自分の小さな鼻をぱちんとはじくと、ようやくため息まじりにこう言った。

「自分でもわからないわ」

その答の中には、率直な驚きの響きがあった。

「なんだかばかみたいでしょう?」と、彼女は話し始めた。「突然、なんだか、その……でも、お互いさまじゃない。あなただって、ふくれっ面をして座り込んで、なんだか、ほら、あの……ペルヴィスみたい……」

「えっ、誰だって?」と、私は聞き返した。聞き違えではないかと思ったからだ。

「ペルヴィスよ。ほら、知ってるでしょ、あの太った人……」

なんていうことだ、ハリーがペルヴィスを知っているわけがない。私から彼の話を聞いたなどということもありえない。それにはまったく疑問の余地はなかった。理由はごく単純で、ペルヴィスが探検から戻ったとき彼女の死後ゆうに三年は経っていたからだ。そのときまで私は彼と面識がなかったし、彼が研究所の集会の議長として、会議を無限にだらだらと引き延ばすという耐え難い悪癖の持ち主であることも知らなかった。そもそも彼の名前はペレ・ヴィリスであって、それを縮めてペルヴィスというあだ名ができたのだが、そのあだ名も彼の帰還の前には知られていなかった。

ハリーは両肘を私の膝に立てかけ、私の顔を見つめた。私は両手を彼女の二の腕に置き、そろそろと肩のほうに滑らせていった。そして、最後に私の両手はほとんど彼女の首の付け根のあたりまで行って、合わさった。その首はむき出しで、脈を打っていた。結局のところ、それは愛撫と言ってもいいようなものだったし、彼女はそのまなざしから判断して、そうとしか理解していないようだった。しかし、実際のところ、私は彼女の体に触ってそれが普通の、ぬくもりを持った人間の体であり、筋肉の下には骨と関節が隠されているということを確かめようとしていたのだ。彼女の穏やかな目を見ていると、自分の指で彼女の首を荒々しく締め付けたいという欲望がむらむらと湧き起こった。

そして本当に締めつけだしたところで、ふとスナウトの血まみれの手を思い出し、彼女を放した。

「なんて目つきなんでしょう……」と、彼女は穏やかに言った。

私は心臓があまりに激しく打っていて、何も答えられるような状態ではなかった。そして、一瞬の間目を細めた。

突然、頭に行動の手順が浮かび上がってきた。最初から最後まで、あらゆる細部にわたって完全な計画だ。一瞬も無駄にすることなく、私は肘掛け椅子から立ち上がった。

「もう行かなければならないんだ、ハリー」と、私は言った。「でも、どうしてもと言うんなら、いっしょに行こう」

「いいわ」

彼女は飛び起きた。

「どうしてはだしなんだい？」と聞きながら、私は簞笥に近寄り、色とりどりの作業服《コンビネーション》の中から二着を選んだ。一つは自分のため、もう一つは彼女のためだ。

「さあ……きっと、どこかで靴を脱ぎ捨ててしまったんでしょう……」と、彼女はおぼつかない様子で言った。私はそれを聞き流した。

「そのドレスを着たままじゃ、これは着られない。それは脱がないといけないな」

「作業服？　なんのために……？」と聞きながらも、彼女はすぐにドレスを脱ぎにかかった。ところが、そのとたんになんだか奇妙なことがわかった。ドレスを脱ごうにも脱げなかったのだ。なにしろボタンが一つもなかったからである。真ん中の赤いボタンは、見せ掛けだけの飾りだった。ファスナーであれ他の種類のものであれ、開閉できる場所はまったくなかった。ハリーは途方に暮れたように微笑んだ。私はそんなことは何でもない、ごくありふれたことじゃないか、とでも言わんばかりの顔をして、床からメスに似た道具を拾い上げ、首筋をむきだした襟ぐり《デコルテ》が終わる背中のほうから、切れ目を入れた。こうすればもう、ドレスを頭から脱ぐことができる。作業服はハリーにはちょっと大きすぎた。

「飛ぶの？……でも、あなたも？」二人ともすでに作業服を着て、部屋を出ようとしていたとき、彼女が聞きただした。私はうなずいただけだった。スナウトに出くわすのではないかとひやひやしたが、発射場へ通じる廊下には人気がなく、無線室の前を通り過ぎなければならなかったが、そのドアは閉ざされたままだった。

ステーションはあいかわらずしんと静まりかえっていた。ハリーはその様子をじっと見守っていた。私は小さな電動カートでロケットを中央のボックスから空いている線路に運びだし、リモートコントロールで動く方向舵と噴射口の状態を順々に点検し、円盤状の発射台の丸い回転盤からまず空のカプセルを片付けて、そこに発射用カートとともにロケットを載せた。それは、丸天井の中央の漏斗状の屋根の下の位置にあった。

それはステーションと小型人工衛星《サテロイド》の間の連絡をとるための小型船だった。貨物の運搬に使われるもので、人間用ではなかった。人間を乗せるとしたら、おそらく、例外的な事態のときだけだろう。というのも、内側からは開けられないようになっていたからだ。それこそがまさに私に好都合な点で、計画の一部になっていたのだ。もちろんロケットを発射するつもりはなかったが、まるで本当に発射するかのように、すべてをきちんと準備した。ハリーは私といっしょに何度か宇宙旅行をしていたから、ロケットの発射のことも多少は心得ていたのだ。私はさらに船内のエアー・コンディショナーと酸素供給装置を点検し、その二つを次々と作動させた。メイン回路のスイッチを入れてコントロール・ランプが点灯すると、私は狭い宇宙船の内部から這い出し、タラップの前に立っていたハリーに中を指し示した。

「さあ、中に入って」

「あなたは？」

「後から入るよ。ハッチを閉めなければならないから」

計略を前もって見抜くことが彼女にできるとは思えなかった。彼女がタラップを登って船内に入るやいなや、私は首を戸口の中に突っ込み、すわり心地がいいかとたずねた。窮屈な空間に押し殺されたようなくぐもった「ええ」という声が聞こえたとき、私は後ずさり、勢いよくハッチをばたんと閉めた。そして二回だけの動作で、次々と二つのかんぬきを深く掛け、あらかじめ用意しておいたスパナで五本の固定用ボルトを装甲板のくぼみにぎゅっと締め付け始めた。

先の尖った葉巻のような形の宇宙船は垂直に立っていて、まるでいまにも宇宙空間に飛び立って行きそうだった。その中に閉じ込められても、苦しい思いをするわけではないということが、私にはわかっていた。ロケットの中に酸素はたっぷりあるし、食糧だって少しある。いずれにせよ、彼女をそこにずっと閉じ込めておくつもりなど毛頭なかった。なんとしてでも、少なくとも二、三時間の自由を手に入れたかったのだ。これから先の計画を立て、スナウトと——いまや対等の立場で——連絡をとるために。

最後から二本目のボルトを締め付けているとき、金属製の支柱がかすかに震えるように感じた。ロケットはその支柱に囲まれ、三方から突き出た取っ手だけに引っ掛かるように立っていた。しかし、自分が大きなスパナを勢いよく回しているうちに、鋼鉄の塊のような船体を知らぬ間に揺すぶってしまったのだろう、と私は考えた。

しかし数歩離れたとき、二度と目にしたくないような光景を私は見た。

ロケット全体が、内側から次々と加えられる打撃に突き動かされるように、震動していたのだ。それにしても、なんという力だろう！　宇宙船の中にいるのがかりに黒い髪のきゃしゃな娘ではなく、鋼鉄製のロボットだったとしても、八トンもの質量を持った宇宙船にこれほど激しい痙攣《けいれん》のような震動を引き起こすことなど、きっとできないだろう！

宇宙船の磨き上げられた表面に当たった発射場の電灯の光がきらきら光り、震えていた。結局のところ、打撃の音などまったく聞こえず、ロケットの内部は完全に静まり返っていたのだ。ただ宇宙船を吊るすようにして支えている台座の、大きく開いた足のような支柱が、まるで楽器の弦のように震えて、くっきりとした輪郭を失っていた。震動の頻度があまりに高いので、宇宙船を覆う装甲板が破れるのではないかと思って私はぞっとした。震える手で最後のボルトを締め終えると、私はスパナを投げ捨て、タラップから飛び降りた。ゆっくりと後ずさりしていく私の目には、一定の連続的な圧力しか想定していない緩衝装置の指針が表示盤の中で飛び跳ねているのが見えた。宇宙船の装甲の覆いが、均質な輝きを失いつつあるように思えた。私は狂ったようにリモートコントロール用の制御盤のほうに飛んで行き、両手で原子炉と通信装置の始動レバーを押し上げた。そのときロケットの内部とつながったスピーカーから、耳をつんざくような泣き声とも口笛ともつかない、人間の声とはとうてい思えない音がほとばしった。しかし、それでもその音の中に、私は「クリス！　クリス！　クリス!!!」と繰り返し泣きわめく声を聞き取ったのだった。

もっとも、はっきりとそれが聞こえたわけではない。私は指の関節をあちこちにぶつけて傷つけ、血が噴き出した。それほど取り乱して乱暴に、私はロケットをなんとか始動させようとしていたのだ。青みがかった微かな光が壁を照らし、射出口の下の円盤型の発射台から埃がどっとわき起こって渦を巻いたかと思うと、それは毒々しい火の粉の柱に変容し、すべての音が長く持続する高い響きにかき消された。ロケットは三本の炎に持ち上げられ、その炎はすぐに溶け合って一本の火柱となった。そしてロケットはゆらめく灼熱のもやを後に残して、開いた発射口から飛び出していった。そして発射口はただちにシャッターに閉ざされ、自動的に動き始めたコンプレッサーが、刺激性の煙の渦巻く発射ホールを洗い清めるように新鮮な空気を送りこんだ。しかし、何がどうなっているのか、自分でもまったくわからなかった。私はコントロール・パネルに両手をつき、まだ冷めやらない炎の熱に顔を火照らせていた。髪の毛は熱線の衝撃を受け、焼け焦げてちりぢりになっている。私はひきつけを起こしたように夢中で空気を吸おうとした。空気は焦げ臭く、オゾンのようにイオン化特有のにおいがした。発射の瞬間には反射的に目を閉じたのだが、それでもロケットが飛び立つ際の炎のせいで目は眩んでしまった。かなりの間、黒や赤や金色の環しか私には見えなかった。しかし、それらの環も少しずつ四散し、煙と埃ともやは換気装置に吸い込まれて消えて行った。最初に私の目がとらえることのできたものは、緑色がかった光を放つレーダーのスクリーンだった。探知レーダーを操って、私はロケットを探した。ロケットをやっと探知したとき、それはもはや大気圏の外に出ていた。こんなにも狂ったように、訳もわからずにロケットを発射したことは、生まれてこのかた一度もなかった。なにしろ、どのくらいの加速度を与えるのかも、そもそもどこに向けて発射するのかも、まるでわからないままだったからだ。一番簡単なのは、おおよそ千キロメートルくらいの高度でソラリスを回る円軌道に乗せることだろう、と私は考えた。そうすればエンジンを止めることができる。エンジンがこの先どのくらい持つかわからなかったし、このまま飛び続ければ計り知れない結果をもたらす事故が起こらないとも限らない。高度千キロメートルの軌道は――表によって確認することができたのだが――静止軌道だった。じつは、だからといって、何も保証されるわけではなかった。それは単に、私に考えられる唯一の出口だったのだ。

発射直後にスイッチを切ったスピーカーを再び作動させる勇気は、私にはなかった。もはや人間らしさなど残っていないあの恐ろしい声をもう一度聞く羽目になるくらいならば、何も知らないでいるほうがましだった。あらゆる見せかけは剝ぎ取られた、といまや私は自分に言い聞かせることができた。そしてハリーの顔の見せかけを透かして別の、本当の顔が見え始めていた。本当の顔——つまり、それを前にしたとき、狂気が実際に救いのための選択肢になってしまうようなもの。

発射場を立ち去ったのは、一時だった。

『小アポクリファ』　*Maly Apokryf*

顔と手の皮膚が焼けただれていた。私はふと思い出した。たしかハリーのための睡眠薬を捜しているとき（いやはや、いまにして思えば、この無邪気さには笑ってしまいたくもなる——笑えるものならの話だが）、救急箱の中に火傷用の軟膏《なんこう》の小瓶が見えたはずだ。そこで私は自分の部屋に向かった。ドアを開けると、日没の赤い光の中で、肘掛け椅子に誰かが座っているのが見えた。さきほどまでその肘掛け椅子の前にハリーがひざまずいていたのだ。私は恐怖のあまり、身が凍りついた。そして慌てふためき、逃げ出そうとして、がむしゃらに身を引いた。しかし、そんな状態が続いたのはほんの一瞬のことだ。座っていた人物が顔をあげた——スナウトだった。彼は足を組み、背を私のほうに向け（あいかわらず、試薬のせいであちこちが焼け焦げた例の麻布のズボンをはいていた）、何かの書類に目を通していたのだ。かたわらの小テーブルには書類の束が積まれている。私の姿を見ると、その書類をすべて脇にのけて、しばらくの間、鼻の先までずり落ちた眼鏡越しに陰気な顔をして私をじっと見つめた。

私は何も言わずに洗面台のほうに行き、救急箱から半液体状の軟膏を取り出し、額と頬の火傷がいちばんひどい箇所にそれを塗りつけた。幸い、あまりひどく腫れてはいない。また、まぶたをぎゅっと閉じていたおかげで、目は無事だった。こめかみと頬にできたいくつかの大きな火ぶくれには消毒済みの注射針を刺して、中の漿液《しょうえき》を押し出した。それから湿布用のガーゼを二切れ顔に貼った。その間中、スナウトは私を注意深く見つめていた。こういった処置をなんとか終えて（顔が焼けつくような感じがますます強まっていった）、私はもう一つの肘掛け椅子に腰をおろした。ただし、まず最初に、椅子からハリーのドレスを取りのけなければならなかった。それはごく普通のドレスだった——ボタンがまったくないという点を除けばの話だが。

スナウトは尖った膝に手を組み、批判するような目つきで私の動作をじっと見守っていた。

「さてと、おしゃべりでもしようか？」と、私が座ったとき、彼が言った。

私は答えずに、頬からずり落ちかけたガーゼをおさえるだけだった。

「お客さんが来たんだろう？」

「来た」と、私はそっけなく答えた。彼の調子に合わせたいなどという気持ちは、まったくなかった。

「それで厄介払いをした、と。はてさて、さぞ猛烈に取り組んだことだろうね」

彼はあいかわらず皮が剝げ落ちてくる額に手を触れた。そこには、形成されたばかりの表皮の薔薇色の斑点が現れている。私は呆然とそれを見つめた。どうしていままで、スナウトとサルトリウスの日焼けなるものに疑念を抱かなかったのだろう？　私はずっとそれは太陽のせいだと思いこんでいたのだが、そもそもソラリスで日光浴をする者など、いるわけがない……

「でも最初は控えめに始めたんだろう？」突然のひらめきで事情を悟った私の様子など意に介さずに、彼は言った。「あれやこれやの麻薬、毒、フリースタイルのレスリングとかね」

「どういうつもりなんだ？　いまなら対等の立場で話すことができるじゃないか。でもおどけた真似をしたいっていうんなら、出て行ってくれ」

「ときにはその気がなくたって、道化になってしまうことがある」と彼は言い、細めた目を私に向かって上げた。

「まさか、ロープもハンマーも使わなかったなんて言い張る気じゃないだろうね？　で、どうなんだい、ときにはインク瓶を投げつけたりしたかね、ルターみたいにね。違うかい？　いやはや」と、彼は眉をしかめた。「きみの度胸もたいしたもんだ！　洗面台も無事だし、頭をぶち割ろうなんてこともまったくしなかった、何にも。部屋も全然めちゃくちゃにしなかった。ただ、いきなり、あっという間に宇宙船に押し込んで、打ち上げた、と。それで一件落着というわけか?!」

彼は時計に目をやった。

「そういうことなら二時間か、ひょっとしたら三時間くらいはあるはずだな」と言い終え、嫌な感じの微笑みを浮かべて私を見ていたが、また話し始めた。

「つまり、おれのことを豚だと言いたいわけか?」

「豚だよ、最低のね」私は止《とど》めをさすように断固と肯定した。

「そうかね? でも最初から本当のことを言っても、きみは信じたかな? ほんの一言だって信じてくれただろうか?」

私は黙っていた。

「ギバリャンの身に起こったのが最初だった」と、彼は相変わらず不自然な作り笑いをうかべながら話を続けた。「彼は自分の船室に閉じこもってしまい、ドア越しにしか話をしなくなったんだ。そのときおれたちがどんな判断を下したか、見当がつくかね?」

私はわかっていたが、沈黙を守った。

「当然のことだが、気が狂ったものと考えたんだよ。彼はドア越しにあれこれ話をしたものの、全部を話してくれたわけではなかった。誰が自分のところにお客に来ているのかは、隠したんだな。どうして隠したのか、その理由だって、ひょっとしたら見当がつくんじゃないかね。なにしろ、もう知っての通り **suum cuique**［各人にその分を与えよ］というわけだからさ。でも彼は本物の研究者だった。チャンスを与えてくれと、要求したんだ」

「チャンスって、どんな？」

「つまり、察するところ、どうにかして自分が相手にしているものを科学的に分類し、なんとか折り合いをつけ、問題を解決しようとしたんだろう、夜通し研究をしていたよ。彼が何をしたか、きみにわかるか？　いや、わかるに決まっている！」

「あの計算か」と、私は言った。「引き出しの中の。無線室で。あれは彼だったのか？」

「そうだ。でも、おれもそのときは、そんなこととは知らなかったんだ」

「どのくらい続いたんだろう？」

「お客さんのことかい？　一週間くらいじゃないかな。ずっとドア越しの会話だった。中でいったい何が起こっていたものやら。幻覚症状を起こしていて、運動神経が刺激されているんじゃないか、とこちらでは考えた。そこで催眠剤のスコポラミンを渡したんだ」

「なんでまたそんなものを……ギバリャンに?!」

「まあ、ギバリャンのためにと思ったんだが。ところが彼は、それを受け取りはしたものの、自分のためにではなかった。それで実験をしたんだな。まあ、こんな具合に過ぎていったんだ」

「で、きみたちは……？」

「おれたち？　三日目には、もしも他にどうしようもなければ、ドアをぶち壊してでも、部屋の中に押し入ろうと決心した。病気を治してあげようと思ったのさ、なんとも見上げた心がけじゃないか」

「なるほど……そのせいか！」言葉が思わず口をついて出た。

「そうだ」

「あそこの……箪笥に隠れたのは……」

「その通り、ケルヴィン君、そういうことだ。しかし、その間におれたちのところにもお客さんが来ていたことを、ギバリャンは知らなかった。だから、おれたちももうギバリャンどころじゃなくなっていたんだ。でも、彼はそんなことを知らなかった。いまじゃ、そんなことも……なんというか……ある種の日常茶飯事みたいなことだけれど」

彼はとても低い声で話したので、最後のほうは耳で聞き取るというよりは、むしろ推量しなければならなかった。

「ちょっと待ってくれ、よくわからないな」と、私は言った。「だって、声が聞こえたはずだろう。きみたちは聞き耳を立てた、と自分でも言っていたじゃないか。そうだとすると、二人の声が聞こえたはずだから……」

「いや、彼の声しか聞こえなかったんだ。それに、たとえ訳のわからない物音などがしても、おれたちはそれを全部、彼が発した音だと解釈したんだ。それも無理のないことじゃないか……」

「彼の声しか聞こえなかった……？　でも……いったいどうして？」

「わからない。もっとも、その点については説明できないこともないんだが。でも、急ぐには及ばないだろう。それに、あれこれ説明したところで、結局、何の役にも立たないんだから。そういうことさ。でもきみだって、きのう何かを見たに違いない。そうじゃなかったら、おれたちのことを二人とも狂人扱いしていただろう？」

「いや、自分の気が狂ったのかと思った」

「へえ、そうかい。それで誰の姿も見なかった？」

「見たよ」

「誰を?!」

彼のしかめ面からは、すでに微笑みは消えていた。私は答える前に、彼をじっと見つめた。

「あの……黒人の女……」

彼は答えなかった。しかし、こわばり、前方に乗り出すようにしていた彼の体全体がいくらか緊張を解いたようだった。

「それならそうと、警告してくれてもよさそうなものだけれど」と私は言い出したが、自分の言っていることにもう自分でも自信がほとんど持てなくなっていた。

「だから、警告したじゃないか」

「あんな警告のしかたがあるか！」

「いや、あれは唯一可能なやりかただった。いいかね、自分が相手にしているのがいったい何者なのか、おれにもわからなかったんだからな！　そんなこと、誰にもわかりはしないし、わかろうったって不可能だ……」

「いいか、スナウト、いくつか聞きたいことがあるんだが。きみはこのことを……その、ある程度前から知っている。彼女は……というか、あれは……どうなるんだろう？」

「戻って来るかどうか、ということかね？」

「そうだ」

「戻って来るとも、来ないとも言える……」

「それはどういう意味だ？」

「最初と同じものが戻って来るんだ……最初の訪問のときと同じ状態で。そいつは何も知らないだろう。いや、厳密に言えば、きみがそれを厄介払いするためにしたことなど、全然なかったかのように振る舞うだろう。攻撃的になることもないだろう、きみがそういう状況に追い込まなければね」

「そういう状況というと？」

「それは時と場合による」

「スナウト！」

「なんだい？」

「隠し事をする贅沢の余裕なんて、ぼくたちにはないはずだ！」

「いや、これは贅沢なんてもんじゃない」と、彼はそっけなく私の言葉をさえぎった。

「ケルヴィン、きみはやっぱりまだわかっていないようだね……いや、ちょっと待てよ！」

彼の目がきらめいた。

「話してくれないかな、それがいったい誰だったのか」

私は唾をごくりと呑み込み、うつむいた。彼の顔を見たくなかった。彼ではない、誰か他の人であればいいのにと思った。しかし、選択の余地はない。ガーゼのうちの一枚が剝がれて、手の上に落ちた。そのつるつるした感触に、私はぞっと身震いをした。

「それは、昔……」

私はなかなか最後まで言えなかった。

「自分で命を絶った女性だ。自分に、その……注射をして……」

彼はその先を待っていた。

「つまり自殺したということ……？」私が黙っているのを見て、彼がたずねた。

「そう」

「それだけ？」

私は黙っていた。

「それだけのはずがないだろう……」

私はさっと顔を上げた。彼は私のほうを見ていなかった。

「どうしてわかる？」

答はなかった。

「いいだろう」と、私は言って、唇をなめた。「ぼくたちは喧嘩をした。いや、本当はそういうことじゃない。ぼくのほうから彼女に売り言葉を言ってしまったんだ、わかるだろう、腹立ちまぎれの言葉に過ぎなかったんだ。そしてぼくは荷物をまとめて、出て行ってしまった。彼女のほうからそれとなく仄《ほの》めかしてきたんだが、はっきりとは言わなかった。まあ、何年もいっしょに暮らしている人間が相手なら、はっきり言う必要もないわけだし……。どうせ口先だけだろう、そんなこと怖くて彼女にできるわけがない、とぼくは思い込んでいて、そのことも……彼女に言ってしまったんだ。ところが翌日、引き出しの中に、あの……注射薬を忘れていったことに気づいた。彼女はその薬のことを知っていた。それは実験室から持ってきたもので、ぼくに必要なものだったのだけれども、彼女にもそのとき、薬の作用について話していた。それを思い出してぼくはぞっとし、薬を取りに戻ろうと思ったのだけれども、すぐに考え直した。そんなことをしたら、あいつの言葉を真に受けたように見えるじゃないか、と……。それで、そのまま放っておいた。それでもやっぱり、三日目には戻ってみた、気が気じゃなかったから。そうしたら、もう……ぼくが戻ったとき、もう彼女は生きていなかった」

「やれやれ、気の毒な若者よ、きみには罪はないのに……」

その言葉に私はぎくりとした。しかし、彼を見ると、からかおうとしているわけではないことがわかった。まるで彼の姿が初めて見るもののように思えた。その顔は灰色で、言い表しようもない疲労が頬のしわを覆い、なんだか重病人のように見える。

「どうしてそんな言い方をするんだ？」とたずねる私は、不思議なほどおどおどしていた。

「どうしてって、きみの話が悲劇的だからだよ。いや、いや」彼は私の身の動きを見て、急いで付け加えた。「あいかわらずわかっていないようだな。もちろん、きみはその体験をこの上なく重く受け止めて苦しみ、自分のことを人殺しだと見なすこともできるだろう。しかし……それはまだ、最悪のことじゃない」

「それはまたたいそうな！」と、私は嘲るような調子で言った。

「きみがおれの言うことを信じてくれなくて嬉しいよ、いや、本当の話。すでに起こったことは恐ろしいかもしれないが、一番恐ろしいのはじつは……起こらなかったことだ。決して起こらないことだ」

「わからないな……」と、私は弱々しく言った。本当に何もわからなかったのだ。スナウトはうなずいた。

「正常な人間とは」と彼は言った。「正常な人間とはなんだろう？　ひどいこと、下劣なことを一度もしたことがない人間だろうか？　その通り。しかし、下劣なことを一度も考えたことがないなんて人間がいるだろうか？　いや、ひょっとしたら考えたことさえなくても、十年か三十年か前にその人間のうちにひそむ何かが勝手に考え、湧き出てきたことくらい、あるんじゃないかな。人間本人のほうはそれから身を守り、忘れてしまい、自分がそれを実行に移さないとわかっているので、それをもう恐れることもない——そんなことが。さて、今度はこんなことを想像してみてほしい。あるとき突然、他の人たちの真っただ中で、昼日中に**それ**が実体化して肉を備えた姿となって現れ、きみにまとわりつき、それを叩き潰そうとしてもどうにも叩き潰せない——そうなったら、どうだろう？　それはどんなものだ？」

私は沈黙していた。

「ステーションさ」と、彼は低い声で言った。「それがつまりソラリスの宇宙ステーションなんだ」

「でも……だからと言って、結局のところ、それがなんだっていうんだ？　きみだって、サルトリウスだって、犯罪者でもなんでもないじゃないか……」

「でもきみは心理学者だろう、ケルヴィン！」彼が私を性急にさえぎった。「誰だって一度はそういった夢を見たり、夢想したりするものじゃないかね。たとえば、その……フェティシストのことを考えてみるといい。おれも知っているが、汚れた下着の切れ端に夢中になり、命がけになって、脅したり、なだめすかしたり、あの手この手を駆使してそのおぞましいぼろきれを――つまり自分にとってかけがえの無い宝物を――手に入れようとするようなやつがいる。面白い話じゃないかね。自分の欲望の対象を忌み嫌いながらも、同時に、狂わんばかりにそれに恋い焦がれ、そのためなら命も惜しくないなんてね、ひょっとしたらロミオとジュリエットばりの情熱じゃないだろうか……。そういうことも起こるものさ。確かにそうなんだが、しかし、きっときみもわかると思うけれども、誰もあえて実現させようなどとは考えない物事や状況もある。そういったものが思い描かれるとしても頭の中だけ、しかも茫然自失、退廃、狂気――なんとでも好きなように呼んでかまわないが――そういった状態にあるときの、ほんの一瞬だけのことだ。ところがその一瞬のあとには、もう言葉が肉体になっているんだ。それだけのことさ」

「それだけのこと……」と、私は無意味に、うつろな声で繰り返した。頭がくらくらした。「でも、でも、ステーションは？　ステーションがそんなことに何の関係がある？」

「きみはしらばっくれているのかね」と、彼がつぶやいた。そして私を探るようにじっと見つめた。「おれが話してきたのはソラリスのことだ。ソラリスのことだけで、それ以外のことは何も話していない。それがきみの期待とおよそかけはなれたものだとしても、それはおれの罪じゃないね。きみももう相当な経験をしたから、少なくとも、おれの話を最後まで聞くことくらいはできるだろう。

われわれは宇宙に飛び立つとき、どんなことに対しても覚悟ができている。孤独、戦闘、殉教、死――なんでもござれ、というわけだ。謙遜の気持ちから、口に出しては言わないが、内心、ときには自分で自分のことを立派なもんだ、なんて考えることだってある。しかしだよ、実際のところはそれだけじゃすまなくなって、結局、覚悟なんてポーズにすぎなかった、ということがわかる。われわれは宇宙を征服したいわけでは全然なく、ただ、宇宙の果てまで地球を押し広げたいだけなんだ。惑星の中にはサハラ砂漠のように荒れ果てたものや、北極か南極のように氷に閉ざされたもの、ブラジルのジャングルのように熱帯性の気候のものなどがあるはずだ、というわけだな。われわれは人間的で気高いから、宇宙に住む他の種族を征服しようなどとは思わない。ただ、自分たちが貴重と見なすものを彼らに伝え、その代わりに彼らの遺産を受け継いでしまおう、というだけのことだ。人間は自分のことを聖なる接触《コンタクト》の騎士だと考えている。でも、これが第二の欺瞞《ぎまん》だね。人間は人間以外の誰も求めてはいないんだ。われわれは他の世界なんて必要としていない。われわれに必要なのは、鏡なんだ。他の世界なんて、どうしたらいいのかわからない。いまある自分たちの世界だけで十分なんだが、その一方で、それだけじゃもう息が詰まってしまうとも感じている。そこで自分自身の理想化された姿を見つけたくなるのさ。それは、われわれの地球よりも完璧な文明を持った天体でなければならない。そうでなかったら、自分たちの原始的な過去の似姿《シミュラクル》を見出すことを期待するんだな。ところが実際には、われわれの世界の向こう側には、何やら人間が受け入れられないもの、人間がそれから身を守らなければならないようなものがある。結局のところ、われわれが地球から運んできたのは、美徳の精華や、英雄的な人間像だけじゃないんだから！　ここに飛んできたわれわれは、実際にあるがままの人間にすぎない。そして、宇宙の向こう側から真実が——人間が口に出さず、隠してきた真実が——突きつけられたとき、われわれはそれをどうしても受け入れられないんだ」

「それで、結局、これはいったい何なんだ？」と、私は辛抱強く彼の話を聞き通してたずねた。

「われわれが望んでいたもの、つまり異文明とのコンタクトさ。いまやまさにそのコンタクトを体験しているんだ！　その結果、まるで顕微鏡で見るように拡大されてしまったんだ、おれたち自身の怪物のような醜さ、おれたちの馬鹿さかげん、破廉恥さが!!!」

彼の声の中で、激しい怒りそのものが震えているようだった。

「それじゃ、きみはこれが……海のせいだ、と思っているのか？　海のしわざだとでも？　でも、いったい何のために？　この際、仕組み《メカニズム》のことなんて、どうでもいい。でも、後生だから言ってくれ、いったいこれは何のためだ?!　海はぼくたちと遊びたがっているんだなんて、真面目に考えているのか？　それとも、ぼくたちのことを罰したがっているとか?! それじゃ、せいぜい原始的な悪魔信仰じゃないか! この惑星を支配しているのはとても大きな悪魔で、そいつが自分の悪魔的なユーモアの趣味を満足させるために、学術探検隊の隊員たちに女の夢魔を差し入れているとかね! そんな馬鹿げきった話、きみだってたぶん信じてはいないんだろう?!」

「その悪魔は、それほど馬鹿じゃないんだ」と、彼は腹立たしげに小声でつぶやいた。私は彼の顔を見て、ぎょっとした。そして、ふと思った。かりにステーションで起こっていることを狂気によって説明できないのだとしても、スナウトはやはり、結局のところ、神経がすっかりまいってしまったのではないか。反応性精神病だろうか……? そんな考えがさらに頭をよぎったとき、彼はほとんど声に出さないまま、そっと笑い出した。

「診断を下してくれるのかね? まあ、ちょっと待て。実際にはきみが体験したのは、ずいぶん穏やかな形のものでしかない。だから、それ以上のことはまだ何もわかっちゃいないんだ!」

「へえ。悪魔がぼくにお慈悲をかけてくれたのか」と、私は口をはさんだ。会話にもううんざりし始めていた。

「いったい、何がお望みなんだ? X兆もの変性プラズマが、われわれを攻撃するためにどんな計画をたくらんでいるかとか、そういったことを話してほしいのかい? そんな計画はたぶん、何もないね」

「何もないって?」私は呆然として聞き返した。スナウトはあいかわらず微笑んでいた。

「きみも知っているはずだが、科学が扱うのは、何かがどのように起こるかであって、なぜ起こるかではない。で、これがどのように起こったのかというと、そうだな、始まりはX線照射の実験の九日か十日後のことだった。海は放射線に対して、何か別の放射線で応えてきたのかもしれないし、あるいはそれによってわれわれの脳に探りを入れて、そこから精神的な包嚢のようなものを取り出したのかもしれない」

「包嚢というと?」

これは面白くなってきた。

「つまりだね、他の部分から切り離され、孤立したプロセスのことだ。抑圧され、隔離された、そのなんと言うか、燃え上がりやすい記憶のかがり火といったところかな。海はそれを、設計図とか、製法の指示書みたいなものとして扱った……なにしろ、染色体の非対称結晶と、記憶のプロセスの基質となる脳組織糖脂質《セレブロシド》のヌクレイン化合物の非対称結晶は、互いにとてもよく似ているからね。結局のところ、遺伝をつかさどる原形質《プラズマ》は、『記憶する』プラズマなんだ。そこで海はわれわれの脳からそれを引き出して記録した。その後のことは……いや、きみも知っての通りさ、その後何が起こったかは。しかし、それにしても、何のためにあんなものが作られたのか? いやはや! いずれにせよ、おれたちを皆殺しにするためじゃないだろう。そんなことだったら、海はもっと簡単にできたはずだ。

そもそも――あれほど高い技術を持っているのなら――どんなことだって自由にできるはずだろう。例えば、おれたち一人一人にそっくりな分身を作ってよこすとか」

「そうか！」と、私は叫んだ。「それでぼくが到着した最初の晩に、あんなにぎょっとしたわけだ！」

「そういうわけだ。いや、実際のところ」と、彼は付け加えた。「海はすでに本当に分身を作っているのかもしれない。このおれが、二年前ここにやって来た、あの人のいいネズミ君と本当に同じ人間かどうかだって、わかったもんじゃないからね……」

彼は小声で笑い出した。呆然となった私の様子を見て、何だか得体の知れない満足を感じたようだ。だが、すぐに笑うのを止めた。

「いや、いや」と、彼はつぶやいた。「ただでさえ、もう十分すぎるくらいなんだから……。ひょっとしたら、やつらと人間の違いはもっといろいろあるのかもしれないが、おれが知っている違いは一つだけ。おれもきみも、死ぬってことだ」

「連中は不死身だとでも？」

「まあ、殺そうなんて考えは起こさないほうがいいね。見るのも恐ろしい光景になる！」

「何を使っても殺せない？」

「さあ、どうかな。いずれにせよ、毒も、ナイフもだめだし、ロープで首を絞めてもだめだ……」

「原子銃を使ったら？」

「試してみようっていうのかね？」

「わからない。もしも連中が人間でないとわかれば」

「たしかにある意味では人間だよ。主観的には人間なんだ。ただ、連中は自分がその……どこから来たか、自分でもまったくわかっていない。そのことにはきみも気がついただろう？」

「気がついた。しかし、それはいったい……どういうことなんだろう？」

「連中は驚くべきスピードで再生する。考えられないようなスピードで、いいかね、見るうちにだ。そしてまたもや行動し始めるのさ、その……なんと言うか……」

「どんな風に？」

「われわれが思い描いていた通りに、というか、記憶に残った通りに。その記憶に従って……」

「そう、確かにね」と、私は同意した。火傷した頬から軟膏が流れ落ち、腕に垂れてきたが、気にしなかった。

「ギバリャンは知っていたんだろうか……？」と、私はだしぬけにたずねた。スナウトはじっと私を見つめた。

「おれたちが知っていることを、彼も知っていたかって聞きたいのかね？」

「そう」

「ほとんど確実に」

「いや、そうじゃない。でも彼の部屋である本を見つけてね……」

『小アポクリファ』か?!」と私は叫んで、椅子から跳び上がった。

「その通り。でも、いったい、どうしてきみがそんなことを知っているんだ?」彼は突然不安にかられたようにたずね、私の顔を食い入るように見つめた。私は首を横に振って、彼が抱いた疑惑を否定した。

「落ち着いてくれ」と、私は言った。「この通り、ぼくは火傷をしても、皮膚が全然再生していないじゃないか。部屋にぼく宛の手紙があったんだ」

「なんだって?! 手紙? 何が書いてあった?」

「たいしたことは書いてなかった。そもそも、手紙というよりは、メモだね。参照すべき文献としてソラリス学年報の付録と、その『小アポクリファ』が挙げられていた。いったい何なんだい、それは?」

「古いしろものさ。でも、何か関係があるのかもしれない。ほら」

彼は革で装丁され、四隅がすり切れた薄い本をポケットから取り出し、私に差し出した。

「で、サルトリウスは……?」と、本をしまいながら、私はぽつりと口にした。

「サルトリウスがどうしたって？　こういった状況のもとでは、それぞれが、まあ……自分にできるだけの身の処し方をするしかないだろう。彼は正常なままでいようと努力しているよ。それは彼にとっては、堅苦しいくらいきちんとした身なりを保つということなんだけれども」

「まさか！」

「いや、本当だとも。前にも一度、彼といっしょにある状況に陥って……いや、細かいことはどうでもいい、ともかく、そのときは八人に対して酸素が五〇〇キロしか残っていなかったんだ。おれたちは次々に毎日の日課を放棄していき、最後にはみんな無精ひげをぼうぼうに生やしてしまった。でも彼一人だけはきちんとひげを剃り、靴を磨いていた。そういう人間なんだよ。もっとも今となっては何をやろうとも、偽装か、喜劇か、犯罪にしかならないだろうけれどもね」

「犯罪？」

「いや、犯罪というわけではないかな。そのためには何か新しい言葉を考えなければ。例えば、『縁切りロケット』とか。そのほうがよく聞こえるだろう？」

「これはまた、ずいぶんうまい冗談を言うもんだな」と、私は言った。

「じゃあ、泣きべそでもかいていたほうがいいとでも言うのか？　自分でも何か提案してみたらいい」

「いい加減にしてくれ」

「いや、真面目に言っているんだ。いまではきみも、おれとだいたい同じくらいのことを知っているんだから。何か計画はあるかね？」

「これはこれは！　いや、見当もつかないね、どうしたらいいのか、もしもまた……姿を現したら。きっと、また現れるんだろうね？」

「おそらく」

「それにしても、いったいどこから中に入って来るんだろう、ステーションは密閉されているのに。ひょっとしたら装甲板が……」

彼はそれを否定するように、首をひねった。

「装甲板は問題ない。どうやって入ってくるのか、おれにもわからないが、たいていの場合、眠りから目が覚めたときにはお客さんはもうやって来ている。こちらとしても、ときには眠らないわけにはいかないしなあ」

「シャッターか何かで遮断したら？」

「少しの間しか持たないね。だからきみにもわかるだろう、あとどんな手段が残されているかは」

彼は立ち上がった。私も立ち上がった。

「ちょっと待ってくれ、スナウト……きみはステーションを閉鎖したほうがいいと思っているんだろう。ただ、それがぼくから出たことのように仕向けたいんじゃないのか?」

彼は首を横に振った。

「そんなに単純なことじゃない。もちろん、いつだって逃げ出すことはできるさ。例えば小型人工衛星《サテロイド》にでも避難して、そこからSOSを送るとか。ただし、当然、狂人扱いされるだろうね。それで地球のどこかのサナトリウムにでも送られて、おれたちがすべてをきれいさっぱり撤回するまで、療養させられる、と。まあ、こういった孤立した基地では集団狂気のケースも起こるものだからな……。でも、ひょっとしたら、それも意外に悪いものじゃないかもしれない。庭、安静、白い小部屋、看護士との散歩……」

彼は両手をポケットに入れ、何も見えないうつろな目で部屋の隅をじっと見つめながら、大真面目にそう言った。赤い太陽がすでに水平線の向こうに消え、泡立つ波頭は溶け合って、インクを流したような荒地に変容していた。空は燃えるようだった。何とも言いようがないほど陰気な、二つの色からなるこの風景の上に、藤色に縁取られた雲が流れている。

「それで逃げ出したいのか? そうじゃないのか? それともまだ早いってことかい?」

彼は微笑んだ。

「こりない征服者だねえ、きみも……まだここでの経験が足りないようだな、そうじゃなかったら、そんな切り口上で迫ったりはしないだろうからね。問題はおれが何を望むかじゃなくて、単に何が可能なのかってことだ」

「で、何が可能なんだい？」
「まさにそれがわからないんだ」
「それじゃあ、ここに残るということか？　何か方法が見つかるとでも思っているのかい……」

彼は私を見つめた。その体は痩せこけてひょろひょろで、深いしわに刻まれた顔の皮膚は剝げ落ちかけていた。
「誰にもわかるものか。残るだけのことはあるかもしれない」と、彼はとうとう口を開いた。「あれについては、おそらく何もわからないだろうけれども、ひょっとしたら、おれたち自身についてなら……」

彼は背を向け、自分の書類を取って出て行った。引きとめようとは思ったものの、開いた口からは結局声が出なかった。何もすることがない。私にできるのは、待つことだけだった。窓際に行って、血のように赤黒い海に――その姿はほとんど見えなかったけれども――目をこらした。発着場のロケットのどれかに閉じこもってしまったらどうだろうか、という考えが浮かんだが、本気でそう考えたわけではなかった。あまりに馬鹿げている。いずれにせよ、遅かれ早かれ、ロケットから外に出てこなければならなくなるのだから。

私は窓辺に腰を下ろして、スナウトが渡してくれた本を取り出した。光はまだ十分明るく本の頁を薔薇色に染め、部屋全体が赤く燃えるようだった。その本はオットー・ラヴィンツェルなる哲学修士が集めた論文や研究を収めたもので、全体として疑いもなく価値の高いものだった。どんな学問にも、似非《えせ》学問とでも言うべきものがつきものである。それは、あるタイプの頭脳によって学問が奇妙に歪曲された結果なのだ。例えば、天文学にはそれを戯画化した占星術があるし、化学にもかつてその戯画としての錬金術があった。だから、ソラリス学の誕生にともなって、奇妙きてれつな考えや説が恐ろしい勢いで噴き出したのも、不思議ではない。ラヴィンツェルの本を埋め尽くしていたのも、まさにこの種の精神の糧だった。もっとも——公平に付け加えておかねばならないのだが——そこにはラヴィンツェル自身による序文が添えられていて、彼自身はこの雑多な珍説奇説の陳列館から距離をおいていた。こういった資料集は歴史家にとっても、科学の心理的側面を研究する者にとっても貴重な時代の記録になり得る——ラヴィンツェルはこう考えただけだというのだが、それももっともなこととは言えるだろう。

ベルトンの報告はこの本の中でかなり重要な位置を占めており、いくつかの章から成っていた。第一章は彼の飛行日誌の写しで、非常に簡潔なものだった。

探検隊で取り決めた時間の十四時から十六時まで、記録は簡潔で、否定ばかりが続いた。「高度一〇〇〇——一二〇〇——八〇〇メートル。何も観測されず。海には何もない」これが何度か繰り返された。

その後、十六時四〇分になると——赤い霧がわきあがってきた。視界七〇〇メートル。

海には何もない。
十七時〇〇分——霧が濃くなる。無風。視界四〇〇メートル、ところどころに晴れ間。
十七時二〇分——霧の中にいる。高度二〇〇。視界二〇～四〇メートル。無風。四〇〇まで上昇。
十七時四五分——高度五〇〇。水平線まで一面の霧に覆われている。霧の中には漏斗状の穴があいていて、そこから海の表面が見える。漏斗の中では何かが起こっているようだ。漏斗の一つの中に入ることを試みる。
十七時五二分——渦のようなものが見える。渦は黄色い泡をまき散らしている。周囲は一面の霧の壁。高度一〇〇。二〇まで降下。
ベルトンの飛行日誌の記録は、ここで終わっていた。いわゆる報告書の続きとして収められているのは、彼の病歴記録《カルテ》からの抜粋だが、それは厳密に言えば、調査委員会のメンバーの質問によって時折さえぎられながら、ベルトンによって口述された証言のテクストだった。
ベルトン——三〇メートルまで降下したとき、高度を保つことが難しくなりました。というのも、その霧のない円筒状の空間には、突風が吹きまくっていたからです。しばらくの間――そうですね、十分か十五分くらいだったでしょうか――必死に舵《かじ》を取り続けていて、操縦室から外をのぞく余裕もありませんでした。その結果、私はうっかり霧の中に突っ込んでしまいました。強い突風にあおられたのです。それは普通の霧ではなくて、なんと言うか、まるでコロイド状の懸濁《けんだく》液みたいなもので、窓ガラスが全部覆われてしまいました。ガラスをきれいにするのは、相当大変でした。ひどくべたべたしたからです。その間にも、霧のようなものがプロペラに与えた抵抗のせいで、回転が三十数パーセントも減り、高度が下がり始めました。そしてとても低くなり、波にぶつかって転覆するのではないかと心配して、エンジンの出力を最大にしました。するとヘリコプターは高度を維持できたものの、上昇はしませんでした。まだ加速用ロケット弾が四本残っていたのですが、もっと状況が悪くなったら、そのとき必要になると考えて、使いませんでした。回転数が最高になると、非常に強い振動が発生しました。プロペラにあの奇妙な懸濁液がべとべとからまっているのだろう、と推測しましたが、揚力を示す計器は相変わらずゼロを示していて、私にはどうすることもできませんでした。霧の中に入り込んだ瞬間から、太陽は見えなくなっていましたが、太陽の方向は赤く微かに輝いていました。なんとか霧のない場所の一つに抜け出せないものか、と相変わらず期待しながら、私はぐるぐる旋回を続け、実際、ほぼ三〇分後にはうまく脱出することができたのです。私が飛び出してきた霧のない空間は、ほとんど正確な円形をしていて、直径が数百メートルありました。その空間の境界のあたりの霧は、激しく沸き立っていて、まるで強烈な対流によって巻き上げられているようでした。そんなわけで、できるだけ「穴」の真ん中にとどまるように努力しました。そこの空気が一番静かだったからです。そのとき、私は海の表面の変化に気づきました。波はほとんど完全に消えうせ、その液体――つまり、海を構成していたもの――の表層が半透明になっていたのです。濁っているところもあったのですが、そういった濁りも消え、しばらくすると澄み切って、おそらく何メートルも厚みのある表層を通して、その奥まで見えるようになりました。そこには黄色い泥のようなものがたまっていて、何本もの細い垂直の筋になってのぼってきました。そして表面に浮かび上がると、ガラスのように輝き、沸き立ち、泡立ち、凝固したのです。まるでとても濃い、ちょっと焦げた砂糖のシロップのようでした。その泥というか、粘液のようなものは、寄り集まって太い結び目を作り、海面上に伸び出し、カリフラワーを思わせる形の小山のように盛り上がり、それから徐々に様々な形を作り始めました。私は霧の壁のほうに引き寄せられそうになったので、二、三分の間、舵を操ったり旋回したりしてその動きをかわさなければなりませんでしたが、ふたたび外を眺める余裕ができたとき、私の下のほうにはなんと、庭のようなものが見えたのです。そう、庭ですよ。盆栽みたいに小さな木々、生垣、小道――でも、それは本物ではなかった。それは全部、完全に固まって黄色っぽいギプスのようになるものと同じような物質でできていたんです。まあ、そんなふうに見えたんですね。その表面は強烈に輝いていました。私はできるだけ高度を下げ、それを詳しく観察しようとしました。
質問——そのとき見えた木とか、その他の植物は、葉をつけていましたか？
ベルトンの答——いいえ。それは全体としてそういった形をしていただけで、庭の模型とでも言ったらいいか。そう、模型です！　ただし、模型とは言っても、たぶん実物大でしたね。やがてあちこちにひびが入って、何もかもが壊れ始め、真っ黒な割れ目から表面にどろどろした粘液が波打ちながら押し出されてきて凝固し、その一部は流れ落ち、一部はそのまま残りました。そしてすべてがますます激しく沸き立って泡で覆われるようになり、泡のほかには何も見えなくなったほどです。それと同時に霧が四方八方から押し寄せてきて私をぴったりと包みこむようになったので、私はプロペラの回転数を上げて、三〇〇メートルの高度まで上がりました。
質問——そのとき見たものは庭を思わせるもので、それ以外の何物でもなかった、と。それは本当に確かなのかね？
ベルトンの答——はい。あれこれ細かい点まで見て取ることができましたから。例えば、ある場所ではまるで四角い箱のようなものが並んで列をなしていました。後から思いあたったのですが、それはミツバチの巣箱だったのかもしれません。
質問——後から思い当たった？　しかし見たときは、そう思わなかったということかね？

合でしたから。それからいろいろ他のものも見えました。

質問——他のものというと？

ベルトンの答——それが何だったか、はっきりとは言えません。きちんと見る時間がなかったからです。私の印象では、灌木が何本か茂っているようで、その下に道具のようなものがありました。それは歯のようなものが突き出た細長い形をしていて、園芸用の小さな機械の型をギプスで作ったものみたいでした。でもそれについては、あまり自信がありません。ただし、庭が見えたことについては、確かです。

質問——幻覚だとは思わなかったのかね？

ベルトンの答——いいえ、むしろ蜃気楼だろうと思って、幻覚だとは考えませんでした。気分はよかったし、そもそも生まれてからそんなものを見たことがなかったからです。高度三〇〇メートルまで上昇したとき、眼下の霧はあちこちがくぼんで穴だらけになっていて、まるでチーズみたいでした。そういった穴のうちいくつかは中に何もなく、波立つ海面が見えましたが、その他の穴の中では何かが沸き立っているようでした。中空の穴の一つに降りていくと、高度四〇メートルのあたりで、海面の下に——とはいうものの、とても浅いところにでしたが——壁が見えたのです。それはまるで、とても大きな建物かなにかの壁のようでした。波間を透かして見えるその壁には、四角形の穴が規則的に並んで列をなし、まるで窓のようです。いくつかの窓の中では、何かが動いているようにも見えました。でもその点になると、あまり自信は持てません。その壁はゆっくりと持ち上がり、海面に出てきました。そして、その壁を粘液というか、粘液でできた物体のようなもの、葉脈のような筋が張りめぐらされた凝固物が滑り落ちました。と、突然、壁は真っ二つになり、深みに向かって急速に沈み始め、あっという間に見えなくなったのです。私はもう一度ヘリコプターを上昇させ、霧のすぐ上、機体の底が霧にほとんど触りそうなところを飛びました。次に見えた空っぽな漏斗状の場所は、最初のものよりもおそらく何倍も大きなものでした。

遠くからでも、そこに何か漂っているのが見えました。それは明るい、ほとんど白く見えるものだったうえに、人間のような形をしていたので、フェヒネルの宇宙服ではないか、と思われました。私は激しい勢いでヘリコプターの向きを変えました。その場を通り過ぎたら、もう二度と見つけられないのではないかと恐れたからです。その人間の姿をしたものは、そのとき微かに身を起こし、まるで泳いでいるか、あるいは腰まで波の中に浸かって立っているかのように見えました。私は急いで降下し、非常に低いところまで降りたため、機体の底が何か柔らかいものにぶつかるのを感じるほどでした。たぶん波頭にぶつかったのでしょう。そのあたりの波は相当大きかったからです。その人間は——そう、それは人間だったのですが——宇宙服を着ていませんでした。それにもかかわらず、動いていたのです。

質問――その人間の顔は見えたかね？

ベルトンの答――見えました。

質問――で、誰だった？

ベルトンの答――子供でした。

質問――子供だって？　以前、どこかで見たことのある子供かね？

ベルトンの答――いいえ。一度も見たことはありません。いずれにせよ、覚えてはいません。とにかく、もっと近づくと――そう、四〇メートルくらいの距離か、あるいはもうちょっとあったかもしれませんが――すぐに、なんだか異様だということが感じられたのです。

質問――いったい、どういうことだね？

ベルトンの答――いますぐに説明します。最初は自分でも、何が問題なのかわかりませんでした。しばらくしてようやく、わかったのですが、それは異様に大きかったのです。巨大だなんて言葉ではとても言い足りません。たぶん四メートルはあったでしょう。正確に覚えていますが、機体が波にぶつかったとき、子供の顔は私の顔よりも少し高いところにありました。私は操縦室に座っていたとはいえ、海面上三メートルくらいの高さにいたに違いありません。

質問——もしもそんなに大きかったのなら、どうして子供だとわかったのかね？

ベルトンの答——実際にとても小さい子供だったからです。

質問——ベルトン君、その答は論理的でないと自分でも思わないかね？

ベルトンの答——いや、まったくそうは思いませんね。なにしろ顔が見えたんですから。結局のところ、体つきは子供のものでした。それは、ほとんど……赤ん坊のように見えました。いや、それは言いすぎかな。二、三歳の子供といったところでしょうか。髪の毛は黒く、青い眼をしていました。その眼の大きかったこと！　そして裸でした。真っ裸で、生まれたばかりのような姿でした。その体は濡れているというか、つるつるしていて、皮膚はきらきら光っていました。

その姿を見て、私はひどい衝撃を受けました。もはや蜃気楼などとは思えませんでした。あまりにもまざまざとその姿が見えていたからです。それは波の動きにあわせて、浮かび上がったり沈んだりしていましたが、それとは別の動きもしていました。ぞっとするような光景でしたね！

質問——どうして？　いったいそれは何をしていたのかね？

ベルトンの答——そう、博物館かどこかの人形みたいに見えました。でも、生きているみたいに、口を開けたり閉じたり、あれこれの動作をしたり。いや、ぞっとしました。なにしろ、それ自身の動きじゃないんですから。

質問——それはどういう意味だろう？

ベルトンの答——私は十数メートル以下の距離には近づきませんでした。いや、正確に見積もって、せいぜい二十メートルくらいだったでしょうか。でもすでに言ったように、その子供は巨大だったので、とても正確にその姿を見ることができました。眼はきらきら光っていて、生きている子供のような印象を与えました。ただ、体の動きはまるで誰かが試しているというか、試験しているみたいな感じで……

質問——どういうことなのか、もうちょっと詳しく説明してもらえないかね。

ベルトンの答——さあ、うまくできるかどうか。そういう印象を受けたということです。直感的なものでしたから。その点について、きちんと考えてみたことはありません。ともかく、その体の動きは自然なものではありませんでした。

質問——つまり、例えばその手が、人間の手だったら関節の動きが制限されているためにできないような動きをしていたとか、そういうことかね？

ベルトンの答——いえ、全然そういうことではありません。ただ……その動きに何の意味もなかった、ということです。だいたいにおいて、体の動きというのはどんなものでも、何らかの意味を持っていて、何かのために行われるものでしょう……

質問——そうかな？　赤ん坊の体の動きだったら、何らかの意味を持っているとは限らないだろうね。

ベルトンの答――それはそうですが。でも、普通の赤ん坊の動作はとりとめがなく、調和を欠いているものでしょう。そして分化していないものです。ところが、この赤ん坊の動作ときたら！　そうだ、系統的な動きだったんですよ。順番に、グループにわけて、系列に沿って行われていくといった感じの。まるで誰かがこの子供の手や、胴体や、口に何ができるか、調べているといったふうでした。顔の場合が最悪でしたね。なにしろ顔というのは一番表情が豊かな部分でしょう。ところがあれは、顔としては……いや、なんと言ったらいいか、わかりません。確かに生きてはいたのですが、人間のものとは言えない顔だった。いや、つまり、顔の輪郭も、眼も、肌も、すべて、まったく人間そっくりだったんですが、顔つきというか、表情が違っていた。

質問――それは顔を歪めていたというわけかな？　癲癇《てんかん》の発作に襲われたときの人間の顔がどんなふうに見えるか、知っているかね？

ベルトンの答――知っています。発作を見たことがありますから。わかりますよ。いや、それとは別のものです。癲癇の際にはひきつけと痙攣《けいれん》が起こるものですが、こちらの場合、体の動きはまったくなめらかで連続的で、巧みで、そう、メロディアスとでも言ったものか。他のうまい形容が思いつきません。それから、やっぱり顔ですね。顔についても同じことが言えます。顔というものは、例えば半分だけ楽しくて、もう半分が悲しそうとか、あるいは片方で人を脅したり恐怖の色を浮かべて、もう片方で勝ち誇ったりする、というふうには見えないものでしょう。ところがその子供は、まさにそんなふうだったんです。そのうえ、体の動きも顔の表情の戯れも、おそろしい速さで展開しました。私はちょっとしか、そこにいませんでした。ほんの十秒くらいでしょうか。いや、十秒もいなかったかもしれない。

質問――それなのに、そんなに短い間にすべてを見ることができた、と言うのかな？　だいたい、どのくらいの時間だったか、どうしてわかるんだね？　時計で確かめたわけじゃないだろう？

ベルトンの答――ええ、時計で確認したわけではありません。でも十六年も宇宙飛行士をやっているんです。私の職業では時間を秒単位の正確さで見積もらねばなりません、いや、秒単位というのはつまり、一瞬一瞬のことで、反射の問題なんです。それは着陸の際に必要とされます。周囲の状況がどんなであっても、宇宙飛行士は何かが起こったとき、それが五秒続いているのか、それとも十秒なのか、見当をつけられなければいけません。その能力のない宇宙飛行士は、絶対にろくに役に立たないでしょうね。観察力についても同じことが言えます。人は何年もかけて、すべてをできるだけ短い時間のうちに把握できるよう、学ぶのです。

質問――見たのは、それが全部かね？

ベルトンの答――全部ではありません。ただ、残りのこととなると、あまりはっきり覚えていないんです。おそらく与えられたものが私には強烈すぎたんでしょう。脳がまるで栓をされたような状態でした。霧が降りてきたので、私は上昇しなければなりませんでした。確かに上昇しなければならなかったのですが、いったいいつ、どんなふうに上昇したのか、覚えていません。あやうく機体を転倒させるところでした――生まれてこのかた、初めてのことです。手がぶるぶると震え、操縦桿をしっかりと握ることができませんでした。何か叫んで、基地を呼び出そうとしたような気がします。もっとも、無線連絡が途絶えていることはわかっていたんですが。

質問――そのとき、戻ろうとしたのかね？

ベルトンの答――いえ、結局、上昇限度まで高度を上げたとき、霧の中の穴のどこかにフェヒネルがいるんじゃないか、と思ったんです。ナンセンスに聞こえることはわかっていますが。でも、ともかくそう思いました。こんなことがあれこれ起こっている以上、フェヒネルを見つけることだってできるかもしれない。そこで、できる限りたくさんの霧の穴の中に入ってみようと決心したんです。でも穴の中を見てから上にもどるということを三回繰り返してみて、悟りました。とうてい手に負えない、やってられないと。もっとも、これはもうご存知のことでしょう。私は吐き気を覚え、操縦室《キャビン》の中で吐きました。あれがどういうことか、いまだにわかりません。吐き気を感じたことなど、一度もなかったんですから。

質問――それは中毒の兆候だね、ベルトン君。

ベルトンの答――そうかもしれません。よくわからない。でも三度目に見たものは私が考え出したものではないし、中毒の結果でもありません。

質問――どうしてそんなことが言えるのかね？

ベルトンの答――あれは幻覚ではありませんでした。幻覚というのは、結局のところ、自分の脳が作り出すものでしょう？

質問――そうだ。

ベルトンの答――まさに、そこですよ。あんなものを私の脳が作れるわけがない。そんなことは絶対に信じられない。私の脳にはそんな能力はありません。

質問――それよりも、それが何だったのか、話してもらおうか。

ベルトンの答――その前にまず、私がここまでに話したことがどう扱われるか、どうしても知る必要があります。

質問――それに何の意味がある？

ベルトンの答――私にとっては根本的に重要なことです。私は決して忘れることができないようなものを見た、とお話ししました。もしも私の話の中に一パーセントでも信憑性があると委員会が認めて、この海のしかるべき研究をですね、そう、この方向で始めるべきだと考えるのであれば、すべてをお話ししましょう。でもこれが私の見た幻覚か何かだと委員会によって判断されるのだったら、何も話すつもりはありません。
質問――どうして？
ベルトンの答――もしも幻覚だったら、その内容がたとえどんなにおぞましいものであったとしても、私の個人的な問題だからです。しかし、私がソラリスで実際に経験したことだとすれば、その内容は個人的な問題ではありません。
質問――ということはつまり、探検隊のしかるべき機関が決定を下すまでは、これ以上答えることを拒否するということかね？　わかっていると思うが、委員会にはこの場で即座に決定を下す権限はないんだからね。
ベルトンの答――わかっています。

ここで最初の議事録は終わっていた。それからさらに、十一日後に記録された二つ目の議事録の断片があった。

議長――（……）このすべてを考慮に入れたうえで、医師三名、生物学者三名、物理学者一名、機械技師一名、そして探検隊副隊長からなる委員会は、次のような結論に達した。つまり、ベルトンによって描写された出来事はすべて、惑星の大気による中毒の結果生じた幻覚症候群の内容であり、意識混濁の症状に伴って大脳皮質の連想域が刺激されたものと認められる。これらの描写された出来事には、現実は何も、あるいはほとんど何も対応していない。

ベルトン――すみませんが、その「何も、あるいはほとんど何も」というのは、どういう意味でしょうか？　「ほとんど何も」とはどういうことです？　どのくらいの可能性があるんですか？

議長――まだ結論を読み終えていませんよ。物理学者アーチボルド・メッセンジャー博士の少数意見が、別個に調書に記載された。メッセンジャー博士はベルトンの語ったことは――彼の意見によれば――現実に起こりえたことであり、細心の調査に値する、と主張した。これで終わりです。

ベルトン――さきほどした質問を繰り返します。

議長――簡単なことですよ。「ほとんど何も」というのは、つまり、ある種の現実の現象が引き金になって幻覚を引き起こしたのかもしれないということです、ベルトン君。どんなに正常な人間であっても、風の強い夜中に揺れている木の茂みを人の姿か何かだと錯覚することはあるでしょう。まして、地球を遠く離れた惑星で、観察者の頭脳が毒の影響を受けているときのことですからね。これはきみを侮辱するものではありません、ベルトン君。で、この結論に対して、どんな態度を取りますか？

ベルトン――その前にできたら知りたいんですが、メッセンジャー博士の少数意見からは、どんな結果が生じるんでしょうか？
議長――実際には何も。つまり、その方向の調査は行われないだろう、ということです。
ベルトン――いま話していることも、議事録に記録されますか？
議長――はい。
ベルトン――それならば申し上げておきたいのですが、私の信ずるところでは、委員会に侮辱されているのは私ではなくて――私個人など、ここではたいしたことではありません――探検隊の精神そのものです。初回に申し上げたことに従って、私はこれ以上の質問にはお答えしません。
議長――言いたいことはそれで全部ですか？
ベルトン――はい。でもメッセンジャー博士に会いたいのですが。会うことはできるでしょうか？
議長――もちろん。

二つ目の議事録はそこで終わっていた。そのページの下に小さな活字で注がついていて、それによると、翌日メッセンジャー博士はベルトンと三時間にわたって内密の面談をし、その後で探検隊評議会に申し入れを行い、ベルトンが証言したことについて調査を始めるように改めて要求したとのことだった。彼の主張によれば、ベルトンから提供された新しい補足的なデータを知れば調査の必要は明らかなのだが、評議会が調査開始の決定を下さない限り、彼はその新しいデータを公開できない、と言うのである。しかし、シャナハン、ティモリス、トラヒエから成る評議会は、メッセンジャー博士の提案に対して否定的な意見を表明したため、この一件にはそこで終止符が打たれたのだった。

ラヴィンツェルの本には、さらに、メッセンジャー博士の死後、彼の書類の中から発見された手紙のあるページの写真複製が含まれていた。どうやらそれは下書きだったらしい。ラヴィンツェルは、その手紙が実際に投函されたものかどうかも、それがどんな結果をもたらしたかも、確認することができなかった。

……とほうもない愚かさだ――と文面は始まっていた――評議会は、というか具体的にはシャナハンとティモリスだが（トラヒエの発言はそこでは勘定に入らないからだ）、自分の体面を保つことに汲々《きゅうきゅう》として、私の要求をはねつけてしまった。そこで私は今度は、直接研究所に訴え出た。しかし、きみもわかると思うけれども、しょせん無力な抗議にすぎない。残念ながら、ベルトンとの約束に縛られているので、彼が私に話したことをきみに伝えるわけにはいかないんだ。評議会がこんな結論を出した背景には、もちろん、この驚くべき新発見をもたらしたのが学位を何も持たない人間だったということがあるんだろう。本当なら、多くの研究者が、ベルトンの沈着な頭脳と観察の才能を妬んでもいいくらいなのにね。お願いがあるんだが、以下の資料を折り返し送ってくれないだろうか。

（一）フェヒネルの子供のころの経歴。

（二）彼の家族や、親族関係についてわかることすべて。どうやらフェヒネルは、小さな子供をどこかに置き去りにしてきたらしい。

（三）彼が育った場所の地形。

さらに、このすべてについての私の考えを、きみに伝えておきたい。きみも知っているように、フェヒネルとカルッチが飛び立ってからしばらくして、赤い太陽の中心に斑点が現れ、その斑点の放射する微粒子線のせいで無線連絡が遮断されてしまった。しかも、それが起こったのは小型人工衛星《サテロイド》のデータによれば、主としてソラリスの南半球、つまりわれわれの基地がある地域だったのだ。そしてフェヒネルとカルッチは遠くにいた――他のすべてのグループから遠く離れ、そして基地から最も遠いところに。

完璧な無風状態の中で立ち込めて動こうともしない、あんなに濃い霧は、われわれがソラリスに滞在していた期間全体を通じて、事故の日まで観察されたことがなかった。

私の考えでは、ベルトンが見たのは、ソラリスの海というべとべとした怪物によって行われた「人間作戦」の一部ではないのだろうか。ベルトンが目撃したすべての物体がそもそもどこから出てきたのかといえば、その源はフェヒネルというか、彼の脳であって、われわれには理解できない「心理解剖」のようなものが脳に対して行われたのではないか。つまり、彼の記憶のある種の（おそらくもっとも頑強な永続的な）痕跡が実験的に再現、再構成されたのだろう。

突飛な空想のように聞こえることはわかっている。ひょっとしたら、間違っているのかもしれない。だからこそきみに助けてもらいたいんだ。私は今アラリクにいて、ここできみの返事を待っている。

A・メッセンジャー

かろうじてその字を読み取ることができた。すでに暗くなっていて、私の手にしている本は灰色にくすんでいたのだ。しまいには活字がぼうっと溶け合ってしまったが、ページの余白部分があって、この一件の最後までたどりついたことがわかった。これは自分の体験に照らしてみて、いかにもありそうなことだった。私は振り向いて窓のほうを見た。窓の中は深い紫色になり、水平線の上には、燃え尽きようとする炭火のような雲がいくつかくすぶっている。海は闇に包まれて、姿が見えなくなっていた。通風孔の上で紙テープがかすかにはためく音が聞こえる。かすかにオゾンのにおいのする暖められた空気が、死んだように動かない。絶対的な静けさがステーション全体を満たしていた。ここに残ろうという私たちの決断には英雄的なものなど何もない――そう私は思った。惑星規模の闘争、勇敢な探検、おそるべき死。こういった時代は――ソラリスの海の最初の犠牲となったフェヒネルの時代でさえも――すでにはるか昔のことになっていた。スナウトやサルトリウスの「客」が誰であろうと、私にはもうほとんどどうでもよかった。しばらくすれば私たちも、恥ずかしがったり、自分の殻に閉じこもったりすることを止めるのではないだろうか。もしも「客」たちから逃れられないのであれば、いずれ私たちのほうが彼らに慣れて、いっしょに生きるようになるだろう。もしも「客」たちの創造主がゲームの規則を変えたりすれば、私たちはしばらくの間逃げ出そうとしたり、腹を立てたりするだろうし、ひょっとしたら誰かがまた自殺をするようなことになるかもしれないが、やはり新しい規則に適応して、結局はその未来の状況もそれなりの平衡に達することだろう。部屋を満たす闇は、ますます地球の闇に似たものになっていった。ただ洗面台と鏡だけが、闇の中にぼうっと白く見えている。私は立ち上がり、手さぐりで脱脂綿のかたまりを棚に見つけ、それを湿らせて顔を拭き、あおむけにベッドに寝ころがった。どこか上のほう、通気孔のあたりで、蛾の羽ばたきのような紙テープのはためきの音が高まったり、静まったりした。もう窓さえも見分けがつかなかった。すべてが暗闇に包まれ、どこから漂ってくるのか、一筋の淡い光が目の前に見えた。その光が壁のあたりのものなのか、もっと遠くの、窓の外に広がる荒涼とした海から来るものなのか、わからなかった。私は前の晩に、ソラリスの空間のうつろな視線を感じてぞっと震え上がったことを思い出し、笑みを浮かべた。もうそんなものは怖くない。何も怖くない。私は手首を目に近づけた。時計の文字盤が蛍光を放って、小さな花輪のように見えた。一時間後に青い太陽が昇るはずだ。私は一切の想念から解放され、頭を空っぽにし、暗闇を楽しみながら深々と息をしていた。

ふと身動きをしたとき、太もものあたりに何かが当たるのを感じた。平べったい形から判断して、テープレコーダーだった。そうか、ギバリャンだ。彼の声がテープに記録されているのだ。しかし、それを再生して聞いてみようという考えさえ、思い浮かばなかった。ギバリャンのためにしてやれることは、それしかなかったというのに。私はテープレコーダーを取り出して、ベッドの下にしまおうとした。そのとき、きぬずれの音と開くドアが軋むかすかな音が聞こえた。「クリス……?」ほとんど囁きのような、かすかな声が響いた。「そこにいるの、クリス? ここは真っ暗ね」

「だいじょうぶ」と私は言った。「怖がることはない。こっちへおいで」

会議

Narada

私は彼女の頭を肩に載せ、あおむけに寝ていた。まったく何も考えずに。部屋を包み込む暗闇は、いまでは人の気配に満ちていた。足音が聞こえた。壁が消えた。何かが私の上に積み上げられ、それは際限なく、ますます高くなっていく。私は何かに完全に刺し貫かれ、体に触れられることもなく包み込まれ、暗闇の中で凍りついたようにじっとしていた。そして空気を追い払ってしまうような、鋭い闇の透明さを感じた。心臓の鼓動がとても遠いところから聞こえた。断末魔の苦しみを予期しながら、私はすべての神経を集中し、残されたすべての力を振り絞った。しかし断末魔はやって来ない。私はどんどん小さくなり、目に見えない空や、目に見えない水平線、そして雲も星もなく一切の形を奪われた空間が、退いて行くとともに巨大になっていき、私をその中心にすえた。私は自分の身を横たえているものの中に這いこもうとしたが、私の下にはもう何もなく、闇ももはや何も包み隠してはくれなかった。私は両手をぎゅっと握り締め、その手で顔を覆った。ところが、もはや顔はなかったのだ。指は完全に通り抜け、私は泣き喚かんばかりだった……

部屋は青みを帯びた灰色に染まっていた。あれこれの道具も、棚も、壁の隅も、まるでつや消しの灰色の筆で描かれたかのように、輪郭だけが浮かび上がり、自分の色がなくなっている。私の体は汗に濡れていた。脇を見ると、彼女が私を見つめていた。

「肩がしびれちゃった？」

「え？」

彼女は首を上げた。その目は部屋と同じ灰色で、黒いまつげに包まれてきらきら輝いていた。私は彼女の言葉の意味を理解するよりも先に、囁きのぬくもりを感じた。

「いや。でも、そうかな」

私は手を彼女の肩に置いた。体に触れて、ぶるっと震えが走った。私はもう片方の手でゆっくりと彼女を抱き寄せた。

「悪い夢を見たのね」

「夢？　そう、夢だ。でもきみは寝なかったの？」

「わからない。寝なかったのかもね。でも眠くないわ。あなたは眠って。どうしてそんなに見るの？」

私は目を軽く閉じた。私の心臓がゆっくりと打っているのとほとんど同じ場所で、彼女の心臓が小刻みに、規則正しく鼓動しているのが感じられた。心臓？　見せかけだけの小道具じゃないのか？　そんなことがふと頭に浮かんだ。でも私は何にも驚かなかった――

自分自身の無関心にさえも。恐怖や絶望はすでに過去のものだった。私はもっと先に進んでいたのだ。こんなに遠くまでは誰も来たことがないというところまで。私は唇で彼女の首すじに触れ、さらにその下の、瞼《けん》と瞼にはさまれた貝の内側のように滑らかな小さいくぼみに下りた。そこでも脈が打っていた。

私は肘をついて身を起こした。空が朝焼けに燃えることはなく、夜明けの柔らかさも感じられなかった。それから、水平線が青い電光の照り返しに包まれたかと思うと、最初の光が部屋を銃弾のように駆け抜け、すべてのものが反射光に輝き始め、鏡や、ドアの取っ手や、ニッケル製のパイプの上で光が屈折して虹色にきらめいた。まるで光が出会ったものすべての表面を叩きまわって、狭い場所を破壊し、自分を解き放とうとしているようにも見えた。もうこれ以上、見つめていられない。私は顔をそむけた。ハリーの瞳が小さくなった。灰色の虹彩が私の顔のほうにもたげられた。

「もう昼になる時間かしら？」と、くぐもった声で彼女が聞いた。半ば夢を見ているようでもあり、半ば現《うつつ》のようでもあった。

「ここではいつもこうなんだよ」

「で、わたしたちは？」

「というと？」

「まだここにずっといるの？」

私は笑いたくなった。しかし、胸の奥からはっきりしない響きが飛び出てきたとき、それは笑いにはほど遠いものだった。

「かなり長いことだろうね。いやかい？」

彼女のまぶたは震えることがなかった。彼女はじっと私を見つめた。そもそも彼女は瞬きをしただろうか？　はっきりしなかった。彼女は毛布を引き寄せた。その肩に、小さな三角形のあざが薔薇《ばら》色に浮かび上がった。

「どうしてそんなに見るの？」

「きれいだからさ」

彼女は微笑んだ。でもそれは単なる礼儀にすぎず、お世辞に応えただけのことだった。

「本当に？　だって、その目つき、わたしがなんだか……なんだか……」

「何？」

「あなたは何かを探り出そうとしているみたい」

「冗談じゃない！」

「いいえ、あなたはまるで、わたしが何かたくらんでいるとか、何か隠し事をしているんじゃないかと疑っているみたい」

「とんでもない」

「そんなにむきになるところを見ると、やっぱりそうなんでしょう。でもいいわ」

窓が燃えるように輝き、その外では死んだような青色の炎暑が始まっていた。私は目を手で覆いながら、サングラスを捜した。それは机の上にあった。私はベッドに膝をついて身を起こし、サングラスをかけ、鏡に映った彼女の姿を見た。彼女は何かを待っているようだ。私が再び隣に横になると、彼女は微笑んだ。

「わたしには？」

私は突然思い当たった。

「サングラス？」

私は起き上がり、引き出しの中や、窓際の小さなテーブルの上をひっかき回した。そして二つ見つけたのだが、どちらも大きすぎるようだった。それを渡すと、彼女は一つずつ試してみたが、どちらも鼻の真ん中までずり落ちてしまった。

軋む音が長々と響いて窓のカバーが下り始めた。ステーションは再び亀のように自分の甲羅の中に身を隠し、あっという間にステーションの内部は夜になってしまった。私は手探りで彼女のサングラスをはずし、自分のといっしょにベッドの下に置いた。

「これから何をしましょうか？」と、彼女が聞いた。

「人が夜することさ。寝るんだよ」

「クリス」

「なに？」

「湿布を替えてあげましょうか？」

「いや、だいじょうぶ。まだいいから……」

そう言ったとき、私は自分が演技をしているのかどうか、自分でもわからなかった。しかし、私は暗闇の中で突然、やみくもに彼女のきゃしゃな肩を抱きしめ、その震えを感じて彼女を信じた。いや、結局、私にはわからない。ひょっとしたら私のほうが彼女をだましているのであって、彼女が私をだましているわけではないのではないか。ふとそんな気がした。彼女は彼女自身でしかなかったからだ。

それから私は何度か眠りについたが、うとうとするたびに痙攣を起こして目が覚め、心臓の動悸はなかなか静まらず、彼女を自分のほうに抱き寄せた。すると彼女は探るように、とても注意深く、疲れきった私の顔や額に手を触れた。熱がないかどうか、確かめていたのだ。それはハリーだった。その他に、これよりも本物のハリーなどありえなかった。

そう思うと、私の中で何かが変わった。私は戦うことを止めたのだ。そして、瞬時のうちに眠ってしまった。

何かにそっと優しく触《さわ》られるような感じがして、目が覚めた。額のあたりがひんやりして、気持ちがいい。寝ている私の顔は、何か湿って柔らかいものに覆われていた。その何かはゆっくりと上に持ち上げられ、私の上にかがみこんだハリーの顔が見えた。彼女はガーゼから陶製の小皿の中に余分な液体をしぼり出していた。その脇には、液体の火傷薬の入った細口瓶が立っている。彼女は私に微笑みかけた。

「とてもよく寝ていたわ！」と彼女は言って、ガーゼをまた当てた。「痛い？」

「ううん」

私は額の皮膚を動かしてみた。実際、火傷はもうあまり気にならなかった。ハリーはベッドの縁に腰をおろし、オレンジ色の縞の入った白い男物のバスローブに身をくるみ、黒い髪が襟のあたりにこぼれていた。袖は邪魔にならないよう、肘まで大きくまくられている。異様な空腹を覚えた。たぶん、もう二十時間くらい、何も口に入れていない。ハリーが私の顔の手当てを終えたとき、私は立ち上がった。私の視線はふと、床に並んで転がっている二着のドレスに釘づけになった。それは赤いボタンのついた、まったく同じ白いドレスで、そのうちの一つは、私が襟《デコルテ》ぐりに切れ目を入れて脱ぐのを手伝ったもの、もう一つは彼女が昨日着てきたものだ。二つ目のほうは、彼女が自分ではさみをつかって、縫い目をほどいた。きっとファスナーが壊れて動かなくなってしまったのね、と彼女は言っていた。

この二着のまったく同じドレスは、私がこれまでに見聞きしたことすべての中で、もっとも恐ろしいものだった。ハリーは薬の入った戸棚の前で忙しく立ち働いて、戸棚の中を整理していた。私はそっと彼女に背を向けて、血が出るほど手のこぶしを嚙んだ。二着のドレスを見つめながら――いや、二度繰り返して作られたまったく同じ一つのドレスと言ったほうがいいだろうか——私はドアのほうに後ずさって行った。水は相変わらず蛇口から流れ出し、騒がしい音を立てている。ドアを開け、廊下にそっと抜け出し、用心深くドアを閉めた。流れる水の微かなざわめきとガラス瓶のがちゃがちゃ鳴る音が聞こえていたが、突然、その音が止んだ。廊下では天井の細長いランプが輝き、その光の反射がドアの表面にぼんやりとした斑点を作っている。そのドアの前で、私は歯をくいしばって待った。そして、ドアの取っ手を抑えた——抑えきれるとは思わなかったけれども。その取っ手が急激にぐいと動き、危うく手からもぎ取られそうになった。しかし、ドアは開かず、ぶるぶる震えだし、ぞっとするような音をみしみし立てただけだ。私は呆然として取っ手を放し、後ずさりした。ドアには信じがたいことが起こっていた。なんと、滑らかなプラスチックのドア板が、まるで私の側から向こうに、つまり部屋のほうに押し込められるような具合にたわんでいたのだ。表面のエナメルが細かい破片となって剝がれ落ち、ドア枠の鋼鉄がむき出しになった。そして鋼鉄はますます張りつめていった。不意にひらめいた。そうか、廊下側に開くドアを彼女は押すかわりに、自分のほうに引っ張って開けようとしているのだ。まるで凹面鏡のようにへこんだ白いドア板の上で光が反射して、歪んだ像を作った。そしてばりばりというすさまじい音が響き、極限まで曲げられたドアの一枚板にひびがはいった。それと同時に台座からもぎ取られた取っ手が、部屋の中に吹っ飛んだ。そこに開いた穴からは、すぐに血まみれの手が現れ、血の跡をエナメルの塗装の上に残しながら、さらにドアを引っ張った。ドア板は真っ二つに割れ、ちょうつがいに斜めにぶらさがった。そして死人のように青い顔をした、オレンジ色の縞模様のバスローブを着た白い怪物が私の胸に飛び込んできて、わっと泣き出した。

あまりの光景に私は全身が麻痺してしまった。麻痺していなかったら、きっと、逃げ出そうとしていただろう。ハリーは引き付けを起こしたように激しく息をし、頭を私の肩に打ちつけてきたので、髪が乱れて宙を舞うほどだった。そして彼女を抱き締めたとき、私の腕の中で彼女が気を失うのがわかった。壊れたドアにできた穴を通り抜け、私は彼女を部屋の中に運び、ベッドに寝かせた。爪のあちこちが割れ、血が滴っていた。手をひっくり返すと、肉まで裂けてしまった手のひらの内部が見えた。彼女の顔を見ると、その見開かれた目はうつろで表情がなく、どこか私の後ろのほうを見ているようだった。

「ハリー！」

彼女は不明瞭なつぶやきで答えた。指を彼女の目に近づけた。するとまぶたが閉じた。私は薬の棚の前に行った。ベッドが軋んだ。振り返ると、彼女は背をまっすぐ伸ばしてベッドの上で起き上がり、恐怖の色もあらわに血まみれの手を見つめていた。

「クリス……」と、彼女はうめいた。「わたしは……わたしは……どうしたのかしら？」

「ドアを壊して、怪我をしたんだ」と、私はそっけなく言った。私は唇がなんだかおかしくなっていた。特に下唇がむずむずするようだった。その下唇を歯で嚙み締めた。

ハリーはドア枠にだらんと垂れ下がった、プラスチックのぎざぎざの断片に一瞬目をやってから、視線を私のほうに戻した。彼女の顎が震え始めた。彼女がどんなに努力して恐怖を抑えようとしているか、見て取ることができた。

私はガーゼを何片か切り取り、戸棚から傷の手当てのための粉薬を取り出し、ベッドに戻った。しかし、私がそうして運んでいったものはすべて、力なくおろされた手から突然抜け落ち、止血用のゼラチンの薄膜がはいったガラスの小瓶は割れてしまったが、私は身をかがめて拾おうともしなかった。それはもう、要らなくなっていたのだ。

私は彼女の手を取った。乾いた血がまだ細い縁取りのように爪を取り巻いていたが、手をぐちゃぐちゃに潰すほどだった傷は跡形もなく消えうせ、内部の肉をのぞかせていた手のひらは周囲よりも明るい、若く薔薇色をした皮膚にふさがれていた。そして、その傷跡は見る見るうちに薄らいでしまった。

私は腰を下ろし、彼女の顔をなで、微笑みかけようとした。しかし、うまくできたとは言いがたい。

「どうしてあんなことをしたんだい、ハリー？」

「どうしてと言われたって。あれは……わたしがしたの？」

彼女は視線でドアのほうを指した。

「そうだよ。覚えていない？」

「覚えていないわ。というか、あなたがいないのに気がついて、ぎょっとしてしまって……」

「それで？」

「あなたを探した。ひょっとしたらバスルームにいるかもしれないと思って……」

そう言われて私は初めて、箪笥が脇にどけられバスルームへの入り口が現れていることに気づいた。

「それから？」

「ドアに向かって駆け出した」

「それで？」

「覚えていない。何かが起こったに違いないわ」

「何かって？」

「わからない」

「覚えていることは？　それから何があった？」

「このベッドに座っていたわ」

「ぼくに抱えられてきたことは、覚えていない？」

彼女はためらった。唇の両端が引き下げられ、緊張した面持ちになった。

「そんな気もする。でも自分でもわからないの」

彼女は足を床につけ、立ち上がった。そして破壊されたドアのところに行った。

「クリス！」

私は後ろから彼女の肩を抱いた。彼女は震えていた。そして突然、振り返って私の目を捜した。

「クリス」と、彼女は囁いた。「クリス」

「落ち着きなさい」

「クリス、もしかしたら、ねえ、クリス、わたし、癲癇《てんかん》じゃないかしら？」

癲癇とは驚いた！　私は吹き出しそうになった。

「とんでもない。単にドアが、ほら、ここのはこんなふうだから、そういうドアは……」

長々と軋む音を立てながらステーションの外部装甲が動いて窓を覆うものがなくなると、海に沈んでいく太陽の円盤が見えた。そのとき私は彼女と部屋を出た。

向かったのは、廊下の反対の端にある小さなキッチンだった。私はハリーといっしょに家事に取りかかり、戸棚や冷蔵庫を引っかき回した。すぐに気づいたことだが、彼女は料理のことがあまりよくわからないようで、缶詰を開ける以上のことはろくにできなかった。つまり、私とほぼ同じということだ。私はその缶詰を二つ、がつがつとむさぼり食い、コーヒーを数え切れないほど何杯も飲んだ。ハリーも食べるには食べたが、子供がときどき大人の機嫌を損ねまいとしてする食べ方に似ていた。機械的に――嫌々ながらというのでもなく――ただ興味なさそうに食べていたのだ。

それから私たちは無線室の脇にある手術室に行った。ある計画を持っていたのだ。私は彼女に念のため検査をしたいと言って、折りたたみ式の肘掛け椅子に座らせ、殺菌消毒器から注射器と針を取り出した。どこに何があるか、ほとんど空でも言えるくらいにわかっていた。地球にあるトレーニング用の複製ステーションで、そんなふうに訓練を受けていたからだ。私は彼女の指から血を一滴取ると、塗抹標本《スミア》を作り、排気装置の中で乾燥させ、完全に近い真空状態で銀イオンを振りかけた。

具体的な物に即したこの作業には、心を落ち着ける働きがあった。ハリーは展開された肘掛け椅子のクッションに体を休めながら、あれこれの器具がところ狭しと並んだ手術室の内部を見回していた。

静けさを破ったのは、内部電話の断続的な呼び出し音だった。私は受話器を取った。

「もしもし、ケルヴィンですが」と、私は言いながら、ハリーからは目を離さなかった。彼女はこの数時間の経験のせいで衰弱してしまったのだろうか、ちょっと前から感情が麻痺したような状態になっていた。

「手術室にいるのかね？　とうとう！」と言う電話の声は、安堵のため息のように聞こえた。それはスナウトだった。私は受話器を耳に押し当てたまま、次の言葉を待った。

「『お客さん』が来ているんだろう？」

「ああ」

「それで忙しい？」

「そうだ」

「研究っていったところかな？」

「それで？　チェスでも一勝負したいっていうのかい？」

「いいかげんにしろ、ケルヴィン。サルトリウスがきみに会いたがっている。いや、つまりおれたち二人に、ということだけれど」

「それは珍しい！」と、私はびっくりして答えた。「でも、そういうことは……」と言いかけて止め、今度は最後まで言った。

「彼は一人なのかな？」

「いや。どうも言い方が悪かったみたいだね。彼はおれたちと話をしたがっているんだ。三人をテレビ電話でつなぐことにしよう。ただし、モニターだけは何かで覆うことにして」

「なんだ、そういうことか。それなら彼はどうして、ぼくに直接電話をしてこないんだろう？　決まりが悪いのかな？」

「まあ、そんなところだろう」とぶつぶつ言うスナウトの声は、はっきりしなかった。

「それで、どうだね？」

「時間を決めておこうってこと？　それなら、一時間後はどうだろう。それでいいかな？」

「いいとも」

モニターには彼の姿が見えていた。ただし映っているのは顔だけで、せいぜい手のひらくらいの大きさだ。電流のごく微かな音が聞こえるほんのわずかな間、彼は探るように私の目をじっと見つめた。

そして、とうとう、ちょっとためらうように話しかけてきた。

「調子はどうだい？」

「なんとか我慢できる。きみのほうは？」

「そちらよりちょっと悪いんじゃないかな。もしもできたら……」

「こっちに来てみるかい？」と、私は彼の言いたいことを推測した。そして振り返って、自分の肩越しに、ハリーの様子を見た。彼女はクッションに載せた頭を傾け、足を組んで横になり、椅子の肘掛けについた鎖の端の銀色の玉を繰り返し投げ上げていた。退屈のあまり無意識にしている動作なのだろう。

「いいかげんに止めなさい！　それにさわるんじゃない！」と張り上げられたスナウトの声が、聞こえてきた。モニターには彼の横顔が見えた。その先は何も聞こえなくなった。彼がマイクを手で覆ったからだ。しかし、動き続ける彼の唇が見えた。

「いや、そちらに行くことはできない。もう少し後なら行けるかもしれないが。じゃあ、一時間後に」と彼が早口に言うと、モニターの映像が消えた。私は受話器を置いた。

「誰だったの？」と、たいして興味もなさそうにハリーが聞いた。

「スナウトっていう男だ。サイバネティクスの専門家だよ、きみは知らないはずだ」

「まだだいぶかかる？」

「なんだ、退屈したのかい？」と、私は聞いてから、一連のプレパラートのうちの最初のものをニュートリノ顕微鏡のカセットに入れ、スイッチの色とりどりのボールを順番に押していった。力場が鈍いうなりをあげ始めた。

「ここは気晴らしがあんまりないんだ。もしもこんなぼくといっしょにいるだけでは物足りないと言うんなら、困ったことになる」私は放心したように言葉と言葉の間《ま》を引き伸ばしながら言い、それと同時に接眼レンズを光らせている大きく黒い顕微鏡の先端を両手で引き下ろし、柔らかいゴム製の覗き穴の中に目を押し込んだ。ハリーが何かを言ったが、私には聞こえなかった。私の目に見えたのは、銀色の輝きを一面にまきちらした巨大な砂漠の姿を上から、奥行きを鋭く縮めて見たときのような光景だ。その砂漠のあちこちには、ぼんやりとしたもやに包まれて、まるでひび割れ、風化したかのような丸く平べったい岩山のようなものが転がっている。これは赤血球だ。私は焦点をさらに鋭く合わせ、接眼レンズから目を離さずに、銀色に燃え上がる視野をいわばさらに奥へと入っていった。同時に左手でテーブルの調整ハンドルを回し、氷河に運ばれた迷子石のようにぽつんと存在する赤血球が黒い照準線の交差するところに来たとき、倍率を上げた。対物レンズが行き当たったのは、どうやら、形が崩れ、真ん中がくぼんだ赤血球のようだった。それはすでに、岩山の噴火口の環のような姿に見えていた。リング状の縁《へり》のそばのくぼみには、黒くっきりとした影がついている。結晶した銀イオンの薄片が、剛毛のようにその縁を包んでいた。しかし、環は顕微鏡の視野の外に消えてしまった。そして、半ば溶けてねじ曲げられたタンパク質の連鎖の輪郭が、まるで乳白色に濁った水を透かして見たときのようにぼんやりと現れた。黒い照準線の交差したところにタンパク質の破片の絡まりあいが来たとき、私はゆっくりと倍率を上げるレバーを押し続けていったので、この深奥への旅の極限がいつ現れてもおかしくなかった。そして一つの分子の平たい影が視野全体を満たしたかと思うと、いまや霧が晴れるように散っていった！

ところがその先は何も起こらなかったのだ。原子たちの揺らめく霧が、まるでぷるぷる震えるゼリーのように見えるはずだったのだが、そんなものはなかった。画面は無垢の銀色に輝いているだけだ。私はレバーをぎりぎりまで押した。ぶうんという音が凶暴なまでに強まったが、やはり相変わらず何も見えない。ぴーぴーと繰り返し鳴るシグナルが、装置に負担が掛かりすぎていることを知らせていた。もう一度私は銀色の空虚を覗き込み、それから電源を切った。

ハリーのほうに目をやった。彼女はちょうどあくびで口を開けかけているところだったが、それを手際よく微笑みに変えてしまった。

「わたしの具合はどう?」と、彼女が聞いた。

「とてもいい」と、私は言った。「つまり……これ以上はないくらい、いい」

私はずっと彼女を見つめていて、またしても下唇が妙にむずむずするのを感じた。いったい何が起こったのか? これはどういう意味なのか? 見た目にはあんなにも弱々しく脆そうな彼女の体が——じつは、破壊し得ないほど頑丈なものなのだが——その究極の底まで探ってみると、無からできているということになるのだろうか? 私はげんこつで顕微鏡の筒型の胴体を叩いた。ひょっとして、何か欠陥があるのではないか? 焦点が合わないとか……? いや、器械がきちんと働いていることはわかっていた。細胞、タンパク質の集合体、分子、といった具合にすべての段階を一つ一つ降りて行き、そのすべてが今まで見てきた幾千ものプレパラートの場合とまったく同じように見えたのだから。しかし、下に降りる最後の一歩が、どこにも通じていなかったのだ。

私は彼女の血管から血を採り、計量用の円筒《シリンダー》に注いだ。そして、それを適当な分量に分け、分析に取りかかった。思ったよりも時間がかかった。ちょっと腕が落ちている。反応は正常だった。どの反応も。おそらく、これなら……。

濃縮された酸を一滴、赤いサンゴのような血に垂らしてみた。煙が上がり、酸の滴は灰色になり、汚い泡の膜に覆われてしまった。分解、変質。もっと先へ、もっと進め！　私はもう一本の試験管に手を伸ばした。そして、酸を垂らした試験管のほうに向き直ったとき、この薄いガラスの管を危うく指から落としそうになった。

浮き上がった汚い泡の層の下、試験管の底で、暗い赤色の層が再び成長していたのだ。酸に焼かれた血が、復元している！　なんというナンセンスだろう！　あり得ないことだ！

「クリス！」と呼ぶ声が、まるではるか彼方からのように聞こえた。「電話よ、クリス！」

「えっ？　ああ、そうか、ありがとう」

電話はもうだいぶ前から鳴っていたのだが、いまようやく、その音が聞こえた。

「こちらケルヴィン」私は受話器を取った。

「スナウトだ。回線を接続しなおしたから、三人で同時に互いの声が聞けるよ」

「ようこそ、ケルヴィン博士」甲高く、鼻にかかったサルトリウスの声が響いた。その話し方は、まるでいまにも崩れそうな危険な演壇に登りながら、疑念を抱いて警戒し、外見上は沈着をよそおっている、といったふうだ。

「よろしくお願いします、博士」と、私は答えた。私は笑いたい気分だった。しかし、思う存分笑うには、そんな陽気なふるまいの理由が自分にも十分はっきりしているかどうか、確信が持てなかった。結局のところ、笑われるべきは誰なのか？　私は何かを手に持っていた。血の入った試験管だ。それを振ってみた。すでに凝固している。ひょっとしたら、さきほどのことは錯覚に過ぎなかったのだろうか？　そんなふうに見えただけではないのか？

「ここで皆さんに提起したいと思いますのは、その……何と言うか……あの幽霊《ファントム》みたいなものに関わるいくつかの問題でありまして……」サルトリウスの言葉を私は聞くともなく聞いていた。それはまるで意識の中にまで響いてくるようだったのだ。私はその声から身を守りながら、固まった血の入った試験管をじっと見つめ続けた。

「その頭文字をとって、幽体Fと呼ぶことにしたらどうだろう」と、スナウトが早口に提案した。

「それはいい」

画面の真ん中には黒っぽい垂直の線が走っていて、同時に二つの回線とつながっていることを示していた。その線のどちらの側にも、話し相手のそれぞれの顔が映るはずだった。しかし画面のガラスは暗いままだ。ただ画面のフレームに沿って縁の部分が明るく輝いているので、テレビ電話はきちんと作動しており、画面が何かに遮られているだけだ、ということがわかった。

「われわれは皆、様々な研究を行ってきております……」そう言う鼻にかかった声には、またしても同じような用心深さが感じられた。一瞬の沈黙。「まず最初に、それぞれが持っている情報をつなぎ合わせましょう。それから私が個人的に到達した結論について、申し上げられるのではないかと……。どうです、ケルヴィン博士、最初に発言をお願いできますか……」

「ぼくからですか?」と言ったとき、私は突然、ハリーの視線を感じた。試験管をテーブルに置くと、それはガラス器具を載せた台の下に転がっていった。私は高い三脚台を足で自分のほうに引き寄せて、そこに腰を下ろした。最初は断ろうと思ったのだが、自分でも意外なことに、私はこんなことを言い出した。

「いいでしょう。ちょっとしたセミナーってところですか。それはいい! ぼくはまだほとんど何もやっていませんけれども、話すことはできますよ。組織学的な調査のためのプレパラートを一枚作って、いくつかの反応を見た。ミクロなレベルでの反応です。ぼくの印象では……」

その瞬間まで私は自分が何を言うべきか、自分でもわかっていなかった。突然何かが私の内側で口を開けたかのようだった。

「すべては正常なんですが、それは偽装《カムフラージュ》です。仮面ですね。ある意味では、スーパー・コピーと言うべきものでしょう。オリジナルよりも正確な再現なんですから。つまり、人間だったら体を構成する粒子の分割可能な極限があるわけですが、この場合、原子よりも小さな素材を使うことによってさらにその先まで行っているということです！」

「いや、いや、ちょっと待って下さいよ。それはどういうことですかな？」と、サルトリウスが問いただした。

ちょっと荒い息づかいは彼のものだろうか。スナウトは発言しなかった。ひょっとしたら、受話器に響いてくる、ハリーは私のほうを見ていた。私は自分が興奮のあまり、最後のほうはほとんど叫ぶようになっていたことを自覚した。冷静さを取りもどし、背を丸めてすわり心地の悪い椅子に腰を下ろし、目を閉じた。どう言ったらいいだろうか？

「人体を構成する究極の要素は、原子です。私の考えでは、幽体Fを組み立てている構成単位は、普通の原子よりも小さなもの、はるかに小さなものではないでしょうか」

「中間子ですかな……？」と、サルトリウスが口をはさんだ。彼はまったく驚いていない様子だ。

「いえ、中間子ではありません……。中間子なら認識できるはずです。下の私のところにある顕微鏡の解像力は、一〇のマイナス二〇乗オングストロームにまで達します。そうでしたね？　ところが何にも見えないんです、最後まで。ということは中間子ではない。ニュートリノかもしれません」

「そんなことがどうして想像できるのでしょうか？　ニュートリノの凝集体は不安定で、寿命は長くないはずです……」

「わかりません。物理学者じゃないので。ひょっとしたら、何らかの力場がそれを安定させているのかもしれない。でも、それについてはよくわかりません。いずれにせよ、私の言うとおりならば、幽体Fの素材となっているのは、原子の一万分の一くらいの粒子だということになります。でも、それだけじゃない！　もしもこの『ミクロ原子』から組み立てられているとすると、タンパク質や細胞はそれに応じて小さなものになるはずです。血球だって、酵素だって、何もかもが。ところが、そうはなっていない。ということは、タンパク質も、細胞も、細胞核も、すべて仮面だということです！　『お客さん』の機能を支える本当の構造は、もっと深いところに隠されているんです」

「おい、ケルヴィン！」スナウトがほとんど怒鳴りつけるような調子で言った。私はびっくりして、話を中断した。しまった、いま「お客さん」と言ってしまったか?!　そう、でもハリーは聞いていなかった。それに、たとえ聞いたとしても、意味がわからないだろう。彼女は頬づえをついて窓の外を眺めていた。その小さくて清らかな横顔が、紫色の夕焼けを背景に浮かび上がっている。受話器は沈黙していた。遠くから息づかいの音がきこえてくるだけだ。

「確かに一理あるな」スナウトがぶつぶつ言った。

「確かに、その可能性はあります」と、サルトリウスが付け加えた。「ただし、障害になるのは、海がケルヴィン博士の言う仮説上の粒子からはできていない、ということです。

この海は普通の原子から成り立っていますよ」

「ひょっとしたら、そういう普通の原子も合成できるのかもしれません」と、私が指摘した。そして、突然、どうでもいいような気分になった。この会話は気晴らしにさえならなかった。単に不要なものだった。

「でも、そう考えると、あの並外れた耐性も説明がつく」と、スナウトがつぶやいた。

「それから、再生のスピードも。ひょっとしたら、エネルギーの源泉は、その一番奥深いところにあるのかもしれない。連中はものを食べなくてもいいわけだし……」

「発言の許可を求めます」と、サルトリウスが言った。なんて嫌な男だろうか。せめて自分で引き受けた役割からはみださないでくれればいいのだが！

「動機の問題を取り上げたいと思います。幽体Fの出現の動機のことであります。私はこの問題を、こんなふうにかみ砕いてみたい。そもそも幽体Fとは何か？　それは個体でもなければ、特定の個体のコピーでもない。単に、当該の個体についてわれわれの脳に含まれていることを、物質的に投影したものに過ぎない」

その定義の的確さに、私は驚いた。このサルトリウスという男は、どんなに嫌な人間であっても、どうやら馬鹿ではないようだ。

「それはいい」と、私は口をはさんだ。「どうして出現するのが、これこれの特定の個体……いや、幽体であって、他のではないのか、ということも、それで説明がつく。選び出されたのは、記憶の中で一番頑強で永続的な痕跡、他のあらゆる痕跡から一番くっきりと分離した痕跡ですね。ただし、どんな痕跡でも完全に他から孤立しているということはありえない。だから『コピー』の最中には、当然、たまたま近くにある他の痕跡の残滓が取り込まれてしまうということもあった。その結果、来訪者は自分が再現すべき本物の個体が持ちえたものよりも多くの知識をときに示したりするんですよ……」

「ケルヴィン！」と、またスナウトが言い、私ははっとした。私の不用意な言葉に対して憤慨するのは、彼だけではないか。サルトリウスのほうは、私が不用意な言葉を使っても、別に恐れてはいないようだ。それはつまり、彼の「客」はスナウトの「客」よりも生まれつき頭が弱いということなのだろうか？　一瞬の間、学識豊かなサルトリウス博士のすぐ脇に、知恵遅れの小人がへばりついている姿が、頭に浮かんだ。

「もちろん、それについては私たちも気がつきました」と、ちょうどそのとき彼が答えた。「今度は、幽体Fの出現の動機でありますが……。最初に頭に浮かぶ、当然とも言える考えは、これが私たちに対して行われている実験か何かではないか、ということでしょう。しかし、これが実験だとしたら、かなり、その……下手くそなものです。実験をするとき、私たちはその結果に、特に失敗に学びます。そして、実験を繰り返すにあたっては、修正を加えるものであります……。ところが、そんなことはここでは問題にもなりません。まったく同じ幽体Fが、しょうこりもなしにまた出現するのですから……修正もされず……

何とか連中を厄介払いしようとする私たちの試みに対して、新たな装備が補足されるわけでもなく……」

「一言で言うと、スナウト博士ならば修正フィードバックを備えた作用の回路とでも定義するようなものが、ここにはない、と」私は口をはさんだ。「そうだとすると？」

「実験としては、その……まったく不手際なものだということ、それに尽きます。ところが別の点から見ると、こんな不手際はおよそありそうにないのです。海は……とても精確です。それは、幽体Fの二層構造にも現れています。一定の限度までは彼らはもとになっている現実の……その、現実にいた……」

彼は言いよどんだ。

「オリジナル」と、スナウトが早口に言った。

「そう、そのオリジナルとまったく同じようにふるまいます。ところが平均的な……オリジナル……ですか、それの持つ正常な可能性を超えるような状況になると、まるで幽体Fの『意識のスイッチ』が切られたようになって、別の、人間のものではない活動が直接現れてくる……」

「たしかに」と、私は言った。「でも、そんな話をしていたら、あの連中……いや、幽体の行動のカタログを作成するだけで、それ以上は何も出てきませんよ。まったく不毛な話だ」

「さあ、それはいかがなものでしょうか」と、サルトリウスが反論した。どうして彼にこれほど苛々させられるのか、私は突然悟った。彼は普通に会話しているのではなく、研究所の会議のときとまったく同じように、演説していたのだ。どうやらそれ以外の話し方はできないらしい。

「ここで関係してくるのが、個性の問題であります。海には完全にこの概念が欠如しています。そうであるに違いありません。同僚の皆さん、この実験の中でも私たちにとって一番、その……厄介で……いまいましい側面は、海の理解の限界を超えており、海の視野からは完全に抜け落ちているのです」

「つまり、これは意図的なものではない、というお考えですか……？」と、私が聞いた。この主張にはちょっとびっくりしたが、よく考えてみると確かにその可能性を排除することはできない、と認めざるを得なかった。

「そうです。悪意とか陰謀があるとは信じられませんし、私たちの一番痛いところをわざと狙おうとしているとも思えません……もっとも、同僚のスナウト君はそう考えているわけでありますが」

「いや、海が人間らしい感情を備えているなんて、まったく考えていないよ」と、スナウトが初めて発言した。「でも、連中がしょうこりもなくいつも戻ってくることを、どう説明するつもりなのか、教えてもらえませんか？」

「まるでレコードプレーヤーのようにぐるぐる回るというか、そんなふうに働く装置が取り付けられているのかもしれない」と、私は言った。そう言って、サルトリウスに対して面当てをしてやりたい、という密かな願望がないわけでもなかった。

「同僚の皆さん、気をそらさないようにいたしましょう」と、サルトリウス博士が鼻声で告げた。「まだ申し上げたかったことのすべてではありません。正常な条件のもとであれば、私の研究の現状については暫定的な報告をすることでさえ、時期尚早と見なすところですが、状況が特殊であることにかんがみ、例外を設けることにいたします。私の印象では、よろしいですか、これは印象であって、当面それ以上のものではありませんが、同僚のケルヴィン博士の推測には一理あるものと思われます。私が言っているのは、ニュートリノによる組成の仮説ですが……。そういった構造物のことは理論的に知られているだけで、どうしたら安定させられるか、私たちは知りませんでした。しかし、ここからチャンスが開けるかもしれません。なぜならば、構造に永続性を与えている力場を破壊することによって……」

ちょっと前から気づいていたことだが、サルトリウスの側のモニターをさえぎっていた黒っぽいものがそろそろとずらされ、一番上のあたりにできた隙間が輝き、そこになにやら薔薇色のものが見えた。それはゆっくりと動きまわっていた。と、突然、黒っぽい覆いがすべり落ちた。

「あっちに行け！　行きなさい!!!」受話器の中に、胸も張り裂けそうなサルトリウスの悲鳴が響き渡った。突然明るくなったモニターの画面に、実験室で使うようなだぶだぶした袖カバーをはめた博士の両手が何かと格闘しているところが映し出され、その両手の間で、大きい金色の円盤に似た物体がきらめいた。そして、その丸い金色の円盤が麦わら帽子だということに私が思い当たるよりも先に、画面からすべてが消えうせたのだった……

「スナウト？」私は深く息をして、呼びかけた。

「なんだい、ケルヴィン」と、サイバネティクス学者の疲れた声が答えた。その瞬間、私は彼のことが好きだと感じた。本当に、彼にまとわりついているのが誰なのか、もう知りたくないと私は思った。

「さしあたっては、これで十分かな？」

「そうだね」と、私は答えた。「もしもできたら、下か、ぼくの船室にちょっと寄ってくれないかな、いいかい？」と、私は彼が受話器を置いてしまう前に慌てて言い足した。

「了解」と、彼は言った。「でもいつになるかは、わからんな」

問題検討のための討議は、これで終わった。

怪物たち

Potwory

　夜中に明るくて目を覚ました。肘《ひじ》をついて起き上がり、もう一方の手を目のあたりにかざして光をさえぎった。ハリーはシーツにくるまって縮こまり、ベッドの足元に腰を下ろしていた。その顔は髪の毛に覆われ、肩が小刻みに震えている。彼女は声を上げずに泣いていたのだ。

「ハリー！」

　彼女はもっと身を縮こまらせた。

「どうしたんだい？……ハリー……」

　私はベッドに腰を下ろしたが、頭はまだ完全に覚めきっておらず、つい先ほどまで私を苦しめていた悪夢からなかなか解放されなかった。彼女は震えていた。私が抱きしめると、彼女は私を肘で突きのけた。そして顔を隠した。

「かわいいハリー」

「そんなふうに言わないで」

「でも、いったいどうしたんだい?」

私は彼女の震える泣き濡れた顔を見た。子供が流すような大粒の涙が頬を伝い、顎の上のえくぼできらめき、シーツに滴り落ちていた。

「あなたにはわたしが必要ないのね」

「なんてことを思いつくんだろう!」

「聞いていたんですもの」

私は自分の顔全体がこわばるのを感じた。

「何を聞いたんだい? 誤解だよ、あれはただ……」

「いいえ、違うわ。ここにいるのは本物のわたしじゃないって言っていた。出て行けとでも言わんばかりに。わたしだって出て行きたかったわ。でも、出て行こうと思っても、なんてことでしょう、それができないの。いったいどうしたのか、自分でもわからない。したくても、できないなんて。わたしってそんな、そんなひどい人なのよ!」

「いい子だから、ハリー!!!」

私は彼女を捕まえ、全力で抱き寄せた。すべてが崩れ落ちるようだった。彼女の手に、濡れて塩辛くなった指に口づけをし、哀願や誓いの言葉を繰り返し、許しを乞い、それは馬鹿げたぞっとするような悪夢だったに違いない、と言い聞かせた。彼女は次第に落ち着いてきて、泣くのを止めた。その目は夢遊病者のようにとても大きく、もう乾いていた。

彼女は顔をそむけた。

「いいえ」と、彼女は言った。「そんなこと言わないで、必要ないわ。わたしにとってあなたは、もう以前のあなたと同じじゃない……」

「同じじゃないって！」

うめき声のように言葉が口をついて出た。

「ええ、わたしが必要じゃないんですもの。それはずうっと感じていた。でも、目に入らないふりをしていたの。ひょっとしたら、気のせいかもしれないと思ったし。でも、気のせいじゃなかった。いままでは、あなたの振る舞い方は……違っているもの。わたしのことを真面目に扱ってくれないじゃない。あれは夢だった、たしかにそうでしょう。でも、わたしがあなたの夢に現れたのよ。寝ながらわたしの名前を呼んでいたじゃない。わたしのことが、嫌いになったのね。でも、どうして？　どうしてなの?!」

私は彼女の前にひざまずき、その膝を抱きしめた。

「いい子だから……」

「そんなふうに呼んで欲しくないわ。嫌なのよ、わかった？　わたしはいい子なんかじゃありません。わたしは……」

そこで彼女はわっと泣き出し、顔からベッドに倒れこんだ。私は立ち上がった。換気装置の通気孔から、静かなぱたぱたという音を立てて、ひんやりした空気が吹いてきた。寒かった。私はバスローブをはおり、ベッドに腰を下ろして、彼女の肩に触った。

「ハリー、聞いてくれ。ちょっと言っておきたいことがあるんだ。本当のことを言おう……」

ハリーはゆっくりと両手で体を支えながら、身を起こした。彼女の首筋の薄い皮膚の下で、脈が打っているのが見えた。私の顔はまたしてもこわばり、まるで厳寒の外気にさらされているかのような寒さを感じた。頭の中は完全に空っぽだった。

「本当のこと?」と、彼女は言った。「誓って本当?」

私はすぐには答えられなかった。喉《のど》の痙攣《けいれん》を抑えなければならなかったからだ。それは昔、私たちの間で決めたおまじないのようなものだった。その言葉が発せられると、私たちのどちらももう、あえて嘘をつけなくなるだけでなく、何かを隠してもいけない、ということになっていた。ともかく率直にふるまえばそれで救われる、という無邪気な信念に基づいて、結局、過度の率直さのせいで互いに苦しんだ、そんな時期があったのだ。

「誓って本当さ」と、私は真顔で言った。「ハリー……」

彼女は待っていた。

「きみも変わったんだ。みんな変わるものなんだよ。でも、それを言いたかったわけじゃない。本当にどうやら……二人ともよくわからない理由のせいで……きみはぼくのそばから離れられないらしい。でも、それでよかったくらいだよ、ぼくだってきみから離れることができ……」

「クリス！」

私はシーツにくるまったハリーを抱き上げた。涙で湿ったシーツの角が私の肩に載った。私は部屋を歩き回りながら、彼女の体を揺すぶった。彼女は私の顔を撫でた。

「いいえ、あなたは変わっていないわ。変わったのはわたしよ」と、彼女が私の耳に囁きかけた。「わたしはどうかしちゃったのよ。ひょっとしたら、あのせいかしら？」

彼女は壊されたドアの跡の、黒く空っぽな長方形のほうを見ていた。ドアの残骸は晩のうちに私が運び出して、倉庫に持って行ったのだ。新しいドアをつけないといけないな、と私は考えた。そして彼女をベッドに座らせた。

「きみはそもそも、眠ることがあるのかい？」私は両手を下ろし、彼女を見下ろすように立ったまま、聞いた。

「わからない」

「わからないなんてことがあるかな。じっと考えてみて」

「たぶん本当の眠りじゃないのね。わたし、病気なのかもしれない。ただこんなふうに横になって、考えるの、わかるでしょう……」

彼女はぶるっと身を震わせた。

「どんなことを？」と、私は囁いた。はっきり声に出すと、うまく言えないと思ったのだ。

「とても変な考えばかり。どこから現れるのか、自分でもわからない」

「たとえば？」

これから何を聞かされようとも、落ち着いていなければいけない、と私は思った。そして、強い打撃を待ち受けるかのように、彼女の言葉に対して身構えた。

彼女は途方に暮れたように首を振った。

「それはなんだか、その……まわりで……」

「どういうこと？……」

「自分の中だけじゃなくて、もっと遠くにもあるような、その、なんだか、やっぱりうまく言えないわ。言葉では言い表せない……」

「きっと夢じゃないかな」ひとりでに言葉が口をついて出た。そして、私はほっとため息をついた。「それじゃ、電気を消して、朝まで何も余計な心配はしないことにしよう。朝になって、もしも気が向いたら、何か新しいことができるか試してみよう。いいね？」

私はスイッチに手を伸ばし、部屋は闇に包まれた。そして冷え切ったベッドに身を横たえ、近づいてくる彼女の息のぬくもりを感じた。

私は彼女を抱きしめた。

「もっと強く」と、彼女が囁いた。そして、長く感じられる一瞬の後、「クリス！」

「なに？」

「愛してる」

私は叫び出したい気分だった。

朝は赤かった。巨大な太陽の円盤は水平線の上、低いところにかかっていた。ドアの敷居のところに手紙が置いてあった。封を引き裂いて開けた。ハリーはバスルームにいて、彼女の歌う鼻歌が聞こえてきた。そして、彼女は濡れた髪の毛が体中にからみついた姿で、ときおりバスルームから外を覗いて見るのだった。私は窓際に行って、手紙を読んだ。

ケルヴィン、にっちもさっちもいかなくなった。サルトリウスは積極的な行動に出ようとしている。ニュートリノ系の安定を破壊できると信じているんだ。彼は実験のために、Fの基本素材として原形質《プラズマ》を一定量必要としている。そこで、探査に出て、コンテナに一定の量の原形質《プラズマ》をとってくることをきみに頼みたい、と言うんだ。きみ自身の判断に従って行動してくれ。でも、どうするか決めたら、こちらにも知らせて欲しい。おれに意見はない。そもそも、おれにはもう、何にもなくなってしまったような気がする。ただ、どちらかと言えば、きみには引き受けてもらいたい。それもひとえに、たとえ見せかけだけであっても、前進になると思うからだ。そうでなければ、残されているのは、Gを羨ましく思うことだけだろう。

追伸　無線室には入らないでくれ。まだおれのために、そのくらいの配慮はしてくれてもいいだろう。必要があれば、電話してくれ、それが一番いい。

この手紙を読んだとき、心臓が締め付けられるような思いがした。注意深くもう一度目を通し、引きちぎり、流しに投げこんだ。それからハリーのために作業服を捜し始めた。それだけでもう恐ろしくなった。前回とまったく同じではないか。でも彼女は何も知らなかった。そうでなかったら、ちょっとした探査のためにステーションの外に出なければならない、だからいっしょに来てほしい、と私に言われて、彼女があんなに喜ぶはずがない。私たちは小さなキッチンで朝食をとり（とはいっても、ハリーはまたしても食べ物をほんの数口かろうじて飲み込んだだけだった）、図書室に出かけた。

私はサルトリウスの希望に応える前に、場とニュートリノ系の問題に関する文献に目を通そうと思ったのだった。どのように取り掛かったものかも、まだ見当がつかなかったが、彼の仕事を自分の手の内に置こうと心に決めたのだ。こんな考えが頭に浮かんだ。まだ実在しないニュートリノ壊滅装置がスナウトとサルトリウスを解放してくれるだろう。一方、私はハリーといっしょに、どこか外で――たとえば、宇宙飛行機の中で――この「作戦」

が終わるまで待つことにしよう。私はしばらくの間、大きな電子カタログを使ってせっせと調べものをした。質問をすると、電子カタログはそれに答えて「文献目録になし」という簡潔な説明のついたカードを吐き出してくるか、そうでなければ、専門的な物理学の論文の迷路の中に足を踏み入れるよう、勧めてくれるのだったが、論文はあまりにも膨大でどこから手をつけていいかもわからず、途方に暮れるほどだった。部屋の滑らかな壁には、大量のマイクロフィルムや電子記録を収めた引き出しがぎっしり並んで格子縞模様を作っている。私はなんとなく、この大きな円形の部屋を立ち去りたくない気分だった。この図書室はステーションのど真ん中にあるため窓がなく、鋼鉄の殻のようなステーションの内側で、一番よく外部から隔離された場所になっていた。ひょっとしたら文献探しは明らかに失敗だったのに、ここにいると気分がよかったのは、そのせいだったのだろうか。私は大きなホールをさまよい歩くうちに、本を満載した天井まで届く巨大な本棚に行き当たった。それは贅沢というよりは（贅沢としては、少なくともかなり疑わしいものだ）、ソラリス探検の開拓者たちを記念し、尊敬の念を表すためのものなのだろう。棚に載っているのはおよそ六百冊、ギーゼによる金字塔ともいうべき──ただし、すでにかなり時代遅れになってしまった──全九巻の研究書を初めとする、この主題に関する古典がすべてそろっていた。ギーゼの本を取り出してみると、腕で支えていられないほどの重さだった。そして、私は椅子の肘掛けにちょこんと腰を下ろし、読むともなしに、なんとなくページを繰っていった。ハリーも自分のために何かの本を見つけたようだ。彼女の肩越しに、何行か活字を読み取ることができた。それは最初の探検隊の持っていた数少ない本のうちの一冊で、ひょっとしたら、かつてギーゼ自身の持ち物だったのかもしれない。タイトルは『星間料理人』……。宇宙旅行の厳しい条件に合わせたレシピを一心に研究しているハリーの姿を見て、私は何も言わなかった。そして、膝の上に載せた貴重な大著に戻った。この『ソラリス研究の十年』は、「ソラリス叢書《ソラリアナ》」シリーズの第四巻から第十二巻までを占めているのだが、現在、このシリーズの本の巻数は四桁になっている。

　ギーゼはたいして想像力が豊かではなかったのだが、この性格はソラリス研究者にとっては弱点以外のなにものでもなかった。想像力と迅速に仮説を作り出す能力がこれほど有害にならないところは、おそらく、他にはないだろう。結局のところ、この惑星ではどんなことでもあり得るのだから。原形質《プラズマ》が作り出す様々な模様についての記述は、どんなに信じがたく思えるものであっても、おそらく十中八九は真正なものである。ただし、だいたいの場合、それを確かめることはできない。海が自分の変化を繰り返して見せることは、めったにないからだ。初めてそれを観察する者の肝をつぶすのは、まずその見たこともない異様な姿と巨大さである。もしもそれがせいぜい泥沼程度の小さな規模で現れたとしたら、きっともう一つの「造化の戯れ」、つまり偶然の現れとか、様々な力の盲目的な戯れの現れと見なされることだろう。ソラリスが示す様々な形態の計り知れない多様性に対しては、凡人も天才も同様になすすべを知らなかった。しかし、だからといって、生きている海の様々な現象とのつきあいが楽になるというわけではない。ギーゼは凡人でも天才でもなかった。彼は単に、几帳面で融通のきかない分類学者だったのだ。この種の人々は、外見上の平静の下に、一生涯をのみこんでしまうような、倦むことを知らない仕事への執拗な情熱を秘めているものだ。彼は可能な間はずっと、記述的な言語を用いていたが、言葉が足りなくなると、新しい単語を作り出してそれに対処した。しかし、それはしばしば不出来なもので、記述される現象にぴったりとは合っていなかった。とは言うものの、結局、どんな専門用語でさえもソラリスで起こっていることを表現できないだろう。ギーゼの作った「山樹」「長物《ながもの》」「キノコラシキ」「擬態形成体《ミモイド》」「対称体」「非対称体」「脊柱マガイ」「速物《はやもの》」といった言葉は、ひどく人工的だが、不鮮明な写真と欠陥だらけの映画以外には何も見たことがない者にさえも、それなりのイメージを与えてくれる。とはいえ、もちろん、この誠実な分類学者も何度も不注意な誤りをおかしている。人間は用心しているときでさえも、自分でも知らないうちに、いつでも仮説を立ててしまうものだ。ギーゼは「長物《ながもの》」が基本的な形態であると見なし、地球の上げ潮の波を何倍も大きくし、重ね合わせたようなものだと考えた。彼の著作の初版を苦労して読み進んだ者なら知っているとおり、最初のうち彼は地球中心主義に鼓吹されて、それをまさに「上げ潮」と呼んでいたのである。彼は他になすすべを知らなかったからしかたないが、そうでなければこういった地球中心主義は滑稽なものでしかないだろう。というのも——地球にそれでもあえて似たものを捜すならば——これはコロラドのグランド・キャニオンをはるかに上回る規模の形成物であり、それを形作っている素材は海面上では、泡だったゼリーのような粘稠《ねんちゅう》性を持っていた（しかもこの泡は凝固して、すぐに粉々になる巨大な花綱、巨大な編目のあいたレースのようなものになり、何人かの研究者の目には「骸骨と化した瘤」のように映った）。他方、底のほうに行くとそれは、引き締められた筋肉のようにどんどん堅くなった。しかし、筋肉とは言っても、海面下十数メートルでもう、弾力性を保持しながらも岩の堅さをはるかに超えてしまうのだ。この怪物の背中の膜のように見えるぴんと張りつめた壁には「骸骨体」がからみつき、その壁と壁の間に何キロメートルもの空間にわたって、「長物《ながもの》」の本体が延びていく。それは外見上は独立した形成物のように見える。いわば、いくつもの山をむさぼり食ったあと、いまはそれを黙って消化して、ときどき魚のように引き締まった体をゆっくりぶるっと動かしている大蛇、といった様子である。しかし「長物《ながもの》」がそう見えるのは上空から、飛行機から見たときだけだ。もっと近づいていき、「峡谷の壁」が飛行機の頭上数百メートルほどそびえるくらいまで高度を下げると、「大蛇の胴体」と見えたものはじつは、内側であまりに目の眩むような運動をしているせいで、かえって動きが鈍く見える膨らんだ円柱であることがわかる。この円柱のような外見を呈したものが、水平線まで伸びているのだ。最初に受ける印象は、くすんだ緑色のぬるぬるした粘着性の物質が渦を巻いていて、そのいくつもの層が太陽の強い光を反射しているといったものだ。しかし、飛行機がその表面のぴったり真上に下降すると（中に「長物《ながもの》」を隠している「峡谷」の岸は、そのときはもう両側に、まるで地質学的規模の陥没の頂点のようにそびえている）、運動がはるかに複雑なものであることがわかる。そこには同心円状の循環があり、その中では黒っぽい流れが交差し、上部の「マント」がときおり空と雲の姿を映し出す鏡のような表面となる。ただし、半液体状の中心がガスと混ざって噴出し、爆発のどよめきを響かせるとき、この「マント」には穴があいてしまう。次第にわかってくるのは、そのすぐ下に様々な力の作用の中心があるということだ。そこに働いている力は、左右に押し開かれ空の下に引き上げられた、ゆっくり結晶化するゼリーの斜面を支えているのだろう。しかし明らかに目に見えるものであっても、科学はそう簡単にはその情報を受け入れない。生きている海の果てしない広がりに何百万もの溝を刻んでいるこの「長物《ながもの》」のある場所では、いったい何が起こっているのだろうか。この問題をめぐって、長年激しい議論が繰り広げられてきたのだった。これは怪物の何らかの器官であり、その中で行われているのは、やれ新陳代謝だとか、呼吸のプロセスだとか、栄養分の運搬ではないかといった、あれこれの説が飛び交った。さらにどんな説が出たかについては、埃をかぶった図書館の本だけが知っている。どの仮説も、骨の折れるしばしば危険な実験が数え切れないほど何度も行われた結果、くつがえされてしまった。しかし、それにしても、

「長物」だけに限ってもこれだけのことが出てくるのだ。「長物」と言えば、実際、一番単純な形の、一番長続きするものなのだが――なにしろ、それが存在する期間は何週間にもおよぶのだから――そんなものは、ここではまったく例外的だった。

もっと複雑で、気まぐれで、見る者におそらく一番激しい嫌悪感を呼び起こすのは――嫌悪感とここでいうのは、もちろん、反射的なものだが――「擬態形成体《ミモイド》」である。ギーゼはそれに惚れ込み、一生をその研究と、記述と、解明に捧げたと言っても過言ではない。この名称によって彼は、それに備わった、人間に一番奇妙に思える側面を言い表そうとしたのである。つまり、近くのものであろうと、遠くのものであろうとお構いなしに、とにかく周囲にあるものの形をなんでも模倣しようとする傾向のことだ。

ある日、海の表面下の深いところで、何か黒っぽいものが姿を現す。それは扁平で大きな円盤のようなもので、縁はぼろぼろになり、表面はまるでタールを注ぎかけたようだ。十数時間後にそれは層状になって、いくつもの部分にはっきりと分かれていく。同時に、それは周囲を押しのけるようにして上に、つまり海面に向かって進んでいく。それを観察する者は、自分の下で激しい戦いが行われているのだと思い込んでもおかしくはない。なぜならば、その周囲一帯から、まるで唇がすぼんでいくように、そして生きた筋肉でできたクレーターが閉じていくように、同じ速度で進行する無数の円形の波が次々に押し寄せてきて、海の奥で膨れ上がった、揺れ動く黒っぽい亡霊の上に積み重なり、そそり立ったかと思うと、崩れ落ちるのだから。何十万トンもの波がそんなふうに崩落するたびに、何秒かの間、引き伸ばされた粘りつくような、そしてあえて形容すれば、ぴちゃぴちゃというような轟音がとどろいた。なにしろ、ここではすべてが途方もない、怪物的な規模で起こるのだ。黒っぽい形成物は下に突き落とされ、そして次々に押し寄せる波の打撃がそれを押しつぶし、引き裂いていくように見える。そして濡れた翼のように垂れ下がった個々の切れ端から、細長い断片の群が分離し、くびれて長いネックレスのようになり、互いに溶け合って浮かび上がり、まるでそれに付着したような母体の円盤状の塊を持ち上げようとする。その間にも上からは、次々と波の環が落ちかかり、中心の円盤はますますはっきりと沈み込んでいく。このゲームはときには一日、ときには一か月も続く。これですべてが終わりになってしまうことも、しばしばだ。誠実な学者であるギーゼは、この種のものを「未熟ミモイド」と呼んだ。まるで、その類の激しい変動がすべて最終的に行き着くべきは「成熟ミモイド」だという確かな知識を、どこかから得ているかのように。「成熟ミモイド」というのは、明るい表皮を持つポリープ状の瘤が群生したもので（その規模は、通常、地球の町よりも大きい）、それが目的とするのは外部にある様々な形を猿真似することだ……。もちろん、違う意見を持つソラリス学者に不足はなかった。例えばウイヴェンスという名の学者は、この最後の局面こそ「退化」の結果、つまり衰退と死滅を示すものだと見なした。そして、そこに作り出された様々な形の森は、茎状に突起を伸ばした組成物が母体の支配から解放されたことを明らかに示している、という。

ギーゼはソラリスの他のすべての形成物の記述においては、凍りついた滝の上を歩くようにふるまい、何があっても自分の無味乾燥な表現の規則正しい足取りを乱すことがなかったというのに、この件に関しては妙に自信があって、ミモイドの崩壊していく個々の局面を完成度が高まっていく順に並べてみせたのだった。

上から見たところ、ミモイドはたしかに町に似ている。しかし、それはすでに知られていることから、何でも類似したものを探しだそうとしたために生ずる錯覚にすぎない。空が晴れ渡っているときには、何層にも積み上げられた突起物やそれらの頂上が絡み合ってできた柵がすべて、暖められた空気の層に包み込まれ、ただでさえ見定めがたい様々な形がゆらぎ、たわむように見える。しかし青空を滑る雲が一つでも現れると（普段の習慣から「青空」と言ってはいるものの、この「青空」は赤い日には赤茶色をしているし、青い日にはぞっとするほど白い）、ただちに反応が呼び起こされるのだ。猛烈な勢いで芽吹きが始まり、しなやかな外被が上に放出され、ほとんど完全に基底部から分離してカリフラワーのように膨れていくと同時に、青白くなってゆき、数分後にはもっこりとした雲そっくりの姿になるのだ。本物と見紛うほどの模倣ぶりである。この巨大な物体は赤い影を下に投げかけ、ミモイドの一つの頂点から次の頂点へと影はいわば次々と受け渡されていく。この動きは実際の雲の動きとは常に反対の方向に行われた。どうしてそんなことが起こるのか――それがわかるだけでも、きっとギーゼはどんな犠牲を払ってもいい、と思ったのではないだろうか。しかし、ミモイドのそういった「単独の」産物は、地球からの来訪者のせいで現れた物体や形に「刺激」されて示す激しい活動と比べたら、まだまったく取るに足らないものだ。

様々な形の再現は、八マイルから九マイルを超えない距離にあるものなら、実際、どんなものでも対象になる。たいていの場合、ミモイドは元のものを拡大して再現し、ときに歪め、戯画めいたものや、あるいは――特に機械などの場合――グロテスクなまでに単純化したものを作り出す。明らかに、その原料はいつも同じ、急速に青白くなっていくどろどろした塊だ。それは空中に投げ出されると、落下する代わりに宙にぶらさがり、簡単にちぎれるへその緒のようなものによって基底部とつながって、基底部の上をのそのそと動いていく。そして同時に収縮したり、狭まったり、膨らんだりしながら、滑らかに非常に複雑な模様を描き出すのだ。飛行機でも、格子でも、マストでも、同じようにすばやく再現されてしまう。ただし、ミモイドは人間自身にだけは反応しない。いや、厳密に言えば、生き物には一切反応せず、植物もその例外ではない。じつは植物は、倦むことを知らない研究者たちが実験の目的で、ソラリスに持ち込んだことがあるのだ。それに対して、マネキンや人間の形をした人形、さらには犬や木の彫像だったらどんな素材に彫刻されていようとも、たちどころにコピーが作られてしまう。

しかし、残念ながら、ここでついでに指摘しておかねばならないのだが、実験を行う人間たちに対するミモイドの——ソラリスでは非常に例外的とも言える——従順な態度は、しばしば中断されてしまう。成熟しきったミモイドにはそういった「怠ける日々」があって、その期間中は非常にゆっくりと脈動するだけなのだ。しかし、その脈動は肉眼では認知することができない。そのリズム、つまり「鼓動」の一周期は二時間以上にも及ぶため、それを発見するためには、特別なフィルムによる撮影が必要だった。

そういった状態のとき、ミモイド、特にその古いものを実際に訪ねて見ることは、ごく簡単にできる。海の中に浸かっていて全体を支えている円盤も、そこから上にそびえ立つ組成物も、十分過ぎるほど堅固で確かな足場を与えてくれるからである。

ミモイドのある区域に、それが「働いている」日に滞在することももちろん可能だが、そのときは白っぽくふわふわした、まるで細かく挽《ひ》いた雪のようなコロイド状の浮遊物がひっきりなしに落ちてくるため、視界がゼロに近い。その浮遊物は様々な形態をコピーする本体に生えた枝状の突起から、絶えず撒き散らされているのだ。しかし、そういった様々な形態は近くからでは把握することができない。山ほどの規模で測らなければならない、あまりの巨大さのせいだ。そのうえ、「働いている」ミモイドの基底部は、粘っこい雨のせいでどろどろになってしまう。この雨が凝固して、軽石よりも何倍も軽くて堅い殻になるのは、十数時間も経ってからである。そして、最後にもう一つ。しかるべき装備がないと、収縮する柱とも半液体状の間欠泉ともつかない、ずんぐりした枝状の突起の迷路の中で、簡単に迷子になってしまう。それは、太陽がさんさんと輝いているときでさえもそうだ。絶えず大気中に投げ出される「模倣する爆発」の被膜を陽の光が突き抜けられないからである。

ミモイドをその幸せな日々に観察すると（厳密に言えば、幸せな日々というのは、むしろその上にいる研究者にとってなのだが）、数々の忘れがたい印象が湧き出る源になることだろう。ミモイドには、異様なほどの超生産状態が始まる「創造力の高揚」の時期があるのだ。そんなとき、それが作り出すのは、外界の形態の自分なりのヴァリエーションであったり、それをより複雑にしたものであったり、さらには「形態的に継続」したものであったりする。ミモイドはこんなふうに何時間も遊んでいられるのだが、それは抽象画家にとっては喜びであっても、学者には絶望をもたらすものでしかない。学者はいま起こっているプロセスについて、ほんの少しでも理解しようとするのだが、結局その努力も空しく終わってしまうからだ。ミモイドの活動はまったく子供っぽい単純化の特徴を示すこともあれば、「バロック的な偏向」におちいることもある。そういったとき、ミモイドの作るものはすべて、途方もない病的な肥大の印象を与えることになる。特に古いミモイドは、心からの笑いを呼び起こすような形を生産する。とはいえ、私自身はそういったものを見ても、あまりに不可思議な光景の衝撃が強すぎて、一度も笑うことができなかったのだが。

当然のことだが、研究が始まってから最初の何年かの間、これこそ夢に見たソラリスの中枢ではないかと、みなミモイドに飛びついたのだった。これこそ、二つの文明の待望のコンタクトが起こるべき場所だ、というわけである。しかし、どんなコンタクトもここではありえないと判明するのも、あまりに早かった。ここで起こっているのは最初から最後まで形態の模倣だけであって、その先のどこにも進まないからだ。

研究者たちの絶望的な探索の中では、絶えず、人間形態主義《アントロポモルフィズム》*や動物形態観《ゾオモルフィズム》が復活し、そういった立場からは生きている海のあれこれの産物が次々に取り上げられて「感覚器官」だとか、はたまた「手足」ではないか、などと言われた。実際、しばらくの間、学者たち（例えばマアルテンスやエッコナイ）は、ギーゼの言う「脊柱マガイ」や「速物《はやもの》」を海の「手足」と見なしていたのである。しかし、大気中にときに二マイルの高さにまで舞い上がる、生きている海からの突起物が「手足」だと言うのは、地球の地震が地殻の「体操」だと言うようなものだろう。

かなり恒常的に繰り返し現れる形態、つまり生きている海によって頻繁に生み出され、一昼夜の間に海の表面に少なくとも数十から数百の個体を見つけられるような形態のリストには、約三百種が含まれる。その中でも、地上で人間が見聞きするどんなものにもまったく似ていないという意味で一番非人間的なものは、ギーゼ学派によれば対称体だった。海の振る舞いに攻撃の意図がないことは、当時すでにはっきりとわかっていた。海の原形《プラズ》質《マ》の中に落ちて死ぬ者もいるにはいたが、それは自分の不注意や軽率さの結果、言わばわざわざそうなることを求めた場合だけである（酸素供給装置や温度調節器の故障などによって引き起こされた事故のことは、もちろん、言うまでもないが）。長物《ながもの》の円筒状の河であっても、雲の中で意味もなくゆらめいている脊柱マガイの恐るべき柱であっても、まったく何の危険もおかすことなく飛行機やその他の航空装置によって突っ切ることができる。そして原形質《プラズマ》は異物がやって来ると、ソラリスの大気中の音速に等しい速さでさっと脇に寄って道を開け、その必要に迫られた場合は、海面下にさえも深いトンネルを開くのだ（しかも、その目的で瞬間的に稼動するエネルギーは巨大なもので、スクリャービンの計算によれば、極端な場合にはなんと十の十九乗エルグに達するという!!!）。人々は対称体の調査には並外れて用心深く、危険があればいつでも引き返し、安全対策に──しばしば机上の空論に過ぎなかったにせよ──念には念を入れて取り組んできた。最初にあえて対称体の深淵の中に飛び込んだ人々の名前は、地球ではどんな子供でもよく知っている。

これらの巨大なものたちが恐怖を呼び起こすのは、その外見のせいではない──確かに悪夢を呼び起こすような外見ではあるけれども。恐怖はむしろ、その場所では一定のものも確かなものもまったくなく、そこでは物理法則でさえも効力を一時的に失ってしまうと

＊　人間の形を基本として神や世界を把握・解釈しようとする擬人的な世界観。

いうことから来る。生きている海が理性を持っているという説を一番大きな声でずっと繰り返してきたのも、まさに対称体の研究者たちだった。

対称体は突然現れる。その誕生のしかたは、一種の噴火のようなものだ。一時間ほど前から、海の表面が数十平方キロメートルにわたって、まるでガラスを張ったかのように強烈に輝き始める。ただし、海の流動性や波のリズムなどは変わらない。ときに対称体は、速物《はやもの》が吸い込まれた後の漏斗状の空間に突発的に生じることもあるが、必ずそうなるわけではない。一時間ほど経つと、ガラスのようにきらきら輝く膜はおそろしく大きな泡となって舞い上がり、その泡に大空も、太陽も、雲も、およそ視野に入るもののすべてが変形し折れ曲がって映し出されるのだ。一部は湾曲によって、また一部は光の屈折によって引き起こされる様々な色の目まぐるしい戯れは、なにものにも例えようがない。

特に強烈な光の効果を生み出すのは、青い日の日中か日没の直前に現れた対称体である。そんなとき、この惑星は見る見るうちに容積を倍増させて、もう一つ別の惑星を生み出そうとしているのではないか、という印象さえ受ける。きらめきに包まれた球体が底から浮き上がるやいなや、その頂点のあたりで破裂し、いくつもの垂直な部分《セクション》に分かれるのだが、崩れ去ってしまうわけではない。「花萼《かがく》段階」という、あまり適切ではない名前で呼ばれるこの時期は、ほんの数秒しか続かない。天を向いた薄い膜状の萼のアーチは内側に向きを変え、目に見えない内部でつなぎ合わされ、ずんぐりした胴体のようなものを形成し始めるのだが、その胴体の中では数百もの現象が同時に起こるのだ。その中の核心部はハマレイの率いた七〇人のチームによって初めて調査されたのだが、そこでは巨大多結晶化《ポリ》を通じて、支軸となるボルトのような部分が現れる。それはときに「脊柱」と呼ばれることがあるが、私自身はその用語の支持者ではない。この中心部の支柱の危険きわまりない建築物は、深さが一キロメートルもある窪みからひっきりなしに噴き出てくる、薄められてほとんど水のようなゼリー状物質でできた垂直の何本もの柱に **in statu nascendi**［誕生の状態において］支えられているのだ。その過程の間、この巨人のような組成物は長く引き伸ばされたうつろな咆え声をあげ、雪のように白い、激しくはためく分厚く膨らんだ泡の大波に取り囲まれる。その後に——中心から周辺に向かって——奥深くから噴き上げてくる伸縮性のある原料が幾層にも積み重なり、ぶ厚くなった表面のとても言い表せないほど複雑な回転が生じる。それと同時に、たったいま言及した深層から噴き上げる間欠泉は凝固しながら、活発に動き回る触手にも似た円柱に変容する。その際、それらの円柱の束は全体の力学によって厳密に規定された構成上のしかるべき場所にそれぞれ向き、全体として見ると、なんだか千倍のスピードで急成長する胎児にできた、天を突くほど高い鰓《えら》のようにも見えた。この鰓を通して、赤い血と、とても暗い緑色をしているためほとんどまっ黒に見える水が流れていく。そして、この瞬間に対称体はとうとう、その一番異様な特性を発揮しはじめるのだ。つまり、ある種の物理法則を形成したり、あるいはあっさりと無効にしてしまう、ということだ。あらかじめ言っておかねばならないのだが、まったく同じ対称体が二つあるということはなく、対称体の幾何学模様のひとつひとつが、言わば生きている海の新しい「発明」なのである。さらに言うと、対称体は自分の内部に「瞬間的機械」としばしば呼ばれるものを生産する。もっともそれは、人間が組み立てる機械にはまったく似ていない。ここで念頭に置かれているのは、単に、その活動に備わった比較的狭く、それゆえ言わば「機械的」な目的志向性なのだ。

深淵から噴き上げる間欠泉が固まって膨れあがると、四方八方に伸びる廊下や回廊のようなものができる。一方、「被膜」のほうは互いに交差する平面や、屋根の張り出しや、天井といったものの体系を作り出し、対称体はまさにその名前のとおりの姿を示すことになる。つまり、一方の極の領域の曲がりくねった通路や、列や、斜面などの形成がすべて、反対側の極における配置にぴったり正確に、その細部にいたるまで、対応しているのだ。

二十分か三十分ほど経つと、巨人は、しばしば最初に垂直軸を八度から十二度くらい傾けて、ゆっくりと沈み始める。対称体には大小様々なものがあるが、小人のようなサイズのものでも、沈下後なお海面上ゆうに八〇〇メートルもの高さにそびえ、十数マイル離れたところからでもその姿が見える。その内部に入り込むには、平衡状態に達し、全体が生きた海の中に沈むことをやめ、それとともに正確な垂直の姿勢を取り戻した直後が一番安全だ。中に入り込んで調査するのに一番相応しい場所は、頂点のすぐ下のあたりだろう。

そこで、一つの極をなす比較的滑らかな「帽子」を取り囲んでいる部分一帯は、ふるいのように穴だらけになっている。その穴は、内部の部屋や管からの出口なのだが、まるで何かを吸い取る口のように見える。この形成物は全体として、何らかの高次方程式の三次元的展開になっているようだ。

　周知のように、どんな方程式でも高次元の幾何学の図像的言語によって表現し、その方程式に対応する立体を組み立てることができる。対称体はそのように理解すれば、ロバチェフスキーの円錐やリーマンの負の曲線の親類のようなものだ。しかし、想像もつかないほどの複雑さのせいで、親戚とは言ってもとても遠い親戚でしかない。それは数立方マイルもの空間を占める数学的体系全体の展開となるのだが、その際、この展開は四次元的なものである。というのも、方程式の本質的な係数は時間によっても、つまり時間の経過とともに生じる変化によっても表されるからだ。

　一番簡単なのは、もちろん、ここにあるのは「数学機械」であって、それ以上でもそれ以下でもない、と考えることだ。つまり、これは生きている海が自分の大きさに合わせて作った計算の構造模型《モデル》であり、われわれにはわからない目的のために海はその計算を必要としているのだ、というわけである。しかし、フェルモントのこの仮説を支持する者はいまでは一人もいない。確かに誘惑的な考えではある。噴出の結果できるもののどんな部分といえども、大いなる分析の絶えず複雑化してゆく定式に従い、そのような巨大な噴出によって、生きている海が物質や、宇宙や、存在の諸問題を検討しているのだ、とは……。しかし、このアイデアを支持することは不可能だった。巨人の奥底には、この本質的には単純な（ある種の人たちに言わせれば、子供のように無邪気な）イメージにどうしてもそぐわない現象があまりにも多く見られるからだ。

対称体のことが一目でわかるような、手ごろな模型《モデル》を考案しようとする試みにもこと欠かなかった。その中ではアヴェリアンの例がかなり広く知られるようになった。彼はこんなふうに説明したのだ。はるか昔の、バビロンが栄華をきわめた時代の地球の建築物を思い描いてみよう。しかも、それは生きていて、刺激に敏感で、進化する物質からできていると考えよう。その建築術は滑らかに一連の段階を経てゆき、私たちの目の前でギリシャやローマの建築様式を選び取り、それから円柱が草の茎のようにほっそりとし、丸屋根が重さを失う。そして丸屋根は姿をかき消してどんどん尖り、アーチは切り立った放物線に変容し、頂点でぽきんと折れてすらりとそびえ立つ。こんなふうに生まれたゴシック建築は成熟し、年老いて、後期の形式に流れるように移行し、それまでの切り立った崖をよじのぼり舞い上がるような厳しさにとって代わって、狂乱の宴の豊かさが現れ、過剰の実をつけたバロックが目の前でどんどん成長していく。もしもこの過程をさらに続けていき、変化し続ける私たちの建築物を、一つの生命を持つ存在の様々な個別の段階として常にとらえていくならば、最後には宇宙旅行時代の建築に行き着くことだろう。そのとき同時に、対称体とはいったい何であるかを理解することにも近づくのではないか。

しかし、この比喩はいかに展開し、豊かなものにしても（なにしろ、特別な模型や映画を使ってそれを視覚化しようとする試みさえあったのだ）、せいぜいよく言って役立たず、悪くすると、まあ、嘘だとは言い切れないものの、言い逃れだということになってしまうだろう。対称体は地球のどんなものにも似ていないのだから……

人間は一度にはほんの少しのことしか把握できない。私たちの目に見えるのは、目の前で、いまここで起こっていることだけだ。互いに何らかの形で結びつき、補いあうことさえする多くのプロセスが同時に進行している場合、それを一目瞭然に見てとることは人間の能力を超えている。それは、対象が比較的単純な現象であっても経験することだ。一人の人間の運命は多くのことを意味し得るが、数百人の運命はもう把握することが難しい。そして、千人、百万人の歴史となると事実上、何も意味しなくなってしまう。対称体は百万の、いや十億のさらに二乗であり、それひとつだけでも想像もつかないものなのだ。対称体の中廊のような部分は、十倍に増幅されたクロネッカー空間になっているのだが、その奥に入った私たちは、呼吸する丸天井の襞にしがみついた蟻のようなものだ。それでいったい、何がわかるだろうか。目に見えるのは、私たちの照明弾の光を浴びてぼうっと灰色に輝く巨大ないくつもの平面が舞い上がり、それらが互いに浸透したかと思うと、柔らかに、間違いなく完璧にほどける様子なのだが、このすべてはじつはほんの一瞬に過ぎない。ここでは何もかもが流動し、この建築の内容になっているのはある目的のために集中した運動だからである。私たちが観察するのは、プロセス全体のほんのひとかけら、超巨人たちの交響楽団の中で震える一本の弦にすぎない。それどころか、私たちは知っている──ただし、知っているだけで、理解はしていないのだが──切り立った深淵の中、自分たちの頭の上と足の下で、視線と想像力がとうてい及ばないところで、数学的対位法によって結び合わされた音符のような、互いに関係しあった何百万、何千万もの変形が同時に起こっているのだ。そのため誰かがこれを「幾何学的シンフォニー」と呼んだのだが、そうだとすれば、それを聞く私たちはじつは耳が聞こえないのだ、ということになるだろう。

ここで何かを本当に見るためには、その場を離れ、はるか彼方まで退かなければならない。しかし、対称体の本質はその内部であり、雪崩を打つように押し寄せる誕生の連続と繁殖なのだ。そこでは絶え間なく何かが形成されると同時に、この形成されるものが何かを形成していく。そして私たちが立っている場所から何マイルも離れた、対称体の百もの層によって隔てられた部分でさえも、私たちのいる場所で起こる様々な変化に対して、とても敏感に反応する。どんなおじぎ草《ミモザ》でも、触れられたときにこれ以上敏感には反応できないほどだ。ここではあらゆる構築物が──それはある種の美をともなうのだが、その美の実現は視覚によって捉《とら》えられるものの限界を超えている──ともに生起するその他すべての構築物の共同構築者であり、指揮者なのだ。そして他のすべての構築物は逆にもとの構築物の形成に影響を与えることになる。シンフォニーと呼ぶのもいいだろう。しかし、これは自分で自分を作り出し、自分で自分を抹殺してしまうシンフォニーなのだ。対称体の最期は恐ろしい。それを見た者は誰も、自分が殺人の目撃者とは言わないまでも、悲劇の目撃者になったという印象に抗うことができなかった。二時間か、せいぜい三時間もすると――この爆発的な成長と自己複製と自己生成が、それ以上長く続くことは決してない――生きた海は攻撃に取りかかるのだ。それはこんなふうに見える――まず滑らかな表面にしわが寄り、とうに静まっている、干からびた泡に覆われた寄せ波が沸き立ち始め、水平線の彼方から波が次々と同心円状に押し寄せてくる。それは擬態形成体《ミモイド》の誕生にともなう筋肉質のクレーターと同じように見えるものだが、対称体の場合のほうが規模は比較にならないほど大きい。対称体の海面下の部分が締め付けられ、巨人はゆっくりと上昇し始める。まるでこの惑星から外に投げ出されようとしているようだ。海の青みを帯びた灰色の表層が活発に動き始め、上へ上へと這っていって側面の壁に上り、壁を引きずり、凝固して出口をふさいでしまう。しかし、このすべても、奥深くで起こっていることと比べたら、取るに足らない。最初に形態創造の、つまり自分の内から様々な建築物を次々に示すプロセスがしばらくの間停止し、それから恐ろしい勢いで加速される。これまで滑らかだった動き、つまり浸透し、しわが作られ、土台や丸天井が変形して羽が生えたようになっていく――これまで規則正しく、確実に行われていて、まるで永遠に続くのではないかと思われたこういった動きが、猛烈な勢いで展開し始めるのだ。しかし、変化の速度が増せば増すほど、建築の材料そのものとその力学の変貌がはっきりしてくる。それは恐ろしく、嫌悪を呼び起こすような変貌だ。奇跡的にしなやかな平面がいくつも合わさり、そのすべてが柔らかくだらんとたるんで垂れ下がり、失敗をおかし始める——つまり、醜悪で奇怪な、完成していない形が現れるのである。目に見えない深みから湧き上がってくるどよめきや、うなり声はどんどん強くなっていき、まるで瀕死の苦しみに喘ぐ息によって吐き出されたかのような空気が、狭まっていく通路を擦り、ぜいぜいという荒い息を思わせる轟音を立てて通り抜け、崩れ落ちる天井を刺激して、言わば粘液からできた鍾乳石に覆われたぞっとするような咽頭を、その死んだ声帯をごろごろ鳴らす。そして見る者を一瞬のうちに襲うのは、この上なく激しい動きがさらに激しくなっていくにもかかわらず——これはまさに破壊の運動なのだ——すべてが完全に死に絶えたような感覚である。そびえ立つ建築物はいまにも下に流れ出し、まるで炎に包まれた漆喰《しっくい》のように崩れ落ちそうだが、いまやそれを膨れ上がらせながらも支えているのは、深淵から咆え声を響かせる暴風だけである。この暴風は深淵の何千、何万もの縦坑をすべて経めぐっているのだ。もっとも、まだあちらこちらに、全体の動きから切り離された無秩序な揺れや動きが残っているのだが、それもしだいに弱まって消え、しまいには絶えず外からの攻撃にさらされて、周囲を洗われた巨体は山のようにゆっくりと崩れ落ち、泡の渦巻く深みに消えてしまう。その泡は、巨人の誕生の際に見られたものと同じようなものだ。

いったい、このすべては何を意味するのか。そう、それが意味するのは……

いつのことだったか、学校から生徒の団体がアデンの研究所を見学に訪れたことがあった。確か、私がギバリャンの助手をやっていたころのことだ。少年少女たちは図書館の脇のホールを通り過ぎ、メイン・ホールに案内された。ここの主要な部分は、マイクロフィルムのカセットが占めている。そのフィルムには対称体の内部が微細な断片にいたるまで記録されていた。もちろん、その対称体が存在していたのははるか昔で、今は存在していない。そこに残されていたのは、単なる写真ではなく、九万巻以上にのぼるリールの山だった。そのとき、十五歳くらいのぽっちゃり太った眼鏡の女の子が、不意に質問をしたのだった。

「でも、これは何のためなんですか……？」

彼女は賢そうなきっぱりとしたまなざしをしていた。そのとき訪れた気まずい沈黙の中では、引率の先生が自分の行儀の悪い生徒を厳しく見すえただけだった。案内をしていたソラリス研究者たちの誰一人として（その中には私もいたわけだが）、答を知らなかったのだ。対称体は同じものが二度と繰り返されることはないし、そもそも対称体の中で起こる現象も二度と同じものはないのだから。ときには、その中で空気が音を伝えなくなってしまう。ときには、屈折率が増大したり、減少したりする。まるで対称体が鼓動する重力ことがある。ときには研究者たちのジャイロコンパスが狂ったように振る舞い始め、強力な電離層が現れたり消えたりすることもある。こんなことを列挙していたら、きりがないくらいだ。それに結局のところ、たとえ対称体の謎がいつか解き明かされたとしても、まだ非対称体が残っている……

非対称体は同じように発生するのだが、終わりが違っていて、その内部には振動と灼熱の炎と光の明滅のほかには何も見てとることができない。わかっているのは、ただ、そこでは物理的に可能な極限の速度で、目も眩むような過程が進行しているということだけであり、それは「巨大化された量子的現象」とも呼ばれることがある。しかし、それがある種の原子モデルに数学的に似ているとはいっても、その類似性はあまりに不安定で移ろいやすいものなので、そんなものは副次的な特徴か、まったく偶然の産物に過ぎないと考える者もいる。寿命は対称体とは比較にならないほど短く、せいぜい十数分しかない。そして、その終わり方はおそらく、対称体の場合よりもさらに恐ろしいのではないだろうか。非対称体はまず大暴風に満たされ、咆え声をあげる空気の強烈な打撃のせいで破裂してしまう。と、その後を追って、とほうもない素早さで液体が湧き出して、表面を覆う汚い泡の膜の下で沸き立ち、すべてがその液体に浸されてしまう。ごぼごぼ鳴るその液体は、見るのもおぞましい。その後に来る爆発は、さながら、泥の火山の爆発のようだ。その結果、無数の破片がごちゃごちゃ乱雑に集まった柱が噴き上げられ、その火柱からふやけた破片が雨のように、まだ静まっていない海面に長いこと降り注ぐ。破片の一部は風に運ばれ、爆心から何十、何百キロメートル離れたところでも波間に漂っているのを見つけることができる。それは木っ端のように干からび、黄色っぽく平べったくなって、そのせいでなんだか膜骨か軟骨のようだ。

別個のグループを成すものとして、生きている海から一定の時間——かなり長い場合もあるし、短い場合もあるが——完全に分離する形成物があるが、それを観察することは他のものよりもはるかに稀で、難しい。そういった形成物の最初に見つかった破片は、初めは海の奥深くに生息する生物の死体と見なされたけれども、それはずっと後になって完全な誤りであることがわかった。ときにそれらのものは、速物《はやもの》の象のような長い鼻に追いかけられて逃げまどう奇妙なたくさんの翼を持った鳥を思わせたけれども、こういった発想自体が地球から持ち込まれたものであり、それがまたしても突き抜けられない壁となるのである。非常に稀ではあるが、時には島の岩だらけの海岸に、群をなして寝そべるアザラシにも似た奇妙なペンギンたちの姿を見つけることもできる。ペンギンたちはのんびり日光浴をしたり、あるいはのろのろと海に這っていき、海と溶け合って一体となったりした。

人はこんなふうに地球の考え方、人間の概念の環の中から抜け出せず、堂々巡りをするばかりだったのだ。ところが最初の接触《コンタクト》は……

　探検隊は対称体を数百キロメートルにわたってその奥深くまで踏査し、記録装置や自動撮影カメラを配置した。人工衛星のテレビの目は擬態形成体《ミモイド》と長物《ながもの》の芽生えから成熟、そして死に至る過程を記録した。図書館はいっぱいになり、保管される記録はどんどん増えていった。そして、そのために払わなければならない代償は、ときに高いものになった。七一八人もの人々が激変の際に命を落としているのだ。それはすでに死滅が目の前に迫った巨大な組成物から撤退し遅れた人たちで、そのうちの一〇六人は一度の事故でいっぺんに亡くなっている。その事故が有名になったのは、当時七〇歳の老人だったギーゼ自身もそこで亡くなったためだ。そのときは、普通は非対称体に特有な終わり方が、思いもかけず、明らかに典型的な対称体の形をした形成物に現れたのだった。装甲した宇宙服に身をかためた七九人の人たちが機械や装具もろとも、ほんの数秒のうちに、べとべとした泥の爆発に呑み込まれただけでなく、さらに調査対象の形成物の上空を旋回する飛行機とヘリコプターを操縦していた二七人がこの泥の噴出によって撃ち落とされた。その事故の場所は、四二度の緯線と八九度の経線が交わった地点にあり、地図には第一〇六噴出地点と記されている。しかしこの地点は地図の上に存在するだけで、そこの海の表面は海のほかのどの地域とも変わらない。

　そのときソラリス研究史上初めて、水素爆弾の使用を求める声が上がったのだった。それは本質的に、復讐以上に残酷なことになるはずだった。理解できないものを破壊してしまうことを意味したからだ。この一件では、ギーゼの予備グループの副隊長だったツァンケンが重要な役割を果たすことになった。じつは彼は、間違いのおかげで生き残った男である。彼の自動中継装置が、他の隊員たちによって対称体の調査が行われている場所を誤って表示したため、ツァンケンは飛行機で海上を飛びながら迷ってしまった。そして現場に到着したのは、文字通り、爆発の数分後のことで、彼は飛行機から、まだもくもくのぼる黒いキノコ雲を見たのだった。水爆使用の決定を下すかどうか検討されていたとき、このツァンケンが、そんなことをしようものなら、自分とそれ以外に残った十八人もろとも、ソラリスのステーションを吹き飛ばしてしまう、と脅かしたのである。この自殺的最後通牒が投票の結果に影響を与えたとは、公式には決して認められていないが、実際にはそうだっただろうと推測することはできる。

しかし、それほど多くの人を抱えた探検隊が惑星を訪れた時代は、もう過去になってしまった。ステーション自体について言えば、これは衛星から監督しながら組み立てたもので、地球の立場からすれば誇り得るような、大規模な工学上の企てだった。もっとも、海が数秒のうちにこの百万倍も大きい構築物を自分の中から作り出してしまうことを考えると、誇ってもいられない。このステーションは直径二〇〇メートルの円盤型に作られていて、中心では四層、縁では二層になっている。海上五〇〇メートルから一五〇〇メートルの高さに浮いているのは、素粒子消滅エネルギーによって動く重力調整装置のおかげである。他の惑星の普通の宇宙ステーションや大きな小型人工衛星《サテロイド》が持っているような設備のほかに、このステーションは特別なレーダー感知器を備えていて、海の滑らかな表面に何か変化があったらすぐに予備の動力にスイッチがはいるようになっていた。そんなわけで、新しい形成物の誕生の前触れが現れると、鋼鉄の円盤はすぐに成層圏に脱出できるようになっている。

いまではこのステーションも、実質的にはほとんど無人になってしまった。ロボットたちが——いまだに私にはわからない理由のせいで——船底の倉庫に閉じ込められて以来、誰にも出くわさないで廊下を歩き回ることができるようになった。まるで乗組員が全滅した後、機械だけが残った難破船の中のようだ。

ギーゼの研究書の第九巻を書棚に戻したとき、ふわふわした発泡プラスチックの層の下に隠された鉄板が、私の足元のあたりでぶるっと震えたような気がした。私は身動きを止め、息をひそめたが、振動はそれ以上繰り返されなかった。図書室はステーション本体の残りの部分から完全に隔離されているので、振動が起こるとすればその原因は一つしか考えられない。きっとロケットがステーションから発射されたのだ。そう考えると、私は現実に引き戻された。私はサルトリウスの望みにこたえて、原形質《プラズマ》を採取するために飛ぶことにするかどうか、まだ完全には決めていなかった。すっかり彼の計画を受け入れたかのようにふるまいながら、私にできることといったら、せいぜい危機が来るのを遅らせることくらいだ。いずれにせよ、衝突は避けられないだろう。それについては、ほとんど確信に近いものがあった。私はハリーを救うためなら、できることは何でもする覚悟を決めていたからだ。問題は要するに、サルトリウスに成功するチャンスがあるか、ということだ。彼は私に対して圧倒的に優位に立っていた。物理学者として問題を私よりも十倍よく知っていたからだ。逆説的だが、私には、海が私たちをもてなすために送ってよこしたものの完璧さをあてにすることしかできなかった。次の一時間、私はマイクロフィルムを調べることに没頭し、ニュートリノ反応過程の物理学を記述する大量のおそるべき数式の中から、何か少しでもつかみ取ろうとして躍起になった。最初は絶望的だと思われた。そのうえ、ニュートリノ場については異様に難解な理論がなんと五つもあった。ということは、明らかに、どれ一つとして完全ではないということだろう。しかし、最後にはなんとか、有望そうなものを見つけることができた。ちょうどその式を自分のために書き写しているとき、ドアをノックする音が響いた。

私は急ぎ足でドアの前に行き、開けたが、ドアの隙間は自分の体でさえぎった。汗で輝くスナウトの顔がそこに現れた。その背後の廊下は空っぽだった。

「なんだ、きみか」と私は言って、ドアを少し開けた。「どうぞ」

「そう、おれだ」と、彼は答えた。その声はしわがれ、赤く充血した目の下にはたるみができている。そして、つやのあるゴム製の放射能防御用エプロンを、弾力性のあるサスペンダーで掛けていて、エプロンの下からは、彼がいつもはいている一張羅のズボンの薄汚れた足が覗いている。彼の目は均等に照明された丸い図書ホールをきょろきょろ見回していたが、部屋の奥で肘掛け椅子のそばに立っているハリーの姿を認めたとき、ぴたりと止まった。私は彼と一瞬さっと視線を交わし、目を軽く閉じた。そのときスナウトは軽くうなずき、私は愛想のいい社交的な口調に切り替えて、こう言った。

「こちらはスナウト博士だよ、ハリー。スナウト、こちらは、その……ぼくの妻だ」

「私は……ステーションの搭乗チームの中でも、ひどく目につかない存在なので、それで……」間が長く引き伸ばされて、危なっかしいほどだった。「知り合う機会がなかったんでしょう……」ハリーは微笑んで、手を差し出した。その手をスナウトは握り締めたが、なんだか茫然としているように感じられた。彼は何度かぱちぱちと瞬きをしただけで、彼女を見つめながら突っ立っていた。そして、私に肩をつかまれて、ようやくこう彼女に言った。

「失礼しました」それから私には、「ケルヴィン、きみとちょっと話がしたかったんだが……」

「どうぞ、どうぞ」と答える私の口調には、社交界のうちとけた雰囲気を思わせるものがあった。何もかもがなんだか安物の喜劇のように響いたけれども、どうしようもなかった。

「ハリー、どうか気にしないで。博士と野暮用でちょっと話をしなければいけないんだ…

…」

そしてすぐにスナウトの肘を取って、ホールの反対側にある小さな肘掛け椅子のほうに連れて行った。ハリーはそれまで私が座っていた椅子に腰を下ろしたが、その際に椅子をちょっと押して、読んでいる本越しに私たちの姿が見えるようにした。

「どうした?」と、私は声をひそめてたずねた。

「縁を切ったんだ」と答える彼も、同じような囁き声だ。ただし、なんだかひゅうひゅう口笛を吹くような調子が感じられた。もしもいつか別のときにこんな話を聞かされて、その出だしがこんなふうだったら、私は吹き出していたかもしれない。しかし、ステーションで私のユーモア感覚は、完全に切除されたような具合だった。「きのうからきょうにかけて、もう何年分もの経験を味わいつくしたような気がするよ、ケルヴィン」と、彼は言って、さらに付け足した。「いやはや、悪くない歳月だったね。きみのほうは?」

「べつに……」一瞬の後に私はそう答えただけだった。自分でも何を話したらいいのか、わからなかったのだ。私はスナウトに好意を持っていた。しかし、いまは彼に対して――というか、彼が私のところに持ってきた話に対して――警戒しなければいけない、と感じた。

「べつに?」と、彼は私と同じ口調で繰り返した。「本当にそうなのかね……?」

「何のこと?」と、私はわからない振りをした。彼は充血した目を軽く閉じ、息のぬくもりが私の顔に感じられるほど身を乗り出して囁いた。

「にっちもさっちもいかないんだ、ケルヴィン。サルトリウスとはもう連絡をとることができない。おれが知っているのは、さっき手紙に書いたことだけ、つまり、おれたちのあの、ちょっとした愛すべき会議の後で、彼がおれに言ったことだけなんだ……」

「テレビ電話を切ってしまったのかな？」と、私は聞いた。

「いや、彼のところで回線がショートしたんだ。わざとそうしたんじゃないかって気がする。そうでなければ……」彼はげんこつで、何かを叩き壊そうとでもするかのような動作をした。私は何も言わずに彼を見つめた。唇の左端が持ち上がり、不愉快な薄笑いになった。

「ケルヴィン、おれがここに来たのは……」

彼はそれを最後まで言わずに、話題を切り替えた。

「きみはどうするつもりだね？」

「あの手紙の件かい……？」と、私はゆっくりと答えた。「引き受けてもいいと思っている。断る理由も見当たらないからね。だからこそここに来て、下調べをしているんだ……」

「いや」と、彼がさえぎった。「そのことじゃなくて……」

「そのことじゃない……？」私はわざと大げさに驚いてみせた。「じゃあ、どういうことなんだい？」

「サルトリウスは」と、しばらくして彼はぼそぼそ話し始めた。「どうも、方法を見つけたと思っているようなんだ……わかるだろう」

彼は私から目をそらさなかった。私は落ち着いた様子で座ったまま、なんとか無関心な顔をしようとしていた。

「まず最初に、X線という手がある。ギバリャンがX線を使ってやったこと、覚えているだろう？　ある程度の修正はあり得るが……」

「どんな？」

「かつてはX線の束を海に送って、その強さを様々な公式に従って調整するだけだった」

「それなら知っているよ。ニーリンがもうやっているし。それから数え切れないくらいたくさんの他の人たちも」

「そのとおり。でも彼らが使ったのは、柔らかい放射線だった。ここで使ったのは、固いやつなんだ。全出力で、おれたちの持っているものを全部、海の中にぶちこんだのさ」

「そんなことをしたら、まずい結果になるかもしれない」と、私が指摘した。「四か国と国連の協定に違反することになる」

「ケルヴィン……とぼけるのはやめてくれ。いまさら、そんなことに何の意味がある。ギバリャンはもう死んでいるんだ」

「なるほど、じゃあ、サルトリウスはすべての責任をギバリャンになすりつけるつもりか？」

「わからない。それについては彼と話したことがないから。でも、それはたいしたことじゃない。サルトリウスの考えはこうだ。『お客さん』はいつも、人が目覚めるときに現れる。そうである以上、おそらく、睡眠中におれたちから製造法を引き出しているんだろう。『お客さん』は人間にとって一番大事な状態は睡眠だ、と判断しているんだな。だからこそ、こんなふうに振る舞うことになる。そこでサルトリウスは、おれたちの目覚めている状態、つまり覚醒中の思考を送ろうと考えたんだ。わかるかね？」

「送るといったって、どうやって？　郵便でかい？」

「冗談も休み休み言ってくれ。送り込むX線の束は、おれたちの誰かの脳波に応じて変調してやればいい」

突然、私の頭の中で霧が晴れるように、はっきりわかった。

「なあるほど。で、その誰かというのがぼくなんだ」

「そういうわけ。彼はきみを考えている」

「それはまた光栄なことで」

「で、どうする？」

私は黙っていた。彼も何も言わず、読書に没頭しているハリーのほうに視線をゆっくり向けると、また私の顔に戻した。自分が青ざめていくのを感じたが、どうすることもできなかった。

「で、どうだね……？」と、彼が言った。

私は肩をすくめて言った。

「X線で人間のすばらしさについて説教を垂れようなんて、馬鹿げきったことだと思うね。きみもそう思うだろう。違うかな？」

「そう思うのか？」

「そうだとも」

「それはいい」と、スナウトは言って、願いが叶ったとでも言わんばかりに微笑んだ。「つまり、サルトリウスのこの計画には反対だということだね？」

どうしてこうなったのか、まだよくわからなかったのだが、彼の目つきから、自分が彼の思うつぼにはまったことを読み取った。私は沈黙を守った。いまさら何を言うことができただろう？

「すばらしい」と彼は言った。「そこで、もう一つ、別の計画があるんだ。ロッシュの装置を改造するんだよ」

「ニュートリノ壊滅装置のことかい……？」

「そうだ。サルトリウスはもう予備計算を終えている。この計画には現実性があるんだ。

それに大きな出力もいらないだろう。装置は二四時間、あるいは無制限の時間作動し続け、反場《アンチフィールド》を作り出してくれる」

「ちょ……ちょっと待ってくれ！　いったいそれがどんなものだと考えているんだい?!」

「とても簡単なことさ。そこに作られるのは、ニュートリノの反場《アンチフィールド》だ。普通の物質は何の変化もなく、そのまま残るだろう。破壊されるのはニュートリノ系だけだ。わかるかい？」

彼は満足げにほほえんだ。私は口を半ば開けたまま、座っていた。彼の顔から徐々に微笑みが消えた。そして彼は額にしわを寄せ、私を探るように見つめながら待った。

「つまり、最初の『思考』計画は放棄する、と。そうだね？　それでは二番目の計画は？サルトリウスはもうこちらのほうに没頭している。二番目のほうは『解放』計画とでも呼ぶことにしよう」

私は一瞬目を閉じた。そして突然、腹をくくった。スナウトは物理学者ではない。サルトリウスはテレビ電話の接続を切ったか、あるいは電話そのものを破壊してしまった。これはいい。

「ぼくだったら『殺処分』計画と呼ぶね」と、私はゆっくりと言った。

「殺処分とはおそれいったね。きみは肉屋でもやっていたのかい？　今度のは、まったく違ったものになるだろう。『お客さん』も、幽体Fも、何も出てこなくなるんだから。物質化が生じる瞬間にもう、崩壊が起こるんだ」

「それは誤解だよ」と、私は首を横に振り、微笑みを浮かべて答えた。そして、自分の微笑みが十分自然に見えることを期待した。「これは道徳上のためらいなんかじゃなくて、自己保存の本能なんだ。ぼくは死にたくない、スナウト」

「いったい、どういうことだ……？」

彼はびっくりしていた。そして、私を疑いの目で見た。私はポケットから、数式を書き込んだしわくちゃの紙切れを取り出した。

「ぼくだってそのことは考えた。何を驚くことがある？ だってニュートリノの仮説を最初に出したのは、ぼくだったじゃないか、違うかい？ いいか、これを見てくれ。反場《アンチフィールド》を誘導することはできる。それは確かに、普通の物質にとっては無害だろう。でも安定が崩される瞬間、つまりニュートリノ系が崩壊するとき、その結合エネルギーが余剰として放出されるんだ。静的な状態にある物質一キログラムに対して十の八乗エルグとすると、一つの幽体Fからは十の八乗エルグの五倍から七倍放出されることになる。どういうことか、わかるか？ ちょっとしたウラン爆弾に匹敵するものが、ステーションの内部で爆発するということさ」

「なんってこった！ でも……でも、サルトリウスはそのことだって、考慮に入れているはずだろうに……」

「必ずしもそうではないな」と、私は意地の悪い微笑みを浮かべて否定した。「じつはサルトリウスはフレーザー＝カジョーリ学派の出なんだ。彼らの考え方によれば、崩壊の瞬間にすべての結合エネルギーは、光線の形で放出されることになっている。それは単に強烈な閃光であって、全然危険がないとはいえないかもしれないけれども、破壊的な作用を持つものではない、というんだ。でもニュートリノ場については、他にもいろいろな仮説や理論がある。カヤット、アヴァロフ、シオーナなどの説によれば、放出のスペクトルははもっとずっと広くて、最大で固いガンマ線にも相当するという。サルトリウスが自分の師匠たちとその理論を信じているのは、けっこうさ。でもその他の理論もあるんだ、スナウト。それに、いいか、こういったこともある」私は自分の言葉が彼に強い印象を与えたことを見て取りながら、話を続けた。「海のことも考慮に入れなければ。これまで海がやってきたことを考えると、海はきっと自分にとって最適の方法を適用しているに違いない。つまり、海の活動はサルトリウスの考えとは対立する、別の学派にとって有力な論拠になっているんじゃないかな」

「その紙を見せてくれ、ケルヴィン……」

私がそれを渡すと、彼はかがみこんで、私の殴り書きをなんとか読みとろうとした。

「これは何だ？」彼が指差した。

私は紙切れを取り戻した。

「これかい？　場の変換のテンソルだよ」

「それを貸してくれ……」

「何のために？」と、私は聞いた。答はわかっていたのだが。

「サルトリウスに見せないといけない」

「ご自由に」と、私はなに喰わぬ顔で答えた。「それを渡すことはかまわない。でも、いいか、これはまだ誰も実験を通じて確かめたことじゃないんだ。ニュートリノ系なんて、まだわれわれの知らないものなんだから。サルトリウスはフレーザーを信じている。でも、ぼくはシオーナの説に従って計算した。きっと彼はきみに言うだろう、ケルヴィンは物理学者じゃないし、シオーナだって違うって。少なくとも彼の理解ではね。それは議論の余地がある問題だ。でも議論の結果、サルトリウスが勝って彼の名誉が高まる一方で、ぼく自身の身が消えうせてしまうのだとしたら、そんな議論はまっぴらごめんだ。ぼくはきみなら説得できるけれども、彼を説得するなんて、とても手に負えない。やってみようとも思わないね」

「それじゃ、いったい、何がしたいんだ……？　サルトリウスはもうこの計画に没頭しているのに」スナウトが感情の欠けた声で答えた。背中を丸めた彼の姿から、生気はもうすっかり消えうせている。信じてもらえるかどうかわからなかったが、もう、私にはどうでもよかった。

「殺されかかっている人間なら誰でもするようなことだけさ」小声で私は答えた。「彼とコンタクトを取ってみよう。ひょっとしたら安全対策を何か考えているかもしれないし」スナウトがぼそぼそ言った。そして、私のほうに視線を上げた。「いいか、ひょっとしたら、やっぱり……？　最初のほうの計画は、どうだろう？　サルトリウスも同意するだろう。きっと。つまり……いずれにしても……多少の可能性はあるんじゃないかな……」

「そんなこと、信じているのかい？」

「いや」と、彼は即座に答えた。「でも……別に害はないだろう？」

私はあまり早く同意するつもりはなかった。それがまさに、私には肝心なことだったのだ。スナウトは引き延ばしゲームにおける私の同盟者になりつつあった。

「よく考えてみよう」と、私は言った。

「じゃあ、そろそろお暇《いとま》しよう」と彼はもぐもぐ言いながら、立ち上がった。彼が肘掛椅子から身を起こしたとき、体中の骨がぽきぽき鳴った。「それじゃ、脳電図は作らせてもらえるかな？」と彼は聞きながら、エプロンの表面を指で擦った。まるで目に見えない汚れを落とそうとするかのように。

「いいよ」と、私は言った。彼はハリーには目もくれずに（彼女は膝に本を載せたまま、この光景をずっと見ていた）、ドアに向かった。彼が出てドアが閉められたとき、私は立ち上がった。そして手に握っていた紙切れを拡げた。数式は本物だった。私が捏造したわけではない。ただし、シオーナがその先の私の展開を認めるかどうかはわからない。たぶん認めないのではないか。私はぶるっと震えた。ハリーが後ろから近づいてきて、私の肩に触ったのだ。

「クリス！」

「なんだい？」

「いまのは誰だったの？」

「言ったじゃないか。スナウト博士だよ」

「いったいどんな人？」

「あまりよく知らない。でも、どうして？」

「変な目でわたしを見ていたから……」

「きみのことが気に入ったんだよ、きっと」

「違う」と、彼女は首を振った。「そういう目つきじゃなかったわ。わたしのことを、まるで……まるで……」

彼女は身震いをして、目を私のほうに上げ、またすぐに伏せた。

「ここを出て、どこか他の場所に行こう……」

液体酸素

Plynny tlen

暗い部屋でしびれて無感覚になった身を横たえ、手首の腕時計の光る文字盤をずっと見つめていた。どのくらいそうしていたかはわからない。私は自分の呼吸に聞き耳を立て、何かに驚いていた。しかし、そのすべては――緑色がかった花輪のような文字盤を凝視することも、何かに驚くことも――無関心のうちに沈み込んでいて、私は疲れているせいだと思った。寝返りを打った。ベッドは驚くほど広く、何かが足りない感じだった。息を止めた。あたりは完全に静まり返った。私は麻痺したように、身動きを止めた。どんなにかすかな物音も聞こえてこない。ハリーは？　どうして彼女の息が聞こえないのだろう？

私は両手でベッドの上を探ってみた。誰もいない。私は一人だった。

「ハリー！」と私は呼ぼうとしたが、そのとき、足音が聞こえた。誰かが近づいてくる。大きくて、重々しい、まるで……

「ギバリャン？」私は穏やかに言った。

「そう、私だ。電気はつけないで」

「でも……」

「必要ない。そのほうがわれわれのどちらにとっても、都合がいい」

「でも、もう生きていないんでしょう？　声で私だということがわかるだろう？」

「そんなことは、なんでもないさ。声で私だということがわかるだろう？」

「ええ。どうしてあんなことをしたんです？」

「そうするしかなかったんだ。きみは来るのが四日ほど遅かったな。もっと早く来てくれれば、あんなことは必要なかったかもしれない。でも、いまさら自分を責めてもしかたないさ。そんなに辛くもないし」

「本当にいまここにいるんですか？」

「なんだ、ハリーと同じように、私もきみの夢に現れたっていうわけかね？」

「ハリーはどこです？」

「私が知っているなんて、どうしてわかるんだい？」

「そうじゃないかな、と思ったんですが」

「そんなことは胸のうちにしまっておけ。私はここに彼女のかわりにいる、ということにしておこうか」

「でも、彼女にもここにいて欲しいんです」

「それは無理だ」

「どうして？　でも、わかるでしょう、いいですか、ここにいるのはあなたじゃなくて、ぼくだけだってこと」

「いや、これはほんとうに私だよ。もしも細かい点にこだわりたければ、これはきみにとって第二の自我だと言ってもいいかもしれない。でも無駄な言葉を費やすのはやめておこう」

「もう行ってしまうんですか？」

「そうだ」

「そうしたら、彼女は戻ってくる？」

「そんなに気になるのかね？　いったい彼女はきみにとって何なんだい？」

「それはぼくの問題でしょう」

「でも彼女のことを怖がっているだろう」

「そんなことはありませんよ」

「そのうえ、嫌でたまらない……」

「いったい、何がお望みなんです？」

「きみは自分のことを憐れんでもいいんだ、彼女のことじゃなくてね。彼女はいつまでたっても二十歳だ。知らない振りをしたってだめだよ！」

突然、どうしてかはまったくわからないが、私は冷静さを取り戻した。そして、彼の言うことに落ち着いて耳を傾けた。彼はいまではもっとそばに来ていて、ベッドの足のあたりに立っている――なんだかそんな感じがしたが、この暗闇の中ではそれ以上は何も見分けられなかった。

「どうしろって言うんです?」と、私は小声で聞いた。その口調が、彼を驚かせたようだ。

一瞬彼は口をつぐんだ。

「サルトリウスに言いきかされて、スナウトはきみにだまされたことを悟ったんだよ。今度は連中が二人できみをだまそうとするだろう。X線照射装置を組み立てるように見せかけて、彼らはニュートリノ場の壊滅装置を作っているんだ」

「彼女はどこにいるんです?」と、私は聞いた。

「いま私が言ったことを聞いていなかったのかね? 警告したからな!」

「彼女はどこにいるんです?」

「知らない。いいか、きみには武器が必要になるだろう。誰も頼りにはならない」

「ハリーなら頼りになりますよ」と、私は言った。小声のすばやい響きが聞こえた。彼は笑っていたのだ。

「もちろん、頼りにしていいとも。一定の限度まではね。最後にはいつだって、私と同じことができるわけだし」

「あんたはギバリャンじゃない」

「おやまあ。じゃ、誰なんだね？　ひょっとしたらきみの夢なのかな？」

「いや、夢の操り人形ですよ。でも自分ではそのことがわかっていない」

「じゃあ、きみには自分が何者なのか、どうしてわかるんだね！」

この言葉に私は考え込まされた。起き上がろうとしたが、起き上がれなかった。ギバリャンは何かを言い続けている。しかし私にはその言葉の意味がわからず、彼の声の響きだけが聞こえた。そして必死になって体の脱力感と戦い、もう一度、全力をあげてもがいた……そして、目が覚めたのだった。窒息しかけた魚のように、口をぱくぱく開けて空気をむさぼった。あたりは真っ暗だった。これは夢だ。悪夢だ。いますぐに……「われわれには解決することのできないジレンマなのだ。われわれは自分で自分を迫害している。ポリテリアが使ったのは、もっぱら、われわれの思考の一種の選択的増幅器だったのだろう。この現象に動機を求めることは、人間形態主義《アントロポモルフィズム》だ。人間がいないところには、人間に理解できる動機などというものもないのだから。調査計画を続行するためには、自分自身の思考か、その物質的実現を破壊する必要があるだろう。しかし、前者はわれわれの手に余ることだし、後者はあまりにも殺人行為に似ている」

暗闇の中で私はこのリズミカルな遠い声に聞き入っていた。その響きから、しゃべっているのがギバリャンだとすぐにわかった。私は両手を前に伸ばした。ベッドは空だった。

目が覚めたら、また別の夢の中だったということか。こう私は考えた。

「ギバリャン……?」と私は呼んだ。しかし、その声は言葉の半ばですぐに中断してしまった。何かがそっとかちゃりと鳴り、私は顔にそよ風の一吹きを感じた。

「なんだ、ギバリャン」と、あくびをしながら、私はぼそぼそ言った。「こんなふうに夢から夢へとつきまとうなんて……」

何かがさらさら鳴る音がすぐ脇でした。

「ギバリャン!」と、私は声を高めて繰り返した。

ベッドのスプリングが震えた。

「クリス……わたしよ……」そう囁く声がすぐそばで響いた。

「きみなのか、ハリー……で、ギバリャンは?」

「クリス……クリス……だって、その人は……自分でも言ってたじゃない、もう生きていないって……」

「夢の中でなら生きているということだってある」と、私はのろのろと言葉を引き伸ばしながら言った。それが夢だったのかどうか、もはや完全には確信が持てなくなっていた。

「何かしゃべっていたよ。ここに来ていたんだ」と、私はぽつりと言った。おそろしく眠かった。こんなに眠いのなら、眠いのを通りこして本当に眠っているんだろう――そんな馬鹿げたことを考えて、ハリーの冷たい肩に唇でそっと触れ、楽な姿勢をとった。彼女は何か答えたが、私はすでに前後不覚の状態に陥っていた。

翌朝、赤い光に照らされた部屋で、前の夜の出来事を思い出した。ギバリャンとの会話は夢に見たことなのだろう。でも、その後のことは？　確かに再び彼の声を聞いた。誓ってもいい。ただ、彼が何を話していたのか、よく覚えていないのだ。それは会話というよりは、講義のようだった。講義だって……？

ハリーは体を洗っていた。バスルームで水のはねる音が聞こえた。私はベッドの下を覗き込んだ。そこに数日前にテープレコーダーを押し込んだのだ。しかし、なくなっていた。

「ハリー！」と、私は叫んだ。水を滴らせた彼女の顔が、簞笥の後ろから現れた。

「もしかして、ベッドの下のテープレコーダーを見なかったかい？　小さい、携帯用なんだけど……」

「そこにはいろんな物があって。全部あそこに置いておいたわ」彼女は薬をしまった戸棚の一段を指し、バスルームに消えた。私はベッドから飛び出したが、いくら捜しても成果はなかった。

「きっと見たと思うんだけど」彼女が部屋に戻ってきたとき、私は言った。彼女は鏡の前で髪の毛を梳《と》かすばかりで、何も答えなかった。いまやっと気づいたのだが、彼女は青ざめていて、鏡の中で私の目と出会ったとき、彼女の目にはなんだか探るような鋭いものがあった。

「ハリー」私はロバのように強情にもう一度言い立てた。「棚にテープレコーダーはないよ」

「もっと大事な話はないの……？」

「ごめん」と、私はつぶやいた。「きみの言う通りだ、馬鹿だったよ」

よりによって、口喧嘩を始めるなんて！　それだけは避けたかった。それから二人で朝食をとりに行った。今日のハリーは何をやるにもいつもと違うふうだったが、それがどんな違いかはうまく説明できない。周囲をじっと見つめ、私が話しかけても上の空のことが多く、突然、何かを見つめた。一度、彼女が顔を上げたとき、その目がガラスのようにきらきらと光っているのが見えた。

「どうしたんだい？」私は声を低めて、囁いた。「泣いているの？」

「ほっておいてちょうだい。どうせ本物の涙じゃないんだから」口ごもりながら、彼女は言った。たぶん、その言葉で満足してはいけなかったのかもしれない。でもそのとき私が何よりも恐れていたのは、「率直な話し合い」だった。それに、頭にあったのは別のことだ。スナウトとサルトリウスの陰謀というのは夢に見たことだとわかっていながらも、ステーションにそもそも携帯できる武器が何かないか、私は思案し始めていたのである。それで何をするかまでは考えていなかった。ただ身につけていたかったのだ。私はハリーに、ちょっと荷積み用プラットフォームと倉庫に行ってこなければならない、と言った。彼女は黙ってついて来た。あちこちの箱をひっかき回し、コンテナの中もくまなく捜した。そして一番底に下りたとき、冷凍室の中を覗いて見たいという気持ちに抗うことができなくなった。しかし、ハリーにはそこに入ってほしくなかった。そこでドアを少しだけ開けて、冷凍室全体を見回すだけにした。黒っぽい布は細長い形のものを覆って盛り上がっていたが、前と同じ場所に黒人女性がまだ横たわっているかどうかは見えなかった。実際、その場所は空っぽのように思えた。

適当なものは何も見つからなかった。そして私はますます不機嫌になって歩き回っていたのだが、ふと、ハリーの姿が見えないことに気づいた。結局、彼女はすぐに戻ってきたのだが——廊下に一人で残っていただけのことだった——私から離れようとしたということ自体、もっとよく考えるべき兆候だった。なにしろ、それまでの彼女にはほんの一瞬でも私から離れるのはたいへん困難なことだったのだ。しかし、私は相変わらず、誰かに腹を立てているような振る舞いかたをしていた。いや、単に間抜けだったのかもしれない。頭が痛みはじめ、薬を見つけることができず猛烈に腹を立て、薬品箱の中身を全部ひっくり返してしまった。手術室にもう一度行く気はしなかった。この日ほど何をやってもうまくいかない日は珍しかった。ハリーはまるで影のように部屋を歩き回り、ときどきほんの一瞬姿を消した。そして午後になって、昼食をとってから（とはいうものの、実際には彼女はまったく食べなかった。一方、私は割れるように痛む頭のせいで食欲がなく、彼女に食べることを勧める余裕さえなかった）彼女は不意に私のそばに腰を下ろし、上着の袖を引っ張った。

「なんだい？」と私は機械的にぼそっと返事をした。上の階に行きたかった。何かを叩くような音の反響が、微かにパイプを伝わってくるような気がしたからだ。この音は、サルトリウスが高圧の装置をいじっていることを示すものだろう。しかし、ハリーを連れて行かなければならないと考えただけで、行く気がしなくなった。ハリーがいっしょにいることは、図書室ならばまだ何とか説明がつくけれども、階上のたくさんの機械の中となると、スナウトの時ならぬ注意を引くきっかけになりかねない。

「クリス」と、彼女は囁いた。「わたしたち、どうなのかしら……？」

私は思わずため息をついた。私にとって幸せな一日だとは言えなかった。

「最高さ。またどうしたんだい？」

「ちょっと話したいことがあるの」

「どうぞ。聞いているから」

「でも、そんなふうじゃなくて」

「じゃあ、どんなふうに？　さっき言っただろう、ぼくは頭は痛いし、面倒なことを山ほど抱えているし……」

「もうちょっと優しい気持ちになって、クリス」

私は無理やり微笑んだ。きっとみじめな微笑みだったに違いない。

「わかったよ、ハリー。話してごらん」

「本当のことを言ってくれる?」

私は眉をつりあげた。こういう切り出し方は好きではなかった。「どうして嘘なんかつく必要がある?」

「理由があるかもしれないわ。深刻な理由がね。でも、あなたが望むなら……ねえ、わかるでしょ……わたしをだまさないで」

私は黙ったままだった。

「わたしからまず話すから、次にあなたも話してね。いい? 本当のことだけを。どんなことがあっても」

私は彼女の目を見なかった。彼女は私の視線を捜していたのだが、私はそれに気づかない振りをしたのだ。

「もう言ったと思うけれど、自分でもどこからここにやって来たのか、わからないの。でも、あなたは知っているかもしれないわね。でも待って、まだわたしが話す番。あなたはやっぱり知らないのかしら。でも、知っていたとしても、いまは話すことができなくて、いつか、後で話してくれるってこと? それだったら、まだ最悪じゃないわ。どちらにしても、わたしにはチャンスが与えられる」

氷のように冷たい電流が体中を駆けめぐっていくような気がした。

ごもった。

「ハリー、いい子だから……何を言っているんだい？　チャンスって……？」と、私は口

「クリス、わたしが誰であったとしても、いい子ではありませんからね。さあ、約束した
でしょ。今度はあなたが話す番」

この「わたしが誰であったとしても」に私は喉元を強烈にぐいとつかまれたようになり、
ただ彼女を見つめながら、まるでいま聞いたことすべてから身を守ろうとするかのように、
首を振って否定を示すことしかできなかった。

「だから言っているでしょ、言わなくてもいいんだって。言うことができないと言ってく
れれば、それで十分なの」

「何も隠そうとしているわけじゃない……」私はかすれた声で答えた。

「すばらしいわ」と彼女は答えて、立ち上がった。私は何かを言いたかった。彼女をこの
まま放っておくわけにはいかない、と感じたのだが、言葉はすべて喉元にひっかかって出
てこなかった。

「ハリー……」

彼女は背をこちらに向けて、窓際に立っていた。ざくろのような色をした空虚な海が、
剝き出しの空の下に広がっている。

「ハリー、きみの考えでは……ハリー、だって知っているだろう、ぼくはきみを愛してい

るんだ……」

「わたしを？」

私は彼女のそばに寄った。抱きしめようと思った。でも彼女は私の手を払いのけ、すり抜けた。

「なんていい人なんでしょう……」と、彼女は言った。「わたしを愛してるですって？ぶたれたほうがまだましよ！」

「ハリー、ぼくのハリー！」

「いやよ！　いや。もう黙ってくれたほうがいいわ」

彼女はテーブルの前に行って、朝食の皿を片づけ始めた。私は目の前に広がるざくろ色の何もない海を眺めていた。太陽は傾いてゆき、ステーションの巨大な影が波間でゆらめいている。皿が一枚、ハリーの手をすりぬけて、床に落ちた。水が流しでごぼごぼ音を立てた。大空の縁のあたりが赤茶色から、くすんだ赤みを帯びた金色に変化した。どうするべきか、わかったらいいのだが。本当に、どうしたらいいのだろうか。突然、あたりが静まりかえった。ハリーが真後ろに立っていた。

「いいから、振り向かないで」と、彼女は声を低めて囁いた。「あなたには何の罪もないわ、クリス。わたしにはわかっているの。苦しまないで」

私は彼女のほうに手を差し出した。彼女は部屋の奥に逃げ、皿の山を持ちあげながら言った。

「残念ね。もしも割れるようにできている皿なら、叩き割っているのに。本当に全部、叩き割ってやりたい!!!」

本当に皿を床に投げつけるのではないか、と私は一瞬思ったほどだが、彼女はすばやく私のほうに視線を投げかけ、にっこり笑った。

「心配はいらないわ。ヒステリーなんか起こさないから」

夜中に私は目を覚まし、すぐに緊張して警戒し、ベッドの上に身を起こした。部屋は暗く、わずかに開いたドアから廊下の弱い光が差し込んでいた。何かが毒々しくしゅうしゅうという音を立て、その音が抑えられた鈍い打撃音とともに高まっていった。何か大きなものが壁の向こうで荒れ狂い、どすんどすん叩いているようだった。「隕石だ!」という考えが閃いた。「外壁の装甲を突き破ったんだ。誰かあそこにいる! ぜいぜいと喘ぐ声がずっと続いている」

私は完全に目が覚めた。ここはステーションだ、ロケットの中ではない。だとすると、あの恐ろしい音はいったい……。

廊下に飛び出した。小さな実験室のドアが大きく開け放たれていて、そのあたりが照明で明るく輝いている。私はその中に駆け込んだ。

恐るべき冷気が襲ってきた。部屋を満たしていた蒸気は、息を凍らせて雪にするほどのものだった。大量の白い雪のかけらが、バスローブにくるまった誰かの体の上で渦巻いていた。その体は床の上で、弱々しくもがいている。この氷の雲の中でそれが彼女だと見て取るやいなや、私は突進し、腰をつかんで抱き起こした。バスローブが私の手を焼き、彼女はぜいぜいと息をしていた。私は廊下に駆け出し、いくつものドアの前を通りすぎた。もう寒さは感じなかったが、彼女の口から出てきて蒸気の雲になる吐息が、炎のように私の肩を焼いた。

私は彼女をテーブルの上に置き、胸元でバスローブを引き裂いた。そして一瞬の間、凍結し震えている顔を見つめた。血が開いた口のまわりに凍りつき、唇を黒い膜のように覆っている。舌では氷の結晶がきらきら光っていた……

液体酸素だ。実験室には液体酸素があった。デュワー瓶に入っていたのだ。そういえば、彼女の体を抱き上げるとき、ガラスをばりばりと踏み砕くのを感じたではないか。いったい、どのくらい飲んだのだろうか？　いや、そんなことはもうどうでもいい。気管も、喉も、肺も焼け爛《ただ》れている。液体酸素には濃縮酸よりも強力な腐食作用があるのだ。彼女は呼吸の際に、まるで紙が引きちぎられるときのような乾いた、軋む音を立てていたが、その息も浅くなってきた。目が閉じられた。もう臨終だ。

私は道具や薬の入った大きなガラス張りの棚を見た。気管切開？　挿管法？　しかし、もう肺がなくなっているのに！　肺は焼き尽くされている。薬は？　薬はこんなにたくさんあるのに！　戸棚には色とりどりの瓶や箱が所せましと並んでいる。ぜいぜいという息の音が部屋中に響き渡り、彼女の口からは相変わらず霧が流れ出していた。

保温器《サーモフォア》はどこだろう……

私は捜し始めたが、見つける前に次の戸棚に飛びついて、注射用アンプルの箱を投げ散らかした。今度は注射器だ、いったいどこにあるのだろう、殺菌消毒器の中か。しかし、かじかんだ手では注射器を組み立てることができなかった。指が硬直していて、曲がろうとしないのだ。殺菌消毒器のふたに手を猛烈に叩きつけてみたが痛みも感じず、唯一の反応といえば蟻が走るような、微かにむずむずする感覚だけだった。横たわっているハリーの喘ぐ声が大きくなった。駆けつけると、彼女の目は開いていた。

「ハリー！」

それは囁きにすらなっていなかった。私は声を出すことができなかったのだ。私の顔は他人のものみたいで、まるで石膏でできているように言うことを聞かなかった。白い肌の下で肋骨が震え、溶けてゆく雪で湿った髪の毛が枕元に振りかかっていた。彼女は私を見つめていた。

「ハリー！」

それ以上何も言えなかった。私は丸太のように突っ立っていた。両手は木のように無感覚で、まるで他人のもののようだったし、足も、唇も、まぶたも、ますます焼けつくように痛んだが、それもほとんど感じなかった。温まって溶けた血の滴が彼女の頬を伝って流れ落ち、斜めの線を描いた。舌が震え始め、喉の中に姿を消した。彼女は相変わらずぜいぜいと喘いでいた。

私は彼女の手首をつかんだが、脈はなかった。バスローブのすそを広げ、ぞっとするほど冷たい体の胸の真下に耳を当てた。火事のときのような、ぱちぱちはぜる音に混じって、まるでギャロップの足音のような響きが聞こえた。その音はあまりに早く脈打ち、数えられないほどだった。私は低く身をかがめ、目を閉じて立っていた。するとそのとき、何かが私の頭に触った。彼女が指を私の髪の中に突っ込んだのだ。私は彼女の目を覗きこんだ。「クリス」と、彼女が喘ぎながら言った。私が彼女の手を握ると、彼女が握り返してきて、私の手のひらをほとんど砕かんばかりだった。彼女の血まみれで恐ろしい顔から意識が消えうせ、まぶたの間からのぞいた白目が光り、喉がぜいぜい鳴りだし、嘔吐が全身を激しく引きつらせた。彼女の体はテーブルのへりに引っ掛かって半ば落ちかけ、私はそれをやっとの思いで抑えた。彼女は陶製の漏斗の縁に頭を打ちつけた。私は彼女の体を支え、テーブルに押しつけたが、痙攣の発作が起こるたびにその体は私の手から逃れ出ようとした。あっと言う間に私は汗まみれになり、足は綿のようにくたくたになった。嘔吐がおさまってきたとき、私は彼女を寝かせようと試みた。彼女は空気を深く吸い込みながら、ぴいぴいという笛のような音を立てた。と、突然、恐ろしい血まみれの顔で、ハリーの目が輝きだしたのだ。

「クリス」と、彼女はしゃがれた声で言った。「あと……あと、どのくらい続くのかしら、クリス？」

彼女は息を詰まらせ、口から泡を吹いた。またしても嘔吐のせいで彼女は身をよじらせた。私は残った力を振り絞って彼女を押さえた。彼女は仰向けに倒れこみ、歯をがちがち鳴らした。そして、苦しそうに喘いだ。

「いや、いや、いや」と彼女は息を吐き出すたびに早口に言葉を投げ、そう言うたびにその息が最後のものになるのではないかと思われた。しかし、嘔吐がもう一度戻ってきて、私の腕のなかでふたたびもがき、短い間隔をおきながら空気を努力して吸い込んだ。そのせいで、肋骨がすべてくっきりと浮き出るほどだった。とうとうまぶたが、開かれているけれども何も見えていない彼女の目を半ば覆った。彼女は身動きしなくなった。これでいよいよ最期だ。そう私は思った。彼女の口から薔薇色の泡を拭いとろうともせずに、私は身をかがめて立ち、遠くで大きな鐘が鳴っているような音を聞きながら、最後の息を待った。床に崩れ落ちるのは、それを見届けてからにしよう。ところが、なんと、彼女は相変わらず息を続けていたのだ。しかも、いまではほとんどぜいぜいと喘ぐ音も立てず、息は次第に安らかになり、胸の先端はそれまでのようにぶるぶる震えることをもうほとんど止め、きちんと動きだした心臓の早いリズムにあわせて揺れていた。背を丸めて突っ立っている私の目の前で、彼女の顔は薔薇色に染まっていく。私はまだまったく何も理解していなかった。ただ両方の手のひらの内側が湿っていて、耳が聞こえなくなっていくような気がした。何か柔らかく、弾力性のあるものが耳をふさいでしまったようなのだ。しかしそれでも、遠くで鳴っているようなあの鐘の音は聞こえていた。それは、鐘の舌が割れたような、くぐもった響きになっていたけれども。

彼女はまぶたを持ち上げ、私たちの視線が出会った。

「ハリー」と私は言いかけたが、なんだか口がなくなってしまったようなぐあいだった。顔も生気のない重い仮面のようで、私はただ見つめることしかできなかった。

彼女の目は部屋を見回し、頭がちょっと動いた。あたりはしーんと静まり返っている。私の背後の、どこか遠い別世界では、きちんと締められていない蛇口から水が規則正しく滴り落ちている。彼女は肘をついて身を起こした。そして座った。私はあとずさった。彼女は私をじっと観察した。

「どうしたの」と、彼女が言った。「どうしたの……？　うまく……いかなかったのかしら？　なぜなの？……なぜ、そんな目で見るの？……」

そして突然、恐ろしい叫び声をあげた。

「なぜ、そんな目で見るの!!!」

あたりは静まり返った。彼女は自分の手をつくづく眺めた。そして指を動かしてみた。

「これ、わたしなの……?」と、彼女は言った。

「ハリー」私は息を呑んで、唇の形だけでそう言い表した。彼女は顔を上げた。

「ハリー……?」と、彼女は繰り返した。彼女はゆっくりと床に滑り降り、立ちあがった。ちょっとよろめいて、平衡を取り戻し、足を何歩か前に踏み出した。そうする間もずっとなんだか茫然としていて、私のほうを見てもまるで私の姿が目にはいらないようだった。

「ハリー?」と、彼女はもう一度ゆっくりと繰り返した。「でも……わたしは……ハリーじゃないわ。じゃあ、わたしは誰なの……? ハリー? じゃあ、あなたは、あなたは?!」

突然、彼女の目が大きく見開かれてぱっと輝いた。そして微笑みと極度の驚きの入りまじった表情が、ぱっと顔を明るくした。

「ひょっとしたら、あなたも? クリス! あなたもなのね?!」

私は黙ったまま、背中で戸棚にもたれかかった。恐怖のあまり、私は戸棚の前まで後ずさっていたのだ。

彼女は手をだらんと下げた。

「ちがうわ。ちがう。だって、あなたは怖がっているもの。でも、いい、わたしにはやっぱり無理なの。こんなふうじゃ耐えられない。わたしは何も知らなかった。いまでもわたしは、それ以上何もわからない。だって、こんなこと、あり得ないでしょう? わたしは」と言って、彼女はすっかり白くなった手を握り締め、胸に押し当てた。「何も知らない、ハリー以外のことは、何にも！　ひょっとしたら、わたしがそんな振りをしているだけだと思っているの？　振りなんかじゃない、誓って本当よ、これは振りなんかじゃないの」

　最後のほうの言葉はうめき声になっていた。彼女は床に崩れ落ち、むせび泣いた。その泣き声は、まるで私の内側の何かを打ち砕いたかのようだった。私は一跳びに彼女のもとに駆け寄り、肩をつかんだ。彼女は身を守ろうとして私を突き飛ばし、涙を流さずにしゃくりあげ、叫んだ。

「放して！　放して！　わたしのこと嫌いなんでしょ！　知っているわ！　こんなの嫌よ！　嫌！　だって、だって自分でもわかってるでしょ、これはわたしじゃないって、わたしじゃない、わたしじゃない……」

「黙れ！」と私は叫んで、彼女の体を揺さぶった。こうして二人はひざまずいて向き合いながら、我を忘れて狂ったように叫んだのだった。ハリーの頭はぐらぐら揺れて、私の肩に打ち当たってきた。私は彼女を全力で自分の体に抱き寄せた。二人は突然、はあはあ息を切らせながら、身動きをぴたりと止めた。水がぴちゃぴちゃ蛇口から滴り落ちている。

「クリス……」口ごもりながら、彼女は顔を私の肩に押し込んできた。「教えて。どうしたらいいの、わたしがいなくなるためには、クリス……」

「やめてくれ！」と、私は叫んだ。彼女は顔を上げた。そして私の顔をじっと覗きこんだ。

「そんな……？　あなたも知らないの？　どうしようもないの？　どうしようも？」

「ハリー……ぼくの気持ちも少しは……」

「わたしだってなんとか……あなたも見たでしょう。いやよ、いや。放して、わたしに触らないで！　わたしのことなんか、嫌いなんでしょ」

「そんなことはないよ！」

「嘘つき。嫌いに決まってる。わたしは……わたしだって自分で、やっぱり……。もしもできたら。もしもそれができたら……」

「自殺する？」

「そうよ」

「でもぼくはそんなことしてほしくないんだ、わかるかい？　きみに自殺なんかしてほしくない。ぼくが望むのはきみがここにぼくといてくれること。それ以外は何もいらない！」

大きな灰色の目が私を吸い込まんばかりだった。

「よくもそんな嘘がつけるわね……」彼女は声をすっかりひそめて言った。

私は彼女を放し、ひざまずいた姿勢から立ち上がった。彼女は床にぺたりと腰を下ろした。

「ぼくが考えているとおりのことを言っているって、きみに信じてもらうためには、なにをしたらいいんだろう？　教えてくれ。これこそが本当のことで、その他に本当のことはないって信じてもらうためには？」

「あなたは本当のことは言えないのよ。だってわたしはハリーじゃないんだもの」

「じゃあきみは誰なんだい？」

彼女は長いこと黙っていた。そして何度か顎を小刻みに震わせ、とうとう目を伏せて、こう囁いた。

「ハリーよ……でも……わかっているわ、本当はそうじゃないってこと。あなたがむこうで、以前愛していたのは……わたしじゃない……」

「そう」と、私は言った。「過去にあったことは、いまはもうない。それはもう死んでしまった。でもね、ここではきみを愛しているんだ。わかるだろう？」

彼女は首を横に振った。

「あなたはいい人よ。あなたがしてくれたいろんなことにわたしが感謝していないだなんて、思わないでね。あなたはできる限りの最高のことをしてくれたわ。それでも、もう、どうしようもないの。三日前の朝、ベッドの脇であなたが目を覚ますのを待っていたとき、わたしは何も知らなかった。それはとても、とても遠い昔のことのように思えるわ。なんだか頭がまともじゃないような振る舞い方をしていた。頭の中にそんな霧のようなものが立ち込めていて。何が先にあって、何が後だったか、まったく覚えていなかったし、どんなことにも驚かなかった。なんだか、まるで麻酔か、長い病気の後みたいに。で、実際、わたしは病気をしていたのだけれども、あなたがそれをわたしに言いたがらないだけなのかもしれない、なんて考えたわ。でもそれから、いろんなことがあって、なんだか変だって思い始めた。どんなことかって言うと、図書室であなたがほら、何て名前だったかしら、スナウトね、その人と話をした後、もうぴんときたわ。でもあなたは何も話そうとしてくれないから、わたしは夜中に起き出して、レコーダーの録音を聞いてみた。わたしが嘘をついたのは、このとき一回だけ。その後でレコーダーを隠したのよ、クリス。しゃべっていたあの人、何ていったかしら？」

「ギバリャンだよ」

「そう、ギバリャンね。そのときもう、全部わかってしまった。でも、本当のことを言うと、その後だって何にもわかっていないんだけれど。そうね、全部わかったとは言っても、一つ知らないままだったことがあるわ。それはわたしが……あれができない、というか……自分はそうなっていなくて……結局もと通りになって、際限なく繰り返される、という……。それについてギバリャンは何も言っていなかった。いえ、言っていたのかもしれないけれど、あなたが目を覚ましたので録音のスイッチを切ったの。でも、そこまで聞いただけでも十分だった。自分が人間ではなくて、単なる道具だということを知るためには」

「なんてことを言うんだ？」

「その通りでしょ。あなたの反応を調査するとか、何かその種のことのための。あなたたちはそれぞれ誰でも、わたしみたいなものを一つずつ持っている。それは抑圧された思い出とか想像に基づいたもの。だいたいそんなところ。でも、あなたのほうが何でもわたしよりよく知っているでしょう。あの人が話したのは、とても恐ろしくてありそうもないことだった。もしも何もかもがぴったり一致している、ということがなければ、きっと信じられなかったでしょうね！」

「何が一致しているんだい？」

「例えば、睡眠を必要としないとか、いつでもあなたのそばにいなければならないとか。きのうの朝はまだ、あなたがわたしのことを憎んでいると思って、そのせいでわたしはみじめだった。なんて馬鹿だったんだろう！　でも、わたしにそんなことが想像できたかどうか、自分でもわかるでしょ？　あの人だって自分の彼女を全然憎んでいなかったのに、それはもうひどいことを言っていたわ！　そのときやっとわかったの、わたしが何をやっても同じことだって。わたしが望もうと望むまいと、わたしのすることはあなたにとって、拷問みたいなものになるに決まっているのだから。いえ、ひょっとしたら、拷問よりも悪いかもしれない。だって、拷問の道具は命を持たない無邪気なもので、たとえば石みたいに、落ちてきて人を殺すだけ。ところが、この道具が人のためによかれと願ったり、人を愛したりすることができたら、どうでしょう。わたしにはそんなこと想像もできなかったわ。テープを聴いて、すべてを理解してから、わたしの中でなにが起こったか、少なくともそれだけはあなたに伝えておきたいの。少なくとも何か役に立つことがあるかもしれないし。書き留めておこうとしたくらいよ……」

「それで電気をつけたんだね？」と、私は突然息が詰まった喉からやっとの思いで声をしぼりだして聞いた。

「そうよ。でも何も書けなかった。わたしは自分の中に、その……彼ら、というか、何か自分ではない、別のものを探していた。完全に頭がおかしくなっていたのよ！　しばらくの間、自分の皮膚の下には体などなくて、わたしの中には何か別のものがある、わたしは単なる表面にすぎないって感じがしていたわ。あなたをだますためのね。わかる？」

「わかる」

「夜中に何時間もそんなふうに横になっていると、考えはとんでもない遠くまで、とても奇妙な方向に行ってしまうものよ……」

「そうだね……」

「でも心臓があることは感じていたし、あなたがわたしの血を検査したことも覚えていた。わたしの血はどうだったの、教えて、本当のことを言って。いまなら言えるでしょう」

「ぼくのとまったく同じような血だった」

「本当に？」

「誓ってもいい」

「どういうことかしら？　わたしは後で、それはわたしの中のどこかに隠されているのかもしれないと考えた。だって、ひょっとしたら……とても小さなものかもしれないわけだし。でもどこかはわからなかった。でもいま考えてみると、それは実際には都合のいい言い逃れだったみたいね。わたしは自分がやろうとしていることをとても恐れていたから。それで、他の出口を捜していたんだわ。でも、クリス、もしもわたしの血にまったく変わったところがないのなら……もしも、あなたの言うとおりなら……いえ、そんなことはあり得ないわ。だって、それなら、いまわたしはもう生きていないはずでしょう？　つまり、やっぱり何かがあるのよ。でも、どこに？　頭の中かしら？　でも、わたしの頭はまったく普通に思考しているし……何も知らないわけだし……だって、もしもわたしがそれによって思考していたとしたら、即座にすべてがわかってしまうはずでしょう。そうだとしたら、あなたのことを愛するはずもなくて、ただ愛している振りをして、自分が振りをしているということを知っているはずでしょう……。クリス、お願いだから知っていることを全部言って。まだなにか、できることがあるんじゃないかしら？」

「いったいなにができると思うんだい？」

彼女は黙っていた。

「死にたい？」

「そうかもしれない」

再びあたりは静まりかえった。私は彼女の上にかがんで立ち、ホールの空っぽな内部を眺めていた。ほうろう引きのあれこれの器具の白いプレート、あちこちに散らばったぴかぴか光る工具。何かとても必要なものを捜していたのに、見つからなかった、といった感じだった。

「ハリー、ぼくも話しておきたいことがあるんだけど、いいかな？」

彼女は待った。

「きみがぼくとまったく同じではない、というのは本当のことだ。でもだからといって、きみがなんだか劣った存在だというわけじゃない。その反対だよ。どう考えようともきみの勝手だけれども、そのおかげできみは……死なかったわけだし」

子供っぽい、さびしそうな微笑みが彼女の顔に浮かんだ。

「つまり、わたしは……不死身だってことになるのかしら？」

「それはわからない。いずれにせよ、ぼくと比べたら、ずっと死から遠くにいることは確かだ」

「恐ろしいわ」と、彼女は囁いた。

「きみが考えるほど恐ろしいことじゃないかもしれない」

「でも羨ましいとは思わないでしょう……」

「ハリー、これはむしろきみの……なんと言ったらいいかな、避けられない宿命の問題だね。だって、そうだろう、このステーションできみを待ち受けているのがどんな宿命なのか、実際のところ、はっきりとはわからないのだから。それはぼくの場合だって、ほかの一人一人についてだって、同じことだ。ぼくのほかの二人はギバリャンの実験を続けるだろう。それで、何が起こるかわかったもんじゃない……」

「何も起こらないかもしれないし」

「何も起こらないかもしれない。そう、言っておくけどね、ぼくは何も起こらないでほしいと思っている。それも恐怖心のせいではなくて（たしかに、それも少しはあるかもしれないけれども）、どうせ何の役にも立たないからだ。そのことだけは絶対に自信がある」

「何の役にも立たないというのは、どうして？　それは……海のことを言っているの？」

彼女は身震いした。

「そう。海とのコンタクトのことだよ。じつはとても簡単なことじゃないかな。コンタクトというのは、何らかの経験や概念の交換、そうでなければ少なくとも何らかの成果とか立場の交換を意味する。でも、もしも交換すべきものが何もなかったとしたら？　象はバクテリアをものすごく大きくしたものじゃない。それと同じことで、海だって脳を巨大にしたものだなんてとても言えない。両方の側からある種の作用が起こるということは、もちろんあり得る。そういった作用の一つの効果として、いまぼくはきみを見ているわけだし。そして、ぼくは説明しようとしている。ソラリスのために費やした過去の十二年間よりもきみのほうが大事だということ、これから先もきみといっしょにいたいということを。きみの出現は拷問のつもりだったのかもしれないし、ひょっとしたら親切だったのかもしれない。いや、単なる顕微鏡的研究のつもりだったのかもね。それとも友情のしるしとか、陰険な不意打ちとか、嘲笑なのかもしれない。ことによったら、そのすべてを一まとめにしたものかもしれないし、ぼくはこれが一番本当らしいと思うのだけれども、何かまったく別のことなのかもしれない。でも、ぼくたちの親が互いにどんなに違っていたとしても、その親たちの意図が実際問題として、ぼくときみにいったい何の関係があるというんだ？ ぼくたちの未来はまさにその意図しだいだ、ときみは言うかもしれないし、ぼくもそれには同意する。でも、未来に何が起こるか、ぼくには予見することができない。きみの場合だって同じだ。ぼくはきみをずっと愛し続けるということさえ、保証することはできない。いままでにもう、これほどのことが起こったのだとすると、この先、何が起こるかわかったものじゃない。ぼくはあした、緑色のクラゲになっているかもしれないんだよ。それはぼくの力ではどうしようもないことだ。でも、自分たちの力でできることは、二人でいっしょにやっていこう。それで十分じゃないか」

「ねえ……」と、彼女は言った。「もう一つ聞きたいことがあるの。わたし……そのひとに……とても似ているの？」

「前はとても似ていた」と、私が言った。「でもいまではもう、わからない」

「どういうこと……？」

彼女は床から立ち上がり、大きな目で私を見つめた。

「きみにさえぎられて、もう彼女の姿が見えなくなってしまった」

「それで、あなたは自信を持って言えるの、そのひとじゃなくて、わたしを、わたしだけを……？」

「そう、きみだけだよ。いや、よくわからない。でも、もしもきみが実際に彼女だったら、きみを愛することはできないんじゃないかと思う」

「どうして？」

「ひどいことをしてしまったから」

「そのひとに？」

「うん。以前ぼくたちが……」

「言わないで」

「どうして？」

「わたしがそのひとじゃないってこと、知っていていてほしいから」

会話 Rozmowa

次の日、昼食からもどると、窓ぎわのテーブルにスナウトからの書き置きがのっていた。それによると、サルトリウスは当面ニュートリノ壊滅装置を作る仕事を止めて、硬いX線束を海に照射することを最後にもう一度試みるつもりだ、という。

「ハリー」と、私は言った。「スナウトに会いに行かないといけない」

赤い朝日が窓ガラスの中で燃え、部屋を二つの部分に分けていた。私たちは青みを帯びた陰の中にいた。その陰の境界の向こうでは、なにもかもが銅でできているように見えた。どの本でも棚から落ちれば、床に当たってがちゃんと鳴るのではないか、と思えたほどだ。

「例の実験のことなんだ。ただ、どんなふうにするのかはわからない。ぼくとしてはやっぱり、わかるかい……」と言いかけて、私は口をつぐんだ。

「言い訳しなくてもいいわ、クリス。わたしもそのほうがいいから……もしそんな長いことでなければ」

「ちょっとで済むはずだ」と、私が言った。「そうだ、ぼくの後からついてきて、廊下で待っているというのはどうだい？」

「いいわ。でももしも我慢できなくなったら？」

「それはいったいどういうこと？」と私は聞いてから、急いで付け加えた。「好奇心から聞いているんじゃないんだ、でもひょっとしたら、いったん事情を呑み込んだら、自分でそれを抑えられるかもしれないじゃないか」

「怖くなるの」と、彼女が言った。そして少し青ざめた。「何を怖がっているのか、自分でもうまく言えない。そもそも、怖がっているんじゃなくて、ただ、ただ訳がわからなくなってしまうの。最後の瞬間には、なんというか、すごく恥ずかしい気持ちになるんだけれど、うまく説明できないわ。その後はもう何でもなくなって。だから、何かの病気じゃないかと思ったの……」彼女は声を低めて話を終え、ぞくっと震えた。

「そうなるのはここだけ、このいまいましいステーションにいるときだけかもしれない」と、私が言った。「ぼくの気持ちを言うとね、ぼくたちがこのステーションをできるだけ早く立ち去れるよう、何でもするつもりだ」

「そんなことできると思うの？」彼女は目を見開いた。

「できないわけがない。結局のところ、ここに縛り付けられているわけじゃないんだから……もっとも、それはスナウトとの話し合いにもよるけれども。どうだろう、長いこと一人でいられるかな？」

「時と場合によるわ……」と彼女はゆっくり言って、顔を伏せた。「あなたの声が聞こえていれば、たぶん、なんとかなるでしょう」

「ぼくたちの話を聞かないほうがいいと思うな。何か隠すべきことがあるわけじゃないんだけれど、なにしろスナウトが何を言い出すかわからない、まるっきりわからないからね」

「それ以上言わないで。わかった。いいわ。あなたの声の響きだけが聞こえるところに立っているから。それで十分よ」

「それなら、いま、実験室から彼に電話をするよ。ドアは開けておこう」彼女はうなずいた。私は太陽の赤い光線の壁を突っ切って廊下に出た。そのコントラストのため、人工照明があったにもかかわらず、廊下はほとんど真っ暗に見えた。実験室のドアは開け放されていた。立ち並ぶ液体酸素の貯蔵タンクの下の床には、デュワー式保温瓶の鏡の破片がちらばっていた。昨晩の出来事の最後の痕跡だ。受話器を取って、無線室の番号にかけると、小さなモニター画面が明るく光った。モニターのつや消しガラスを言わば内側から覆っている青みがかった光の膜がぱちんとはじけて、背の高い椅子の肘掛け越しに横に身を傾けたスナウトが私の目をまっすぐ覗き込んだ。

「ようこそ」と、彼が言った。

「書き置きを読んだ。ちょっと話をしたい。そちらに行ってもいいかな?」

「だいじょうぶだ。いますぐかい？」

「そう」

「どうぞ。でも……いっしょなのかい？」

「いや、違う」

日に焼けて青銅色に染まり、額に太いしわを横に走らせたスナウトの痩せた顔が、凸面ガラスに斜めに傾いて現れていた。なんだか、水族館の魚がガラス越しに外を覗いているようだ。その顔が意味ありげな表情を浮かべた。

「さて、さて」と、彼は言った。「それじゃ、待っているよ」

「さあ、行こうか、ハリー」私は赤い光の縞を突っ切って部屋の中に入りながら、自然そのものとは言えない快活さを装って、声をかけた。赤い光の縞の向こうには、ハリーのシルエットがぼんやりと見えるだけだった。しかし、その声は私の期待したようには作用しなかった。彼女は両方の肘を椅子の肘掛けにからめ、椅子の中に体をしっかり押し込むようにして座っていた。私の足音を聞きつけるのが遅かったのだろうか、それともこれほど痛ましい格好で縮こまらせた体をすばやくほぐして、普通の姿勢を取り直すのが間に合わなかったのだろうか。いずれにせよ、自分の中にひそむ不可解な力と闘う彼女の姿を一瞬見ただけでもう十分だった。私の胸は、哀れみと入り混じったやみくもで凶暴な怒りに詰まらんばかりだった。私たちは黙ったまま長い廊下を進み、色とりどりのエナメルで覆われた場所を通り過ぎた。そのエナメルは設計者の意図では、装甲された殻のようなステーションでの滞在を楽しくするはずのものだった。すでに遠くから、無線室の少し開いたドアが見えた。その隙間から廊下の奥に長く赤い光の筋が差していた。太陽の光はここにも届いていたのだ。ハリーのほうをちらっと見ると、彼女は微笑もうとさえしなかった。私にはわかった。ここに来るまでの間ずっと彼女は精神を集中して、自分自身との闘いに備えていたのだ。目前に迫った試練のせいで、いまからもう彼女の顔つきが変わっていた。その顔は青ざめ、なんだか小さくなったようでもあった。ドアから十数歩のところで彼女は立ち止まり、私が振り向くと、彼女は指の先端で私を軽くちょんとつつき、私に先に行くようにうながした。そのとき突然、私の計画も、スナウトも、実験も、ステーションのすべても、彼女がこれから全力をあげて闘わなければならない苦痛に比べたら、すべて取るに足らないもののように思われた。私は彼女を拷問にかけているような気がして、取って返したくなったが、そのとき廊下の壁で折れ曲がった幅広い陽光の筋を、人影がさえぎった。私は足を早め、部屋に入っていくと、スナウトはもう敷居のところに来ていた。迎えに出てきたのだろうか。赤い太陽は彼のまっすぐ後ろの位置にあり、深紅の光が彼の白髪頭から直接放射されているように見えた。私たちはしばらく、何も言わずに互いを見つめあった。彼は私の顔をまるで調査しているようだった。私は窓の輝きに目がくらんで、彼の表情が見えなかった。脇を通りぬけ、しなやかに折れ曲がるマイクロフォンの軸が何本も突き出た丈の高い制御盤の前に立った。彼はその場から動かずにゆっくりと向きを変えながら、軽く口元を歪めた持ち前の表情を浮かべて穏やかに私を見守っていた。もっとも、その口元はほとんど形を変えないのに、ときに微笑み、ときに疲労ゆえの渋面に変容するのだった。私から目をそらさずに、彼は壁の全面をふさいでいる金属製の戸棚の前に行った。その棚の両脇には無線装置の部品や、熱蓄電池や様々な工具が積み上げられて、山のようになっている。慌てて、手当たり次第に投げ出したもののように見える。彼はそこに椅子を引き寄せて座り、エナメル塗りの戸棚の扉に背中をもたせかけた。

それまで二人がともに保ってきた沈黙は、ここまで来ると、もう少なくとも奇妙なものになっていた。私は沈黙に耳を澄ませ、廊下を満たしている静けさに注意を集中した。その廊下にはハリーが残っている。しかし、廊下からはどんな微かな音も聞こえてこなかった。

「いつ準備ができる？」と、私がたずねた。

「今日にだって始められるくらいだ。でも記録をとるのにまだちょっと時間がかかるだろう」

「記録？　脳電図のことかい？」

「そうさ、きみも同意したじゃないか。それで？」彼は急に口をつぐんだ。

「いや、なんでもない」

「話を聞こう」二人の間の沈黙がまたもや耐え難いものになり始めたとき、スナウトが口を開いた。

「彼女はもう知っているんだ……自分のことを」私はほとんど囁き声にまで声を低めた。

彼は眉を吊り上げた。

「本当に？」

しかし、私の印象では、彼は本当には驚いていないようだった。それなら、どうして驚いた振りをするのだろうか。一瞬、私は話すのが嫌になったが、その気持ちを押し殺した。それがせめてもの礼儀だろう――と、私は考えた。たとえ礼儀以上のものではないとしても。

「たぶん図書室でぼくたちが話しているのを聞いて、うすうす見当がついたんだろう。それからぼくのことを観察し、一つ一つ材料を付け加えていき、それからギバリャンのレコーダーを見つけて、そのテープを聴いて……」

彼は姿勢を変えず、相変わらず戸棚にもたれかかっていたが、その目には小さな閃きが現れた。制御盤の前に立つ私の真向かいには、廊下に向かって少し開いたドアが見えている。私は声をさらに低めた。

「その夜、ぼくが寝ている間に、彼女は自殺しようとした。液体酸素で……」

何かがさらさらいう音が聞こえた。ゆるく束ねられた紙を吹き抜けるすきま風のようだ。

私は身動きを止め、廊下の様子に聞き耳を立てた。しかし、音の発生源はもっと近くだった。今度はがりがりという音。まるでネズミみたいな……。ネズミだって！　そんな馬鹿な。ここにはネズミなんかいなかったはずだ。私は座っているスナウトをこっそり観察した。

「話を聞こう」と、彼は落ち着いた様子で言った。

「もちろん、自殺はうまくいかなかった……いずれにせよ、もう知っているんだ、自分が何者かを」

「どうしてそんなことをおれに言うんだ？」突然、彼がたずねた。なんと言ったものか、すぐにはわからなかった。

「事情をのみこんでもらいたいからだ……どんな状態か、きみに知ってもらいたい」と、私はぶつぶつ言った。

「警告しただろう」

「こうなることを知っていたとでも言いたいのか」私は思わず声を高めた。

「いや、もちろん、そんなことはないさ。でもこれがいったいどんなことなのか、説明しただろう。どんな『お客さん』でも、現れた当初はほとんど幽霊みたいなもので、自分のもとになる人間……まあ、アダムとでも言っておくかな……そのアダムから汲み取った思い出とかイメージなどのとりとめのないごちゃまぜの他には、そもそもまったく空っぽなんだ。でも人間といっしょにここに長くいればいるほど、人間らしくなってくる。それと同時に、自主性も持つようになる、もちろん、ある程度までだがね。だから、この状態が長く続けば続くほど、ますますややこしいことになって……」

彼は話を中断した。そして、上目遣いに私を見て、何気ない調子で問いかけた。

「彼女は全部知っているのか？」

「そうだ。言ったじゃないか」

「本当に全部？　前にも一度ここに来て、きみがロケットで……」

「そのことは知らない！」

彼は微笑んだ。

「ケルヴィン、いいか、もしもその程度までなら……いったい、どうするつもりだね？ステーションから出て行くのかい？」

「そのとおり」

「彼女といっしょに？」

「そうだ」

彼は沈黙した。まるで私の答の意味をじっと考えているようだった。しかし、彼の沈黙にはまだ何かが含まれているようだった……いったい何だろう？　またしても例の感じ取れないくらい微かな風の吹くような音が、さらさらと鳴った。なんだか薄い壁のすぐ後ろから聞こえてくるようだ。彼は肘掛け椅子の上で体をちょっと動かした。

「すばらしいね」と、彼が言った。「いったい、どうしてそんな目で見るんだ？　おれがきみの邪魔でもすると思ったのかい？　好きなようにやるがいいさ、ケルヴィン君。いままでのことだけじゃまだたりなくて、そのうえ人に自分の意志を強制するなんてことまで始めたら、おれたちもずいぶん素晴らしく見えるだろうよ！　いや、おれはきみを説得しようなんてつもりはない。ただ、これだけは言っておこう。きみはこの非人間的な状況の中で、人間らしくふるまおうと努力している。それは美しいことかもしれないが、無駄なことだ。そもそも、それが美しいことかどうかだって、確信は持てないな。愚かなことが美しいなんて言えるかね？　でも、問題はこのことじゃない。きみはこれ以上実験を続けることを諦めて、彼女を連れてここから出て行きたい、と。そうだな？」

「そうだ」

「でも、それもまた……実験だよ。そうは思わないかね？」

「それはどういう意味だ？　彼女が、その……どうなるかってことかい？……もしもぼくといっしょなら、なにも……」

私の話はだんだん遅くなってきて、ついに中断してしまった。スナウトは軽くため息をついた。

「おれたちはみんな、ここでダチョウみたいに馬鹿なことをやっている。頭隠してなんとやら、というやつで、現実を直視していないのさ、ケルヴィン。でもおれたちはそのことは自覚していて、自分が高潔だなんて振りはしていない」

「ぼくは何の振りもしていないよ」

「いいだろう、きみの感情を害したかったわけじゃない。高潔さについて言ったことは取り消すよ。でもダチョウの件はまだ有効だ。きみはダチョウみたいなことを、特に危険な形でやっている。自分と彼女をだまして、それからまたしても自分をだます、といったぐあいさ。ニュートリノ物質から組み立てられた系の安定化の条件を知ってるかい？」

「いや、知らない。きみだって知らないだろう。誰も知らないはずだ」

「もちろん、そうさ。でも一つ、知っていることがある。こういった系は不安定で寿命が短く、絶え間ないエネルギーの流入のおかげで初めて存在できるということだ。サルトリウスに教えてもらったんだ。このエネルギーは歪曲《ワープ》された安定化の場を作り出す。さて、そこで問題だ。この場は『お客さん』の外部にあるんだろうか？　それともこの場の源泉は『お客さん』の体の中にあるんだろうか？　その違いがわかるかね？」

「わかる」と、私はのろのろと言った。「もし外部にあるのだとしたら、つまり彼女は……

……いや……そういう……」

「つまり、そういう系はソラリスから離れた場合、崩壊する」と、彼が私のかわりに最後まで言った。「本当のところ、どうなるかを予見することはできないけれども、きみはじつはもう、実験をやっているじゃないか。きみが発射したあのロケットは……まだずっと軌道を回っているのさ。暇をみてその運動の要素を計算しておいたくらいだ。別のロケットで飛んでいって、その軌道に入って、近くまで寄って、確認することだってできるさ。そのロケットの、その……乗客がどうなったか……」

「気でも狂ったのか！」と、私は腹立たしげに言った。

「そう思うかね？　それなら……もしも……それを、つまりそのロケットをここに引き降ろしたらどうだろう？　それは可能だよ。リモートコントロールで操作できる。ロケットをまず軌道から離脱させて、それから……」

「止めてくれ！」

「それもだめかな？　それじゃ、もう一つ方法がある。とても簡単なやつがね。ステーションに着陸させなくたっていいんだ。そう、軌道をそのまま回っていてくれればいい。無線でロケットと連絡を取るだけの話さ。もしも彼女が生きているなら、答が返ってくるだろう……」

「でもロケットの中では、とっくに酸素が切れている！」と、私は言葉を無理に吐き出すように言った。

「酸素なしでも大丈夫なのかもしれないじゃないか。どうだね、試してみようか？」

「スナウト……スナウト……」

「ケルヴィン……ケルヴィン……」スナウトが腹を立て、意地悪く私の口真似をした。「よく考えてみてくれ、いったい全体、きみはどんな人間なんだ？　誰を幸せにして、誰を救いたいんだ？　自分をか？　それとも彼女？　どっちの彼女だ？　今のか、それとも昔のか？　二人とも救うには、勇気が足りない？　自分でもわかるだろう、この話がどんなところまで行ってしまうか！　最後にもう一度だけ言っておく。ここにあるのはモラルを超えた状況なんだ」

突然、さきほどと同じがりがりという音が聞こえた。誰かが爪で壁を引っかいているみたいだ。どうしてかわからないが、私は受身の、だらんとした穏やかな気分に包まれた。まるでこの状況を、そして私たち二人もひっくるめてすべてを、とても遠いところから双眼鏡を逆さまにして見ているような感じだった。なにもかもがちっぽけで、ちょっと滑稽で、たいして重要ではないものに見えたのだ。

「それなら、いいだろう」と、私が言った。「それじゃ、きみの考えではぼくは何をするべきなんだ？　彼女を始末するのか？　でも、翌日にはまた、まったく同じものが現れる、そうだろう？　そうしたら、もう一度？　そんなふうに毎日？　いったいいつまで？　なんのために？　そんなことをして、ぼくにどんないいことがあるんだ？　きみには？　サルトリウスには？　ステーションのためには？」

「いや、きみがまず最初に答えてくれ。きみは彼女と飛び立ったら、言わばその後にやってくる変化の目撃者になるわけだ。数分のうちにきみが目の前に見るのは……」

「さあ、何だろう？」と、私が意地悪そうに言った。「怪物か？　それとも悪魔かな？」

「いや、普通の、ごくありきたりな死の苦しみの光景だろうね。きみは本当に彼らが不死身だと信じているのか？　請け合ってもいいが、連中だって死ぬんだよ……。さて、それからどうする？　戻ってくるかね……予備の彼女を取りに？」

「止めろ!!!」私はこぶしを握り締めながら、怒鳴りつけた。彼は細めた目に寛大そうなあざけりの表情を浮かべて、私をじっと見つめた。

「へえ、止めなきゃならないのはおれのほうかね？　いいか、おれがきみの立場だったら、こんな会話は放っておくだろうね。何か他のことをしたほうがいい。たとえば、海のやつを鞭でひっぱたいて復讐するとか。それじゃあ、もしも」と言って、彼は別れを告げるいたずらっぽいジェスチャーをし、同時に、何か遠ざかっていくものを追うかのように、目を天井のほうに上げた。「きみがこういうことをしたら、卑劣じゃないのかい？　ほお、そうじゃないって？　それでは、本当は泣きわめきたいのににこにこ微笑み、いたたまれないような気分なのに、落ち着いて嬉しそうな顔をしていたら、それは卑劣じゃないのかね？　そもそもここでは、卑劣にならないわけにはいかないのだとしたら？　そのときはどうする？　スナウト、なにもかもお前のせいだぞと言って、おれの目の前で狂ったようにわめきちらすんじゃないのか？　だから、きみは卑劣であるだけじゃなくて、そのうえいるんだ」

「それは自分のことだろう」と、私はうつむいたまま言った。「ぼくは……彼女を愛している」

「誰を？　自分の思い出をじゃないのか」

「いや、彼女だ。彼女が何をしようとしたか、話しただろう。なかなかそんなことはできるものじゃない……本物の人間だって」

「ということは自分でも認めているわけだ、彼女が本物の人間では……」

「言葉じりをとらえるのはやめてくれ」

「いいだろう。つまり、彼女はきみを愛している、と。きみは彼女を愛したいと思っている。でもそれは同じことじゃないな」

「きみは間違っている」

「ケルヴィン、申し訳ないとは思うんだが、きみが自分からプライヴェートな愛情問題に踏み込んだんだ。愛していない。愛している。彼女は命を捧げる覚悟だ。きみもそうだ。なんて感動的、なんて美しく、気高い話だろう。なんとでも好きなように呼んでいいさ。でもそんなことが問題になる余地は、ここにはないんだ。ないんだよ。わかるかい？　いや、きみはわかろうとも思っていないようだな。きみはおれたちにはどうしようもない力の作用のせいで、回転運動の過程に巻き込まれているんだ。彼女もその過程の一部分にすぎない。いや、一つの局面、繰り返されるリズムのようなものだろう。もしも彼女がだね……いや、もしもこれが醜悪な化け物だったとしたら、どうだろう。その化け物があなたのためにはなんでもするわ、なんて言って、つきまとってきたら？　きみは一瞬もためらわないで、その化け物を抹殺しようとするんじゃないのかね？」

「確かに」

「ということは、つまり、彼女がそんな化け物ではないのは、まさにそのためじゃないのか！　それにきみは手を縛られるだろう？　まさにきみの手を縛るということが狙いなんだよ！」

「これはまた新手の仮説だね。あそこの図書室にはもう百万もの仮説があるっていうのに。スナウト、冗談じゃない、彼女はね……いや、やめておこう。これはきみには話したくない」

「まあいいさ。きみが自分で始めた話なんだから。でも、いいかい、彼女は実際のところ、きみの脳の一部を映し出す鏡なんだよ。彼女が素晴らしいとしたら、それはきみの思い出が素晴らしいからだ。きみが製法を与えたんだ。回転運動の過程さ、忘れるなよ！」

「じゃあ、ぼくにどうしろって言うんだ？　彼女を……彼女を……始末しろというのかい？　でも、さっき聞いただろう。何のためにそんなことをしなければいけないのかって。きみは答えなかったじゃないか」

「それならいま答えよう。そもそも、おれのほうからこの会話にきみを誘ったわけじゃない。きみの個人的な問題にも触れなかった。おれはきみに何の指図も禁止もしていないし、かりにそんなことができたとしても、する気はないね。いいかい、きみのほうからここにやって来て、おれの前にすべてを洗いざらい出して見せたんだ。でも、なんのためか、自分でもわかっているのか？　わからない？　この問題を自分の肩からはずして、投げ捨てるためさ。これがどんな重荷か、知っているよ！　そうさ、そうなのさ、いいから話の腰を折らないでくれ！　おれはまったくきみの邪魔をしなかった。でもきみは邪魔してもらいたいのさ。もしもおれに邪魔立てをされたら、きみはおれの頭を叩き割るくらいのことはしかねない。そのときときみは、自分と同じ、血と粘土でこねあげられた人間を相手にすることになって、自分も人間だと感じられるだろう。でも、実際にはそんなふうには……うまく問題を処理できないから、おれと議論しているってわけだ……いや、実際にはおれとじゃなくて、自分自身と議論をしているのさ！　あと一つだけ教えてくれ、彼女が突然消えうせたら、きみは身悶えするほど苦しむだろうか？　いや、やっぱり、何も言わないでいい」

「これはこれは！　ぼくがここに来たのは、彼女とステーションを立ち去るつもりだということを言うためで、単なる礼儀からさ」私は彼の攻撃をはね返そうとしたが、自分の耳にもこれはあまり説得力があるようには聞こえなかった。スナウトは肩をすくめた。

「きみが自分の考えに固執せざるを得ないというのも、もっともなことだ。そもそもこの問題でおれがどうして発言したのかと言えばだな、きみがどんどん高く昇っていこうとしているからさ。高いところから墜落したらどうなるか、自分でもわかるだろう……。明日の朝、九時ごろに上に来てくれ、サルトリウスのところに……。来てくれるかい？」

「サルトリウスのところに？」私は驚いた。「だって彼は誰も中に入れないんだろう。きみも言っていたとおり、電話で話すこともできないし」

「もうなんとかしたみたいだ。でも、そのことは話さないようにしているんだ、わかるだろう。きみは、その……これは、まったく別のことだし。いや、たいしたことじゃない。明日の朝、来るかい？」

「行くよ」と、私はつぶやくように言った。そして、スナウトを見つめた。彼の左手は何気なくといったふうに、少しだけ開いた戸棚の扉の陰に隠れていた。扉はいつ開いたのだろう？　しかし、私にとって恐ろしいこの会話に興奮するあまり、それには注意を向けなかった。非常に不自然に見える……まるで……そこに何かを隠しているみたいだ。いや、誰かが彼の手をつかんでいるのだろうか。私は舌なめずりをした。

「スナウト、どうしたんだ？……」

「出て行ってくれ」彼は低い声で、とても静かに言った。「出て行ってくれ」

私は部屋を出て、赤い陽光の残照の中でドアを閉めた。ハリーは十歩ほど先の壁のまぎわで床に腰を下ろしていた。私の姿を見て、彼女は跳ね起きた。

「どう……？」と言いながら、彼女はきらきら光る目で私を見つめた。「できたわ、クリス……。とても嬉しいわ。ひょっとしたら……どんどんうまくなるかもしれない……」

「きっとそうだね」と、私は上の空で答えた。二人で部屋にもどるときも、私はあの馬鹿げた戸棚のことで頭を悩まし続けていた。ということは、つまり、あの中に隠していたのか……？　私たちの会話も全部……？　頬が焼けるようにひりひりしたので、思わずこすってしまった。なんという狂気の沙汰だろうか。いったいどこまで来てしまったのか？　いや、どこにも来ていないのか？　本当に、明日の朝には……

そして突然、私はほとんど昨夜と同じような恐怖に襲われた。私の脳電図。脳内のすべての過程が完全に記録され、X線束の振動に変換され、下に送られるのだ。この測り知れず、果てしない怪物の奥深くに。彼も言っていたように、「彼女が消えうせたら、きみはおそろしく苦しむだろうか、どうかな……？」脳電図は完全な記録だ。無意識のプロセスもすべて含まれる。もしも彼女に消えてほしいと思っていたなら、彼女は死んでいたのだろうか。そう思っていなかったとしたら、彼女があの恐ろしい自殺未遂の後で生き返ったことに、私はあれほど驚愕しただろうか？　人は自分の潜在意識に対して責任を持てるのだろうか？　もしも私には責任が持てないのだとすると、いったい誰が……？　なんという馬鹿さかげんだろう！　いったいぜんたい、どうして私は同意してしまったのか、自分の、自分の脳電図を……。もちろん前もって自分でじっくり研究することはできる、その記録を。でも結局のところ、読み取ることはできないだろう。そんなことは誰にもできやしない。専門家ならば被験者が何を考えているかくらいは、判定できるだろう。しかし、それは決まりきった一般的なことでしかない。例えば、数学の問題を解いているところだとか。しかし、どんな問題を解いているかということになると、もうお手上げだ。それは不可能だ、と専門家は主張している。脳電図は同時に進行している脳内の無数のプロセスを寄せ集めた結果でしかなく、心理の「裏づけ」を持っているのは、その一部だけなのだから……。では、潜在意識のプロセスは……？　それについて専門家は、そもそもまったく語りたがらない。まして、誰かの思い出となると、抑圧されたものであれ、抑圧されていないものであれ、それを解読するなんてことができるわけがない……。でも、何を恐れることがある？　自分でもけさ、ハリーに言ったではないか、この実験は何の役にも立たないと。われわれの神経生理学者にも記録が読みとれないというのに、この人間とはかけ離れた、黒いぬめぬめした巨大な怪物にどうしてそんな芸当ができるだろう……

　しかし、海はどうやったのかわからないが、ともかく私の中に入り込んで、私の記憶を隅から隅まで調べ尽くし、その中で一番痛々しい点を見つけ出したのだ。それは疑う余地がない。しかも何の助けも借りず、いかなる「放射線の送信《トランスミッション》」もなしに、二重に密閉された装甲、つまりステーションの重々しい外殻を突き抜けて侵入し、その中で私の体を探し出し、獲物を持ち帰ったのだとすると……

「クリス……？」と、ハリーが小声で呼んだ。私は窓ぎわに立ち、何も見えない目で夜の始まりを凝視していた。ぼんやりとした繊細な白っぽい膜のようなものが見渡す限りの広がりにかぶさり、星をさえぎっている。それは薄い雲が均質に空一面に広がったものだ。とても高いところにあるその雲を、太陽は水平線の下の奥深いところから照らし、とても微かな薔薇色がかった銀色の輝きを与えていた。

もしも彼女が消えてしまったら、私がそれを望んでいたということを意味するのだろう。つまり私が殺したということだ。サルトリウスのところに行くのは止めようか？　あの二人だって強制はできまい。でも彼らになんと言おうか？　このことは――だめだ。言えない。そうだ、演技をする必要がある、嘘をつく必要があるんだ、いつも、これから先ずっと。でもそれは、自分の中にはひょっとしたら、残酷なもの、素晴らしいもの、殺人的なものなど、様々な考えや、意図や、希望があるのに、自分でもそれについて何も知らないからなのだ。人間は他の世界、他の文明と出会うために出かけて行ったくせに、自分自身のことも完全には知らないのだ。自分の裏道も、袋小路も、井戸も、封鎖された暗い扉も。彼らに彼女を引き渡すなんて……恥ずかしさゆえに？　自分に勇気が足りなかったばかりに、引き渡すというのか？

「クリス……」ハリーがさきほどよりもさらに声を低めて囁いた。彼女がきぬずれの音もなく近寄ってくる気配を、私は聞くというよりも、むしろ感じていたが、何も知らない振りをした。この瞬間、私は一人でいたかったのだ。一人でいなければならなかった。私はまだ何も決めることができず、どんな決心にも至っていなかった。どんな決断もまだ下していなかった。暗くなってゆく空と、地球の星々の幻のような影に過ぎない星々を食い入るように見つめながら、私は身じろぎもせずに立っていた。追い掛けあう様々な思念が消えうせ、その後にたったいま現れた空白の中で、言葉もなく、死んだように冷淡な確信が強まっていった――どこか自分の手の届かない奥深いところで、私はすでに選択をしているに違いない。しかし、何も起こらなかったような振りをするばかりで、自分を軽蔑するだけの力も持っていないのだ。

「クリス、あの実験のせいなの？」

彼女の声にぎくりとして、身が縮み上がった。私は横になってから何時間も眠れず、暗闇をじっと見つめていたのだ。彼女の息づかいも聞こえなかったので一人きりの世界にひたり、半ばしか意味をなさない幻影のような夜の思いの錯綜した迷路の中で、彼女のことを忘れていた。

「なんだって……どうして、ぼくが眠っていないことがわかったんだい……？」と、私は聞いた。その声には恐怖が表れていた。

「息のしかたでわかった……」と彼女は小声で、まるで謝るような調子で言った。「じゃまをしたくなかったの……。もしも言えないことなら、言わなくていいわ……」

「いや、そんなことはないさ。そう、あの実験のことを考えて、眠れなかったんだ。きみの想像通りさ」

「あの人たちは実験の結果、どうなることを期待しているのかしら？」

「自分でもわかっていないんだ。何でもいいから、何かが起こってほしいということなんだろう。これは『思考』作戦なんてものじゃない。単なる『やけくそ』作戦だね。いま必要なのは、勇気を十分持って決断をくだし、その決断に対して自分で責任が取れる一人の人間なんだ。でも大部分の人たちは、その種の決断をありきたりな臆病だと思ってしまう。なにしろ、それこそ退却であり、断念であり、人間にふさわしくない逃避だから、というわけさ。まるで人間にふさわしいのは、泥沼を無理に進もうとしているうちにはまりこんで動けなくなり、自分では理解できないし、この先も決して理解できることのない何かの中に沈んで溺れ死ぬことだ、とでも言わんばかりじゃないか」

私はいったん口をつぐんだ。しかし、荒くなった息が落ち着く前に、また怒りがこみ上げてきて、言葉が口をついて出た。

「もちろん、実際的なものの見方をする連中には、いつでもこと欠かない。たとえ接触《コンタクト》に成功しなくとも、原形質《プラズマ》を研究すれば――つまり、そこから飛び出してきては、一昼夜後には消えてなくなる、とてつもない生きた町みたいなものを研究さえすれば――物質の秘密を知ることができる、なんてことを連中は言っていた。でも、それが自己欺瞞《ぎまん》だということが、どうしてわからないんだろう。理解できない言語で書かれた本ばかり集めた図書館を歩き回って、背表紙の色だけを見るようなものじゃないか……なんてことだ！」

「こういう惑星はもっと他にもあるのかしら？」

「わからない。あるのかもしれないけれども、わかっているのはこの星一つだけ。いずれにせよ、これは地球とは違って、並外れて珍しい星なんだ。ぼくたちは、ぼくたち人間は、ごく平凡な存在、つまり宇宙の雑草のようなものであって、自分たちがどこにでも見られる雑草であることを、つまり自分たちが平凡であることを誇りにしているんだ。そして、どんなものでもその平凡な器の中に入れられると考えてきた。そんな図式を持って人間は喜び勇んで彼方へと旅立っていったんだ。いざ、別世界へ！　でも、それでは別世界というのはいったい何だろう？　征服するか、征服されるか。人間たちの不幸な頭脳には、それ以外のことはなかった。いやはや、もう十分。こんなことを話してもしょうがない」

私は立ち上がり、手で薬箱を探りあて、睡眠薬の錠剤の入った平たい瓶を取った。

「寝ることにするよ」と、私は暗闇のほうに向き直って言った。暗闇の中、どこか高いところでは、換気装置がうなっている。眠らなくては。さもないと、どうなってしまうか、自分でもわからない……

ベッドに腰を下ろした。彼女が私の手に触った。私は姿の見えない彼女をつかんだ。そして、眠りのせいで腕から力が抜けるまで、身動きもせずに彼女を抱き締めていた。

翌朝、疲れも取れさわやかな気分で目覚めたとき、実験はなんだか取るに足らないことのように感じられた。どうしてあれほど重要に思えたのか、自分でもわからなかった。私が実験室に行くときハリーがついて来ざるを得ないということも、ほとんど気にならなかった。彼女はいくら努力してみても、私が部屋から十五分もいなくなるともういつも我慢しきれなくなったのだ。彼女はまだこれからも頑張って試してみたいと言い張ったが（どこかに閉じ込められてもいいという覚悟までしていた）、私はこれ以上の試みは諦めて、何か読むための本でも持ってくるように、と言ったのだった。

脳電図を取る作業自体よりも、実験室でいったい何を目にすることになるのかのほうに、興味をそそられた。しかし、書棚や分析用のガラス器具を入れた戸棚にかなり大きな隙間ができていること以外は（そのうえ、戸棚の中には扉のガラスが欠けているものがあり、ドア板の一枚は星のような模様にひびが入っていて、まるでつい先ほどまでここで闘いが行われていて、その跡を急いでかなり入念に拭い去ったのではないか、という感じがしたのだが）、この淡い水色の大きな部屋には特に奇妙なものは何もなかった。スナウトは装置の前で忙しそうに立ち働いていたが、きわめて礼儀正しくふるまい、ハリーの登場もなにかごく当たり前のことのように受け入れ、遠くから彼女に軽く会釈をした。そして、彼が私のこめかみと額を生理食塩水で濡らしたとき、サルトリウスが現れた——暗室に通じる小さなドアから入ってきたのだ。白衣を着て、その上にくるぶしまで届く放射線防御用のエプロンを掛けている。彼はてきぱきと威勢よく、私とあいさつを交わした。まるで私たちが、百人もの研究員を擁する地球の大きな研究所の研究員で、きのう別れたばかり、という感じだ。いま初めて気づいたのだが、彼の顔に死人のような表情を与えているのは、普通の眼鏡のかわりにまぶたの下に入れているコンタクト・レンズのせいだった。

サルトリウスは両手を胸で組んで立ち、スナウトが包帯を巻いて電極を私の頭にくくりつける様子を眺めていた。私はまるで白い頭巾をかぶったようになっていった。それからサルトリウスは何度か、視線を走らせてホール全体を見回したが、ハリーの姿は彼の目にはまったく留まらないようだった。ハリーは身を縮こまらせ、みじめな様子で壁際の小さな腰掛けに座り、本を読む振りをしていたのだ。スナウトが私の肘掛け椅子から離れたとき、私は金属と電線で重くなった頭を動かして、彼が装置にスイッチを入れるところを見ようとした。ところがサルトリウスが思いがけず手を挙げて、もったいをつけて言ったのだった。

「ケルヴィン博士！ ほんのちょっとの間、ご清聴と精神の集中をお願いいたします！私は何も押し付けるつもりはありません。そんなことをしても目的には到達できないからです。しかしながら、博士はご自身のことも、私のことも、同僚のスナウト氏のことも、そしていかなる他の人物のことも、考えることを止めなければなりません。それは、ひとつひとつの個性の偶然性を排除したうえで、われわれが代表となってここで取り組んでいる問題に意識を集中するためです。地球とソラリス、幾世代にもわたる研究者たちの総体――個々の人間にはもちろん自分の始まりと終わりがあるわけですが――そして知的なコンタクトを成立させようというわれわれの不屈の意志、人類が経てきた歴史的道程の規模、未来にその道がさらに延長されていくことへの確信、どんな犠牲や労苦もいとわず、どんな個人的な感情もわれわれのこの使命に捧げようとする覚悟――これら一連の主題こそが、博士の意識を過《あやま》つことなく正確に満たすべきなのであります。なるほど、連想の流れは完全には意志に従わないものですが、博士がここに来ているということじたい、私がいま提示した展開の正当性を保証するものでしょう。もしもご自分の課題をうまく遂行できたかどうか、確信が持てない場合には、どうかそう言ってください。同僚のスナウト氏が記録を繰り返してくれます。時間は十分にあるのですから……」

最後の言葉を言うとき、彼の顔には生彩を欠いた、そっけない微笑みが浮かんでいたが、それでも目からは刺すように鋭い驚愕の表情は消えなかった。こんなにも生真面目に、深刻ぶって述べられた美辞麗句の洪水に私は内心うんざりしていたが、幸い、スナウトが長引く沈黙を破ってくれた。

「いいかい、クリス？」と聞く彼は、脳波計の高い操作盤に肘をつき、まるで肘掛け椅子にもたれかかっているような、無頓着であると同時に気楽な姿勢を取っていた。私の苗字ではなくて名前を呼んでくれたことが、ありがたかった。

「いいよ」と、私は目を軽く閉じながら言った。スナウトが電極の固定を終え、指をスイッチの上に置いたとき、それまで頭の中を荒涼とさせていた不安感が不意に退き、器械の黒いプレート上に並んだ制御ランプの薔薇色を帯びた微光がまつげを透かして見えた。同時に、頭を取り巻いている冷たいコインのような金属製の電極の、湿った不愉快な冷たさが消えた。いまや私は、灰色の、照明のない舞台のようなものだった。この空っぽな空間は四方八方から押し寄せてきた観客の群に取り巻かれ、さながら円形劇場のようだった。その真ん中にある沈黙の中では、サルトリウスと〈使命〉に対する皮肉な軽蔑の念が吹き払われていった。即興の役割を貪欲に演じたがる内なる観察者たちの緊張が弱まった。「ハリー？」と、私はむかつくような不安にさいなまれながら、試しにこの言葉を考えてみた――直ちにそれを取り下げる覚悟で。しかし、私の用心深い盲目の観客たちは抗議しなかった。しばらくの間、私は純粋な優しさそのもの、誠実な悲しみそのものと化し、長く辛い犠牲もいとわない覚悟だった。私の全身がハリーに満たされていた――しかし、そのハリーには輪郭も形も顔もなかった。そして、突然、絶望的な優しさに息づくハリーという無人格的な概念を通して、灰色の暗闇の中に、ギーゼの姿が、そのいかにも教授らしい威厳をそなえた顔が、幻のように浮かび上がってきたのだ。ギーゼといえば、ソラリス学の、そしてソラリス研究者たちの父ともいうべき存在である。しかし、私が考えたのは、あの泥沼の噴火のような爆発のことでもなければ、彼の金縁メガネとていねいに櫛の入った白髪まじりの口ひげを呑み込んだ悪臭を放つ深淵のことでもなかった。私の目に浮かんだのは、彼の研究書の表題ページに掲げられた銅版画だけだ。画家はその銅版画の背景にびっしりとけばで陰影をほどこしてギーゼの顔を縁取っていたため、何も疑わない、ほとんど後光をまとっているかのようなギーゼの顔が浮かび上がっていた。その顔は、輪郭はともかくとして、昔かたぎの誠実な思慮分別を表しているところが驚くほど私の父の顔に似ていて、しまいに私は自分がどちらに見つめられているのかわからなくなったほどだ。そういえば二人とも墓というものを持っていなかった。もっとも、それは私たちの時代にはありきたりでごく普通のことなので、特別な感慨を呼び起こすようなものではないのだが。

その顔の像がすでに消えてからも、一瞬の間——それがどれほど長い一瞬だったかはわからないが——私はステーションも、実験も、ハリーも、黒い海も、何もかも忘れ、閃光にも似た束の間の確信に満たされた。この二人はどちらももはやこの世にはなく、いままでは限りなくちっぽけで、干上がった泥沼のような存在と化しているけれども、自分が遭遇したことすべてに対してきちんと対処したに違いない。そしてこの発見から生じる心の安らぎが、灰色の円形劇場を取り囲み、私の敗北を無言のうちに待っているとりとめのない形の群集を蹴散らしてくれた。かちっという音が二度続いて装置のスイッチが切られるとともに、人工照明の光が目の中に押し入ってきた。まぶたを軽く閉じた。一方、スナウトは彼に背を相変わらず同じ姿勢のままで、私をじろじろと見つめていた。サルトリウスは彼に背を向けて、器械の前で忙しく立ち働き、足からずり落ちそうなサンダルをまるでわざとのようにかたかた鳴らしていた。

「どうです、ケルヴィン博士、うまく行ったと思いますか？」と言って、サルトリウスが鼻にかかかった不愉快な声をいったん止めた。

「ええ」と、私は言った。

「自信がありますか？」と問いかけるサルトリウスの言葉には、驚きというか、疑惑の色が表れていた。

「ありますよ」

私の答の自信とがさつな調子のせいで、彼は堅苦しい威厳を一瞬崩してしまった。

「それなら……よかった」と彼はつぶやいて、まるでこれから何をすべきかわからないといった様子で、部屋を見回した。スナウトが肘掛け椅子のそばまでやって来て、包帯をほどき始めた。

私は立ち上がり、部屋の中を歩き回った。その間にサルトリウスは暗室に消えて、すでに現像され乾いたフィルムを持って戻ってきた。十数メートルのテープの上に、震えるような、白っぽくぎざぎざの線が伸びていた。黒く、つるつるしたセルロイドのリボンの上に広がった黴《かび》か蜘蛛の巣のようだ。

もう何もするべき仕事がなかったが、部屋からは出て行かなかった。サルトリウスとスナウトの二人はフィルムを変調装置《モデユレーター》の酸化した先端に通した。サルトリウスがそのフィルムの端をもう一度、疑り深そうに眉を寄せ顔をしかめて仔細に点検した。まるで、その揺らめく線の中に含まれた内容を判読しようとしているかのようだ。

　実験のその先はもう目に見えるものではなかった。二人が壁際の計器盤の前に立ち、しかるべき装置を始動させたとき、何が行われているかだけは、私にもわかった。電流が通って、装甲された床の下にあるコイルの格納壁の中で微かにうなる低音が響き、それからようやく、計器にはめ込まれた垂直なガラス管の光が下にさがって、X線砲の大きな筒が垂直なシャフトに沿って降りていることを示した。そして、この筒は最後には、X線砲の開かれた発射口のところまで降りて止まった。そのとき計器の光は目盛りの一番低い帯域で動かなくなり、スナウトが電圧を上げ始めた。すると指針——いや、正確に言えば、指針の代わりになっている白い光の縞模様——がちらちら揺れながら右側に一八〇度回転した。電流のうなる響きはかろうじて聞こえる程度で、何も起こらなかった。フィルムを入れたドラムは覆いの下で回転していたので、これも目で見ることはできなかった。フィルムの長さを示すメーターが時計のように、かちかち音を立てている。

　ハリーは本越しに私のほうを見たり、他の二人を見たりしていた。彼女のそばに寄ると、彼女は何かを問いたげな視線を私に向けた。実験はもう終わっていて、サルトリウスは装置の先端の、円錐のような形をした頭部にゆっくりと歩み寄った。

「行くの……？」ハリーは唇の動きだけで問いかけた。私がうなずくと、彼女は立ち上がった。誰にも別れの挨拶をしないで——挨拶などあまりに無意味に思えたのだ——私はサルトリウスのそばを通り過ぎた。

　上層部の廊下の高い窓は、異様なほど美しい夕日に染め上げられていた。それは普通の陰気ではれぼったい赤色ではなく、まるでこの上なく細かい銀粉をまぶしたような、霧に包まれてきらきら光る薔薇色で、千変万化の微妙な色調を見せていたのだ。海の果てしない平原のような広がりの、乱雑に波立った重苦しい黒色が、この優しい輝きに応えるように、くすんだすみれ色の柔らかい照り返しに微かに光っているようにも見えた。毒々しい赤茶色をしているのは、空の中でも天頂のあたりだけだった。

　下層部の階段の真ん中で、私は不意に立ち止まった。再び刑務所の監房のような部屋に閉じ込められ、海に向き合うことなど、とても考えられなかった。

「ハリー」と、私は言った。「あのね……図書館にでも寄って行こうかと思うんだけど……。かまわないかな……？」

「あら、わたしも喜んで行くわ。何か読むものを探そうっと」と彼女は、ちょっとわざとらしい元気さで答えた。

　昨日から私たちの間には埋めがたい裂け目のようなものができていて、彼女にせめて少しでも誠実さを示さなければいけない、と私は感じていた。しかし、私は何もかもどうでもいいような気分に襲われていて、この気分を振り払うためにどうすべきだったのか、自分でもわからない。私たちは廊下を、それからスロープを戻って行き、入り口の小さなホールにたどり着いた。ここにはドアが三つあり、ドアとドアの間にはガラス製のショーウィンドウのようなものが作られていて、クリスタル・ガラスの向こうに花が飾られていた。

図書館に通じる真ん中のドアは、両脇が人工皮革で覆われ膨れていた。ドアを開けるとき、私はいつもそれに触らないように努めた。その中に入ると、丸く大きなホールは様式化された太陽の模様を描いた天井の下で、少しひんやりとした。

ずらりと並んだソラリス学の古典の背表紙をなでて行くうちに、ギーゼの第一巻を抜き出そうかという気になった。その本の巻頭の口絵となっていたのは、薄紙に包まれた、例の銅版による肖像画だったのだ。ところが、私はそのときふと、前回気づかなかった八折《オクターヴォ》判のずんぐり膨れた本を目にとめた。グラヴィンスキーの著書だ。

私はカバーを張った肘掛け椅子に腰を下ろした。しーんと静まりかえっている。ハリーは私のすぐ背後で本を一冊手にとってページを繰り、彼女の指の下でページが立てるさらさらという微かな音が聞こえた。このグラヴィンスキーによる概説書は、学生たちには単なる「アンチョコ」として一番頻繁に使われるもので、ソラリス学上の様々な仮説を集めて、〈非生物《アビオロギチナ》〉説から〈退化《ズヴィロドニエニエ》〉説にいたるまで、アルファベット順に並べていた。編纂者はおそらくソラリスを一度も自分の目で見たことがないはずだが、ありとあらゆる研究書や、探検隊の報告書、論文の断片や当時の報道などの山をかきわけ、他の天体を研究する惑星学者たちの著作に出てくる引用まで徹底的に調べ、総目録《カタログ》を作り上げたのだった。その表現の簡潔さには、ちょっとすさまじいものがある。というのも、しばしば卑俗なまでの陳腐さに陥って、様々な仮説を生み出した背景となっている思考の入り組んだ微妙さを見失っているからだ。結局のところ、全体として見るとこの本は百科事典的な記述を目指したものだったが、いまではむしろ骨董的な珍本の価値しか持っていない。出版されたのは二十年前だが、その間に新しい仮説が山のように生み出され、それだけでももはや一冊の本には収まり切らないくらいなのだ。アルファベット順になった人名のリストに目を通してみたが、なんだか戦没者名簿のような感じがした。実際、その中にまだ生きている人たちはほとんどなく、ソラリス研究をいまでも活発に続けている者はおそらく皆無だろう。あらゆる方向に展開したこの思考の一大宝庫を眺めていると、これらの仮説の中にはどれかきっと正しいものがあるに違いない、現実がここに詰め込まれた無数の提案のいずれともまったく違うとはとうてい考えられない、という印象を受けるほどだ。グラヴィンスキーはこの本に序文を添え、それまでに知られている六〇年近くにわたるソラリス研究をいくつかの時期に分けている。ソラリスの予備的調査に始まる第一の時期には、そもそも誰も意識的には仮説を立てたりしなかった。当時は健全な「常識」ゆえに、なにやら直感的に、海は生命を持たない化学的な集成体《コングロマリット》であるという考えが受け入れられていた。つまり、これは惑星の周りを流れるゼリー状の物質のとほうもなく巨大な塊であり、それが世にも奇妙な産物に富んでいるのは「擬似火山性」活動のおかげである。また、それにもともと備わっている様々なプロセスの自動作用《オートマティズム》によって、不安定で変わりやすい軌道が安定する。いわば振り子がいったん与えられた運動の平面を維持するようなものだ、というのだ。なるほど、三年経つとマゲノンが海には生命を持った「ゼリー状機械」の性格がある、という説を表明したものの、グラヴィンスキーは生物的仮説の時期の開始をさらに九年後にしている。九年後になると、それまで孤立していたマゲノンの考え方が、多くの信奉者を次々に獲得するようになったからである。それに続く年月には、生きている海に関する非常に複雑で緻密な理論的モデルが、生物数学的分析に基づいて大量に組み立てられた。そして、第三期はそれまでほとんど一枚岩だった学者たちの意見が分裂していく時期である。

この第三期には、多数の学派が現れ、しばしば互いに激しく論争しあうことになった。これはパンマレル、シュトローブリ、フライハウス、ル・グレイユ、オシポヴィチが活躍した時期であり、このときギーゼの遺産のすべてが仮借ない激しい批判にさらされた。またこのときに初めて非対称体の地図や、カタログや、立体写真が作られた。非対称体はこのころまで、研究不可能な物体と見なされていたのである。そこに画期的な転機が訪れたのは、遠隔操作《リモートコントロール》できる新しい装置のおかげだった。それが、いつ爆発してもおかしくない巨大な非対称体の荒れ騒ぐ奥底に送り込まれたのである。そして、このころ、激しく飛び交う議論の周縁で、ミニマリズム的な仮説が唱えられ始めたのだった。それはこれまでばかにされて黙殺され、孤立していた考え方で、かりに「理性的存在」との悪名高き「コンタクト」を実現させられないとしても、海が吐き出してはまた後で呑み込んでしまう、擬態形成体《ミモイド》の骨でできたような都市や気球のような山々を研究するだけでも、きっと、化学や物理化学の貴重な知識、巨大分子構造の分野での新しい経験がもたらされるだろう、と主張するものだった。しかし、そういった命題の提唱者たちと誰もあえて論争をしようとさえしなかったのだ。何といってもこれは、今日でも有効な変態のタイプ別分類カタログが作られた時期であり、またフランクがミモイドの生体原形質《バイオプラズマ》理論を提唱した時期なのである。フランクの説は、誤りとして放棄されたとはいえ、いまだに思考の活力と論理的構築のすばらしい手本として通用している。

三つを全部合わせて三十数年におよぶ「グラヴィンスキーの時期」は、それぞれ、ソラリス学の無邪気な青春時代、自然に湧き出る楽天的なロマン主義の時代、そして最後に、懐疑的な声が初めて聞かれるようになった成熟期だった。二五周年を迎えるころにはもう——いわば初期のコロイド＝機械説への回帰として——初期のそういった説の末裔とも言うべき仮説が提唱されるようになった。それは、ソラリスの海は心理を持たないとする説で、意識的な志向性の現れや、反応過程の合目的性、内的必要によって動機づけられた活動などを海に探し求めることは、ほとんど異口同音に、まるまる一世代の研究者たちの迷妄であったと見なされた。そして彼らの主張を論駁しようとするジャーナリズムの情熱が、より冷静で、分析的で、事実の入念な蓄積に専念しようとするホールデン、エオニデス、ストリーヴァたちのグループの研究のための土台を準備したのだった。それは文書庫やマイクロフィルムのカード目録が激しい勢いで増大し、成長した時期だった。およそ地球が提供できる、ありとあらゆる器具や、自動記録装置、センサー、ゾンデなどを装備した探検隊が次々に組織された時期でもあった。その当時、何年間かは同時に千人以上の人々が研究に従事していたのだ。しかし、絶えず集められる資料の増大のテンポは相変わらず速まる一方であったのに対して、学者たちを鼓舞すべき精神が不毛になっていき、別の——時間的にいつからとはっきり限定するのが難しいのだが——時期が始まった。それは、何がどうであれまだ楽天的な段階にあったと言えるソラリス探検の衰退期である。

探検の特徴となっていたのは、何よりもまず、ギーゼ、シュトローブリ、セヴァダといった人々の偉大で、大胆な個性だった（その個性はときに論理的想像力において、ときに否定において発揮された）。セヴァダは、ソラリス学の最後の大物だが、惑星の南極近辺で謎めいた状況の下、初心者の身にもまず起こらないようなことをして、非業の最期を遂げてしまった。彼は百人もの人たちが見ている前で、海面近くを飛んでいた飛行装置を、明らかに彼に対して道をあけようとしていた速物《はやもの》の奥へ突っ込ませたのである。突然虚脱状態に陥ったか、失神したのではないかとか、いや、操縦桿が故障したのだとか、あれこれ取り沙汰されたものだが、実際のところこれは、最初の自殺のケースだったのではないかと思う。つまり不意に絶望の突発にはっきり見舞われた最初のケースだったのではないか、ということだ。

ただし最後のケースではなかった。もっとも、グラヴィンスキーの本はそういったデータを含んでいなかったので、とても小さな活字に覆われた黄ばんだページを見つめながら、私は自分で日付や、事実や、ディテールを思い出して補おうとしたのだった。

結局のところ、自分の命を奪おうとするこれほど悲壮な試みは、その後はもうなかった。それはまた、偉大な個性がなくなってしまったということでもある。考えてみると、惑星学のある特定の領域を専門とする研究者がどのように集まってくるかということは、じつはまだ誰にもきちんと研究されていない現象だろう。偉大な才能と大いなる性格の力を備えた人が生まれる頻度は、おおよそのところ一定ではないだろうか。ただし、彼らの選択が一定ではないのだ。ある特定の研究分野にそういう偉大な才能の持ち主がいるかいないかを説明することができるのは、おそらく、その分野が開いて見せてくれる未来の展望だろう。ソラリス学の古典的研究者たちの評価は人それぞれだとしても、彼らの偉大さを——それは、しばしば天才的なものだ——否定することは、誰にもできないだろう。最良の数学者や物理学者、そして生物物理学、情報理論、電気生理学などの領域の著名人がみな、何十年もの間、ソラリスの物言わぬ巨人に惹きつけられてきたのだ。ところが急に、研究者たちの軍団から言わば指揮官が年々奪われるようになった。残ったのは、灰色の名もなき群集のみ。そこには辛抱強い採集者や、編纂者や、独創的な構想による実験をいくつも考案した人たちがいたが、もはや天体全体の規模で計画された大々的な探検もなければ、全体を統合するような大胆な仮説もなかった。

こうしてソラリス学はいわば瓦解を始め、どんどん高度を下げていくその飛行にいわば並行するようにして伴奏の役割を演じたのが、新たに大量に生み出された仮説だった。それはせいぜい二義的な細部にしか互いの違いが認められないような仮説の数々で、いずれも、ソラリスの海の退化や、発育の遅滞、衰退などを語るものだった。ときおりもっと大胆で、もっと面白い考え方が現れることもあったが、いずれの場合も海を発達の最終的産物と見なすという宣告めいたものを下している点で変わりはなかった。つまり、この海は大昔、何万年も前に最高度に組織された時期を経過し、いまでは物理的になんとか統合されているだけで、実際には無数の不要で無意味な瀕死状態の形成物に分解しつつある。そんなわけで、この断末魔の状態がこれほど壮大に、何世紀にもわたって繰り広げられている、というのだ。ソラリスはこんなふうに見られ、長物《ながもの》や擬態形成体《ミモイド》に新形成物の特徴が認められ、液体状の巨体を動かすプロセスの中に混沌と無秩序の現れが捜し求められた。そして終いには、この傾向は強迫観念になり、その後の七、八年の学術的文献はすべて――もちろん、それぞれの著者の感情をはっきり表すような言い方はしていないが――ソラリスの海に対する悪口雑言の塊のようなものとなった。それは要するに、指導者を奪われてみなしごのようになったソラリス研究者たちの灰色の大群による、海に対する復讐なのだった。海はソラリス研究者たちの精力的な研究の対象であったにもかかわらず、一貫して無関心な態度を保ち、研究者たちの存在を無視し続けたからである。

このソラリス研究の古典集の中に収められなかった（不当にも、と言うべきだろうか）、十数人のヨーロッパの心理学者による独創的な研究を、私は知っていた。この心理学者たちはソラリス学との縁が深く、長い歳月をかけてソラリスをめぐる一番平均的な発言や素人の声を集めることにより、世論の反応を研究したのである。そして、その方法によって、世論の変化と、科学者たちの社会において同時に生じているプロセスとの間に驚くべき緊密な関係があることを示したのだった。

惑星学研究所といえば、様々な研究の経済的支援について決定を下すところだが、そこの企画調整グループの中でも変化が起こり、それはソラリス研究に携わるあれこれの研究機関や施設の予算の縮小となって表れた。予算の縮小は、段階的に行われたとはいえ、一貫して続けられた。また、ソラリスに向けて旅立つ乗組員たちのための助成金も同様に削減された。

研究の縮小を必要とする声に混じって、もっと強力な手段を使うべきだと要求する者たちの発言も聞こえてきた。しかし、その点に関しては、全地球宇宙学研究所の管理に責任を持つ所長よりも先へ行った者は一人もいなかっただろう。彼は執拗にこう主張したのである——生きている海は少なくとも人間を無視しているわけではなくて、人間に気がつかないだけなのだ。それは象が、自分の背中を歩いている蟻に気づかないのと同じことだろう。海の注意を惹き、それをわれわれに集中させるためには、強力な刺激と、惑星全体を基準にした巨大な機械を使わなければならない。これに関しては、面白い点が一つある。新聞が意地悪く書きたてたように、これほど費用のかさむ企てを要求したのが、宇宙学研究所の所長であって、ソラリス探査の費用を負担していた惑星学研究所の所長ではない、ということだ。つまり、これは他人の懐《ふところ》をあてにした気前よさだったのである。

それから仮説が次々と目まぐるしく立ち現れ、昔の仮説が装いも新たに復活し、あまり重要でない変更が加えられたり、厳密化が進められたり、あるいはその逆に多義性が持ち込まれたりし、その結果、それまで——膨大な広がりにも関わらず——澄んだ世界であったソラリス学が、錯綜した、袋小路だらけの迷路と化していったのだった。全面的な無関心、停滞と意気阻喪といった雰囲気の中で、もう一つの海——つまり、印刷された不毛な紙の海——が現れ、時間の流れの中でソラリスの海に付き添っているように見えた。

私が研究所を卒業してギバリャンの実験室に入る二年ほど前、メット＝アーヴィング基金が発足し、人間の必要のために海の粘着性物質のエネルギーを役立てることに成功した者に、高額の賞金を出すことになった。そういった企ては以前にもあり、原形質《プラズマ》のゼリーの積荷をいくつもの宇宙船が地球に運んできたものだ。そして辛抱強く長い時間をかけて、原形質を保存する方法が練り上げられていき、高温や低温、ソラリスの条件に似せた人工のミクロ大気圏やミクロ気候、安定化作用を持つ光線の照射、はたまた幾千もの化学薬品の配合などが適用された。しかし、そのいずれを試みても、結局、多少速いか遅いかの違いはあるにせよ、結局は緩慢な崩壊の過程を観察することになるのだった。そして、もちろんその過程は、他のすべてと同様に、何度も何度も、細大漏らさず――自己消化、浸潤、液体化といったすべての段階を通して――正確に記述されたのである。ちなみに、液体化はさらに、本源的な初期の段階と、後期の副次的な段階とに区別された。同様な運命をたどったのは、原形質のありとあらゆる噴出物や形成物から採取した標本である。互いに違っているのは、最後へと至る道のりだけで、最後は決まって灰のように軽く、金属光沢を持ち、自己発酵によって薄まった稀少物質となった。その組成、元素どうしの関係、化学式は、ソラリス学者なら誰でも、起き抜けにもすらすらと言うことができたものだ。

このように、怪物のかけらを――大きいものであれ、小さなものであれ――その惑星的身体の外で一時的な植物状態や冬眠状態に置いてでも生かしておこうとする試みは、ことごとく完全な失敗に終わった。それがもとになって出てきたのが、解き明かすべき秘密はそもそも一つだけ、たった一つしかない、という信念だった。これはメニエとプロロフの学派によって展開された考え方であり、彼らによれば、解釈のためのしかるべき鍵をうまく選び出し、その秘密のドアを開けてやれば、すべてがいちどきに明らかになるに違いない、というのだが……

この鍵、ソラリスのためのこの賢者の石を捜して、科学とはしばしば何の関係もない人たちが、時間とエネルギーを浪費した。ソラリス学が生まれてから三〇年を超えると、学問とは縁のない領域から、抜け目のないいかさま師というか、偏執狂のような輩がたくさん現れた。このとり憑かれた人たちは、激しい情熱にかけては自分の先人の上手《うわて》を行く――先人というのは、「永久機関」や「円積問題」の予言者といったタイプの人たちのことだ。こういう連中がまるで伝染病のような勢いでどんどん増えていったため、心理学者たちを心から心配させることになった。しかし、数年後にはこの情熱も冷めてしまい、私がソラリスへの旅の準備をしていたときは、もう久しく新聞紙面をにぎわすこともなく、人々の会話からも消えていた。それは結局のところ、海の問題そのものについても、まったく同じだった。

グラヴィンスキーの本をもとに戻したとき、隣に――棚の本はアルファベット順に配列されていたため――分厚い本の背表紙の間に挟まれてほとんど目につかない、ちっぽけな小冊子があることに気づいた。その著者のグラッテンシュトロームはソラリス学文献の風変わりな精華として際立った人物の一人であり、彼の著作は〈人間を超えたもの〉を理解するための闘いの中で、人間たち自身を、人間そのものを攻撃する方向に向けられていた。いわば人類に対する誹謗中傷であり、数学的なそっけなさのうちに激しい怒りがこめられた論文なのだ。著者は在野の独学者で、最初は量子物理学のある種のきわめて特殊で周辺的な問題に関する落穂ひろいのような一連の異様な小論を発表していたのだが、この主著と呼ぶべき――とはいっても、せいぜい十数ページしかないのだが――きわめて異様な著作で示そうと努力したのは、こんなことだ――有史前の人類は、自分を取り巻く世界を、粗野で感覚的な、人間形態主義《アントロポモルフィズム》的な方法で把握していた。しかし、現代の、見かけはきわめて抽象的で、最高度に理論的な、数学的に表現された学問の成果でさえも、じつはそこからほんの一歩か二歩くらいしか前進していないのではないか。彼は、相対性理論や力場の定理の公式、パラ静力学、単一宇宙極仮説などの中に、身体の痕跡、つまり人間の感覚が存在することから派生し、その結果現れるものすべてを追い求め、さらにわれわれの身体の組成の痕跡や、人間の持つ動物的生理の限界と欠陥の痕跡も追い求めた。その結果、グラッテンシュトロームがたどり着いた最終的結論とは――人間の形を取らない、非ヒューマノイド型文明と人間が「コンタクト」に成功するなどということはあり得ないし、今後も絶対にあり得ないだろう、というものだった。人類全体を誹謗するようなこの著作の中では、思考するソラリスの海のことは一言も触れられていなかったが、勝ち誇って人を見下すかのような沈黙の調子の中にそれが暗に存在していることは、ほとんど一行ごとに感じられた。少なくとも最初にグラッテンシュトロームの小冊子の内容を知ったとき、私はそう感じたのだ。この著作は結局のところ、普通の意味でのソラリス学文献というよりは、骨董的珍本の類だった。それが古典的研究書コレクションの中に入っているのは、ギバリャン自身がそこに入れたからである。これを読むようにと私に言ったのも、じつはギバリャンだった。

尊敬にも似た不思議な感情をもって、私は薄い小冊子を――じつはそれはきちんと製本もされておらず、印刷所から出てきたままの状態だったが――慎重に棚の本の間に押し込んだ。そして、緑がかった褐色の『ソラリス年鑑』に指先で触れてみた。自分たちを取り巻く混沌、途方に暮れるような状況に変わりはなかったけれども、この十数日間の経験のおかげでいくつかの基本的な問題について確信を得られたことも、否定できなかった。まさにそういった基本的な問題をめぐって長い歳月の間に大量のインクが浪費されてきたわけだが、それは結局のところ、解決不能な主題であって、不毛な議論の対象でしかなかったのだ。

海が命を持った存在であるということについては、十分に頑固な逆説好きの人間であれば、まだ疑い続けることもできただろう。しかし、海が心理を持っているということは――「心理」という言葉で何を意味することができるにせよ――もはや否定できなくなっていた。自分の上に人間たちがいることを、海はあまりにもよく認知している。これはもう明白だった……。このことが一つ確認されただけでも、海が「それ自体として存在する世界」「即自的存在」であるなどと主張してきたソラリス学の拡張された一翼全体が抹消されることになった。その主張によれば、二次的な退化の結果、海はかつて存在していた感覚器官を失ってしまった。そして、二つの太陽の下で渦巻いている海の深淵が巨大な思考の流れを作り出し、その棲家、寝床となっているのだが、海は思考の流れを回転させるだけで、その中に閉じこもっていて、自分の外の現象や物体の存在については何も知ることがない、ということだったのだ。

さらに私たちは、海が人間の体を模造、合成するという、人間にもできないことをする能力を持っていることを知った。それだけではない。海は身体の原子以下の構造に不可解な——しかし、海のふるまいが目指している目的と、きっと関係のある——変更を加え、身体を改良することさえできるのだ。

そんなわけで海は存在し、思考し、行動していたのだ。「ソラリス問題」を無意味なものとして片付けようとか、ゼロに帰してしまおうとする向きもあった。また、われわれが相手にしているのは〈生き物〉などではない、だから、われわれの負けは少しも負けにはなっていない、といった考え方もあった。しかし、それらは一切、永久に否定されてしまったのだ。好むと好まざるとにかかわらず、いまや人間はこういう隣人がいる——隣人とはいっても、何兆、何十兆キロメートルもの真空の彼方、何光年分もの空間に隔てられているわけだが——そのことを認めなければならない。この隣人は人間の領域を拡張する道に立ちふさがっていて、それを理解することは、残りの宇宙全部を理解することよりも難しいのだ。

どうやら私たちは歴史全体の転換点に立っているようだ――そう私は考えた。いますぐであれ、遠くない将来であれ、諦めて退却するという決断が優勢になる可能性があったし、ステーションを閉鎖することでさえも不可能ではない、いや、少なくともあり得なくはない、と思われた。しかし、そんなふうにしても何かが救い出せるとは信じられなかった。思考するこの巨人が存在している以上、もはや人間たちは知らん顔を決め込んでいるわけには決していくまい。どれほどくまなく銀河系を踏破したところで、人間に似た生物が築いた別の文明とどれほどコンタクトを取ろうとも、ソラリスは人間に投げつけられた永遠の挑戦であり続けるだろう。

そしてもう一冊のあまり大きくない、革で装丁された本が、立ち並ぶ『ソラリス年鑑』の奥に紛れ込んでいた。私はその本を開く前に一瞬、多くの指に触られてきたせいで黒ずんだ表紙をじっと見つめた。その古い本は、あのムンティウスの『ソラリス学入門』だった。それを読んで過ごした夜、自分が持っていたこの本を貸してくれたときギバリャンが浮かべた微笑み、そして最後の一行までたどり着いたとき窓から差していた地球の夜明けの光。私はすべて覚えていた。ムンティウスはこう書いている。「ソラリス学は宇宙時代の宗教の代用品、科学の衣装を身にまとった信仰である。それが目指す目的であるコンタクトは、聖者たちの霊的交流《コムニア》や救世主《メシア》の降臨と同様に曖昧模糊としている。探検とは方法論的な定式によって表された典礼学であり、研究者たちの従順な仕事は願望の成就の期待、受胎告知の期待である。なぜならば、ソラリスと地球の間をつなぐ橋は存在していないし、存在し得ないからだ。これは、共通の経験が欠けていること、伝達可能な概念が欠けていることなどと同様にあまりにも明らかだが、ソラリス学者たちはそれを認めようとはしない。それは信者たちによって、彼らの信仰の土台をひっくり返すような論拠が拒絶されたのと同様のことだろう。それにしても人は何を待ち望んでいるのだろうか。思考する海と『情報通信のためのコンタクト』をすることによって何が得られると期待しているのか。果てしない時間の中でいつまでも終わることなく、あまりに古いのでおそらく自分自身の始まりさえも覚えていないこの存在が経てきた、様々な経験や感情の一覧表だろうか？束の間の生を享けて解放された山々の願望と情熱、希望と苦悩の記述だろうか。数学が存在に、孤独と断念が豊穣に変容することだろうか。しかし、このすべては伝達不可能な知識なのだ。もしもそれを地球のいずれかの言語に翻訳しようとしても、価値と意味のあらゆる探索は無残な失敗に終わり、向こう側に残ったままだろう。しかし、結局のところ、『信者』たちが期待しているのは、そういった科学より詩学の名に相応しい新発見の数々ではないのだ。なぜならば、彼らは自分でもそれとは知らずに、〈啓示〉を待ち望んでいるのだから。それは人間自身の意味を説明してくれるような啓示なのだ！　それゆえソラリス学とははるか昔に死んだ神話たちの遺児であり、もはや人間の口がはっきりと大声では言えない神秘的な憧憬の精華なのだ。そしてその巨大な建物の基礎の奥深くに隠された礎石になっているのは、〈贖罪《しょくざい》〉の希望なのである……

しかし、実際にそうだということをソラリス学者たちは認めることができず、コンタクトの一切の解釈を避けて通っているうちに、コンタクトは彼らの著作の中では何やら最終的なものになってしまう。そして本来のまだ冷静だったころの理解によれば、コンタクトというものは、始まりであり、端緒であり、新しい道――しかも、たくさんある道のうちの一つ――への入り口であったはずなのだが、いまやそれは美化されて長い年月の後、ついに彼らの永遠となり、天となった……」

この惑星学の「異端児」、ムンティウスの分析は単純で痛ましいものだが、うっとりするくらい鮮やかにソラリス神話を、いや、むしろ〈人間の使命〉そのものを否定し、破壊している。まだ信頼とロマン主義に満ち満ちていたソラリス学発展の時期に大胆に響き始めたこの最初の声は、完全に黙殺された。あまりにも当然のことだが、ムンティウスの言葉を受け入れるのは、当時存在していた形でのソラリス学を抹消するに等しいことだったからだ。それとは別の、より冷静で、断念することを知っているソラリス学はまだ始まっていなかった。その創始者の登場を待たなければならなかったのだ。ムンティウスが亡くなってから五年後、ソラリス学関係書のリストでも、哲学書のコレクションでも彼の著書がまずお目にかかれない稀覯《きこう》本となったとき、彼の名前を冠した学派が誕生した。それはノルウェーのグループで、ムンティウスの遺産を引き継いだ思想家たちの個性に応じて分裂し、彼の沈着な説明のしかたにとって代わったのがエルレ・エンネッソンの辛辣で偏屈な皮肉だった。一方、いくらか卑俗になったヴァージョンとしては、実用的なソラリス学とも言うべき、ファエランガの「功利学」も現れた。ファエランガに言わせれば、文明間のコンタクトや二つの文明の知的な交流《コムニア》を目指そうとするのは、誤った望みによって生み出され、夢想によって飾られた熱望にすぎない。だからそんなものは顧慮せずに、研究から汲み取ることのできる具体的な利益だけに専念せよ、と彼は要求したのだった。しかし、容赦なく明晰なムンティウスの分析と比べると、彼の精神的な弟子たちの著作は誰のものでも、単なる通俗的な読み物とは言わないまでも、瑣末で断片的な仕事の域を出るものではない。その例外はエンネッソンと、おそらくタカタの著作だろう。ムンティウスはじつは一人ですでにすべてを見通してしまっていて、ソラリス学の第一期を「預言者たち」の時代と呼び、そこにギーゼ、ホールデン、セヴァダを数え入れていた。そして第二期を「大いなる分裂」と呼んだが、これはただ一つのソラリス教会が分裂して、互いに争いあう多数の宗派の群と化したことを指している。そして彼は第三期を予言して、教義化《ドグマ》とスコラ学的硬直化の時期と考えた。それは研究すべきものがすべて研究しつくされたときにやって来るはずだったが、実際にはそうはならなかったわけだ。しかし、ソラリス学には――と私は考えた――信仰の要素と相容れないようなこともある。そのすべてを無視し、十把一絡《ぱから》げに清算してしまうムンティウスの論証を壮大な単純化だと見なしたギバリャンは、やはり正しかった。なにしろ、ソラリス学において決定的な役割を果たしているのは、研究の持っている不断の現世的性格だからである。つまり、それは二つの太陽の周りを回っている具体的で物質的な存在としての天体の他には、何も約束してくれないのだ。

ムンティウスの本の中には、『パレルガ・ソラリアナ〔ソラリス学拾遺〕』という季刊誌に掲載された論文のすっかり黄ばんだ抜き刷りが、二つ折りになって挟みこまれていた。それはギバリャンの初期の論文の一つで、彼が研究所の管理職に就く前のものだった。「なぜ私はソラリス学者なのか」というタイトルの後で、ほとんど予定表のように簡潔に、コンタクトの現実的な可能性が存在する証拠となるような、具体的な現象がいくつも数え上げられていた。というのもギバリャンは初期の栄光と楽天主義に自分を結びつける勇気を持った研究者たちの、おそらく最後の世代に属していて、科学によって定められた境界を超えてゆく独特の信仰を捨てなかったからだ。ただし、この信仰はこのうえなく実利的なものでもあった。それは、たゆまずに十分粘り強く努力を続けさえすれば、成功に通じるということを信ずるものだったからだ。

ギバリャンは、チョー・エンミン、ンギャッリ、カヴァカッゼといった、ユーラシアの旗印の下に知られる生体電子工学者たちのよく知られた古典的研究から出発した。そういった研究が示していたのは、脳の電気的作業のイメージと、初期段階の多形体《ポリモルファ》や双生児型のソラリーダといった形成物が作られるときにそれに先立って原形質《プラズマ》の中で起こるある種の放電現象との間に、似た要素があるということだ。ギバリャンはあまりに人間形態主義《アントロポモルフィズム》的な解釈も、精神分析、精神医学、大脳生理学などの様々な学派が打ち出す、人を煙に巻くような命題も一切受け付けなかった。なにしろ、ねばねばした物質でできた海に、たとえば癲癇《てんかん》のような、何らかの病気を持った人間の個体の姿を読み取ろうとする向きもあったのだ（癲癇との相似物と見なされたのは、非対称体の痙攣のような噴出だった）。それに対してギバリャンは――コンタクトの唱道者の中では――最も慎重で冷静な人物の一人であり、何が嫌いといって、扇情的な騒ぎ《センセーション》ほど嫌いなものはなかったのだ。もっとも、あれこれの発見にセンセーションが伴うということ自体、もはや非常に稀になってしまったけれども。そういえば、私の卒業論文もまた、その種のきわめて安っぽい興味の波を引き起こしたのだった。その卒論もここにあるはずだった。もちろん出版されたわけではないのだが、マイクロフィルムを収めたカプセルのどれかに保存されているはずだ。そこで私はベルグマンとレイノルズの画期的な研究に依拠した。この二人の学者は、大脳皮質で生じるモザイクのように入り組んだ様々な反応の中から、絶望、痛み、歓喜といった、人間の持つもっとも強い感情に伴う構成要素を分離し「濾《こ》し取る」ことに成功したのだが、次に私はその記録と海による放電を比べ、曲線の振動と波形の中に注目に値する類似を発見したのだった。それだけのことでもう、私の名前はいち早く、低俗な新聞や雑誌に「ゼリーは絶望する」「絶頂の惑星《オーガズム》」といったおどけたタイトルの下に登場することになったのだ。しかし、それは私に有利な結果をもたらした（少なくとも、最近までそう考えていた）。ギバリャンは他のどんなソラリス学者とも同様に、何千点も次々に現れるすべての研究を——特に新参者の論文など——読んでいる暇はなかったのだが——私には注目してくれたからである。そして、私は彼から手紙を受け取ったのだった。この手紙は私の人生の一つの章を閉じ、新たな章を開くことになった。

夢
Sny

何の反応も得られないまま六日が過ぎ、もう一度実験を繰り返すことになり、その際、これまで緯度四三度、経度一一六度の交点に静止していたステーションを、海上四〇〇メートルの高度のまま、南の方向に移動させた。その方面で原形質《プラズマ》の活動がいちじるしく活性化していることが、レーダーと小型人工衛星《サテロイド》からの無線通信によってわかったからである。

二昼夜の間、私の脳電図に従って変調されたX線の目に見えない束が、数時間おきにほとんど鏡のように滑らかな海の表面を叩いた。

二昼夜目の終わりにはもう南極のすぐそばまで来て、青い太陽の円盤がほぼ全面的に水平線の向こうに隠れ、その反対側では深紅の雲が膨れ上がって、赤い太陽が昇ることを予告するようになった。そのとき巨大な黒い海の広がりとその上のからっぽな空いっぱいに展開していたのは、色彩の闘いだった——硬く、灼熱した金属のような、毒々しい緑色に輝く色彩が、抑えられた鈍い深紅の炎と、目も眩むような激しさで争っていたのだ。そして、海そのものは二つの対立する太陽の円盤、水銀色と緋色の二つの溶鉱炉の照り返しによって引き裂かれていた。そのとき天頂にほんの小さな雲が一つ現れただけでも、空から差してくる光は波の斜面の重々しい泡とともに、信じがたいほど豊かな色彩を獲得し、きらきらと虹色に輝くのだった。青い太陽が沈むとすぐに、北西の地平線の向こうに前もって報知器が予告していたものが現れた――赤茶色の霧とほとんど見分けがつかないほどに溶け合い、ときおり鏡のようにきらっと輝きを発することでやっと霧から姿を現して、きらめく空とねばねばした海の接点から生え出てきた巨大なガラスの花のように見えるもの。対称体だ。それは消えかかったルビーの電球のように、赤い光を震わせていたが、ステーションが進路を変えなかったため、十五分もすると、再び水平線の向こうに隠れた。その数分後には、高く細い柱が――その根元は惑星の湾曲した水平線にすでに隠されていて、私たちの目には見えない――何キロも舞い上がり、さらに音もなく大気中に伸びていった。それは明らかに、先ほど認められた対称体が終わりを迎えたことを示すものだった。それは成長して、半分は血のように赤く燃え、もう半分は水銀の柱のように光る、二色の木のようなものになった。そして、そこから突き出た枝がどんどん膨れ上がっていき、枝の先端が溶け合って一つのキノコ雲になり、その上半分は二つの太陽の炎の中を風に吹かれて遠いさすらいの旅に出て行った。一方、キノコ雲の下半分はぶどうの房の重々しい残骸のように水平線の三分の一に広がり、異様なほどゆっくりと落ちていった。しかし、一時間後にこの光景は跡形もなく消え去った。

そしてまた二昼夜が過ぎ、最後にもう一度実験が行われた。X線による刺激は、ねばねばの粘液の海のすでに相当な部分にわたっていた。そのとき、南のほうに私たちの高度からでも——たぶん三〇〇キロは離れていたにもかかわらず——非常にくっきり見えてきたのが、雄性産生体群《アルレニド》だ。雪に凍りついたように見える、六連の岩だらけの山頂の連鎖である。それはじつは有機体に由来する堆積物であり、この層がかつては海の底であったことを示していた。

それから進路を南東に変え、しばらくの間、赤い日には典型的な雲と交じり合って見えるこの山脈の障壁と並行して進んでいると、それも最後には見えなくなった。最初の実験からすでに十日が経っていた。

その間中、ステーションではまったく何事もなかった。サルトリウスがいったん実験のプログラミングを練り上げてからは、自動装置がそれを繰り返すだけで、そもそも誰かがその装置の作動を管理していたかどうかさえも、私にはよくわからない。しかし、同時に、ステーションでは望みうるよりもはるかに多くのことが生じていた、とも言える。人間たちの間のことではない。私が危惧したのは、サルトリウスがニュートリノ壊滅装置作製の再開を求めることだった。私はまた、スナウトが私にある程度だまされていたと知ったとき、どう反応するかを待っていた。なにしろ、ニュートリノ物質を破壊した場合に、結果として生じる危険を、私は誇大に言ったからだ。しかし、そういったことは何も起こらなかったし、その理由も最初のうちはまったく謎めいたものに思えた。私はもちろん、彼らが何らかの計略を講じたり、準備や作業を私の目から隠してしまう可能性も考慮に入れて、主実験室の真下にある窓のない部屋を毎日覗いてみた。壊滅装置はそこに置かれていたのだ。しかし、そこでは誰にも出くわさなかったし、装置の装甲板とケーブルをうっすらと覆う埃の層は、もう何週間も、触れられることさえなかったことを示していた。

そのころスナウトは、サルトリウスと同じくらい目につかない存在になっていた。いや、彼以上に捕まえにくくなっていた。なにしろ無線室のテレビ電話の呼び出しにはもう応えなかったからだ。ステーションの操縦は誰かがやっていたに違いないが、それが誰だったのか、私には言うことができない。奇妙に聞こえることは承知のうえで言うのだが、私にはそんなことはどうでもよくなっていたのだ。海から反応がないことに対しても私はあまりに無関心のままだったので、反応に期待したり、反応を恐れたりすることを二、三日後に止めただけでなく、反応を待っていることも、実験をしたことも、すっかり忘れてしまった。そして、来る日も来る日もずっと、私の周りを影のように歩き回るハリーといっしょに図書室か自分の部屋で過ごした。私たちはどうもまずいことになっている、この無感動で無思慮な判断停止状態を永遠に続けているわけにはいかない、とは自分でもわかっていた。この状態をなんとか打ち破り、私たちの関係をどうにか変えなければならなかった。

しかし、私はその考え自体を押しのけてしまった。いかなる決断も下すことができなかったのだ。それを私はこんなふうにしか説明することができない。つまり、ステーションのすべてが——とりわけハリーと私の間のことが——並外れて不安定で、いまにも崩れてしまいそうな平衡状態にあって、それを破ったらすべては破滅してしまうように思われたのだ。どうしてなのか？　自分でもわからない。驚嘆すべきことに、彼女もまた少なくともある程度は同じようなことを感じていたらしい。いまにして思えば、不安定さ、判断停止、迫り来る地震をひかえた瞬間といった印象を呼び起こしていたのは、まさにそれ以外の状態では感じることのできない何者かの存在だったのではないだろうか。その存在がステーションのすべての階、すべての部屋を満たしていたのだ。もっとも、もう一つ、別の謎解きの方法もあったのかもしれない。夢だ。それ以前にもそれ以後にも、私はこんな幻のような夢を見たことがなかったので、その内容を書き留める気になったのだ。いま私がそれについて何か言えるのも、ひとえにそのおかげである。しかし、そうはいってもそれは恐るべき豊かさをほとんど全部失った断片に過ぎないのだが。とうてい表現できないような事情から、気がつくと私は空も地も、床も天井も壁もない空間の中にいて、自分とは異質な物質の中に身を縮こまらせていたというか、閉じ込められていた。まるで半ば死にかけて動きが鈍くとりとめのない形をした塊の中に、全身が取り込まれてしまったかのようだ。いや、むしろ、私自身がその塊になって、自分の体を失ってしまったと言うべきか。その私を、空気とは違う光学的特性を持った媒体の中に浮かんだ、最初はぼんやりとしか見えない淡い薔薇《ばら》色の斑点が取り囲んでいた。しかし、すぐ間近まで来ると何でもはっきりと、いや、過剰に超自然的なほどはっきりと見えるようになった。こういった夢の中では、私を直接取り囲むものは具体的で物質的であることにかけて、現実の印象を上回るほどだったのだ。だから目が覚めたとき私は、現実、本物の現実と呼ぶべきものはじつはあちらのほうで、目を開けてからここに見えるものは、その本物の現実の干からびた影のようなものではないのだろうか、という逆説的な感覚を持ったのだった。

つまり、最初の情景はそのようなもので、それが始まりとなって夢が展開していくのだ。身の周りで何かが私の承諾、同意を、内面からの賛成の合図を待っていたのだが、私は――いや、私の中の何かは――知っていた。自分はこの不可解な誘惑に屈してはならない、この何者かが暗黙のうちに約束するものが大きければ大きいほど、最後もますます恐ろしいものになるだろう、ということを。いや、厳密に言えば、やはりそのことはわかっていなかったのかもしれない。もしもわかっていたら、きっと恐れたことだろう。しかし、実際には一度も恐怖を感じなかったのだ。私は待ち続けた。すると体を取り囲む薔薇色の霧の中から、初めて何かが出てきて私に触ったが、私は丸太のように麻痺したまま、自分をいわば閉じ込めているものの奥底のどこかにはまり込んで動けず、退くことも前に進むこともできなかった。一方、その何かは盲目であると同時に視力を持っている触手のようなものて、私を閉じ込めている場所を調べ続けた。それはもう、私を創り出す手のようだった。それまで私には目もなかったのに、いまや目が見えるではないか。私の顔をあちこち探りまわる指の下で、無から私の唇と、頰が現れ、無限に細かい部分に分割された接触の点が広がっていくにつれて、私には顔も、呼吸する胴体もできたのだ。それらを存在へ呼び出した創造の行為は、対称的《シンメトリック》なものだったと言える。私もまた、自らが創り出される存在でありながら、同時に創り出す存在になったからだ。そんなわけで、私の作った顔が目の前に現れた——それはこれまで一度も見たことのない顔、見慣れない顔であると同時によく知った顔でもあった。私はその顔の目を覗き込もうと努力したが、そうすることができなかった。というのもすべてのものが大きさを変え続けていき、もはや方向というものがなくなってしまい、ただ熱心に祈っているときのような沈黙の中で私たちは互いを発見しあい、互いに向き合っていたからだ。そしてすでに私は生きている自分自身となっていた——ただし、この自分はまるで無限に強化されたような存在だったのだ。そしてもう一つの存在は——女性だろうか?——私といっしょにじっと動かないままでいた。一つの鼓動に満たされ、私たちは一つになっていた。このゆったりとした光景の外には何も存在せず、また存在し得ないと思われたのだが、そのとき突然、その中に何か筆舌に尽くしがたく残酷で、自然に反する、およそあり得ないようなものが忍び込んできたのだ。私たちを創り出し、目に見えない金色のマントのように私たちの体にぴたりと貼りついた先ほどの触手が細かく震え始めた。裸で白い私たちの体は黒ずみ、私たちの中から空気のようにのたうち回るうじ虫の群が漏れ出し、その群の流れに乗って私たちの体も流れ出した。そして私は——いや、私たちは——やはり私は——運動するうじ虫たちの熱病に浮かされた塊そのものと化していた。光り輝き、絡み合い、ほどけ、終わることなく、果てしない塊だ。その無限の広がりの中で——いや、違う、私自身が無限の広がりなのだ！——私は声を発することもなくわめき、死に絶えることを、終わりを願い求めた。しかしちょうどそのとき、私は同時に四方八方に飛び散り、私はどんな現実よりも鮮烈な苦悩に満たされた——それは、黒と赤にそまった彼方で百倍にも強められ凝縮し、ときに岩のように固くなり、ときにどこかで別の太陽か別の世界の光を受けて絶頂に達する苦悩だった。

これが一番単純な夢だった。それ以外の夢について語ることはできない。他の夢の中で湧き出てくる脅威の泉に対応するものなど、目覚めているときの意識の中にはもはや見つからないからだ。こういった夢の中で私はハリーのことを何も知らなかった。しかし、そもそも夢の中には昼の思い出も経験も一切見当たらなかったのだ。

その他に、死んだように凝固した闇の中で自分が何かの研究の対象になっているように感じられるという夢もあった。それはゆっくりと、丹念に、一切の感覚的な手段を用いないで行われる研究であり、私は刺し貫かれ、粉々にされ、完全に空っぽになるまで自己を見失った。無言のうちに何もかも破壊してしまう磔《はりつけ》にも似たこの状態の最後の段階、その行き着くべき底は、後で昼間に思い出しただけでも動悸がするほどの恐怖だった。

一方、昼は毎日がだいたい同じで、まるで色あせたようだった。そして、何もやる気が起こらない倦怠感に満たされ、極度の無関心のうちにのろのろと過ぎていった。恐れたのは夜だけだったが、その夜からどうしたら逃れられるものか、わからなかった。睡眠をまったく必要としないハリーといっしょに私は寝ずに起きているようにし、彼女に口づけをし、愛撫した。しかし、私にはわかっていた。問題は彼女でもなければ自分でもない、自分のすることは何もかも眠りを恐れるがゆえなのだ。私はこの衝撃的な悪夢のことをおくびにも出さなかったけれども、彼女は何か感づいていたに違いない。身じろぎもせずにじっとしている彼女の姿勢には、絶えることのない屈辱の意識が感じられたからだ。しかし、私にはどうしようもなかった。すでに述べたとおり、私はずっとスナウトとも、サルトリウスとも会っていなかった。しかし、スナウトは数日ごとに自分のことを思い出させた。そのために彼は、ときに書き付けを置いていくこともあったが、電話をかけて来ることのほうが多かった。そして、繰り返し何度も行われた実験に対する反応と解釈できるような変化とか、新しい現象などに気づかなかったか、と尋ねた。私は何も気づかなかったと答えながら、同じ質問を自分にもしたものだ。スナウトはモニター画面の奥で、不満げに首を横に振るだけだった。

実験を止めてから十五日目、私は悪夢に疲れ切って、普段よりも早く目を覚ました。まるで深い麻酔のせいで陥った昏睡状態から覚めて、目を開いたようなぐあいだった。覆いが上がった窓は、赤い太陽の最初の光に満たされている。ちょうど上りかかった太陽は、巨大に引き伸ばされて海上に映しだされ、深紅の炎の河のように海の表層を二つに切り裂いていた。私は赤い太陽の光の中で、それまで死んだように静かだった海面がいつの間にか濁り始めていることに気づいた。黒い海面は最初に、まるで霧の薄い層に包まれたかのように色あせたが、その霧はきわめて物質的に高い稠密《ちゅうみつ》性を持っていた。霧の中であちこちに動揺の中心ができ、とうとう見渡す限りの広がりがすべて、はっきり形容しがたい運動の中に取り込まれた。海面はその黒さを洗い流すような膜に覆われ、結局、黒い広がりは姿を消した。そして、その膜は海面の隆起した部分では明るい薔薇色、くぼんだ部分では真珠の色合いを帯びた褐色に見えた。最初のうちはこの二つの色彩が交替して現れ、この海の奇妙な覆いから、まるで揺れている最中に凝固したかのような波の長い列を作りだしたが、やがてその二つの色も完全に混じり合い、海面全体が大粒の泡に覆われてしまった。そして泡はステーションの真下でも、その周りでも、平たく広がり巨大な布切れのようになって飛び上がってきたのだ。四方八方で同時に赤茶色の空虚な空に向かって、膜状の翼をつけた雲のような泡が舞い上がった。それは水平に広がってはいたが、普通の雲にはまったく似ておらず、縁が風船のように膨れていた。空低くにかかった太陽の円盤を覆い隠す水平の縞のような雲は、太陽の輝きとのコントラストのせいで石炭のように真っ黒に見えた。その他の雲は太陽のそばでは、朝日の光がどの角度から当たるかによって、赤茶色に見えたり、鮮やかな桜ん坊のような色や、紫色に輝いたりした。この過程は長く続いた。まるで海が血のような色をした表皮を脱ぎ捨てているかのようだった。そしてこの海は、脱ぎ捨てられた表皮の下から自分の黒い地肌を見せたかと思うと、無数の泡が結びついて新たにできた表層にまた覆われたりするのだった。これらの泡雲のような形成物の中には、ステーションのすぐそば、窓ガラスからほんの数メートルのところを舞い上がっていくものもあった。そのうちの一つなどは、絹のように見える表面で窓ガラスを擦っていったほどだ。一方、最初に天空の広がりに舞い上がっていった泡雲の群は、いまではあちこちに飛び散った鳥のような姿を空の奥でかろうじて見せるだけで、最後には天頂で透明な漂流物のように消えていった。

ステーションはその動きにブレーキがかかって、静止した。そして、三時間ほどそのままの状態を保っていたが、窓の外の壮大な見世物は止むことがなかった。最後に太陽が水平線の向こうに沈み、眼下の海が闇に包まれたとき、ほっそりしたシルエットたちの幾千もの群が狐色に染まり、無数の不動の列をなして空高くどんどん昇っていき、まるで目に見えない弦の上を滑っていくかのようだった。重みを持たない、いわば無数の引き裂かれた翼の昇天ともいうべきこの荘厳な光景は、闇に完全に包まれるまでずっと続いた。

穏やかな壮大さで心を震撼させるようなこの現象の全体に、ハリーは仰天し、ぞっとしたけれども、私は何も言うことができなかった。ソラリス研究者である私にとっても、ハリーにとってと同様に、これは初めて見る不可解なことだったのだ。もっとも、ソラリスではどのようなカタログにも記載されていない形態や形成物を年におおよそ二回か三回は――いや、ほんのちょっと幸運に恵まれれば、もっと頻繁に――観察することができるのだが。

次の夜、青い太陽が昇ってくるはずの時刻の一時間ほど前に、私たちはもう一つ別の現象を目撃することになった。海が燐光を発したのだ。まず最初に、闇の中に沈んで目に見えない海面にいくつかの光の斑点が現れた。いや、それは光とは言っても、白っぽくぼやけた薄明かりの斑点で、波のリズムに合わせて揺れていた。それらは互いに溶け合い、伸びていき、最後にはこの幻のような輝きは水平線全体にまで広がっていった。発光はその強さを十五分くらいの間ずっと増していったが、それからこの現象は驚嘆すべき形で幕を閉じた。海が突然消え始めたのだ。西の方から闇の地帯が数百マイルはあろうかという広い前線を押し出して進んできた。そしてその闇の地帯がステーションまで到達し、さらにステーションを越えて行ったとき、まだ目に見えるのは海の中でも燐光を発している部分だけとなった。それはまるで、空高く闇の中に伸び、ますます東に遠ざかっていく夕焼けのようだった。それは水平線の果てにまで達し、巨大なオーロラに似たものになったかと思うと、すぐに消えてしまった。やがて太陽が昇ってくると、かろうじて波がしわのように刻まれて見えるだけの、平らで死んだように静かで空虚な海面が、再びあらゆる方向に広がっていき、波が水銀のような海面の照り返しをステーションの窓に送ってよこした。海が燐光を発するということは、すでに記録されている現象だった。そういったケースの一定の割合は、非対称体の爆発の直前に観察されたものだが、それ以外にも、原形質《プラズマ》の局所的な活動が高まっていることを示すむしろ典型的な前兆として現れた。しかし、今回はその後二週間のあいだ、ステーションの外でも中でも、何も起こらなかったのだ。ただし一度だけ、真夜中に、遠い叫び声が聞こえたことがある。それはどこからともなく、あらゆる方向から響いてきたように思える、異様に甲高く、鋭く、遠吠えのように長く引き伸ばされた声だった。いや、厳密に言えば、それは人間のものとは思えないくらい強められた泣き声だった。悪夢から身を振りほどいて目を覚ました私は、長いことそのまま身を横にして、その泣き声に聞き入りながらも、この声もまた夢ではないのだろうか、と半信半疑だった。そういえば前日にも、私の部屋の真上に位置している実験室から、大きく重い荷物か装置を移動させているような低い物音が聞こえてきた。この泣き声も同様に、上の階から聞こえてくるのではないか。なんだか、そんなふうに思えた。ただし、どのようにして聞こえてくるのかはわからない。二つの階は防音加工を施された天井によって、互いに隔てられているからだ。断末魔の苦しみのような声はほとんど半時間ほども続いた。私は汗をびっしょりかき、半ば狂乱したようになり、いまにも上の階に駆け出しそうになった。それほど神経にさわったのだ。しかし最後にはその泣き声も静まり、聞こえるのは再び重い荷物を動かすような音だけになった。

二日後の晩、ハリーと小さな台所にいたとき、思いがけずスナウトが入ってきた。彼は背広を着ていた。本物の地球の背広だ。見違えるほどだった。なんだか背も高く、年も上に見えた。彼は私たちのほうには視線を向けずにテーブルの前まで来ると、その上に屈みこみ、腰も下ろさずに、肉を缶詰から直接取って、パンと交互に食べ始めた。そして袖を缶の中に突っ込み、脂で袖を汚してしまった。

「脂で汚れてしまうよ」と、私が注意した。

「え、そうか?」と言う彼は、食べ物を口いっぱいにほおばったままだった。彼は丸々何日間も何も口にしなかったような勢いで食べ、コップに半分ワインを注いで一気に飲み干し、口を拭うと一息ついて、血走った目であたりを見回した。そして私を見つめ、もぐもぐつぶやいた。

「ひげを伸ばしたのか……? はて、さて……」

がちゃがちゃと大きな音を立てて、ハリーが食器を流しに投げ込んだ。スナウトは踵に体重をあずけて体を軽く揺すりだし、顔をしかめ、ぴちゃぴちゃと大きな音を立てながら舌で歯を掃除した。どうもわざとそうしているのではないか、というふうに思えた。

「ひげを剃る気がなくなったのかね?」一瞬の後に彼が言葉を投げた。「いいかい、忠告してておくが、彼だってまず最初に、ひげを剃ることを止めてしまったんだ」

「余計なお世話だ。さっさと寝に行ってくれ」と、私がぶつぶつ言った。

「へえ、そうかい？　それほどお人好しだと思うなよ。おれたちは、ちょっと話し合ったほうがいいんじゃないかな？　いいか、ケルヴィン、ひょっとしたら、あいつはおれたちに好意を持っているんじゃないのかね。おれたちを幸せにしたいのに、そのやり方がまだわからない、というだけのことかもしれないじゃないか。それで人の望みを脳から読み取っているわけだが、なにしろ脳神経の反応過程のうち意識的な部分は、わずか二パーセントだからね。だから、やっこさんはおれたち自身よりもよっぽどよく、おれたちのことを知っているんだ。だから、やつの言うことを聞かなけりゃいかん。同意しないといけない。へえ、そうかい、いやなのかね？　どうして」そう言う彼の声は、突然、泣きそうな調子になった。「どうして、ひげを剃らないんだ？」

「いいかげんにしろよ」と、私は不満げに言った。「君は酔っ払っている」

「何だって？　酔っ払ってる？　おれが？　だから、なんだって言うんだ。自分に大きな値打ちがあるってことを確かめたいがために、銀河系の果てから果てまで自分のクソを運んできた人間が、どうして酔っ払わずにいられるか。どうしてだ？　きみは人間の使命を信じている、そうだろ、ケルヴィン？　ギバリャンがひげを伸ばす前に、きみのことを話してくれたんだが……きみはまったく彼の話していたとおりの男だな……。ただし実験室だけは行くなよ、信念をさらに失ってしまうから……あそこでサルトリウスが創りだそうとしているのは、いや、あの裏返しのファウストが捜し求めているのは、不老不死の秘薬の反対、つまり不死を直す薬さ。わかるかね？　あの男は聖なる〈コンタクト〉の最後の騎士さ、おれたちに許される最後のね……彼のこの前のアイデアも悪くなかった。断末魔の苦しみを引き伸ばす、というやつさ。どうだい、なかなかいいだろう？　永久機関ならぬ、**agonia perpetua**［永久の苦しみ］というわけさ……一本の麦わらの……麦わら帽子か……きみはどうして飲まないでいられるんだ、ケルヴィン？」

腫れたまぶたの陰に隠れてほとんど見えない彼の目が、ハリーのほうにじっと向けられた。

「おお、海より生まれいでし白きアフロディテよ。神々しさにうたれ、汝の手は……」と彼は朗読をしかけて、笑いにむせかえってしまった。

「ほとんど……そのとおりじゃないか……ケル……ヴィン……？」彼は咳き込みながら、なんとか言った。

私はずっと落ち着きを保っていたが、この落ち着きはこわばり、次第に冷たい憤怒に変わっていった。

「いいかげんにしろ！」と、私は彼を制止しようとした。「そんな話はやめて、出て行ってくれ！」

「おれを追い出そうっていうのか？　きみまでも？　ひげを伸ばして、おれを追い出すってわけか？　星の世界の一人の心正しき同僚が、もう一人の同僚に、警告し、助言しようとしているっていうのに、きみはそれがいやだって言うのかね？　ケルヴィン、底のハッチを開けて、あいつに向かって、下のほうに呼びかけてみようか。ひょっとしたら聞いてもらえるかもしれないじゃないか。しかし、あいつの名前は何というんだろう？　考えてもみろよ、人間は宇宙の星にも惑星にも、次から次へと名前をつけまくった。ひょっとしたらすでに自分の名前を持っているかもしれないのに。なんていう僭越《せんえつ》さだろう！　そうさ、あそこに行こう。そこで叫ぶんだ……あいつに言ってやるんだ、あいつのせいでおれたちがどうなってしまったか。そうしたら、やつもぞっとして……銀色の対称体を作って、自分の数学でおれたちのために祈ってくれるかもしれない。血まみれの天使たちを、雨あられと浴びせかけてくれるかもしれない。そのとき、やつの苦しみはおれたちの苦しみになり、やつの恐怖はおれたちの恐怖になる。そしてやつは、おれたちに終わりを乞い求めるだろう。なにしろ、あいつの存在のすべて、あいつのやることのすべては、まさに終わりを乞い求めることじゃないか。どうしてきみは笑わないんだ？　おれは冗談を言っているだけじゃないか。ことによったら、われわれ人類がもっとユーモア感覚を持っていたら、こんなことにはならなかったのかもしれないな。ところで、あの男は何をしようって気なのか、知っているかね？　彼はあいつを、つまり海のやつを罰したいと思っているんだ。

海のやつが山を全部いっぺんにのたうちまわらせて泣き叫ぶほどまでに、懲らしめてやりたがっているんだ……。あの男にはそんな計画を耄碌爺《もうろく》どもの最高会議に提出して、認可を求めるほどの度胸はないだろうって思うのかい？　あの最高会議ときたら、おれたちをここに贖罪者として送り込んできたわけだが、ここで贖うべき罪は自分の罪じゃない、というわけさ……。いや、きみの考えのとおりだ、あの男は怖気づくだろうね……でも、それもひとえに麦わら帽子のせいだ。彼もあの麦わら帽子だけは、誰にも見せようとしないからな。われらのファウストは、それほど勇気があるわけじゃないんだ……」

私は黙っていた。スナウトは両足をふんばって立ってはいるものの、ますます激しくふらつくようになった。涙が彼の顔を流れ、背広に落ちた。

「これは誰のせいなんだ？　おれたちの誰のせいで、こんなことになったんだ？　ギバリャンのせいか？　ギーゼのせい？　アインシュタイン？　プラトン？　この連中はみんな犯罪者だ、そうだろう？　考えてもみろよ、ロケットの中で人間はあぶくみたいにはじけてしまうかもしれないし、固まりついてしまうかもしれない。あるいはぐじゃぐじゃに煮詰められてしまうかもしれないし、あっと叫ぶ間もないうちに血がどっと噴出してしまい、後はアインシュタインによって修正されたニュートンの軌道の上を回るロケットの中で、金属の壁板に骨がこつこつ当たるだけ、なんてことになるかもしれない。人類の進歩が生み出したガラガラというわけさ！　ところがおれたちはいそいそと出かけ——なにしろ美しい道だからね——こんなところまで来てしまった。で、こんなちっぽけな部屋で、こんな皿を前にして、不死の皿洗い女たちに囲まれ、忠実な戸棚や献身的なトイレの軍勢に守られている。ここでついに、おれたちの願いが叶ったってことじゃないか……見てみろ、ケルヴィン。もしも酔っ払ってなかったら、こんなおしゃべりはおれだってしなかっただろう。でも最後には誰かがこれを言わなきゃならない。誰かが最後に？　きみは殺戮の現場に紛れ込んだ子供みたいな顔をしてここに座り、髪の毛も伸びて……。これは誰の罪なんだ？　自分で自分に答えてみてくれ……」

彼はゆっくりと背を向けて、倒れそうになって敷居のところでドアにつかまり、部屋から出て行った。そして、こだまのように廊下からこちらに返ってくる足音の反響が、なおしばらくの間、聞こえていた。私はハリーの視線を避けようとしたが、目と目が不意に合ってしまった。彼女のところに行って抱きしめ、髪を撫でてやりたかったが、私にはできなかった。できなかったのだ。

成功　Sukces

次の三週間はまるでまったく同じ一日のようだった。あいもかわらず同じ一日が繰り返され、窓のカバーが下ろされたかと思えばまた上がり、夜になると私は一つの悪夢から別の悪夢へ這いこみ、朝私たち二人が起きると演技が始まった。でも、はたしてあれは演技だったのだろうか？　私は平静さをよそおい、彼女も同じようにした。この暗黙の了解、互いにだましあっているのを知っていることが、私たちの最後の避難所になっていたのだ。そうして私たちは、地球でどんなふうに暮らすかについて、大都会のどこか郊外に居を定め、もう二度と決してその青い空と緑の木のもとを離れないようにしよう、などとさかんに話し合ったのだった。二人でいっしょに未来の家のインテリアや庭の様子まで思い描き、具体的な細かい点で口論までしたほどなのだ……生垣はどうしようとか……ベンチのことで……でも、私はほんの一瞬でもそんなことをまともに信じていたのだろうか？　いや、信じてはいなかった。そんなことは不可能だ、とわかっていた。そう、わかっていたのだ。かりに彼女がステーションを無事に——生きて——離れることができたとしても、地球に着陸し、受け入れてもらえるのは人間だけだ。そして、人間とはその身分を証明する書類のことだ。この逃避行は最初の検問で終わりになってしまうだろう。人々はきっと躍起になって彼女の正体を突き止めようとし、そのためにまず最初に二人を別々にするだろう。そうしたらもうすぐに、彼女の正体はばれてしまう。ステーションは、私たちがいっしょに住むことのできる唯一の場所だった。ハリーにはそれがわかっていたのだろうか？　きっと、わかっていたのだろう。誰かが彼女にそのことを教えたのだろうか？　起こったすべてのことを考え合わせると、おそらくそうだったのだろう。

ある夜、夢うつつのうちに私は、ハリーがそっと身を起こす気配を感じた。彼女を抱き寄せようと思った。何も言わないときだけ、暗闇の中だけで、私たちはまだほんの一瞬、自由になることができたのだ。そのような忘我の状態が、四方八方から絶望に取り巻かれた私たちにとって、ほんの束の間の拷問の停止となったのだ。私が目を覚ましたことに、彼女はおそらく気がつかなかったのだろう。私が手を伸ばすよりも先に、彼女はベッドから下りていた。まだあいかわらず寝ぼけている私の耳に、裸足でひたひた歩く音が聞こえてきた。得体の知れない恐怖が襲ってきた。

「ハリー？」と、私は囁いた。大声を出したいとは思っても、その勇気がなかったのだ。私はベッドに起き上がった。廊下に通じるドアは完全には閉じておらず、少し開いていた。細い光の針が、斜めに部屋に差し込んでいた。押し殺した話し声が聞こえるような気がした。彼女は誰かと話をしているのだろうか？　いったい誰と？

私はベッドから飛び出したが、とほうもない恐怖に襲われて、足が言うことを聞かなかった。ちょっと立ち止まって、聞き耳を立てた。静かだった。ゆっくり足を引きずるようにして、ベッドに戻った。鼓動の音が頭の中でがんがん鳴っていた。それを数え始めた。千まで数えたところで中断した。ドアが音もなく開き、ハリーが中に滑るように入ってきたのだ。彼女は立ち止まり、まるで私の寝息に聞き入っているかのようだった。私はできるだけ呼吸を規則正しくするように努力した。「クリス……？」と、彼女がそっと囁いた。私は返事をしなかった。彼女はすばやくベッドの中にもぐりこんだ。彼女が体をまっすぐ伸ばして横たわっているのが感じられた。私はその隣に、麻痺したように体を横たえていた――どのくらいの時間そうしていたのか、自分でもわからない。何かうまい質問の切り出しかたでもないか、考えてみようと思ったけれども、時間が経てば経つほど、自分から最初に口を開くことはできない、ということがはっきりとわかってきた。しばらくして、たぶん一時間くらい経ってからだろうか、私は眠りについた。

朝はいつもと同じだった。彼女に疑惑のまなざしをじっと向けるのは、彼女に気がつかれないようなときだけにした。昼食の後は二人で並んで、曲面ガラスの窓の真向かいに座った。窓の外では、赤茶色の雲が空の低いところを漂っていた。ステーションはその雲間を船のように滑っていく。ハリーは本を読んでいた。私はこのところしばしば陥るぼんやりとした物思いの状態にひたったたままだった。これが最近では私の唯一の息抜きになってきたのだ。頭をある向きに傾けると、窓ガラスに映った二人の姿が見えるということに私は気づいた。窓ガラスの映像は透明だが、はっきりしたものだった。私は椅子の肘掛けから手をはずした。ハリーは——窓ガラスを見ていてわかったのだが——視線をさっと投げて、私が海を見ていることを確かめると、肘掛けの上に身をかがめ、たったいままで私の手が触れていた場所に唇をつけたのだった。私は不自然なほど体をこわばらせて、そのまま座っていた。彼女のほうは本の上に首を傾けていた。

「ハリー」と、私はそっと話しかけた。「夜中にどこに行ったんだい？」

「夜中に？」

「そう」

「何か……夢でも見たんじゃないの、クリス。わたしはどこにも行っていないわ」

「どこにも行かなかった？」

「ええ。夢に違いないわ」

「そうかもしれない」と、私は言った。「そう、夢を見たってこともあり得るね……」

夜、もう就寝しようというころになって、私はもう一度、自分たちの旅、地球への帰還のことを話題にした。

「もうそんな話、聞きたくない」と、彼女が言った。「やめて、クリス。だって知っているんでしょう……」

「何を？」

「いいえ。何でもない」

すでにベッドに入ってから、彼女は喉が渇いたと言い出した。

「テーブルの上にジュースの入ったコップがあるでしょ。あれを取って」

彼女は半分だけ飲んで、コップを私に渡した。私はべつに飲みたくなかった。

「わたしの健康を祝して」と言って、彼女が微笑んだ。私はジュースを飲み干した。なんだかちょっと塩辛いような気がしたが、そのときは気にしなかった。

「地球のことを話すのがいやなら、何を話そうか？」彼女が電気を消したとき、私がたずねた。

「もしもわたしがいなくなったら、あなたは誰かと結婚する？」

「しないさ」

「絶対？」

「絶対」

「どうして？」

「わからない。この十年間独り身を通して、結婚しなかった。そんな話はやめよう、ハリー……」

頭の中ががんがん鳴るようだった。なんだかワインを少なくとも一瓶は空けたときのようだ。

「いいえ、話しましょう、ぜひとも話しましょうよ。もしもわたしがそうしてって頼んだら？」

「ほかの誰かと結婚することを？　ばかげているよ、ハリー。ぼくにはきみの他に誰も要らない」

彼女は私の上に身をかがめた。彼女の息が私の唇に感じられた。彼女は私をとても強く抱きしめたので、私を襲ってきた打ち克ちがたい眠気も一瞬引いたほどだった。

「ほかの言葉で言って」

「きみを愛しているよ」

彼女は額を私の肩に打ちつけてきた。張りつめたまぶたの震えと涙の湿り気が感じられた。

「ハリー、どうしたんだい？」

「ううん。なんでもないの、なんでもないの」と繰り返す彼女の声は、だんだん低くなっていった。私は目を開けようと努力したが、まぶたが自然に閉じてしまった。そしていつの間にか、寝入ってしまった。

赤い夜明けの光で目を覚ました。頭は鉛が詰まっているように重い。首筋はこわばっていて、すべての椎骨が癒着して一本の骨になってしまったかのようだ。舌はざらざらとしてぞっとするような感触があり、口の中で動かすことができなかった。何かに中毒したのかな、と考えながら、私は苦労して首をあげた。手をハリーの方に伸ばしてみた。冷たいシーツがあるだけだった。

私はがばと身を起こした。

ベッドは空だった。部屋の中には誰もいない。太陽がいくつもの窓ガラスに、それぞれ赤い円盤となって繰り返し映し出されている。私は床に飛び降りた。私の姿は滑稽に見えたに違いない。酔っ払いのようにふらふら歩いていたからだ。あちこちの家具につかまりながら、戸棚に駆け寄った。しかし、バスルームは空っぽだった。廊下も同様だった。作業室にも人気はなかった。

「ハリー!!!」と、廊下の真ん中で私は無意識のうちに両手をばたばた振り回しながら、叫んだ。しかし、「ハリー……」ともう一度しわがれ声を出したとき、もう何が起きたか、私にはわかっていたのだ。

その後何が起こったか、正確には覚えていない。裸同然の姿でステーション中を駆け回ったに違いない。思い出せるのは、冷凍室の中にまで立ち寄り、それから一番奥の倉庫に行き、閉まっているドアにげんこつで殴りかかったことくらいだ。ひょっとしたら、その倉庫には何度も行ったのではないか。階段をどんどん鳴らし、私は転んでは跳ね起き、またしてもどこかに突進していった。そして最後には、透明な障壁に突き当たったのだ。その向こうには外部への出口があった。二重にされた装甲板のドアだ。私はそのドアを力まかせに押しながら、こんなことは夢だと泣きわめいた。しかし、しばらく前から私のそばについていた誰かが、私をぐいとつかみ、どこかに引っ張っていったのだ。その後、私は小さな作業室にいた。シャツは氷のように冷たい水でずぶ濡れになり、髪の毛はぴったりと貼りついていた。そして、アルコールが鼻孔と舌を焼くように刺激していた。私は何か冷たい金属製のものの上に半ば身を横たえるようにして、喘いでいた。見ると、しみだらけの麻布のズボンをはいたスナウトが薬品の入った小さな戸棚の前で忙しそうに立ち働いている。彼が何かをひっくり返すと、道具やガラス製品がひどくうるさい音を立てた。

突然、その彼の姿が目の前に現れた。彼は少し背を丸め、注意深く私の目を覗きこんだ。

「彼女はどこだ？」

「彼女はいない」

「でも、でもハリーは……」

「もうハリーはいない」と彼はゆっくり、はっきりと言って、自分の顔を私の顔に近づけた。まるで私を殴っておいて、今度はその結果を観察しようとでもするかのようだ。

「もどってくるさ……」と囁きながら、私は目を閉じた。そして今回初めて本当に、それが怖いとは思わなかった。亡霊のように彼女がもどってくることを、私は恐れていなかったのだ。以前どうしてそれを怖いと思うなんてことがあり得たのか、不思議なくらいだった。

「これを飲め」

彼は暖かい液体の入ったコップを差し出した。私はそれをじっと眺めてから、いきなりその中身を全部、彼の顔にぶちまけた。彼は後ずさりしながら、目を拭った。彼が目を開けたとき、私は彼を見下ろすように立っていた。彼はそれほど小柄だったのだ。

「きみのしわざなのか?!」

「何の話だ?」

「とぼけるな、何のことだかわかってるくせに。夜中に彼女と話していたのはきみだったのか? それで、睡眠薬をぼくに飲ませるように彼女に言ったんだな……? 彼女をいったいどうしたんだ……!? 言え!!!」

彼は私の胸のあたりを探った。そして、しわくちゃになった封筒を見つけて、取り出した。私はそれを彼の手からもぎとった。封筒は糊で封がされていた。表には何も書かれていない。私は封筒を破いた。中からは四つ折りになった紙切れが一枚出てきた。大きな、ちょっと子供っぽい字が、不揃いな列をなしていた。誰の筆跡か私にはわかった。

愛するあなた、これはわたしのほうから彼に頼んだことなの。彼はいい人です。あなたをだまさなければならなかったのはひどいことだけれど、他にどうしようもなかった。あなたがわたしのためにできるのはひとつだけ、彼の言うことを聞いて自分に何もしないこと。あなたはすばらしい人でした。

その下には、抹消されている単語が一つあったが、私はそれを判読することができた。さらにもう一つ文字があって、Hのようにも K のようにも見えたが、こちらは染みのようになっていた。「ハリー」と書いてあったのだ。しかし、後で彼女が塗りつぶしたのだろう。さらにもう一つ文字があって、Hのようにも K のようにも見えたが、こちらは染みのようになっていた。私はそれを読み返し、さらにもう一度読んだ。さらにもう一度。私はヒステリーを起こすには、もう冷静になりすぎていた。うめくことも、声をあげることさえもできなかった。

「どうやって?」と、私は声をひそめて言った。「どうやって?」

「その話は後にしよう、ケルヴィン。気を確かに持つんだ」

「気は確かだ。言ってくれ。どうやったんだ?」

「ニュートリノ系の壊滅だよ」

「どうしてそんなことが? だって装置は?!」私はぎょっとした。

「ロッシュの装置は役に立たなかった。サルトリウスは別の、特別な非安定化装置を作ったんだ。小型のね。半径数メートルの範囲でしか作用しない」

「彼女はどうなった……？」

「消えた。閃光と風の一吹き。弱い風だった。それ以上は何もなかった」

「作用する範囲が小さいって言ったな？」

「そうだ。大きなものを作るには材料がなかった」

壁が四方からいっぺんに私の上に崩れ落ちてきた。私は目を閉じた。

「なんてことだ……彼女は……もどって来る。きっともどって来るとも……」

「もどって来ないね」

「どうしてわかる……？」

「もどって来ないんだよ、ケルヴィン。泡が空に舞い上がっていったのを覚えているかね？　あのとき以来、もう何ももどって来ないんだ」

「もうもどって来ない？」

「そのとおり」

「きみは彼女を殺した」と、私は声を押し殺して言った。

「そうだ。でも、きみはそうしなかっただろうか？　もしもおれの立場だったら？」

私は唐突に跳ね起き、歩き始め、足をどんどん速めていった。壁から隅まで行って、またもどって来る。九歩あった。向きを変えて。やはり九歩。

彼の前で立ち止まった。

「報告書を作成するのはどうだろう。そこで評議会と直接連絡を取ることを要求するんだ。それは可能だろう。みんな了承するだろう。いや、せざるを得ないさ。そうして、この惑星を四か国協定の適用外にするんだ。そうすれば、どんな手段でも許されるようになる。反物質発生機を持ってこよう。反物質に抵抗できるようなものが何かあると思うかい？　そんなものは何もないさ！　何も！　何も！」そう勝ち誇ったように叫ぶ私の目は、涙で何も見えなくなっていた。

「やつを抹殺したいというのかね？」と、彼が言った。「何のために？」

「出て行ってくれ。放っておいてくれ！」

「行くもんか」

「スナウト！」

私は彼の目を見つめた。彼は何も言わず、首を振って「ノー」の意志を示した。

「何を望んでいるんだ？　いったい、ぼくにどうしろっていうんだ？」

彼はテーブルまで引き下がった。

「いいだろう。報告書を書こうじゃないか」

私は彼に背を向けて、歩き回り始めた。

「座れよ」

「ぼくに構わないでくれ」

「二つの問題がある。最初の問題は事実について。二番目の問題はおれたちの要求だ」

「それをいま話さなければいけないのかい？」

「そう、いまだ」

「話したくないね。わかるかい？　そんなこと、もうどうでもいいんだ」

「最後に通信を送ったのは、まだギバリャンが死ぬ前だった。二か月以上前のことだ。まず正確な経過を確認しないといけないな、お客さんの出現に関して……」

「止めない気か？」私は彼の肩をつかんだ。

「殴ってもいいよ」と、彼が言った。「それでもおれは話を続けるぞ」

　私は彼を放した。

「好きなようにしろよ」

「問題は、サルトリウスがいくつかの事実を隠そうとするだろうということだ。おれにはほとんど確信がある」

「きみは隠そうとしないのかい？」

「しない。いまはもうしない。これはおれたちだけの問題じゃないんだ。問題は、わかるかね、何が問題なのか？　やつは理性的な活動を示した。人間も知らないような、最高レベルの有機合成の能力を持っている。人間の体の組成、ミクロ構造、代謝の仕組みを知っていて……」

「すばらしいね」と、私が言った。「どうして話を止めたんだい？　やつはぼくたちを対象にして、一連の……一連の、その……実験を行った。心理的生体解剖だ。ぼくたちの脳から盗み出した知識をもとにして。ぼくたちが何を望んでいるかは無視して」

「それはもう事実でもなければ、事実から導かれる結論でもないな、ケルヴィン。それは仮説だよ。ある意味ではやつは、おれたちの頭の閉ざされ、隠された部分の望みをきちんと考慮にいれていた。これはもしかしたら、贈り物だったのかもしれない……」

「贈り物だって！　これは驚いた！」

私は笑い出した。

「止めてくれ」と彼は叫び、私の手をつかんだ。私は彼の指をぎゅっと握り締めた。そして握り締める力をますます強めたので、終いには彼の指の骨がぽきぽき音を立てるほどだった。彼は目を細め、まぶたをぴくぴく動かすこともなく、私を見つめた。私は彼を放し、部屋の隅に退いた。そして顔を壁に向けて立ったまま、言った。

「ヒステリーを起こさないようにするよ」

「そんなことはたいしたことじゃない。おれたちは何を要求しようか？」

「きみが言ってくれ。ぼくはいまは無理だ。彼女は何か言ったかい、それを……する前に？」

「いや、何も言わなかった。おれについて言えばだな、いまチャンスが出てきたと思うんだ」

「チャンス？　どんなチャンスだ？　何の？　ああ……」私は彼の目を見ながら話していたが、声を低めた。突然、ぴんと来たからだ。「コンタクトか？　またコンタクトを試みようっていうのか？　これでもまだ足りないのかい、きみだって、きみ自身も経験して、このステーション全体が狂人の家みたいになってしまったのに……。それでもコンタクトか？　だめだ、だめ、だめ。ぼく抜きでやってくれ」

「どうして？」と、問いかける彼は落ち着き払っていた。「ケルヴィン、きみは以前からずっとそうだったけれども、いまではかつてないほどに、あいつを本能的に人間扱いしているじゃないか。なにしろ憎んでいるんだからな」

「じゃあ、きみは憎んでいないのかい……？」と、私は口をはさんだ。

「憎んでいないね。ケルヴィン、やつは目が見えないんだから……」

「目が見えない？」と、私は鸚鵡返しにした。正しく聞き取ったかどうか、自信がなかったのだ。

「もちろん、おれたちの理解する意味においてだ。おれたちは、やつにとっては存在していないんだな。人間が互いの存在を認め合うようなわけにはいかない。おれたちは、顔や体の表面を目で見て、それで互いに個人として認知しあう。ところがそんなものはやつにとっては、透明なガラスにすぎない。なにしろやつは、おれたちの脳の中にまで入り込んだんだから」

「それなら、わかった。でも、だから何だって言うんだい？　きみは何を目指しているんだ？　たしかに、やつはぼくの記憶の中以外には存在しない人間を生き返らせ、創り出すことができた。しかも、彼女の目や、しぐさや、声も……あの声までも……」

「そうだ、その調子！　もっと話すんだ、その先を！　さあ!!!」

「話すよ……いま話すから……。そう、つまり……あの声まで……つまり、やつはぼくたちの中身をまるで本のように読むことができる、ということになる。何が言いたいか、わかるかい？」

「わかるよ。つまり、もしもやつにその気さえあれば、おれたちと意志の疎通をすることもできるはずだ。そういうことだね？」

「もちろんさ。明らかじゃないか」

「いや、そうじゃない。まったく明らかじゃないんだ。なにしろやつが取り出すことができたのは、製造法だけだ。ところが、この製造法というのは言葉でできているわけじゃない。記憶の中に固定された記録としては、それはタンパク質の構造だ。精子の頭とか、卵子のようなタンパク質のね。結局のところ、脳の中には言葉も感情もまったく存在していない。人間の思い出とは、核酸の言語によって多分子の非同時性結晶の上に書きとめられた絵のようなものなのさ。だからやつは、おれたちの中に一番はっきり描かれているもの、一番奥に隠されているもの、一番完全で一番深く刻み込まれているものを取り出したんだ、わかるかね？　でも、だからと言って、それがおれたち人間にとって何なのか、どんな意味を持っているのか、知っているはずだということにはまったくならない。かりにおれたちが対称体を創り出すことができたとして、それを海に投げ込んだときと同じようなものじゃないかな。おれたちが対称体の建築術、テクノロジー、建築素材などのことをいくら知っていたとしても、対称体が何のために作られ、何の役に立っていて、海にとって何なのか、ということを理解していなかったとしたら……」

「そうかもしれない」と、私は言った。「確かに、そういうことかもしれない。その場合、やつはまったく……ぼくたちのことを踏みつぶし、粉砕しようなんてつもりは全然なかったということになる。あり得ることだ。ただ何という意図もなしに……」

そう言っているうちに、唇がわなわなと震え出した。

「ケルヴィン！」

「うん、うん、だいじょうぶだ。もう何でもない。きみはいい人だな。やつもね。みんないい人じゃないか。でも、どうして？　説明してくれ、いったいどうしてなんだ？　きみは何のためにあんなことをしたんだ？　彼女に何を言った？」

「本当のことだ」

「本当のこと、本当のことって言うけどね、それは何なんだ？」

「わかっているだろう。それじゃ、おれの部屋に行こうか。報告書を書こう。さあ」

「待ってくれ。いったいきみは何を望んでいるんだ？　まさかステーションに残るつもりじゃないだろうね……？」

「残るつもりなのさ。そうなんだ」

古いミモイド
Stary Mimoid

私は大きな窓の前に腰をおろし、海を眺めていた。何もすべき仕事がなかった。五日かけてまとめた報告書は電波の束となって、いまごろどこかオリオン座のあたりの真空空間を突進していることだろう。そして、どんな信号でも光線でも吸収してしまう、塵からできたような八兆立方マイルの範囲に広がる薄暗い星雲に到達すると、いくつもの中継器の連鎖のうちの最初のものに行き当たるだろう。そこから、言わば一つの無線浮標《ブイ》からもう一つへと何十億キロメートルもの距離をジャンプしながら、巨大なアーチの曲線に沿って疾駆していくと、最後の中継器にたどり着く。それは方向指示アンテナを動物の鼻面のように突き出し、精密機器をぎっしりと詰めこんだ金属の塊なのだが、それが電波をもう一度集中させ、増幅して、宇宙空間のさらに先へ、地球に向けて放出するのだ。それから何か月かが過ぎると、同じようなエネルギーの束が地球から発射され、銀河系の重力場に衝撃による歪曲の跡を筋のように残しながら宇宙の雲にまで到達し、ネックレスのように連なった、ゆったりと漂う浮標《ブイ》の数々に沿って増幅されて滑るように進んでいき、速度を緩めることなくソラリスの二重の太陽に向かって突っ走ってくることだろう。

高く赤い太陽の下で、海はいつにもまして黒々としていた。赤茶色の霧が、海と空の接するあたりでこの両者を溶け合わせていた。異様に蒸し暑い日で、まるで嵐を予告しているようだった。嵐というのは、一年に数回だけこの惑星を見舞う、非常に稀で、想像を絶するくらい激しいものだった。この惑星の唯一の住人が気候を調節し、こういった嵐も自分で引き起こしているのではないか、と推定できる根拠があった。

さらに何か月かの間、私はこの窓から外を眺め続けることになるのだろう。この高みから、来る日も来る日も白っぽい金色と疲れた赤色の太陽が交互に昇り、噴出した何らかの液体や対称体の銀色の泡にその太陽がときおり映し出されるのを観察し、風下のほうに傾いた、すらりとした速物《はやもの》が移動していくさまを見守り、半ば風化してぼろぼろ崩れ落ちる擬態形成体《ミモイド》に出会うことだろう。そしてある日、テレビ電話のすべてのモニター画面で光が明滅し始め、だいぶ前から死んだように黙っていた電子信号装置全体が、数十万キロメートルの距離を越えて送られてきたインパルスを受けて始動し、生き返ることだろう。それは金属製の巨人の接近を告げるものだ。やがてこの巨人は、重力調整装置の長く尾を引く轟音をとどろかせながら海の上に降りてくることだろう。それはユリシーズ号だろうか、それともプロメテウス号か。あるいはそれ以外の、大型遠距離巡宙艦のうちの一隻なのかもしれない。そしてステーションの平らな屋根からタラップをつたって宇宙船の中に入ると、私は船内のいたるところに白い装甲で身を固めたどっしりとしたロボットたちがずらっと勢ぞろいしているのを見ることになるだろう。このロボットたちは人間とは違って原罪を背負っておらず、まったくけがれというものを知らないので、どんな命令でも忠実に遂行し、振動する結晶体によって保たれる彼らの記憶がそのようにプログラムされていれば、自分自身であろうと自分の邪魔になる障害であろうと、完全に破壊することもためらわないだろう。それから宇宙船は、海にまで届く円錐形に広がる音波、つまり何オクターヴにもわたる様々な低音の轟きを後に残して、自分は音もなく静かに、音よりも速いスピードで飛び立っていく。そして皆の顔が一瞬ぱっと明るくなるのは、家に帰るのだという思いのせいだろう。

でも私に家はなかった。地球？　私は群集でごったがえしどよめく大都会のことを思った。そこで私は自分を殺し、消え失せてしまおう——ほとんどまるで、あの出来事から二日目や三日目の夜にやろうと思ったこと、つまり重々しく波立つ海に身を投げることを、改めてやるような具合に。人の海のなかに沈むのだ。口数少なく、注意深くふるまおう。それゆえに友人としてありがたがられる存在となり、実際に多くの知り合いや、友達さえもできるだろう。女たちも、いやただ一人の女性さえも現れるかもしれない。しばらくの間は、微笑んだり、お辞儀をしたり、起き上がったり、そのほか地球の生活を構成する幾千もの細かな活動をするようにと、自分に無理強いしなければならないだろう。しかし、いずれそんなことも感じなくなる。新しい興味、新しい仕事を見つけるだろうが、全面的に没頭することはできない。いや、没頭などということは、どんなものにも、誰に対しても、もはや決してできないだろう。そしてことによったら、夜中に空を見上げ、塵でできたような星雲の暗がりが黒い幕となってあの二つの太陽の輝きをくすませているあたりを見つめるかもしれない。そのときも、おそらく、何一つ――いまこうして考えていることさえも――忘れてはいないのではないか。そして、ほんの少しの悲しみと優越感のいり混じった寛容な微笑みを浮かべて、自分の狂乱と希望を思い出すことだろう。私はこの未来の自分が、コンタクトと呼ばれる事業のためにならどんなことでもする覚悟だったかつてのケルヴィンよりも劣っているなどとは、全然思わない。それに、誰にも私を裁く権利などないだろう。

部屋にスナウトが入ってきた。彼はあたりを見回し、それから私を見つめた。私は立ち上がり、テーブルの前に行った。

「何か用かい?」

「きみは何もする仕事がないみたいだね……?」と聞いて、彼は目くばせをした。「それだったら、計算を少し回すこともできるよ。まあ、ものすごく急ぐ仕事というわけじゃないんだが……」

「ありがとう」私は微笑んだ。「でもその心配は無用だよ」

「本当に？」と彼は、窓の外を眺めながら言った。

「本当だ。いろんなことをじっくりと考えていて……」

「そんなに考えごとをしないほうがいいと思うんだけどね」

「いやはや、何のことを考えているか、きみにはまったくわかっていないんだよ。どうだろう……その、きみは神を信じるかい？」

彼は私のほうにすばやく視線を走らせた。

「なんだって？　いまどき信じている者なんて……」

彼の目は不安をくすぶらせていた。

「そんな単純なことじゃないんだ」と、私はわざと軽い調子で言った。「問題にしているのは、地球の信仰に出てくるような伝統的な神ではないんだ。ぼくは宗教学者じゃないし、たぶん、自分で勝手に何か考え出したというわけでもない。ただ、ひょっとしたら聞いたことがないかな、かつて神は神でも……欠陥を持った神を崇める信仰があったというようなことを？」

「欠陥を持った神？」と、彼は眉を吊り上げながら、繰り返した。「どういう意味で言っているんだね？　ある意味では、どんな宗教の神もそれぞれ欠陥を持っている。なぜなら、神は人間の特徴を背負わされているからだ。ただ、その特徴がひどく誇張されているというだけの話さ。たとえば旧約聖書の神は恭順と犠牲を渇望する暴君で、他の神々のことを嫉妬した……ギリシャの神々は喧嘩好きで、家庭の不和ばかり起こしていたから、人間に負けずおとらず欠陥だらけだった……」

「いや」と、私は彼の言葉をさえぎった。「ぼくが言っているのは、その不完全さが自分の作り手である人間の素朴さに由来するような、そんな神のことじゃない。不完全さをもっとも本質的な、内在的な特徴として持っているような神のことなんだ。それは全知全能さえも限られているような神であるはずなんだ。自分の仕事の未来について予見しても間違い、自分で作りだした現象の進展に自分でぞっとしてしまう。それは神とはいっても……不具と欠陥の神で、いつも自分にできる以上のことを望んでしまい、しかもすぐにはそのことが自覚できない。時計を組み立てておきながら、その時計が測るのは時間ではない。一定の目的のために制度やメカニズムを作っておきながら、作られた制度やメカニズムのほうが目的を超え、目的を裏切ってしまう。そして、この神は無限を作りだしたのだが、この無限というものがまた、神の力の尺度になるはずだったのに、逆に神の果てしない敗北を示すものになってしまった」

「かつてマニ教というものがあったけれども……」と、スナウトがためらいがちに話し始めた。最近私に話しかけるときに彼が見せる疑わしげな慎重さが、消えていた。

「でも、これは善や悪の根源とは何の関係もないんだ」と、私はただちに彼をさえぎった。

「この神は物質の外には存在しないし、物質から解放されることもない。それを願ってはいるにせよ……」

「そんな宗教は知らないね」と、しばしの沈黙の後、彼が言った。「そのような宗教は一度も……必要とされたことはなかった。もしきみの言うことをおれがきちんと理解したとするならばだな、いや、どうやら困ったことにきちんと理解したみたいなんだが、きみの考えているのは一種の進化する神なんだろう？　つまり、時とともに発達していき、どんどん高い段階の力へと昇っていき、最後にはついに自分の力が無力であるということを自覚する。きみのその神は結局、神の位に就いたと思ったらそれが出口なしの状況で、それを悟って絶望に身を任せるような存在だね。そうさ、でも絶望する神というのは、結局のところ、人間のことじゃないか、どうだい？　きみは人間のことを言っているのさ……。そんなもの、ろくでもない哲学だな。いや、それどころか、ろくでもない神秘思想だ」

「いや、違う」と、私は強情に反論した。「人間のことを言っているわけじゃない。ことによったら、人間もある種の特徴ではこの暫定的な定義にあてはまるかもしれないけれど、それは定義がまだ穴だらけのものだからにすぎない。人間というものは、見かけによらず、自分で目的を創り出したりはしないんだ。目的は、人間が生まれた時代によって押し付けられるものさ。人間はその目的に奉仕することも、反逆することもできるけれども、いずれにせよ奉仕や反逆の対象は外から与えられたものだ。目的探求の完全な自由を味わうためには、自分一人になる必要がある。でも、そんなこと、成功するわけがない。なぜかというと、人々の間で育てられなかったような人間は、人間になりえないからだ。この、ぼくの……神は、複数という概念を知らない存在であるはずなんだよ、わかるかい？」

「なるほど」と、彼が言った。「おれはてっきり……」

そう言って、彼は手で窓の外を指し示した。

「いや」と、私は否定した。「あの海のことでもない。あれはせいぜい、成長の途上で神になるチャンスを逃してしまったもの、といったところだろう。あまりに早く、自分の殻に閉じこもってしまったんだな。あの海はむしろ、宇宙の世捨て人、宇宙の隠者であって、宇宙の神ではないだろう……。あの海は同じことを繰り返してばかりいるじゃないか、スナウト。でもぼくの考える神のほうは、そんなことは絶対にしない。ひょっとしたらちょうどいま、そういう神が銀河系のどこかの片隅で生まれているところかもしれない。そしてじきに、若々しい陶酔の発作にかられて、あっちの星を消したり、こっちの星を燃え上がらせたり、ということを始めるかもしれないね。ぼくたちはそれに、しばらくしてから気づいて……」

「すでに気づいているさ」と、スナウトが渋い顔で言った。「新星とか、超新星というものだ……つまり、きみの考えでは、これはその神の祭壇のろうそくみたいなものだということかね？」

「もしもぼくの言うことを、そこまで文字通り受け取りたいのなら……」

「ひょっとしたら、まさにこのソラリスは、きみの言う神の赤ん坊のゆりかごなのかもしれないな」と、スナウトが言葉をはさんだ。微笑みが次第にはっきりと形をとり、そのせいで目の周りにうっすらとしわが寄った。「この海はきみの説に従えば、絶望する神の萌芽、発端なのかもしれない。そして、元気のいい子供らしさのほうが、まだ理性をはるかに凌駕しているのかもしれない。そうだとすると、おれたちのソラリス研究書を集めた図書館は、この赤ん坊のいろいろな反応を記録した巨大なカタログにすぎないんじゃないだろうか……」

「一方、ぼくたちはしばらくの間、その赤ん坊のおもちゃだった」と、私が引き取った。「たしかに、そうなのかもしれない。たいしたもんじゃないか。ソラリスに関するまったく新しい仮説を創りだすなんて。しかも、なかなかどうして、立派な説だよ。どうしてコンタクトをすることができないのか、なぜ反応がないのか、なぜある種の——まあ、言ってみれば——突飛な行動をぼくたちに対してするのか、全部いっぺんに説明がつく。小さな子供の心理だということであれば……」

「その仮説の提唱者の名誉は辞退するよ」と、彼は窓際に立ってぶつぶつ言った。しばらくの間、私たちは黒く波立つ海面を見ていた。東の水平線のあたりで霧の中に、青白く細長い小さな斑点が現れた。

「欠陥を持った神というコンセプトは、どこから生まれてきたんだね？」光を一面に浴びた海から目を離さずに、彼は聞いた。

「わからない。でも、ぼくにはそれこそが本当に、本当に正しいものじゃないかと思えた。ぼくが信じてもいいと思えるような唯一の神だ。その神は苦しんでも、罪を贖うわけではないし、何も救わないし、何にも奉仕しない。ただ存在するだけ」

「擬態形成体《ミモイド》だ……」スナウトが声をすっかりひそめ、別人のような声で言った。

「なんだって？　ああ、そうか。あれなら以前から気がついていた。すごく古いものだよ」

私たちは二人で赤茶色の霧に包まれた水平線を眺めていた。

「ちょっと飛んでこよう」と、私が不意に口を開いた。「まだステーションの外に出たことが一度もないし。いまがちょうどいい機会だ。三〇分で帰ってくるから……」

「なんだって？」スナウトが目を開けた。「飛んでくるだって？　どこに行くつもりだ？」

「あそこさ」私は霧のなかにぼんやりと見える、生肉のような色の斑点を指した。「何の問題もないだろう？　小さなヘリコプターを使うよ。だっておかしな話じゃないか、もしも地球に帰ったとき、自分はソラリス研究者なのに、ソラリスの地を踏んだことすらないなんて白状する羽目になったらね……」

私は戸棚の前に行き、適当な作業服《コンビネーション》を捜し始めた。スナウトは黙って私を観察していたが、とうとう口を開いた。

「どうも気に入らないな」

「何が?」私は作業服《コンビネーション》を一着手にとったまま、振り返った。だいぶ前から味わったことのないような興奮に、私はとらえられた。「何を言いたいんだ? 本心を言ったらどうなんだ! きっと心配しているんだろう、何かぼくが……ばかばかしい! 約束するよ、そんなことはしないって。考えたことすらない。本当だ、まったくそんな気はないんだ」

「おれもいっしょに行こう」

「ありがとう。でも一人で行きたいんだ。なにしろ、新しいこと、まったく新しいことなんだから」と、私は作業服《コンビネーション》を身につけながら早口に言った。スナウトはさらに何か言っていたが、私は必要なものを探すのに気をとられて、あまりきちんと聞かなかった。

彼は私についてロケット発着場までやってきた。そして、格納ボックスから発射台の円盤の中心にヘリコプターを引き出すのを手伝ってくれた。私が宇宙服を身につけていると き、彼は突然聞いた。

「約束はきみにとって、まだ何らかの価値があるものなんだろうか?」

「いやはや、スナウト、まだそんなことを言っているのか? あるさ。実際、もう約束しただろう。予備のボンベはどこかな?」

彼はもう何も言わなかった。私は透明な丸天井を閉めて、彼に手で合図をした。ジャッキが動き出し、私はゆっくりとステーションの上に出た。エンジンが起動して長い余韻を響かせながらうなりをあげ、三枚羽のプロペラが回り始め、ヘリコプターは驚くほど軽やかに上昇していき、ステーションを後にした。そして銀色の円盤のようなステーションは、どんどん小さくなっていった。

一人で海の上に出るのは、これが初めてだった。窓ぎわで見ていたときとは、印象がまったく違っていた。それは飛行の高度が低かったせいでもあるのかもしれない。私は波の上、かろうじて数十メートルのところを滑るように飛んでいたのだ。ぎとぎと脂ぎって光る瘤のような隆起と、深々とした亀裂が交互に現れていたが、その動き方は海の上げ潮や雲のようではなく、むしろ獣を思わせるということが、単なる知識としてでなく、実感として納得できた。裸の筋肉質の胴体が絶えず、非常にゆっくりとではあれ、痙攣を起こしている――そんなふうに見えたのだ。眠たげな動きによって裏返っていく波頭の一つ一つが、赤い泡の色に染まって輝いている。非常にゆっくりと漂っている擬態形成体《ミモイド》の島のほうに正確に針路を取ろうと思って方向転換をすると、太陽が私の目に真っ直ぐ差しこんで、凸面ガラスの上で血の稲妻のように震え、海そのものが暗い炎の斑点をちりばめた青いインクのように変わった。

あまり熟練した操縦の腕前ではなかったため、結局ぐるっと円を描いてしまった。その結果、風下にずいぶん遠くまで進み、ミモイドは背後に回った。広々とした明るい斑点のようなミモイドは、不規則な輪郭によって背景の海からくっきりと浮かび上がって見えた。それは霧に染まって薔薇色に見えていたのだが、いまやその色を失い、干からびた骨のように黄ばんでいた。しかし、その姿が一瞬視界から消え、その代わりに遠くにステーションが見えたのだった。それは海面すれすれに浮かんだように見え、なんだか巨大な古めかしい飛行船に似ていた。私は全神経を集中して、もう一度旋回を試みた。その結果、今度は険しくグロテスクな彫刻をほどこしたようなミモイドの巨大な塊が、針路の先でどんどん大きくなっていった。その塊茎状の突起のうち一番高いものにぶつかる危険があるように思え、あまりに急激にぐいと上昇させたため、ヘリコプターは速度を落とし、がたがた揺れ始めた。しかし、用心のし過ぎだった。風変わりな塔の丸みを帯びた頂は、実際にははるか下を通りすぎたからだ。私は漂っていく島の動きにヘリコプターの飛行をあわせ、ぽろぽろと崩れそうな頂が操縦席の真下にそびえて見えるまで、ゆっくりと、一メートルずつ高度を下げていった。それは大きなものではなかった。端から端まで、おそらく四分の三マイルほどで、幅はせいぜい数百メートルだろうか。何か所か狭まっている場所があり、いずれそこで折れてしまうのではないかと思われた。比較にならないほど大きな形成物の破片の一つに違いない。ソラリスの尺度からすればこんなものはごく小さなかけら、破片だった。できてから何週間、何か月経っているかは、見当もつかない。

海の上に直に血管のように浮き出た隆起の間に、私は岸とでも呼べそうなものを見つけた。それはかなり急勾配ではあったけれども、ほとんど凹凸のない数十平方メートルの表面で、私はそちらにヘリコプターを向けた。着地は思ったよりもずっと難しく、見る見るうちに大きくなってくる壁にあやうくプロペラをぶつけるところだったが、なんとかうまく行った。私はただちにエンジンを切って、操縦席の丸天井を後ろに跳ね上げた。それからさらに、ヘリコプターが海に滑り落ちる危険がないか、翼の上に立って確かめた。私が着陸した場所からほんの十数歩のところで、波がぎざぎざの縁をなめていたが、ヘリコプターは広く間隔のあいた二枚の接地板の上に、確実に止まっていた。私は飛び降りた、その……「地面」の上に。危うくヘリコプターをぶつけそうになった壁と思われたものは、じつはふるいのように穴だらけで、膜のように薄い骨質の板がまっすぐ縦に立っていたので、その一面をまるで欄干のように、膨れ上がった表皮がびっしりと覆っていた。幾層もの構造になっているこの平面を幅が数メートルほどの割れ目が斜めに切り裂き、その奥を覗かせていた。この骨質の板にはまた、あちこちに不規則に穴が散らばっていて、そこからも同様に奥が覗いて見えた。私は宇宙服の靴底が非常によく足場をつかみ、また宇宙服の本体が少しも動作の邪魔にならないことを確かめながら、壁の傾斜した一区画によじ登った。そして海面から四層分ほど上のところに来て、骸骨でできたような風景の奥のほうを向き、ようやくその全貌を正確に見て取ることができた。

驚嘆すべきことに、それは半ば廃墟と化した古代の都市そっくりだった。何世紀も前の異国情緒あふれるモロッコの集落か何かが、地震かその他の天変地異によって崩れ落ちた後のようだったのだ。とりわけはっきりと見えたのは、あちこちを瓦礫に覆われ、遮断された曲がりくねった街路の谷間と、それらの街路が複雑に交差し、険しい坂となってねばねばした泡に洗われている岸のほうに下っていくさまだった。また上のほうには、城を思わせるようなもの——たとえば銃眼のついた胸壁や稜堡、それらの楕円形の土台など——が無傷で残っており、また突き出たり、くぼんだりしている壁のあちこちに見えている黒い穴は、叩き割られた窓か、要塞の出口のようだった。この都市を思わせる島全体が沈みかけた船のようにひどく脇に傾いたまま、無意味に、無意識のうちに滑るように動いていた。しかも、それはとてもゆっくりと回転していた。そのことは、大空で太陽が動いているように見えるので確かだった。そして、太陽にくっきりと焼き付けられた影は、廃墟の隅から隅へとのろのろと這い進んでいくのだった。ときおり廃墟の間から太陽光線が脱け出してきて、私の立っている場所にまで届いた。私は相当な身の危険もかえりみず、さらに高くよじ登った。そのうちついに、上にそりあがり私の頭上に覆いかぶさる形成物から細かい瓦礫が流れ落ち、ぱらぱらと降りかかってきた。その瓦礫は下に落ちて大きな埃の渦を巻き上げ、その埃で曲がりくねったくぼ地や街路を満たした。ミモイドはもちろん岩ではなく、そのかけらを手に取りさえすれば、石灰岩に似ているという印象は消え失せてしまう。それは軽石よりもはるかに軽い。微細な細胞構造から成り立っていて、そのせいでまるで空気のように並外れて軽やかなのだ。

私は十分に高いところまで登っていたため、そこからだとミモイドの動きを感じ取ることもできた。ミモイドは海の黒い筋肉の打撃に押されて、どこからともなく、どこへとも知れず、前へ前へと流れていたのだが、それだけではなかった。それは一方に傾いたかと思えば、今度は反対の方に、非常にゆっくりと振り子のように揺れていたのだ。そして、それが揺れるたびに、海面上に突き出た縁から流れ落ちる褐色や黄色の泡が、からみつくような長く余韻を引くざわめきを立てるのだった。この振り子のように揺れる動きはずっと前に、おそらく誕生と同時に与えられたもので、ミモイドの巨大な質量のおかげでいまだに保たれているのだろう。私は空中のように思える高い場所からできるだけあたりをじっくりと眺めたうえで、用心深く下に降りていった。そしてそのとき初めて――奇妙なことだが――悟ったのだった。ミモイドは私にとって面白いものではまったくない、ここに飛んできたのはミモイドと会うためではなく、海と会うためなのだ、と。

ひび割れ、ざらざらした表面に腰をおろした。ヘリコプターは私の背後、十数歩離れたところにある。黒い波が重々しく岸に這い上がってきて、平たくなると同時に色を失った。そしてそれが退いたとき、粘液の震える何本もの糸が、人の手に触れられていないこの地の縁を流れ落ちた。私はさらに低くしゃがみこみ、その次の波に向かって手を差し出した。すると、人々がほとんど百年前に経験したのと同じ現象が、忠実に繰り返されたのだった。

波はためらい、退き、私の手を取り巻いた。しかし、それでも波は私の手には触れず、波にできたくぼみの内部は粘り気をすぐに変えて、液体から転じてほとんど肉のようになり、私の手袋との間に薄い空気の層を残した。そのとき私はゆっくりと手を上げた。すると波は——いや、正確に言えば、波から分岐した細い支脈は——いっしょに上に昇りながらも、私の手を包嚢のように包み込んだままだった。そして、暗い緑色の輝きをいっそう増したのだった。私は立ち上がった。そうしなければ、それ以上手を高く上げることができなかったからだ。ゼリー状の物質は細くなって張りつめ、振動する弦のようになったが、それでも切れなかった。完全にぺちゃんこになった波の土台の部分は、この実験が終わるのを辛抱強く待っている奇妙な生き物のように、私の足元でぺたっと岸にはりついていた（とはいうものの、やはり岸には接触しないままだった）。まるで海から伸縮自在の花が生え出てきて、その花びらが私の指に触れないまま鋳型のように指を取り巻いてしまったかのようだった。私は後ずさった。しなやかで柔らかい茎が震えはじめ、いやいやながらのように下に戻った。そして心許なげなその茎を波がさらって呑み込んだかと思うと、岸の縁の向こうに消えてしまった。私はこのゲームを繰り返そうとしたが、やはり百年くらい昔と同様に、次に寄せて来た波はまるで新しい印象には飽き飽きしたとでも言わんばかりに、無関心に引いていった。波の「好奇心」を再び呼び醒ますためには何時間か待たなければいけない、ということも私にはわかっていた。私は前と同じように腰を下ろしたが、自分で呼び起こした、理論上よく知られているこの現象のせいで、別人になったような気分だった。理論は現実の経験を再現することはできなかった。理論にそんな力はなかったのだ。

この生命形成体の芽吹き、成長、展開には、その一つ一つを個別に取ってみても、またその全部をいっしょに合わせてみても、なにやら――こう言ってよければ――用心深い、しかし臆病とは言えない無邪気さが現れていた。海は新しい形のものに思いがけず出会うと、我を忘れて急いでそれを知りたがり、把握しようと努力するのだが、謎めいた法則によって定められた一定の境界を超える恐れが出てくると途中で引きあげる羽目になるのだった。この身のこなしのすばしこい好奇心は、水平線を見渡す限りの輝きの中に広がる巨体とはあまりにも対照的で、なんとも言い難い感じを与える。私はこの海の巨大な存在感、規則正しい波に息づくその強力で無慈悲な沈黙を、これほどまでに強く感じたことはなかった。私は見惚れ、茫然となって、近よりがたいと思われていた無為と無感動の領域へと降りていき、ますます強まっていく強烈な自己喪失の感覚の中でこの目の見えない液体の巨人と一体になった。まるで一切努力もせずに、言葉もなく、何も考えることなく、この巨人に対してすべてを許せるような境地だったのだ。

最後の一週間は私も分別を持ってふるまったので、さすがにスナウトの不信に満ちた目の輝きも結局は私を追い回さなくなった。私は表面的には落ち着いていたが、心中密かに、自分でもはっきりと自覚しないままに、何かを期待していた。何を？　彼女がもどって来ることをだろうか？　どうして、そんなことが期待できただろう。私たちの誰もが知っていた。自分は生理学と物理学の法則に支配される物質的な存在であって、自分たちの感情の力を全部合わせたところでこれらの法則には太刀打ちできない、できるのはせいぜい法則を憎むことだけだ、ということを。遠い昔から恋人たちや詩人たちは愛の力を信じ、愛は死よりも強く、死を超えゆくものだと考えてきた。私たちは、**“finis vitae sed non amoris”**［命の終わりは、愛の終わりではない］という考えに、何世紀もの間、つきまとわれてきたが、それは嘘に過ぎない。ただし、この嘘は単に無駄なものであって、滑稽なものではない。そんな嘘を信じるかわりに、壊されたかと思えば組み立てられる、時の経過を測る時計に自分がなるべきなのだろうか？　時計職人が歯車を押すとただちに、仕掛けの中で歯車の最初の動きとともに絶望と愛が動き出すような、そんな時計になるべきなのか？　そして自分が、無数の反復を通じて滑稽になればなるほど深まっていく苦しみを機械的に時報のように告げる時計でしかないことを、知るべきなのだろうか？　人々の生き方を繰り返すこと——それは、まあ、いいとしよう。しかし、酔っ払いがジューク・ボックスの中に新しいコインを次々に投げ込んで、陳腐なメロディーを延々と繰り返すように——よりによって、そんなふうに人々の生き方を繰り返さなければならないのだろうか？　しかし、この液体の巨人は数百人の人間たちを呑み込んで死をもたらし、私の属する種族が総力をあげ、せめて理解しあうための糸口でもつかめないかと何十年も苦労してきた、その努力の相手である。無意識のうちに私を小さな埃の粒のようにやすやすと巻き上げてしまうこの巨人が、二人の人間の悲劇に心を動かされるなどということがあるだろうか？　私はそんなことは、ほんの一瞬たりとて信じなかった。しかし、この巨人の活動は何らかの目的を持つものだった。いや、それについてさえ私には心の底からの確信はなかったのだ。しかし、ここから立ち去ることは、未来が秘めている可能性を――たとえその可能性がはかなく、想像の中にしか存在しないものであっても――抹消してしまうことを意味した。それなら、やはり、これから何年も、私たちがともに触れた道具や品物に囲まれ、彼女の息をまだ覚えている空気の中で過ごすべきなのだろうか？　いったい何のために？　彼女が戻ってくることを望んで？　いや、私に望みはなかった。しかし、私の中ではまだある期待が生きていた。それは彼女の後に残された、ただ一つのものだ。私はこの上まだどんな期待の成就、どんな嘲笑、どんな苦しみを待ち受けていたのだろうか？　何もわからなかった。それでも、残酷な奇跡の時代が過ぎ去ったわけではないという信念を、私は揺るぎなく持ち続けていたのだ。

ザコパネ、一九五九年六月――一九六〇年六月

愛を超えて——訳者解説

沼野充義

1　レムの魅力の新たな発見に向けて

本書は現代ポーランドの作家、スタニスワフ・レム（一九二一年生まれ）の長篇小説『ソラリス』のポーランド語オリジナルからの全訳である。

この作品は数多いレムの著作の中でも最も有名なものであり、一九六一年にワルシャワで初版が出て以来、ポーランド国内でいまだに版を重ねているのは言うまでもなく、世界中の様々な言語に翻訳され（インターネットのレム公式サイトを見ると、三十八言語への翻訳の書誌を確認することができるが、実際にはもっと多くの言語に訳されているのではないかと推測される）、すでに二十世紀の世界文学の古典の地位を占めていると言っても決して大げさではないだろう。日本語にもいちはやく飯田規和氏によって一九六五年に訳された。『ソラリスの陽のもとに』という邦題を持つこの飯田訳は、日本でも多くのレム・ファンを生みだし、長年にわたってハヤカワ文庫版（早川書房）で広く読まれてきた。

私自身もいまを去ること四十五、六年昔、早川書房の『世界SF全集』に収録された飯田氏の訳を読んで、レムに魅了されたのだった（当時の私はこの『世界SF全集』のあれこれの巻を次々に読みあさるSFマニアだったのである）。この出会いはある意味では決定的なものになった。その後、ポーランド語の勉強を始め、ついにはこうして『ソラリス』の新訳を手がけるまでになったのも、高校一年生のときの出会いがあればこそのことだからだ。そんなわけで、この作品を最初に優れた翻訳で日本に紹介されたいまは亡き飯田規和氏に対して、ここで改めて深い敬意と心からの感謝の気持ちを捧げさせていただきたいと思う。この翻訳に限らず、ロシア東欧SFの先駆的な翻訳者・紹介者としての飯田氏の業績は、大きな意味を持つものだった。

しかし、飯田氏のまだ広く読まれている訳があるにもかかわらず、なぜあえて、新訳を出すことに踏み切ったのか。一つには、すでに飯田訳が出てから長い歳月が経過し、その後の受容の広がりと理解の深まりを踏まえた新しい日本語による訳がそろそろ必要な時期ではないかという、一般論的な判断があったのはもちろんである。しかし、もう一つ、より具体的な事情があった。それは飯田訳がおそらく一九六二年にソ連で出たロシア語訳を底本とした重訳であるため、ポーランド語の原語の表現から微妙にずれている箇所が多いだけでなく、検閲によって削除された部分がかなりあるということだった。ソ連ではその後、ようやく一九七六年に検閲による削除のない新訳が出版され、飯田訳はおそらくそれに基づいて、一九七七年にハヤカワ文庫版を出す際に脱落箇所を補ったようだが、増補は最後の「古いミモイド」の章に限られており（ちなみに、この章のタイトルはなぜか飯田訳では最初から「別れ」と変更されていた）、それ以外の脱落（ないし削除）箇所は、そのまま残っていた。

なお、ソ連の「検閲」については、誤解もあるようなので、一言補っておくと、これは必ずしも、検閲当局によって不適切な箇所が強制的に削除されるということではない。実際には、編集者、場合によっては翻訳者や著者自身が、「自主的」な判断により、当局との軋轢を避けるために、予め削除してしまうことが多かった。『ソラリス』ロシア語版の削除についても、詳しい事情は分からないが、おそらくは編集者と翻訳者が相談の上、当局が好ましくないと判断しそうなところ、あるいはソ連の読者には理解しにくいと思われたところを、当局の顔色をうかがいながら削除したものではないかと、私は推測している。

日本語訳がそのような不完全なロシア語訳に基づいたものであることを知った私は、いつかポーランド語からの直接訳を出したいものと考えていたが、国書刊行会で〈スタニスワフ・レム コレクション〉という著作集が企画されたとき、幸い、そこに『ソラリス』の新訳を収める機会を与えられた（二〇〇四年九月刊）。今回、ハヤカワ文庫に収録されることになったのは、それにさらに若干手を入れた版である。

　というわけで、このハヤカワ文庫版は、ポーランド語からの直接訳であることはもちろんだが、飯田訳に残っていた脱落箇所もすべて新たに訳出してある。そういった脱落（ないし削除）箇所は、主に「怪物たち」、「思想家たち」（旧ロシア語訳および飯田訳では「実験」）、「夢」の三章にわたり、全部合わせると私の概算で四百字詰め原稿用紙四十枚分近くになる。全体で五百五十枚ほどの長篇にとってこれは量的にも決して無視できない数字だが、それだけでなく、いずれもこの作品の豊かなイメージと思想的視野の広さを感じさせる重要な箇所であるため、それがあるとないとでは読後感もかなり変わるのではないかと思う。というわけで、訳者としては、この新訳によって日本の読者にレムの魅力を文字通り新たに発見していただければ、とても嬉しい。

　なお、この小説の原題はぶっきらぼうなまでに単純な『ソラリス』*Solaris*の一語。飯田訳の『ソラリスの陽のもとに』や、この小説を原作としたタルコフスキーの映画『惑星ソラリス』も、もとはすべて同じ『ソラリス』である。この機会に、邦題もシンプルな原題に戻すことにした。

2　鏡の地獄、あるいは『ソラリス』の多層性

数あるレムの著作のなかでどうして『ソラリス』がこれほど群を抜いた人気を獲得するようになったのかと言えば、その理由はやはり作品そのものの魅力に探るしかないだろう。しかし、この作品の魅力は一筋縄では語れない。一読してわかるとおり、いくつもの層が複雑に絡み合って作品の全体を織り成しているというか、それぞれの層が鏡のように主人公を――そして読者を――映し出しているといった絶妙の構造になっているため、この小説は比較的単純な物語のようで、じつはソラリスの海そのもののように変幻自在、見るものの視点によって大きく姿を変えるのである。この作品に道徳的な苦悩と懐かしいものへの回帰を読み取ったタルコフスキー監督も、宇宙時代の心理的サスペンスに満ちたラヴ・ロマンスを読み取ったソダーバーグ監督も、それなりに正しかったと言えるだろう。そういった要素も、この小説には確かに含まれているからだ。しかし、もちろん、それだけではない。

アメリカのハンガリー系SF研究者、イシュトヴァーン・チチェリ＝ローナイは、「この本はエイリアンである」と題されたソラリス論で、こんな趣旨のことを言っているほどだ。「レムは意味を持つ要素《シニフィアン》がどれも、その他の意味を持つ要素の中に対応物を持つように『ソラリス』を組み立てた。そうやって言わば鏡の部屋を作りだしたのだ。その部屋には、自分の対応物から独立した何らかの特権的な事物の構造を観察できるような窓はついていない」

『ソラリス』はレムの代表作であるだけでなく、このように複雑な構造を持った作品であるため、その構造を読み解こうとした批評や論文も少なくない。『ソラリス』という小説においてソラリス学の系譜がとうとうと語られたように、レムの読者はソラリス批評というもう一つの海にひたりながら、もう一つのソラリス（小説のほうの）研究の系譜をひもとくこともできるかもしれない。ここで試しに、読者の参考になりそうな視点をいくつか挙げてみよう。容易に想像がつくことだが、ほとんどの批評が、作品の多様性、多様な解釈の可能性を強調している。例えばいま名前を挙げたチチェリ＝ローナイは、こう言っている。「大部分の批評家がこの小説を〈メタ・サイエンスフィクション〉として、ジャンル批判およびジャンルに含まれた可能性の探索の見事な手本として論じてきた。［中略］『ソラリス』はいくつもの並行した、あるいは相反するような解釈を誘っている。スウィフト流の風刺として読むこともできるし、カフカ風の実存的寓話、解釈学のメタフィクション風パロディ、セルバンテスを思わせるアイロニックな騎士道ロマンス、はたまた人間の意識をめぐるカントばりの観照として読むことさえできる」

様々な読みの可能性があるということは、読み手の個性の違いによるというよりは、この作品の中にそれを可能にする様々な要素が共存していることを意味するのだろう。北米で活躍する、やはりＳＦ理論家として名高いザグレブ出身のダルコ・スーヴィンは、こう説明している。「レムの『ソラリス』という小説にはいくつかのレヴェルがある。それは［アメリカSFによく見られる〈生体心理学〉的な］謎解きのサスペンスであり、人間の関係と感情をめぐる寓話であり、また現代世界には人間中心主義的な基準も宗教的な〈最終回答〉も適用できないことを証明する論でもあるのだ」

ポーランドの文学研究者、イェジイ・ヤジェンプスキも、私の邦訳の底本とした版の後書きでそれとほぼ同じ趣旨のことを、もう少し詳しく展開している。彼の整理のしかたによれば、『ソラリス』はまず第一に恐怖小説を模倣する物語であり（そこにラヴ・ロマンスの要素が付け加わっていく）、次に精神分析的な読みを可能にする存在論的論考であり、科学についての――その限界と可能性を論ずる――言わばメタ科学小説でもあり、人間の意識をめぐるデカルト的寓話でもあり、神をめぐる形而上学的小説でもあり、そして最後に〈コンタクト〉をめぐる典型的なSF小説でもある、という。

どれもなるほどと思わされるような視点ばかりである。例えば、精神分析的な解釈は、言われるまでもなく、適用すればあまりにうまく当てはまり過ぎて、つまらないような気さえする。人間心理の深層に隠され、抑圧された記憶や欲望を探り出し、それを実体化するのが〈海〉の仕業だとすれば、この〈海〉は立派な精神分析医ではないか！　しかし、この方向でもっと先を行く研究者もいる。ドイツの文学理論家、マンフレッド・ガイアーは、グレイマス、ドゥルーズ、ガタリなどの理論を援用し、意味論と精神分析理論の間を行き来しながら、ソラリスの海が「無意識的女性性」つまり「メタ意義レベルでのヴァギナ性」を持つものだとし、この海が「欲望の機械のジンテーゼ」だとすれば、ハリーという存在は「欲望の対象のジンテーゼ」であると論じている（いかにもドイツ人らしく体系的に厳密に論を展開するガイアーの理論は、私には難しすぎてよくわからないが、どうも行き過ぎではないかという気がしてならない）。

文学ジャンルという視点から、もうちょっとオーソドックスな文芸学の知見によって整理してくれたのが、『サイエンス・フィクション——その批評と教義』の著者であるイギリスの文学研究者、パトリック・パリンダーだった。彼はこの小説がSFの現代の「古典」として、そのジャンル固有の四つの要素をすべてあわせ持っていると指摘している。四つの要素とは、第一にエロティックな扇情と恐怖の風味を添えたゴシック的「ロマンス」、第二に異質な知性との〈コンタクト〉をめぐる「寓話」、第三に宇宙旅行を描く「叙事詩」、第四にソラリス学という架空の学問に対する「パロディ」である。

こんな調子で続けると際限がないので、この辺で打ち切りたいのだが、最後は、わが日本からSFに詳しい心理学者、丹野義彦に登場してもらい、彼の卓抜な見解で締めさせていただこう。丹野によれば、レムの問題意識は①「起源への問い」（世界や自然はなぜかくあらねばならないのか）、②「存在への問い」（人間とは何か）、③「認識への問い」（科学）の三つの分野に分けることができ、レムの多彩な作品を一つ一つ見ると、これら三分野のうちのどれか一つ、ないし二つに焦点を当てたものが多いが、ただ一つ、『ソラリス』だけはこの三つの問い（起源、存在、認識）がすべて重なりあう特権的な作品だというのである。丹野のこの論は、『ＳＦの本』という雑誌に一九八三年から八五年にかけて連載されただけで現在一般にはあまり知られていないが、日本におけるレム論のもっとも優れたものの一つではないかと思う。

3 〈コンタクト〉の詩学、あるいは人間中心主義を超えて

『ソラリス』の中で展開されるソラリス学の体系と張り合おうなどというつもりは毛頭なかったのだが、『ソラリス』を訳し終えたときの興奮がいまだに尾を引いていて、少々悪乗りして読者を辟易させてしまったかもしれない。人の見解ばかり列挙していないで自分の考えを示したらどうだ、と言われてしまいそうなので、ここでレムの著作や考え方に多少親しんできた者として、少し私なりの『ソラリス』の読み方を――この新訳の「勘所」に触れながら――解説させていただこう。

実際にかなり多くの読者は『ソラリス』に「宇宙空間での痛ましくも甘いラヴ・ロマンス」を読みとり、それゆえにこの作品を愛してきたのかもしれない。しかし、レムを知る

者としてはっきり言えるのは、それは作者の意図ではない、少なくとも主要な狙いではない、ということだ。SFとしてはあまりに王道を行くもの、ということになるかもしれないが、『ソラリス』はやはり一言で言えば、作品中に何度も繰り返し出てくるように「コンタクト」つまり、人間以外の理性との接触の物語である。しかし、そのコンタクトに際して、レムがかなり独自の立場を取っていることに読者は気づかざるを得ない。レムはここで再三、「人間中心主義」、「アントロポモルフィズム（人間形態主義）」に対して懐疑を投げかけ、ソラリスの海がまさに人間の理解を絶した他者なのかもしれない、と示唆し続けるからだ。これは理性による人類の進歩と宇宙進出の可能性を信ずる当時の社会主義圏のイデオロギーから見ると、かなり異端的なものだった。

じつはレムが『ソラリス』を書いた当時のソ連東欧圏では、イデオロギー的には社会主義リアリズムの教義がまだ建前上しっかりと守られており、ソ連ではイヴァン・エフレーモフという作家が社会主義ユートピアSFの大御所として権威をふるっていた。社会主義の立場を代表するSFとは、つまり、人類の進歩と発展を信じると同時に、人間の理性の普遍性を信じる文学だった。人類は進歩の結果、やがて理想の共産主義社会を建設するのであり、共産主義が最高の発展段階である以上、それを建設した人間の理性もまた最高のものでなければならないからである。実際、ソ連SFの古典の一つ、アレクセイ・トルストイの長篇『アエリータ』（一九二二―二三）では、火星にやってきたソ連の技師がこんなことを言う。「生命は宇宙の至るところで発生しますが、どこでも生命の上に君臨するのは人間に似た形のものなんです。なにしろ、人間より完全な生き物を創ることなんてできませんからね」

一九五七年、長篇『アンドロメダ星雲』を発表して一躍ソ連SF界の第一人者となったエフレーモフもまた、未来の共産主義ユートピアを描いたこの美しい小説の中で、宇宙のどんな生き物であっても、進化の結果、到達する理性と美の最高の段階ではすべて人間と同じような形態を取る、といったオプティミスティックな信念を披露している。これこそレムが『ソラリス』で批判することになる「アントロポモルフィズム」（人間形態主義、英語では anthropomorphism）である。「アントロポモルフィズム」とは、宗教学では「神人同形論」などと訳される用語であり、神を人間と同じような姿で想像することを言うようだが、SFの場合は、宇宙人の姿を結局のところ地球人（人間）の姿の延長においてひどくデフォルメされたものであれ、特定の器官の能力が誇張された形であれ）とらえようとする態度である。レムは『ソラリス』において、人間と理解しあえる理性を持っているかどうかも不明の「宇宙人」をソラリスの海という、人間とは似ても似つかない形で提示することによって、「アントロポモルフィズム」を批判したのだった。

ここで小説の本当の主役として浮かび上がってくるのが、ソラリスの海そのものである。『ソラリス』を原作とした映画は、ソ連のアンドレイ・タルコフスキーによる『惑星ソラリス』（一九七二）の他に、最近ではアメリカのスティーヴン・ソダーバーグによるリメイク版の『ソラリス』（二〇〇二）があるが、レムはそのどちらに対してもいたく不満だった。それもやはり、海の強烈な他者性がまったく無視されて、そのかわりに、モラルと郷愁の物語（タルコフスキーの場合）や、宇宙空間における愛の物語（ソダーバーグの場合）になってしまったからだった。それでは小説の中で海は実際にどのように描かれているだろうか。人間の理性を超えた活動をしながらもコミュニケーションを拒み、想像を絶するような形成物を、しかも人間にはまったく理解できない理由から次々に作り出す海の姿は、小説では特に「怪物たち」の章でじつに執拗に、詳細に、強烈に描かれているのだが、じつはこの部分がかなり、飯田訳では省かれていたのだ（底本としたロシア語訳でカットされていたため）。

描写があまりに濃密なため相当読みづらく、ストーリーだけを追って読む読者には飛ばされてしまう危険もあるくらいだが、まさにこの緻密な描写にこそ、人間の認識の限界を極めようとするハードSF作家としての本領があると言えるだろう。現代ロシアを代表するSF作家でレムにも高く評価されているボリス・ストルガツキーは、レムのそういった詳細な描写の「リアリズム」について、こう指摘していた――「……スウィフトは『ガリヴァー旅行記』で夥しい事物をこのうえなくリアルなディテールで描き、極端なほどの緻密さを示していますし、レムもまた、ミモイドの形態について何ページも費やして微に入り、細をうがって周到に書いています。これは読者がSF的世界に入っていくときに、リアリズム文学の世界に入っていくときと同じ自然さを感じるために、必要なのです」

科学的なハードSF作家としてのレムの本領は、『ソラリス』のもう一つの面、つまり「科学についての小説」においても遺憾なく発揮されている。つまり、「思想家たち」の章などで延々と語られるソラリス学の系譜や、「古いミモイド」の章で提示される「欠陥を持った神」についての科学的でありながら神学的な議論などのことだが、これまたある種の読者は敬遠し、読み飛ばしかねない部分なのかもしれない。「神学」の議論は一九六〇年代のソ連では問題外（当時のソ連では「神」という言葉さえ、なかなか活字にできなかったのだ）だったが、それ以外のソラリス学の様々な説に関しても、オプティミスティックな人間中心主義に懐疑の光を投げかけるような「異端思想」は検閲を通りにくかったのである。

ところで、ソラリス学に関する記述は、言わば一冊の本の中の別の本を成すことになる。このメタフィクション的な仕掛けは後にレムが、さらに「架空の本についての書評集」（『完全な真空』）や「架空の本の序文集」（『虚数』）といった趣向の本で全面的に展開するところのものだ。この仕掛けはある種のパロディや風刺の要素を伴うことが多いが、必ずしもそれだけではない。『ソラリス』でケルヴィンがちょっとだけ開陳する「欠陥を持った神」についての理論は、後に「新しい宇宙創造説」（『完全な真空』所載）で堂々たる宇宙論にまで発展させられた。こういったことからもわかるように、ソラリス学という架空の学問領域についての膨大なメタフィクション的記述の陰には、いたずらっぽくウィンクをする茶目っ気たっぷりのレムと、シリアスな思考実験にふける科学思想家としてのレムという二つの顔が同居しているのだ。

4　作品が作者を裏切る?

このように検討してくると、まず「ハード」なSF作家としてのレムの本領が、この新訳でよりはっきり見えてくると言えそうだ。しかし、『ソラリス』という作品の魅力は、それだけでは説明がつかない。やはりそういった「ハード」な面が、スリリングな恐怖小説や、その逆にとても甘いロマンスと錯覚させるような要素と絡み合って、絶妙の化学反応が起こったのではないだろうか。

まず、SFファンの想像力をかきたてる、宇宙の未知をさぐる「冒険」、そしてソラリスの観測ステーションで生じた奇怪な現象に関する「謎とき」としての側面がある。謎を追って展開する緊密でスリリングなプロットは、読者をいったん引き込んだら決して離さないだろう。しかし、もちろんこれは単純な冒険と謎の物語ではない。人間の意識下に淀んだもっともおぞましい形象をソラリスの海が実体化するという仕掛けには、スウィフト的と言ってもいい辛辣な風刺的側面が感じられる。もっとも——これは小説の構造自体にとっても決定的な要素なのだが——海が送ってよこす「客」とは両義的な存在であり、グロテスクで嘲笑的であると同時に、抒情的で「懐かしい」側面も秘めている。だからこそクリスとハリーの疑似恋愛が本物の恋愛に代わっていくという、愛の奇跡を読者は目撃して感動することになる。じつはこの恋愛小説の要素は、透徹した知性と辛辣な風刺と哄笑の精神で知られるレムには珍しいことで、『ソラリス』がSFファン以外にも多くの読者を獲得したのも、この「暖かみ」によるところが大きいのではないだろうか。レム論を一冊の単行本にまとめているアメリカのリチャード・ジーグフェルドは、「この小説はレムの他の作品にはあまり見られないような暖かさと、心理的な深さを持っている」「『ソラリス』には頭だけでなく、心も巻き込むような人間味がある」と言っている。もっとも、この「暖かさ」や「人間味」はハリーの両義性をどう捕らえるかによって、ずいぶん見え方が変わってくるだろう。

おそらく、この甘いロマンスにも通じるような側面が、レム自身の意図を裏切って、無視できないほどに成長し、作品の魅力に貢献するという不思議な——しかし、文学の創作ではときおり見られる——現象が起こったのではないだろうか。フロイト的解釈を加えれば、ハリーの像は作者レム自身の深層心理における男性的願望の投影だという結論が容易に得られるだろうが、それもまたレムの本意ではなかった。もしもそういうことが言えるとしても、それは言わばハリーがレムを裏切って、つまり作中人物のヒロインが作者を裏切って行動した結果なのである。

こうして『ソラリス』はハードな科学思想SFと甘いラヴ・ロマンスが絡み合いながら、いや、互いを鏡のように映し出しながら、人間の理性の可能性と限界をめぐる認識論的寓話に発展していく。ここでレムはアメリカ大衆SFによくあるような「地獄としての宇宙」を描くわけでもなければ、人間的価値を宇宙に投射しただけの、社会主義的なユートピアとしての宇宙を宣揚するわけでもない。ソラリスの海はここではあくまでも、人間の理性を超えた、理解することも意思を疎通させることも不可能な「他者」として、人間の前に立ち現れるのである。それは人間の知性を皮肉《アイロニカル》に相対化しうる（つまり人間の知性が宇宙全体で普遍的なものなどでは決してなく、相対的なものであると教えてくれる）「他者」である。ソラリスの海は無意味に――ここで「無意味」というのは、人間にとって意味がまったく理解できないということに過ぎないのだが――「擬態」を続け、人間の意識の奥から探り出したデータに基づくものと思われる似姿《シミユラクル》を気まぐれに作り続けるのだが、この一見無意味な行為は、じつは、それまで自分の似姿《シミユラクル》を、神や宇宙の領域で無意識のうちに作り続けてきた人間の、anthropomorphism 的な振る舞いをパロディのように映し出している。海はその意味でも皮肉な「鏡」として機能しているのである。

『ソラリス』を映画化したソ連のアンドレイ・タルコフスキーが、レムと鋭く食い違ったのも、まさにこのソラリスの「他者性」の理解においてだった。タルコフスキーの映画『惑星ソラリス』は大筋でレムの原作を使いながらも、その理念においてほとんど正反対を向いていた。それを示す鮮やかな例としては、映画の結末が挙げられる。霧に包まれたソラリスの海の中から、地球の故郷の家が現れ、クリスがそこに近寄り、窓から中を覗き込むと、部屋には懐かしい父がいて、天井から雨が降っている（このいかにもタルコフスキー好みの仕掛けが示しているのは、外界の内面化という方向性である）。そして戸口に出てきた父に対して、クリスはひざまずく……。このエピソード——もちろんレムの原作にはない——は、タルコフスキーが最後に結局、異質な他者との対峙を止めて、限りなく懐かしいものに回帰しようとしたことを示している。ところが、レムの原作におけるクリスはそういった回帰をせずに、異質な他者に対する違和感を保持しながら、それでもなお他者と向き合おうとしているのである。原作と映画におけるクリスの最後の言葉を比較してみると、それははっきりする。

原作——いや、私に望みはなかった。しかし、私の中ではまだある期待が生きていた。それは彼女の後に残された、ただ一つのものだ。私はこの上まだどんな期待の成就、どんな嘲笑、どんな苦しみを待ち受けていたのだろうか？　何もわからなかった。それでも、

残酷な奇跡の時代が過ぎ去ったわけではないという信念を、私は揺るぎなく持ち続けていたのだ。（傍点引用者）

映画――まあ、いい。いずれにせよ私の使命は終わった。で、この先は？ 地球に帰るのか？ （中略）それともここに残るべきか？ 私たち二人が手を触れた品物、まだ彼女の息を覚えている品物に囲まれて。でも何のために？ 彼女がもどってくるかも知れないという望みのために？ でも私にはそんな望みはない。私に残された唯一のことは、待つことだ。何を待つのかは、わからない……。新しい奇跡だろうか？ （傍点引用者）

実際、レムはタルコフスキーの映画のできばえにひどく不満だった。私が一九九五年の秋にクラクフ郊外の自宅で彼にインタビューしたとき、その問題に触れると、彼は憤懣《ふんまん》やるかたないといった口調で、こう答えている。

あれはまあ、映画が暗に示している方向というか、要するにタルコフスキーの解釈の問題でしたね。あの映画で彼は、宇宙や宇宙飛行に対して嫌気を起こさせ、それが好ましくない悪夢のような物事ばかりに満ちている領域だということを表現しようとしたんです。ところが、私は全然そうではないと思っていた。人類が宇宙に飛び出すことに対して、嫌気を起こさせるべきではまったくない。で、その点をめぐって議論になったわけです。これが第一です。第二に、タルコフスキーは私の原作にないものを持ち込んだのです。つまり主人公の家族をまるごと、母親やらなにやら全部登場させた。それから、まるでロシアの殉教者伝を思わせるような伝統的なシンボルなどが、彼の映画では大きな役割を果していたんですが、それが私には気に入らなかった。でも映画化する権利はもう譲った後だったから、いまさら何を言ってもタルコフスキーの姿勢を変えられる可能性はなかったんです。それで喧嘩別れになり、最後に私は彼に「あんたは馬鹿だ」とロシア語で言って、モスクワを発った。三週間の議論の後にね。その後彼が作ったのは、結局、なんだか、その、あんな映画だったわけです。

（インタビューの全文は〈新潮〉一九九六年二月号に掲載）

この発言からもわかるように、レムが特に気に入らなかったのは、タルコフスキーが映画に主人公の地上の家族や母まで登場させたことだった。こうしてシンボルは母から、母なるロシア、大地（地球）へとつながっていき、映画はレムの小説とは根本的に違うイデオロギー的意味を担うにいたる。それに対して、レム独自の認識論的スタンスは、「欠陥を持った神」が戯れる宇宙を前にして、「残酷な奇跡」から目をそむけようとはせずに、違和感に身を貫かれながらも、あくまでも未知の他者に対して開かれた姿勢をとり続けることだった。小説の結末におけるケルヴィンの姿勢には曖昧さが残るため、一義的な解釈は不可能だが（ピーター・スウィルスキという研究者は、この結末を取り上げながら「小説についてただ一つの正しい解釈について語るのは無意味である」とまで言っている）、レムは少なくともケルヴィンを懐かしい地球へ単純に回帰させようとはしていない。タルコフスキーの映画は彼の作品として優れたものではあるにせよ、これではレムとの対立は避けようがなかった。タルコフスキーが限りない「懐かしさの人」であるのに対して、レムは「違和感の人」だからである。

5　レム自身の語る『ソラリス』

最後に、言わば付録として、レム自身が『ソラリス』について解説した文章を二点収録しておきたい。作家による自己解題はときに興ざめなことがあり、また作者の意図を裏切ってでも広がっていく読者による自由な読みの可能性を制限すべきではないが、レム自身がわざわざ自作の意図を解説すること自体が比較的稀なので、貴重な資料と言うべきだろう。

最初に挙げるのは、旧ハヤカワ文庫版の飯田氏による訳者あとがきにも収められたものだが、一九六二年に『ソラリス』が初めてロシア語に訳されたとき、ソ連の読者のために書かれた作者による序文である。その発表の場となったのは、〈ズヴェズダー〉という文芸月刊誌で、じつは『ソラリス』はそこに一九六二年八月から十月にかけて三回にわたって連載されたのだった（なお「ズヴェズダー」はロシア語で「星」の意味だが、この雑誌はSF専門誌ではなく、メジャーな文芸雑誌の一つである）。ドミトリー・ブルスキンによるそのロシア語訳がじつは検閲の圧力によるものと推定される削除の多い不完全なものだったことは先に述べた通りだが、当時のソ連の事情を考えると、検閲による削除が多いことを非難するよりは、それでもこのような――当時の社会主義リアリズムの「正典」の枠を根本的に超えるような――作品がソ連で活字になったことに驚くべきだろう（ソ連に比べると、同じ社会主義圏といっても、ポーランドの言論のほうがずっと自由だったのである）。一九六二年当時のソ連では、タルコフスキー監督が『僕の村は戦場だった』で鮮烈なデビューを果たし、ソルジェニーツィンが『イワン・デニーソヴィチの一日』で世界に衝撃を与え、エフトゥシェンコ、ヴォズネセンスキー、アクショーノフといった若い世代の詩人・作家たちが華々しく活躍をはじめ、文化が「雪どけ」の機運の中でかつてないほど活性化していた。いまから振り返ってみると、じつは『ソラリス』の翻訳出版は当時のソ連の文脈では、まさにこういった自由化の一翼を担うべき事件であったに違いないということが想像できる。

二つ目に原文を約半分くらいに縮めた抄訳で掲げるのは、ソダーバーグ監督によって『ソラリス』が映画化されたとき、レムがクラクフの週刊新聞〈ティゴドニク・ポフシェフヌイ〉に発表したエッセイである。批判はかなり和らげられているものの、自分が原作者となっている映画の興行成績に悪影響を与えることも意に介さないほど厳しいもので、強い不満が背後にあることが読み取れる。

＊

ソラリス——ファンタスティックな物語

スタニスワフ・レム

そもそも、作家というものは自分の作品に序文など書くべきでない、と私は考えている。それでも、少し言い訳めいたことを述べておきたいと思う。『ソラリス』を読めば、だれでもこの小説からなんらかの印象を受けるだろう。でも、読者はきっと、どうして作者はこういう本を書いたのだろう、いったいどんな意図があるのだろう、と思うにちがいない。ある意図を芸術的に表現しようとしても、うまくいかない場合はよくあるし、うまくいったにしても、作者の思惑とは違っていたという場合もままある。私がこれから言うことも、どれほど説得力があるかわからない。しかし、自分が何を言いたいか、つまり、この小説で何を表現しようとしたのか、別の言い方をするなら、私にとってこの小説でいちばん大事なのは何かということは、はっきりしている。

人はいま宇宙に飛びだしていくところだ。いつ地球以外の星に住む理性ある生物と出会うかはわからない。でもきっといつか出会うだろう。SF、とくにアメリカのSFといえば、膨大な量の作品があり、地球外生物とのコンタクトがどのようなものになり得るか、さまざまな想定をしているが、そこにはすでに三つのステレオタイプができあがっている。ごく簡単に言えば、こんなふうにまとめられるだろう。「意思疎通がある場合、人間が彼らを征服する場合、彼らが人間を征服する場合」である。どういうことかといえば、私たちが宇宙の理性的生物と平和な協力関係を築くか、あるいは逆に、こんなことも大いにあり得るわけだが、争いになり、星間戦争にまで発展してしまい、その結果、地球人が彼らに勝つか、彼らが地球人に勝つかということになる。そういう三つのケースに集約できるということだ。思うに、これでは、地球上に認められる諸条件（しかも、私たちの最も理解しやすい諸条件）をただそのまま無限の宇宙に持っていっただけで、かなり図式的な拡大解釈だといわざるをえない。

他の星にいたる道、そこに住んでいる生物と接触するまでの道は、長く困難だろうが、それだけでなく、地球の現実とは似ても似つかないさまざまな現象も数限りなくあるにちがいないと私は考えている。宇宙がたんに「銀河系の規模に拡大された地球」だと思うのは間違っている。宇宙は、私たちがいまだ知らない新奇な性質を備えているのではないだろうか。地球人と地球外生物とのあいだに相互理解が成り立つと考えるのは、似ているところがあると想定しているからだが、もし似たところがなかったらどうなるだろうか？たいていは、地球の文明と地球以外の星の文明に違いがあるとしたら、量的な違いにすぎないだろうと考えられている（科学・技術などの分野で、彼らが私たちよりも進んでいるか、私たちが彼らより進んでいるかのどちらかだというわけである）。ところが、もし彼らの文明が、私たち地球人の文明とはまったく異質の道を進んでいるとしたら、いったいどうなるだろうか？

もっとも私は、より広い視野に立ってこの問題を論じたいと思っていた。つまり、私が重要だと考えていたのは、ある具体的な文明を描いてみせるというより、むしろ「未知なるもの」をある種の物質的な現象として示すということだったのである。その物質的な現象は、高度に組織化されており、しかるべく出現するので、地球の人間はこういうふうに理解することができる――未知の形態を持った物質という以上に大きな何らかの存在が自分たちの目の前にある、自分たちが対峙しているのは、見方を変えれば生物学的現象とも、いや心理学的現象とも思えないことはないが、予測したり推定したり期待したりできるようなものとはまったく異なっている、と。

こうした「未知なるもの」との出会いによって、人は、認識の問題、哲学の問題、心理的問題、倫理的問題などを抱えこむことになるはずだ。これらの問題を力で、たとえば、未知の星を爆破するというようなやり方で解決しようとしても、何ら得るところはないだろう。それでは、たんにその現象を消してしまおうというだけで、一生懸命その現象を理解する努力をしたことにはならない。こうした「未知なるもの」に遭遇したら、それをなんとか理解しようとするべきなのだ。すぐにはうまくいかないかもしれないし、多大の労力や犠牲が必要となり、誤解することもあれば、時には打撃を被ることもあるかもしれない。でも、それはもう別の問題である。

『ソラリス』は、人類が、他の星にいたる道の途上で、理解不能な未知の現象に出会った場合の製作見本《モデル》（私は精密科学の用語を用いている）となるはずの作品である。この小説で私が言いたかったのは、こういうことだ。宇宙のあちこちで、きっと思いがけないことが待ち伏せしているだろう。すべてを予測することはできないし、前もって計画しておくことも無理だ。この「星でできたパイ」がどんな味なのか知りたければ、齧ってみる以外にない。そして、その結果がどうなるかは、まったくわからない。

賢明な読者には、もちろんおわかりいただけると思うが、今までこのように述べてきたからといって、私は、『ソラリス』に描かれているとおりのことが私たちを待ち受けているなどと信じているわけではない。予言者面《づら》しようなどとは思いもよらない。しかし、理論的、抽象的な学術論文を書こうというつもりもなかったので、あくまで具体的な物語を作って、物語の力を借り、物語を通して、ひとつの単純な考えを提示することになった。はるかな宇宙には「未知なるもの」が待っている、という考えである。

もちろん、どうしてこの物語をまさにこう書いたのか、どうしてソラリスの世界は他でもなくこんなふうなのか、という質問もありえるだろう。でも、それはもう、認識の問題ではなく、芸術の問題で、まったく次元を異にしている。このテーマで論じようと思えば、いくらでも論じることはできる。とはいえ、長々と論じたところで、どうして自分の意図を実現するのにこのようなファンタスティックな形式が最もふさわしいと思ったのか、それを説明することになるのかどうかはわからない。

（沼野恭子訳、初出〈ズヴェズダー〉一九六二年八月号。最後の一段落のみ、ソ連の読者への儀礼的な挨拶になっているため省略した）

＊

ソラリスのステーション（抄録）

スタニスワフ・レム

〈ニューヨーク・タイムズ〉の評者を初めとして、何人かの批評家たちは、「ソダーバーグの〕映画を「ラヴ・ストーリー」、つまり宇宙での愛の物語だと主張している。私は映画を見ていないし、台本も知らないので、映画そのものについては、あれこれの映画評があまり正確とはいえない形で——漣の立った水面が顔を映し出すように——伝えていること以外には、何も語れない。しかし、私の信ずるところでは、そして私の知る限りでは、『ソラリス』という本は決して宇宙空間におけるエロスの問題を扱ったものではなかったはずだ。

この小説がどのように生まれたかについては、何も筋道を立ててきちんと言うことができない。この本は言わば、一切の事前の計画なしで自然に浮かび上がってきたのであり、結末をどうするかについても私は苦労した。しかし、なにしろ四十年以上前に書いたものなので、それに対してはもう、はるかに客観的かつ冷静な態度を取ることができる。そして、世界文学の最高の領域で、それに似た運命を持った作品を見つけることも可能だ。念頭にあるのは、例えば、メルヴィルの長篇『白鯨』である。見たところ、この本は捕鯨船での生活と、白鯨を探し求めるエイハブ船長の破滅的な追跡を描いたものに過ぎない。最初、批評家たちは無意味な失敗作としてこの小説を完膚なきまでにやっつけた。どうせ船長によって数え切れないほどのカツレツと樽詰めの鯨脂にされてしまう鯨のことなどどうでもいいじゃないか、というわけだ。たいへんな分析の努力を経て批評家たちは初めて『白鯨』の主題がじつは鯨油でもなければ、捕鯨用の銛でもないことを発見した。こうしてもっと深くに隠された象徴のレベルが問題なのだということがわかってから、メルヴィルのこの作品は図書館で「海洋冒険小説」の棚からまったく他の場所に移されたのだった。『ソラリス』が男女の恋愛感情を――それが地上のことであれ、宇宙空間であれ――扱ったものだとしたら、それはいまのタイトルにはなっていなかっただろう。イシュトヴァーン・チチェリ＝ローナイというアメリカ在住のハンガリー系文学研究者がいるが、彼は自分のソラリス論を「この本はエイリアンである」と題している。確かに、『ソラリス』で私が試みたのは、人間的でもなければ、人間の形もしていない生き物というか、何らかの存在との宇宙での遭遇の問題を提示することだった。

SFはほとんどいつも、こんなことを前提としてきた。つまり、人間が出会う「他者」がかりに何らかのゲームをするとしても、人間は遅かれ早かれそのゲームのルールを理解するだろう、というのである。そして、そのルールはたいていの場合、戦争の規則だった。それに対して私はソラリスの海が体現している他者としての存在を擬人化して理解するような道をすべて塞ぎ、コンタクトが人間と人間の間のような形で実現しないようにしたかったのだ。

しかしソダーバーグはどうやら私の本から、ソラリスのヴィジョンに関わるものをすべて切り捨ててしまったようだが、じつはそれこそが私にとっては非常に大事なものだったのである。どうしてそれほど大事なのか？　ソラリスは単にゼリー状の物質に覆われた普通の星ではない。それは人間とは違うやり方ではあれ、自分なりに活動し、自分なりに生きているのだ。ただし、それは人間の言語に翻訳でき、翻訳を通じて説明できるようなものは、何一つ組み立ても創造もしないのである。

この本はロマンティックで悲劇的な結末を迎える。ハリーは、心から愛する男性を未知の力を持った何者かが研究しようとしており、自分がそのための道具であることを理解する。そして、そんな状態に甘んじられず、みずから自分を破壊することを願うのだ。彼女の自己破壊はケルヴィンの知らない間に、ステーションの他の住人の助けを借りて行われる。ソダーバーグの映画はどうも、これとは違う、もっと楽天的な結末になっているようだ。もしそうだとすれば、これはSFに関するアメリカ流の思考のステレオタイプに媚を売ったということだろう。この種の紋切り型の溝は深くがっちりと固められていて、そこからはなかなか抜け出せないものらしい。物語の結末はハッピーエンドか、宇宙での破局《カタストロフ》のどちらかにしなければいけない、というわけなのだ。映画評のいくつかに微かな失望の調子が感じられたのも、ひょっとしたらそのせいかもしれない。批評家たちは、海によって作られたヒロインの女性が最後に怨霊か魔女か女吸血鬼と化して主人公をむさぼり喰い、彼女のはらわたから蛆虫やその他のおぞましいものがぞろぞろ這い出してくるのを期待していたのではないか。

作者としての私にとって大事だったのは、繰り返しになるが、単に、存在している何者かとの人間の出会いのヴィジョンを創り出すことだった。その何者かは、人間よりも強力な存在であり、人間が持っている概念やイメージには決して還元できない。だからこそその本は『宇宙空間の恋』ではなく、『ソラリス』と題されているのである。

（沼野充義訳、初出〈ティゴドニク・ポフシェフヌイ〉二〇〇二年十二月八日付）

＊

本書の翻訳に際しては、決定版と言うべき、イェジイ・ヤジェンプスキ編のレム著作集に収録された『ソラリス』の巻（文学出版社、クラクフ、二〇〇二年）を底本とした。レム自身による若干の改訂の筆が入っていると注記されているので、他の版もあわせて見たが、私が気づいた範囲ではほんのわずかな語句の異同があるだけで、大きな改訂はまったくない。

また、フランス語訳、ドイツ語訳、英訳（フランス語訳からの重訳で非常に不正確なもの。なお、二〇一四年にはるかに正確な英訳がキンドル版で出たが、これは翻訳の際には参照できなかった）、二種類のロシア語訳なども手元に置いて随時参照した。これらの翻訳はそれぞれ国民性がよく出ていて、極端に律儀なドイツ語訳に対して、翻訳というよりはわかりやすくリライトしたものといった感じを与える英訳（登場人物の名前までも、英語としては響きが悪いという理由によってなのか、変えられてしまっている）といった具合で、比較することはそれ自体たいへん面白かった。

私の日本語訳のできばえは自分で云々するべきことではないが、翻訳に対する姿勢としては、できるだけレムの精神に忠実に、なおかつ（原文には必ずしも平明と言えない箇所が多いのだが）日本語として文意ができるだけ明晰に通るように、という両立しがたいことをなるべく両立させ、「これがレムだ！」という感覚を少しでも伝えるように心がけた。日本語としてはやや読みづらいかもしれないが、原文の段落の分け方から（非常に長い段落がしばしば出てくる）、句読法や記号の表記まで（かなり特別な感嘆符や疑問符の使い方や、「……」の位置も含めて）ほぼ原文通りとしてある。

なお、解説には、一部、拙稿「あるラディカルな相対主義者の肖像――スタニスワフ・レム論」（『岩波講座文学　6』所載、岩波書店、二〇〇三年）と重複するところがあることをお断りさせていただく。

最後に、この新訳については、まず国書刊行会の〈スタニスワフ・レム コレクション〉の担当編集者として筆舌に尽くしがたい苦労をされた島田和俊氏に、改めて深い感謝の気持ちを表したい。彼がいなかったら、『ソラリス』のポーランド語からの新訳は実現することはなかっただろう。さらに、ハヤカワ文庫収録のために尽力してくださった、早川書房の清水直樹氏にも御礼を申し上げる。ＳＦ少年として育った私にとって、世界ＳＦ史上に輝く名作がＳＦの殿堂ともいうべき場所に自分の訳で収められるのは、夢のような幸せである。

二〇一五年三月十一日

本書は、二〇〇四年九月に国書刊行会より単行本として刊行された作品を文庫化したものです。

アーサー・C・クラーク〈宇宙の旅〉シリーズ

２００１年宇宙の旅〔決定版〕
伊藤典夫訳

宇宙船のコンピュータＨＡＬはなぜ叛乱を起こしたのか……壮大なる未来叙事詩、開幕篇

２０１０年宇宙の旅〔新版〕
伊藤典夫訳

十年前に木星系で起こった事件の謎を究明すべく、宇宙船レオーノフ号が旅立ったが……

２０６１年宇宙の旅
山高　昭訳

再接近してきたハレー彗星を探査すべく彗星に着地した調査隊を待つ驚くべき事件とは？

３００１年終局への旅
伊藤典夫訳

三〇〇一年、海王星の軌道付近で発見された奇妙な漂流物の正体とは……シリーズ完結篇

ハヤカワ文庫

ロバート・A・ハインライン

夏への扉〔新版〕
福島正実訳
ぼくの飼っている猫のピートは、冬になるときまって夏への扉を探しはじめる。永遠の名作

〈ヒューゴー賞受賞〉
宇宙の戦士〔新訳版〕
内田昌之訳
勝利か降伏か——地球の運命はひとえに機動歩兵の活躍にかかっていた！　巨匠の問題作

〈ヒューゴー賞受賞〉
月は無慈悲な夜の女王
矢野徹訳
圧政に苦しむ月世界植民地は、地球政府に対し独立を宣言した！　著者渾身の傑作巨篇

人形つかい
福島正実訳
人間を思いのままに操る、恐るべき異星からの侵略者と戦う捜査官の活躍を描く冒険ＳＦ

輪廻の蛇
矢野徹・他訳
究極のタイム・パラドックスをあつかった驚愕の表題作など六つの中短篇を収録した傑作集

ハヤカワ文庫

SFマガジン700【海外篇】

山岸 真・編

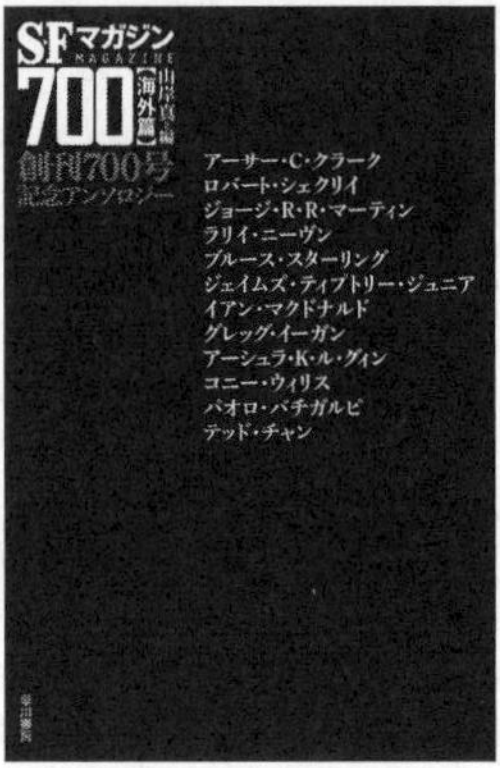

〈SFマガジン〉の創刊700号を記念する集大成的アンソロジー【海外篇】。黎明期の誌面を飾ったクラークら巨匠。ティプトリー、ル・グィン、マーティンら各年代を代表する作家たち。そして、現在SFの最先端であるイーガン、チャンまで作家12人の短篇を収録。オール短篇集初収録作品で贈る傑作選。

ハヤカワ文庫

SF傑作選

映画化名「オデッセイ」
火星の人〔新版〕〔上〕〔下〕
アンディ・ウィアー／小野田和子訳

不毛の赤い惑星に一人残された宇宙飛行士のサバイバルを描く新時代の傑作ハードSF

〈ヒューゴー賞／ネビュラ賞／ローカス賞受賞〉
ねじまき少女〔上〕〔下〕
パオロ・バチガルピ／田中一江・金子 浩訳

エネルギー構造が激変した近未来のバンコクで、少女型アンドロイドが見た世界とは……

〈ヒューゴー賞／ローカス賞／英国SF協会賞受賞〉
都市と都市
チャイナ・ミエヴィル／日暮雅通訳

モザイク状に組み合わさったふたつの都市国家での殺人の裏には封印された歴史があった

〈ヒューゴー賞／ネビュラ賞／ローカス賞受賞〉
あなたの人生の物語
テッド・チャン／浅倉久志・他訳

言語学者が経験したファースト・コンタクトを描く感動の表題作など八篇を収録する傑作集

ゼンデギ
グレッグ・イーガン／山岸 真訳

余命わずかなマーティンは幼い息子を見守るため、脳スキャンし自らのAI化を試みる。

ハヤカワ文庫

アイザック・アシモフ

われはロボット〔決定版〕
小尾芙佐訳

陽電子頭脳ロボット開発史を〈ロボット工学三原則〉を使ってさまざまに描きだす名作。

ロボットの時代〔決定版〕
小尾芙佐訳

ロボット心理学者のキャルヴィンを描く短篇などを収録する『われはロボット』姉妹篇。

〈銀河帝国興亡史1〉
ファウンデーション
岡部宏之訳

第一銀河帝国の滅亡を予測した天才数学者セルダンが企てた壮大な計画の秘密とは……？

〈銀河帝国興亡史2〉
ファウンデーション対帝国
岡部宏之訳

設立後二百年、諸惑星を併合しつつ版図を拡大していくファウンデーションを襲う危機。

〈銀河帝国興亡史3〉
第二ファウンデーション
岡部宏之訳

第一ファウンデーションを撃破した恐るべき敵、超能力者のミュールの次なる目標とは？

ハヤカワ文庫

フィリップ・K・ディック

アンドロイドは電気羊の夢を見るか？
浅倉久志訳
火星から逃亡したアンドロイド狩りがはじまった……映画『ブレードランナー』の原作。

偶然世界
小尾芙佐訳
くじ引きで選ばれる九惑星系の最高権力者をめぐる恐るべき陰謀を描く、著者の第一長篇

ユービック
浅倉久志訳
予知超能力者狩りのため月に結集した反予知能力者たちを待ちうけていた時間退行とは？

〈ヒューゴー賞受賞〉
高い城の男
浅倉久志訳
日独が勝利した第二次世界大戦後、現実とは逆の世界を描く小説が密かに読まれていた！

〈キャンベル記念賞受賞〉
流れよわが涙、と警官は言った
友枝康子訳
ある朝を境に〝無名の人〟になっていたスーパースター、タヴァナーのたどる悪夢の旅。

ハヤカワ文庫

アーシュラ・K・ル・グィン&ジェイムズ・ティプトリー・ジュニア

〈ヒューゴー賞／ネビュラ賞受賞〉
闇の左手
アーシュラ・K・ル・グィン／小尾芙佐訳
両性具有人の惑星、雪と氷に閉ざされたゲセン。そこで待ち受けていた奇怪な陰謀とは？

〈ヒューゴー賞／ネビュラ賞受賞〉
所有せざる人々
アーシュラ・K・ル・グィン／佐藤高子訳
恒星タウ・セティをめぐる二重惑星――荒涼たるアナレスと豊かなウラスを描く傑作長篇

〈ヒューゴー賞／ネビュラ賞受賞〉
風の十二方位
アーシュラ・K・ル・グィン／小尾芙佐・他訳
名作「オメラスから歩み去る人々」、『闇の左手』の姉妹中篇「冬の王」など、17篇を収録

〈ヒューゴー賞／ネビュラ賞受賞〉
愛はさだめ、さだめは死
ジェイムズ・ティプトリー・ジュニア／伊藤典夫・浅倉久志訳
コンピュータに接続された女の悲劇を描いた「接続された女」などを収録した傑作短篇集

たったひとつの冴えたやりかた
ジェイムズ・ティプトリー・ジュニア／浅倉久志訳
少女コーティーの愛と勇気と友情を描く感動篇ほか、壮大な宇宙に展開するドラマ全三篇

ハヤカワ文庫

グレッグ・イーガン

〈キャンベル記念賞受賞〉
順列都市〔上〕〔下〕
山岸 真訳
並行世界に作られた仮想都市を襲う危機……
電脳空間の驚異と無限の可能性を描いた長篇

〈ヒューゴー賞／ローカス賞受賞〉
祈りの海
山岸 真編・訳
仮想環境における意識から、異様な未来まで
ヴァラエティにとむ十一篇を収録した傑作集

〈ローカス賞受賞〉
しあわせの理由
山岸 真編・訳
人工的に感情を操作する意味を問う表題作の
ほか、現代SFの最先端をいく傑作九篇収録

ディアスポラ
山岸 真訳
遠未来、ソフトウェア化された人類は、銀河
の危機にさいして壮大な計画をもくろむが⁉

ひとりっ子
山岸 真編・訳
ナノテク、量子論など最先端の科学理論を用
い、論理を極限まで突き詰めた作品群を収録

ハヤカワ文庫

歌おう、感電するほどの喜びを！〈新版〉

I Sing the Body Electric!

レイ・ブラッドベリ

伊藤典夫・他訳

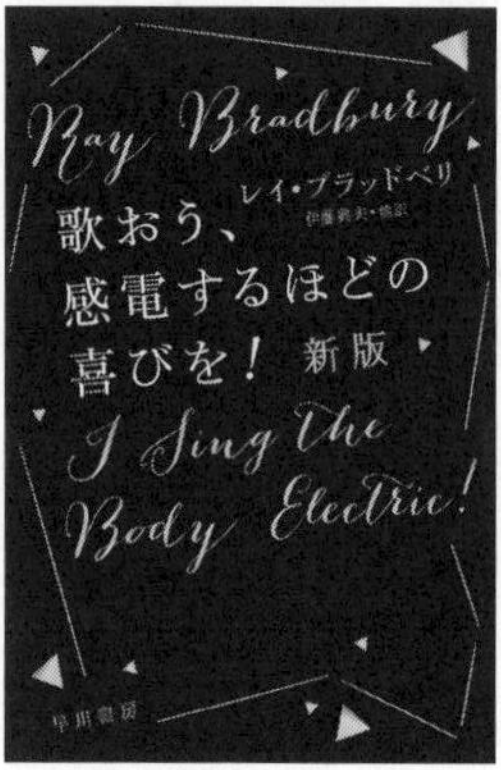

母さんが死に、悲しみにくれるわが家に「電子おばあさん」がやってきた。ぼくたちとおばあさんが過ごした日々を描く表題作、ヘミングウェイにオマージュを捧げた「キリマンジャロ・マシーン」など全18篇を収録。『キリマンジャロ・マシーン』『歌おう、感電するほどの喜びを！』合本版。解説／川本三郎・萩尾望都

ハヤカワ文庫

訳者略歴　1954年生，東京大学文学部名誉教授　訳書『完全な真空』『虚数』（共訳）レム，『賜物』ナボコフ，『かもめ』チェーホフ　著書『ユートピア文学論　徹夜の塊』『世界文学から／世界文学へ』　編著『世界は文学でできている』他多数

HM=Hayakawa Mystery
SF=Science Fiction
JA=Japanese Author
NV=Novel
NF=Nonfiction
FT=Fantasy

ソラリス

〈SF2000〉

二〇一五年四月十五日　発行
二〇二五年六月十五日　十九刷

（定価はカバーに表示してあります）

著　者　スタニスワフ・レム
訳　者　沼《ぬま》野《の》充《みつ》義《よし》
発行者　早川　浩
発行所　株式会社　早川書房

郵便番号　一〇一 - 〇〇四六
東京都千代田区神田多町二ノ二
電話　〇三 - 三二五二 - 三一一一
振替　〇〇一六〇 - 三 - 四七七九九
https://www.hayakawa-online.co.jp

乱丁・落丁本は小社制作部宛お送り下さい。
送料小社負担にてお取りかえいたします。

印刷・中央精版印刷株式会社　製本・株式会社フォーネット社
Printed and bound in Japan
ISBN978-4-15-012000-9 C0197

本書のコピー、スキャン、デジタル化等の無断複製は著作権法上の例外を除き禁じられています。

本書は活字が大きく読みやすい〈トールサイズ〉です。

死の鳥

The Deathbird and Other Stories

ハーラン・エリスン

伊藤典夫訳

二十五万年の眠りののち、病み衰えた〈地球〉によみがえったネイサン・スタックの数奇な運命を描き、ヒューゴー賞／ローカス賞に輝いた表題作「死の鳥」をはじめ、ヒューゴー賞受賞の「おれには口がない、それでもおれは叫ぶ」など傑作ＳＦ八篇に、エドガー賞受賞作二篇をくわえた全十篇を収録。解説／高橋良平

ハヤカワ文庫